L'HEUREUSE PROVIDENCE

Du même auteur

Aux éditions De Borée

Des dentelles de charbon
L'Intrépide Amazone
La Berceuse de sang
La Bistrotière
La Bonne École
La Caverne de vie
La Panse-Bêtes
La Rebouteuse
La Sauvageonne des Maures
La Vagabonde de Saint-Ours
La Vengeance de Jean sans Dieu, prix du roman historique de Saint-Bonnet-le-Château 2007
Le Domaine des Rochettes
Le Filon du hasard
Les Brûlots de paille
Les Mains d'argile
Les Mange-Cailloux
Rumeurs de granit

Suite de la bibliographie de l'auteur en page 6

TERRE DE POCHE
45, rue du Clos-Four – 63056 Clermont-Ferrand cedex 2
livres@centrefrance.com

MICHEL LACOMBE

L'HEUREUSE PROVIDENCE

de Borée
TERRE DE POCHE

Suite de la bibliographie de l'auteur

Aux éditions du Mot passant

L'Inconnu du Vaccarès
La Cagnotte de Cyprien
La Dévoilée
La Grimace du givre, prix Lucien-Gachon 2002
La Noire Tourmente
Le Fada des garrigues
Le Mécréant de Saint-Poutouzat
Le Retour au mas, prix des Automnales 2004
Le Sans-Gueule
Les Eaux troubles
Les Fachines
Les Falaises d'Outretemps
Les Fourches écarlates
Les Jumeaux de Malatresque, prix Cabri d'Or 2004
Les Pierres maudites
Les Sarments d'Hippocrate
Retour de flammes à Montségur

I

SELON LES SAISONS, le paysage se parait de la dorure des genêts et des ajoncs ou se révélait mélancolique au fil de ses landes mornes. Sur ces montagnes douces, la végétation indomptée laissait la place dans ses vallons humides aux prés et aux pâturages, avant de se heurter aux bois de chênes, de hêtres, de châtaigniers et de pins. Le voyageur qui s'y attardait pouvait profiter de splendides panoramas depuis le mont Saint-Michel de Brasparts, le point culminant de toute la région. De la chapelle érigée en son sommet, on pouvait deviner par temps clair les églises de Saint-Pol-de-Léon au nord, près de Roscoff, et même les scintillements de la mer. Vers l'est s'étendait une vaste zone de tourbières et de marais peinte aux couleurs changeantes des bruyères. Au sud se dessinait l'horizon bleuâtre des montagnes Noires, et on pouvait aussi apercevoir le clocher de Carhaix. Mais seul le randonneur avisé attendait le soir pour voir s'illuminer, au soleil couchant, les golfes profonds de la rade de Brest et la presqu'île de Crozon. Quel contraste entre ici des espaces presque désertiques et là des prairies verdoyantes ! La Bretagne rurale, dans toute sa beauté sauvage et pittoresque…

Commana offrait tout au long de l'année nombre de foires le dernier mardi de chaque mois, lesquelles étaient les plus courues de basse et haute Bretagne avec celles de Landivisiau et de La Martyre. Ludovic Le Braz marchait d'un bon pas en arrivant sur la place principale du village. Pour ce jour où il se permettait enfin une escapade hors de sa propriété, il n'avait pas vraiment d'achats en vue et n'avait pas jugé utile d'atteler son cheval à la charrette : la marche ne lui faisait pas peur, et les quelque huit ou neuf kilomètres qu'il venait de parcourir ne pouvaient user ses sabots, même si les montées se révélaient parfois rudes pour ses mollets ! Il s'arrêta au niveau de l'église, en sueur et un peu essoufflé. Il lui fallait bien l'admettre, il n'avait plus les jambes de ses vingt ans ! Plutôt petit, mais râblé, on ne pouvait vraiment lui donner d'âge, tant les durs travaux des champs lui avaient sculpté le visage de profondes rides. Entre quarante et cinquante ans, peut-être ? Pour l'occasion, il s'était vêtu de façon traditionnelle : gilet à double rangée de boutons, *bragoù bras*[1], guêtres et *botoù koad*[2]. Sans oublier ce chapeau rond qui faisait la fierté de tout Breton ! Un chapeau d'où s'échappait une chevelure d'un blanc grisonnant qui roulait jusqu'à ses épaules…

À peine fut-il arrivé sur la place devant l'église qu'un habitant l'interpella, en langue bretonne naturellement :

---

1. Pantalon bouffant.

2. Sabots ciselés.

— Ludo ? Il y avait bien longtemps qu'on ne t'avait vu au bourg... À croire que tu étais tombé malade !

— Non, non, Raoul... Seulement trop de travail à Kernadic ! Tu comprends, avec mes quatre filles, dont l'une encore petite, je n'ai guère d'aide pour tenir la ferme. Il n'y a que mon grand, Henri, qui m'épaule un peu, mais sans trop d'entrain ! Il a bien seize ans, mais je crains qu'il ne rêve que de fuir la maison pour tenter sa chance en ville... J'ai beau essayer de l'en dissuader, rien à faire !

— Que veux-tu, les jeunes sont de plus en plus têtus. Et ils n'ont même plus de respect pour le domaine où ils sont nés !

— Comme tu le sais bien, je n'ai qu'une petite propriété, Raoul. Si mon aîné me lâche, je ne sais pas comment je pourrais m'en sortir ! Le peu de rapport de la ferme ne me permettra pas de louer un valet à l'année...

— Est-ce qu'on nous a demandé notre avis, à nous ? Et nous avons pourtant tout assumé. À ta place, ton Henri, je le dresserais à coups de pied où je pense !

— Facile à dire, Raoul. Mais la jeunesse n'est plus ce qu'elle était...

Mieux valait donc changer de sujet.

— Tu as sorti tes bêtes ?

— Bien sûr, il y a déjà un moment ! Et elles étaient contentes, après tout un hiver passé en étable !

— D'autant plus que cette année l'herbe nouvelle est verte et drue...

— Surtout sur mes prairies en bordure de l'Élorn, près du moulin de Brennec. Au potager, tout est en avance de presque un mois.

— Comme chez nous, Ludovic ! Tu es sans doute venu pour des affaires ?

— Non, non, Raoul… Plutôt voir les amis ! Il y avait bien longtemps que je n'avais traîné mes sabots au village. Pour le pain et les courses ordinaires, j'envoie mes gamines à Saint-Cadou…

— Dommage que tu n'envisages pas d'achats. Il y a de beaux bestiaux, cette fois ! Des *buoc'hed*[1], des *tirvi*[2], des *mirc'hi*[3], des mulets.

— J'ai ce qu'il me faut, et je ne peux pousser les murs de l'étable ou étirer mes prés ! Et puis j'ai bien assez de labeur comme ça, depuis que ma pauvre Rozenn est morte il y a déjà quatre ans…

— C'est vrai, j'oubliais… Ce ne sont pas tes quatre filles qui vont bien t'aider !

— Les plus grandes font ce qu'elles peuvent, mais ça ne suffit pas !

Avec un haussement d'épaules, Ludovic Le Braz s'éloigna pour déambuler entre les étals où se pressait une foule bruyante et animée.

Sur la place entourée de maisons contiguës aux façades austères et aux toits d'ardoise, des files de tréteaux sommairement recouverts de protections de toile s'alignaient dans un ordre plutôt disparate. Ici on vantait des tissus, là des ustensiles de

---

1. *Vaches.*

2. *Taureaux.*

3. *Chevaux.*

cuisine, ailleurs des chemises, des blouses, des draps, des montres ou des outils de jardinage. Le panier d'osier sous le bras, les femmes discutaient par groupes, en longue robe noire et fichu blanc sur la tête. Les hommes négociaient âprement, faisaient parfois mine de se mettre en colère, mais les affaires se concluaient toujours par une forte tape dans la main. Ludovic s'arrêta un instant sur l'emplacement d'un coutelier et fut presque tenté de s'acheter un couteau, celui qui ne quittait jamais sa poche n'ayant plus qu'un fil de lame à force d'aiguisages. Il y renonça : on ne se sépare pas ainsi d'un instrument si usuel qu'il en devient presque un ami ! « Ce *kontell* me fera bien encore un ou deux ans… » Tout en flânant, il s'écarta peu à peu de ces camelots pour atteindre l'espace le plus vaste de la place réservé au commerce des animaux. Une foule d'acheteurs potentiels s'y pressait, chacun vêtu d'une blouse noire et bâton à la main, qui allaient, s'arrêtaient, tâtaient les bêtes, discutaient et marchandaient à l'infini. Pas facile de se frayer un passage au milieu de cette cohue ! Il ne jeta qu'un œil distrait aux poules, lapins, porcs et canards, avant de se diriger vers les vaches et les chevaux. Raoul Hendad n'avait pas menti, il y avait vraiment de belles bêtes ! Il flatta machinalement la croupe d'un poulain et fut aussitôt hélé :

— Un brave *ebeul*, n'est-ce pas ? Et de jolie race ! Docile et courageux, avec ça. Il fera vite du bon travail, croyez-moi… Celui qui le prendra avec lui fera une belle affaire !

— Merci, merci ! J'ai ce qu'il me faut chez moi…

Son jeune cheval Kadarn lui suffisait bien, et lui aussi faisait du bon travail ! Le paysan reprit son errance au travers des génisses et des veaux. Il ne sursauta même pas lorsqu'une main lui claqua rudement le dos.

— Ludovic ? C'est bien toi ?

Il se retourna.

— Allan ? Y a ben deux ans que je ne t'avais vu !

— Alors ça doit faire le même temps pour moi... Dis, tu voudrais pas avaler une bolée ou deux ?

— Pourquoi pas ? J'ai le gosier qui commence à sécher !

Allan Santec. Originaire de Sizun, il avait aussi brièvement que Ludovic fréquenté la même école, du temps de leur jeunesse. Depuis, il tenait une des deux boucheries du Huelgoat, un village voisin. Poussant son vieux camarade, il négligea la buvette en plein air devant laquelle se pressait un groupe de buveurs.

— Je ne supporte pas cette piquette ! Allons plutôt chez la mère Binic... Même si un jour comme celui-ci elle doit être submergée, on y trouve le meilleur cidre et le meilleur vin du canton.

Ah ! Chez la mère Binic... un café qui semblait éternel, comme né des siècles passés, avec son sol en terre battue, ses murs noircis, son comptoir de bois lustré, ses quelques tables et chaises patinées par l'usage, sa terrasse encombrée. Un lieu convivial qu'aimaient à fréquenter les anciens du village ! Ludovic se félicita d'ailleurs du choix d'Allan, certain qu'il était d'y rencontrer de vieilles connaissances, des amis d'enfance, des compagnons de galère ou de réjouissances...

— Tiens, Le Braz ! Tu as fini par t'échapper de ta ferme ?

— Oui, Kernadic pourra bien se passer de moi durant une journée ! Et mon Henri comme mes deux grandes sauront bien s'occuper de la traite, pour une fois…

— C'est vrai qu'à part ton aîné tu as un troupeau de *merc'hed*[1] ! Combien, déjà ?

Ludovic soupira : c'était bien là le drame de sa vie, surtout depuis le décès de sa femme.

— Quatre, répondit-il brièvement.

La pièce sombre était bruyante, encombrée, enfumée par pipes et cigarettes. Allan s'écria d'une voix forte pour couvrir le brouhaha :

— Mère Binic ! Faites donc péter deux ou trois bouteilles de cidre que nous boirons dehors. Il y a trop de monde ici… Et avec quelques verres et bols, hein ?

— J'arrive, j'arrive…

La cabaretière, une femme âgée portant coiffe à dentelles, seule au service malgré ce jour de foire, ne se hâta pourtant pas, allant d'une table à l'autre et d'un consommateur à l'autre pour honorer ses commandes.

— Chacun son tour ! Prendrez bien le temps pour mourir, non ?

Quel plaisir secret, même si on ne le montrait guère, à remonter dans les souvenirs, à se remémorer entre hommes les frasques de jeunesse, les bagarres homériques, les bons et les mauvais moments partagés entre habitants de villages

1. *Filles.*

voisins ! Surtout que, bouteille après bouteille, la mémoire se raccrochait à des anecdotes depuis longtemps refoulées… Ludovic ne tenait nullement à s'enivrer, mais il devait reconnaître que, s'il avait plus l'habitude de boire du vin, ce cidre frais, pétillant, avec son arrière-goût acidulé, lui était plutôt agréable au palais !

— Bon ! décida-t-il. On avale la mienne, et je retourne faire un tour de foire… C'est bien pour ça que je suis venu, non ?

— Allons, tu ne veux pas venir manger un bout à la maison, chez moi ?

— Non, non, Raoul ! Une autre fois, peut-être… Je me contenterai d'un morceau de pain et de saucisson ! Je n'aime pas laisser trop longtemps Kernadic aux mains de mes gosses…

— Tu devrais t'offrir les bras d'un *mevel*[1] à la prochaine foire aux gages !

— J'y songe, j'y songe… Mais c'est grosse dépense pour un petit domaine comme le mien !

— Peut-être aussi un gros rapport ? Faut savoir investir, parfois…

— C'est à voir, Raoul. C'est à voir…

*
* *

Ludovic Le Braz eût bien aimé continuer à s'étourdir encore un peu, mais il ne tenait pas à rentrer à nuit tombée. Il s'était déjà attardé pour s'octroyer un solide casse-croûte arrosé d'un vin plutôt médiocre, et il avait une bonne heure et

1. *Valet.*

demie de trajet à faire à pied pour retrouver son toit, ses enfants et ses vaches. Il détestait s'éloigner trop longtemps de Kernadic ! Il allait donc avec vivacité sur le chemin mal empierré, coupant les virages en suivant les haies des bocages, longeant bosquets, champs ou prairies. Il récupérait la route principale aux ornières défoncées lorsqu'une charrette s'arrêta à sa hauteur.

— Alors, voisin ! Tu préfères la marche, maintenant ?

— Bof… je n'avais rien de bien urgent à acheter ! Seulement l'envie de rencontrer de vieilles connaissances.

— Allez, monte auprès de moi, histoire d'économiser tes jambes !

— Ce sera volontiers, Loeiz ! D'autant plus que j'ai un peu abusé de *louzoù*[1]…

— Je vois, je vois… Comme moi, du *chouchen* ?

— Non… Pour une fois, du cidre maison ! Et c'était du bon… Mais il fallait que j'arrête avant d'être vraiment soûl : j'ai encore de l'ouvrage à Kernadic. Parce que je ne fais pas trop confiance à mon aîné et ses quatre sœurs pour se montrer très courageux…

— Je te comprends. Moi, c'est pareil, à Rozoutreff ! Il faut toujours se méfier de ces jours de foire… Heureusement, je n'ai qu'un fils, Paol… Il est tout jeune encore, mais sur la bonne voie pour prendre le domaine après moi.

— Tu as bien de la chance…

---

1. *Médicament.*

L'attelage poursuivit son avance, au cœur de ces paysages qui lui étaient tellement familiers depuis l'enfance que Ludovic avait le sentiment de s'y être fondu, d'en faire viscéralement partie... Qu'il aimait ces bocages où les haies protégeaient les moindres parcelles des vents d'ouest, où alternaient prairies et vergers, champs et potagers ! Un relief tourmenté entrecoupé de bois touffus au fil de ces coteaux abrupts qui obligeaient routes et chemins à se contorsionner au long des pentes. Son unique univers depuis ses premiers langes.

— Laisse-moi donc là, Louis ! En coupant, je ne suis qu'à cinq minutes de chez moi... Et j'en profiterai pour vérifier l'état de mes haies et de mes clôtures.

— Pas Louis, mais Loeiz, lui rappela son ami. Tu ne vas tout de même pas tout franciser jusqu'au prénom de tes voisins ? Oublierais-tu notre noble langue ?

— Non, non ! Rassure-toi... Sans doute l'influence de ces Brestois qui encombraient les étals de Commana ?

— On ne se méfie jamais assez de ces gens de la ville... Nous sommes bretons, nous parlons breton, et il n'y a aucune raison pour que cela change ! Ce n'est pourtant pas ce que prône l'école publique, mais je ne céderai pas : on ne va certes pas renier ce que nous sommes !

— Tout à fait d'accord avec toi, Loeiz !

— Bon ! Tu descends là ? Je peux tout aussi bien faire le détour, ce n'est pas le temps que ça me prendra...

— *Trugarez*[1] ! Je préfère faire le tour de chez moi, comme d'habitude…

— À ta guise, Ludovic… *Kenavo*[2] !

Le « tour de chez lui » ! Il ne se passait pas un jour sans qu'il n'inspectât les moindres recoins de sa propriété. Un rite issu de générations et de générations de Le Braz… Et lui, Ludovic Le Braz, avait tellement amélioré les choses ! Il se souvenait de terres en friche, de champs à l'abandon, de prés à l'herbe folle, de ces murs de Kernadic n'abritant qu'une grande pièce où cohabitaient, de jour comme de nuit, les humains comme le bétail… Oui, il avait de quoi être fier de s'être épuisé à en faire un logis décent, doublé d'une étable, d'une grange et de dépendances dignes de ce nom ! Fier d'avoir rendu rentables toutes ces parcelles autrefois négligées… Il soupira pourtant : il se retrouvait seul avec son aîné à s'occuper de sa dizaine de vaches laitières, du labour des terres, de l'entretien de la ferme, du jardin, et des mille et autres corvées qu'imposait la marche du domaine. Une fois de plus, il pesta :

— Pourquoi le Ciel, après la naissance de mon Henri, n'a-t-il gratifié ma pauvre femme Rozenn que de quatre pisseuses ? Ce ne sont pas elles qui pourront m'aider à tenir Kernadic sur mes vieux jours !

Accablé par ce souci qui ne le quittait plus depuis des années, il haussa les épaules : que pouvait-il faire contre la volonté de Dieu ? Aussi, ce fut d'un pas moins assuré qu'il descendit le chemin qui menait à la demeure héritée de ses ancêtres…

1. *Merci.*

2. *Au revoir.*

II

OH ! BIEN SÛR, ON L'AIMAIT, le père… On le craignait aussi, tant il était aussi capable d'émotions que d'autoritarisme. Ses rares colères restaient homériques, et d'autant plus fréquentes depuis la mort de la mère des jeunes gens. Plus fréquentes encore depuis qu'Henri parlait de plus en plus de rejoindre Brest pour y gagner sa vie sur les ports.

— Que tu envisages de renier les tiens et notre nom, c'est une chose, mon fils ! Mais il te faudra attendre quelques années avant de quitter ces murs, c'est moi qui te le dis… Tu as à peine seize ans, je te rappelle ! Tu es sous ma responsabilité jusqu'à ta majorité, sans compter ton service militaire… D'ici là, j'espère bien que tu prendras conscience de ton devoir, afin de prolonger les efforts de ton père, de ton grand-père, de ton arrière-grand-père, du père de celui-ci aussi, et ainsi de même, de siècle en siècle, sur les terres qui sont nôtres !

Une tirade que l'on connaissait par cœur, à Kernadic ! Aussi, pour une fois que Ludovic s'absentait du domaine, toute la petite famille en avait profité pour montrer de quoi elle était capable. Oh, bien sûr, les filles avaient chahuté et s'étaient amusées plus bruyamment que d'ordinaire, mais elles avaient aussi tenu à nettoyer la maison à leur goût et lui donner une touche plus féminine. À cette initiative, Henri avait haussé les épaules et avait préféré, comme chaque jour, s'occuper des bêtes, même si c'était de plus en plus à contrecœur : il en avait assez de jouer le domestique et le valet de cette ferme, et brûlait d'impatience d'atteindre l'âge auquel il pourrait enfin échapper à cette existence d'esclave. La ville offrait tellement plus d'avantages que ce trou perdu pour un jeune homme comme lui ! Brest, Quimper, Saint-Brieuc, Vannes, ou même Rennes ! Non, il ne se voyait pas trimer comme son père la vie durant sur ces pauvres terres, à traire sans cesse les mêmes vaches, s'échiner à affiner toujours les mêmes fromages, labourer, semer, planter, récolter… Non, non et non !

Kernadic… Si les Le Braz tiraient quelque fierté de cette propriété héritée du fil des âges, ce n'était pas son cas : il en avait plus qu'assez de ces chemins mal empierrés et boueux aux profondes ornières où s'embourbaient les roues des tombereaux et des chars, de ces bâtisses longeant la cour et l'aire de travail, avec le logis d'habitation, une simple maison à deux pignons. Henri ne supportait plus la routine, avec la sempiternelle soupe de pommes de terre au lard ! Ah ! C'était bien beau de faire pousser du blé et du seigle pour les livrer ensuite au meunier, lequel vendait sa farine au boulanger… Le tout pour ne presque rien gagner. Heureusement qu'on se réservait une part de la récolte pour se confectionner son propre pain ! Mais, souvent, pour ne pas trop entamer le froment qui représentait une denrée monnayable et rentable, on se contentait de pauvres crêpes de sarrasin cuites sur une plaque posée sur le feu… Bien sûr, le lait transformé en beurre au sein même de la ferme servait à améliorer les repas, et le surplus se vendait plutôt bien sur les marchés car, de toute façon, l'essentiel de la nourriture des personnes vivant au domaine provenait du travail des terres et de l'élevage des bêtes, à Kernadic. Pour autant, le jeune homme supportait de moins en moins le manque de confort, l'eau à tirer du puits, l'éclairage obsolète à la lampe à pétrole, ainsi que l'humidité persistante qui imprégnait les murs, les vêtements, et les humains qui les occupaient ! Non, il avait d'autres ambitions et se persuadait de jour en jour qu'il lui faudrait fuir loin d'ici s'il se voulait un avenir plus gratifiant que celui qu'entendaient lui offrir son père et ses ancêtres…

*
* *

Au fur et à mesure qu'il approchait des murs qui étaient siens, Ludovic Le Braz ralentissait le pas malgré lui, comme s'il prenait plaisir à contempler ce beau domaine qui n'était que ruines avant lui ! Comment ne pas être fier de ce qu'il avait fait de Kernadic ? Sur un replat à flanc de vallon, le *pen ti*[1], ce long bâtiment en bordure de la cour, avait désormais belle allure avec ses toits en ardoise. La partie centrale, plus haute et reconnaissable à ses cheminées, abritait l'habitation. L'étable, pouvant accueillir une douzaine de vaches, lui était accolée,

1. *Longère.*

suivie de la porcherie, de la grange et des hangars. Le maître de maison avait un moment envisagé de transformer le grenier surmontant la loge en chambres, mais y avait renoncé : ses quatre filles seraient sans doute un jour amenées à se marier et à quitter le domaine. Alors à quoi bon ? Les lits-clos alignés contre le mur de la salle commune suffiraient bien jusque-là ! Son regard se posa ensuite sur ses terres. Il en connaissait chaque talus et chaque arbre, les champs à labourer, les prés à faucher, les landes dont il tirait parti, le verger et le potager… Un monde à part, replié sur lui-même, qui permettait d'assurer la nourriture de la famille tout au long de l'année, l'excédent vendu aux marchés amenant quelque argent pour les dépenses annexes. Que demander de plus ? Et pourquoi son unique fils ne semblait-il pas s'accoutumer à l'avenir tout tracé que lui, Ludovic, lui avait forgé ? Un rêve de gamin, estimait-il : comment croire que la vie était plus facile en ville ? Plus d'argent, peut-être, mais aussi plus de dépenses ! Les pavés de Brest ou de Quimper ne pouvaient accoucher de pommes de terre ou de choux, et les arbres citadins ne se fendaient pas de prunes, de pommes ou de poires… Alors qu'ici, à Kernadic, avec du travail et de la constance, on ne manquait pas de lard, de lait, de beurre, de légumes, de blé et de froment, et chaque saison offrait une grande variété de fruits. Sans compter le poisson pêché à la rivière et le gibier tiré sur les landes ! « Ah ! Ces jeunes… »

Comme chaque fois qu'il rentrait chez lui, Ludovic ressentait une sensation de bien-être intense. Il aimait l'intimité de cette pièce unique où cohabitaient la grande cheminée, les lits-clos, les armoires, la table et les bancs. L'atmosphère chaleureuse et familiale qui y régnait le comblait d'aise. À son entrée, les trois filles qui s'activaient près de l'âtre se retournèrent.

— Bonsoir, *Tata*[1].

Il ne répondit que d'un mouvement de tête avant de se défaire de ses sabots. Gwenn, l'avant-dernière des filles, une gamine d'une dizaine d'années aux longs cheveux noirs, s'empressa de dire :

— Avec Naïg et Soizic, nous avons fait des *krampouezh*[2] !

— Bien, bien… Et Gaëlle ?

— Elle aide Henri à la traite des bêtes…

— C'est bon… Moi, je vais nourrir les cochons !

— Je l'ai déjà fait, *Tad*[3]… affirma Naïg. Ainsi que les lapins et les volailles !

Ludovic apprécia que ses enfants se fussent occupés de tout durant sa brève absence, mais il était hors de question qu'il en fît le compliment : il était de mise de conserver une certaine réserve entre le chef de famille et le reste de la maisonnée !

— Bon, je vais retourner les fromages… décida-t-il avant de ressortir de la salle. Continuez à préparer le repas, les filles !

Le fromage… Chaque ferme produisait le sien, tant pour la consommation personnelle que pour la vente, et chaque paysan clamait haut et fort que

---

1. *Papa.*

2. *Crêpes.*

3. *Père.*

ses tommes étaient les meilleures de la région ! En passant, le brave homme s'arrêta à l'étable, autant pour vérifier la santé de ses vaches pie noir que pour s'assurer du travail de son fils et de sa fille aînée. Henri acheva de tirer quelques jets blancs et mousseux dans le seau de bois avant de lâcher les trayons et de se retourner vers son père.

— J'en ai fini avec Mignarde... Il ne manque plus que le lait de Clarine dont s'occupe Gaëlle !

— C'est bien, mon fils.

L'adolescent était déjà presque un homme, avec des muscles forts malgré sa taille moyenne. On ne pouvait lui reprocher son travail, car Henri ne rechignait pas à la tâche, mais Ludovic regrettait son manque d'entrain. Manifestement, son fils vivait péniblement son sort de paysan !

— Ah ! Il faudra encore saler et baratter le beurre... Et changer l'eau de celui qu'on conserve et que j'irai vendre après-demain au marché de Sizun !

— Je pourrais y aller... suggéra Henri.

— Tu es encore trop gamin pour être pris au sérieux ! Tu ne saurais marchander et te ferais rouler comme au coin d'un bois... Dis plutôt que tu as envie de t'échapper une demi-journée de Kernadic !

— Ce n'est pas tout à fait faux...

— Un peu de patience ! La semaine prochaine, nous sacrifierons une journée pour partir tous ensemble à Brest.

Une sortie en famille était tellement rare que Gaëlle s'enthousiasma aussitôt :

— C'est vrai ? À Brest ? Mais pourquoi ?

— Comment, tu ne te souviens pas ? J'ai amené le mois dernier le mécanisme de notre horloge en panne à un horloger de la rue Saint-Pierre ! Ce doit être réparé, maintenant. Le tic-tac du balancier commence à me manquer… Pour une fois, j'estime que cette virée en ville fera plaisir à tout le monde.

— Mais… pour la traite ? s'inquiéta Henri.

— Je me suis arrangé avec le Loeiz Couennec. J'ai labouré pour lui l'année passée à Rozoutreff, quand il a eu son lumbago. C'est notre plus proche voisin, et il me doit bien ça !

— Échange de bons procédés, en quelque sorte !

— Non, Henri. Seulement de l'entraide entre bons chrétiens…

*
* *

Quelle équipée, qui se devait de rester exceptionnelle, chez les Le Braz ! Pour l'occasion, chacun avait revêtu ses habits de sortie, ceux qu'on n'enfilait généralement que pour les célébrations religieuses, les mariages ou les enterrements. De toutes les filles, Gwenn était la plus fière d'arborer sa robe noire rehaussée d'une collerette de dentelle blanche, et surtout cette coiffe à godrons qu'elle n'avait portée qu'une fois pour la procession de la fête de Saint-Suliau. Ses sœurs s'étaient elles aussi astreintes à s'habiller de façon traditionnelle, alors qu'elles ne rêvaient que de tenues plus modernes, à la mode parisienne. Quant à Ludovic et son fils, s'ils avaient abandonné les braies de leurs ancêtres au profit du pantalon droit de ville, ils avaient passé sur leur chemise, à l'ancienne, le *corpuchen*[1] croisé et

1. *Gilet sans manches.*

fermé sur la poitrine, et le *chupen*[1]. Même Kadarn[2], le cheval, semblait plus altier que d'ordinaire entre les brancards du char à bancs, comme fier de transporter le clan Le Braz au complet jusqu'à une agglomération aussi prestigieuse que Brest !

Brest… Moins d'une quarantaine de kilomètres, mais une véritable épopée pour qui ne sortait que rarement de sa ferme !

— Et encore ! assura Ludovic. Le trajet était plus long avant l'inauguration du pont de Plougastel il y a quelques années…

Brest… Une ville remarquable par ses remparts, sa rade et son port de guerre. Une ville pourtant d'un aspect sévère et triste, une impression que contrebalançait le va-et-vient incessant des marins. La plus troublée par cette ambiance était Gwenn, qui ne se souvenait pas avoir jamais vu telle agitation. Cette grande agglomération de plus de soixante-dix mille âmes avait de quoi l'effrayer ! Elle se sentait d'ailleurs aussi effarouchée qu'excitée, allant de découverte en découverte. Ces fortifications de Vauban, d'abord, si massives et intimidantes, puis ces portes monumentales avant d'accéder au cœur de la cité. Que de monde, de piétons, de bicyclettes, de voitures à cheval et d'automobiles pour une fillette n'ayant connu comme foule que celle des processions religieuses de son village ! Elle eût aimé avoir des yeux tout autour de la tête pour observer tout ce qu'il y avait à voir.

---

1. Veste aux manches longues ouverte sur le devant et sans boutons.

2. Le nom du cheval signifie « Vaillant », « Robuste ».

Malgré les invectives des passants et les embarras de circulation, Ludovic arrêta Kadarn sur le côté de la grande rue Saint-Pierre, qui avait ébloui les regards de Gwenn avec les devantures de tous les magasins et cafés qui s'y alignaient d'un bord comme de l'autre.

— Henri, fais bien attention que les filles restent en place ! Je n'en ai pas pour longtemps…

Un instant prétendu bref qui s'éternisa pourtant : il fallait bien marchander le prix de l'intervention de l'horloger ! Le père de famille revint enfin, son mécanisme soigneusement emballé dans un colis de papier kraft.

— Voilà qui va redonner vie à la maison ! s'exclama-t-il en reprenant place sur le char à bancs. Je me sentais un peu comme en deuil, avec ce silence dans nos murs… Bon, ça vous ferait plaisir de faire un tour de ville ? Et d'aller jusqu'aux ports ?

— Oh oui, Tata ! s'enthousiasmèrent aussitôt Gwenn et Naïg.

Leurs deux sœurs soupirèrent : elles eussent préféré avoir le loisir de s'attarder aux vitrines des magasins de mode, de chaussures ou de bijoux, même en sachant que leur père ne leur eût jamais accordé le moindre achat. Mais il faisait si bon de rêver un peu !

De la rue Saint-Pierre, l'attelage déboucha sur le pont National, un pont tournant qui ne pouvait que susciter l'admiration pour des campagnards. Un pont de presque cent vingt mètres de long, composé de deux volées pivotantes se réunissant au milieu du bassin, et dont l'ouverture permettait le passage de grands bateaux… Une prouesse technologique à laquelle seule Gwenn sembla rester insensible. Elle préféra admirer le port militaire avec ses canons, ses navires, ses arsenaux, les casernes de la marine et l'immense grue électrique. Un spectacle pittoresque que jamais elle n'oublierait ! De là, Ludovic Le Braz fila vers la rade, sans raison précise sinon que celle de faire découvrir ce secteur de Brest à ses enfants : un vaste bassin aux nombreuses découpures, communiquant avec la pleine mer par un goulet aux côtes déchiquetées. Si Gaëlle et Soizic, tout comme leur frère Henri, avaient déjà vu ce spectacle, leurs jeunes sœurs ne cessaient de s'étonner : jamais elles n'auraient imaginé ainsi les vagues de la mer, scintillantes sous un soleil à peine voilé, ni la majesté de ces bateaux de guerre ou de commerce qui occupaient les quais... Les yeux écarquillés, Gwenn peinait à admettre que ce qu'elle voyait était bien réel, tant c'était différent du monde qui était le sien ! Malgré son air impassible, son père la considérait avec une étincelle d'amusement dans l'œil, tout en souhaitant qu'elle ne fût pas attirée plus tard par ce miroir aux alouettes : pour lui, la « vraie » vie ne se nichait pas au sein des rues d'une ville, quelle qu'elle fût !

Après une brève promenade à pied le long du cours Dajot abondamment arboré, le chef de famille sortit sa montre à gousset avant de choisir un banc à l'ombre.

— Il est temps de croquer un morceau, je crois... Gaëlle, ouvre donc le panier d'osier que je t'ai confié !

L'aînée des filles s'exécuta avec un soupir. Comme ses sœurs, elle avait tellement envie, pour une fois, de manger en auberge ou dans un de ces restaurants de la rue Saint-Pierre ! Une opportunité qui ne leur avait jamais été offerte... Ludovic le savait, mais il était hors de question de se permettre une telle dépense, surtout à six personnes ! Et puis le panier était bien garni de victuailles toutes issues de Kernadic.

— Henri, prends ces quelques pièces, et va donc acheter une bonne miche de pain ! Même si je doute qu'il vaille celui de chez nous... Quant à vous, les filles, déployez bien vos serviettes : il serait bête de tacher vos tenues !

Tout en parlant, il sortit de la corbeille une bouteille de vin, qu'il entreprit d'ouvrir avec le tire-bouchon du couteau qui ne le quittait jamais. Pour marquer cette sortie, il se contenterait d'acheter quelques friandises et bonbons, ainsi qu'une barbe à papa pour la petite... En attendant, comme en accord avec son maître, le cheval de la maison ne semblait avoir d'autre impatience que celle de retrouver son herbe de Kernadic.

III

Pour Gwenn, le souvenir de cette escapade à Brest s'était depuis longtemps estompé, et elle ne se le remémora qu'en cette fin septembre, pour le pardon de Saint-Cadou, lorsqu'on ressortit de l'armoire ses plus beaux habits. Le gros hameau de Saint-Cadou était situé sur le territoire de la commune de Sizun, et pour les habitants il eût été sacrilège de faire l'impasse sur cet événement ! Quel plaisir d'échanger la coiffe quotidienne par celle de cérémonie en dentelle délicate, à fond gaufré agrémenté de motifs, avec ses ailes droites d'un côté et en dents de loup de l'autre ! De passer la longue robe noire cintrée, maintenue à la taille par un tablier blanc soigneusement brodé, y ajuster les manchettes ajourées. La jeune fille, contrairement à ses sœurs, ne portait pas de guimpe, n'ayant pas encore une poitrine pouvant la justifier, mais elle arborait fièrement son châle de fête rehaussé de décors floraux avec de fines franges réalisées en macramé, une pièce de grande valeur qu'elle conserverait sa vie durant... Quant à son père et son frère, ils s'étaient vêtus à la manière traditionnelle du canton, plastron immaculé, veste et gilet noir ornés de rangées de boutons et serrés près du corps par une ceinture de toile à carreaux, pantalons à pont avec une ouverture large devant et fermée sur les côtés, chapeau rond cerné d'une bande de velours noir, retenue à l'arrière par une boucle de laiton et qui retombait en deux guides sur les épaules.

Chez les Le Braz comme dans toutes les fermes alentour, on se faisait un honneur de ne pas négliger rites et coutumes, plus par attachement à la religion de ses ancêtres que par une foi véritablement ancrée dans les convictions. Bien sûr, on se rendait à la messe dominicale, mais la plupart des hommes allaient rarement plus loin que le café, histoire d'entretenir de solides relations entre habitants d'un même village, d'une même paroisse. On s'attachait à respecter ce code moral, le *recteur*[1] restant le guide et le liant de toute la communauté. Ce qui n'empêchait pas la piété souvent aveugle, enracinée qu'elle était dans les corps et les âmes depuis des siècles : pour les grandes occasions, l'église résonnait d'ailleurs sous la force des voix masculines entonnant le Credo, et ses vitraux arrivaient à en trembler ! Aussi, pour ce pardon, la ferveur était de mise...

La messe, d'abord, face à une chapelle où les places étaient trop restreintes et où les fidèles suivaient la liturgie depuis l'enclos paroissial. Un jour de fête pour chacun, qui se révélait d'autant plus exceptionnel que l'on était jeune. Aussi Gwenn se montrait-elle particulièrement excitée. Toute cette foule en costume l'impressionnait, ainsi que

1. *Curé.*

l'atmosphère de ferveur et de recueillement qui régnait autour du petit édifice religieux. Tout ce monde en famille, dont le bourdonnement confus des conversations s'atténua aussitôt que le prêtre éleva la voix : en ces occasions, le curé était obligatoirement natif des lieux, car il était d'usage de remplacer le rituel en latin par la langue bretonne :

— *Hon Tad, hag a zo en neñv, hoc'h hano bezet*[1]...

Qu'elles étaient moins austères, ces prières, dès qu'elles étaient prononcées dans le dialecte natif !

— ... *Hoc'h hano bezet santified, ho rouantelez deuet deomp...*

Le latin se ressentait tellement obscur, même appris par cœur. Déjà qu'on avait bien du mal à décrypter ce que disaient en français les « étrangers » venant de Paris ou d'ailleurs ! Dans toute la région, on comptait autant de pardons que de lieux de culte, mais le plus important restait le saint patron de « chez soi ». Pour les Le Braz, celui de Saint-Cadou était le plus proche, car Kernadic ne se trouvait guère éloigné du hameau placé depuis toujours sous la protection de ce saint. L'honorer demeurait plus un devoir qu'une obligation, et chacun était fier d'y participer, d'autant plus que de nombreuses familles des villages alentour faisaient le déplacement pour partager ces moments de fête... Gwenn se félicitait de ces festivités qui lui évitaient de se rendre à l'école catholique de Saint-Cadou, à laquelle elle n'était d'ailleurs pas très assidue.

La messe achevée, les murmures des assistants restés à l'extérieur faisaient place à des exclamations

1. *Notre Père qui es aux cieux, que ton nom soit...*

sonores, histoire de clamer fortement le plaisir qu'on avait à retrouver des voisins ou des amis des environs. Ludovic ne s'en privait pas et, si son fils Henri en profitait pour s'approcher des demoiselles du coin, Gwenn et ses sœurs se sentirent vite un peu perdues dans l'agitation qui accompagnait la sortie de la chapelle : pas question pour une fille d'ici de se faire une réputation de dévergondée dès la moindre réjouissance paysanne ! Tandis que les hommes s'agglutinaient devant la buvette improvisée, Gaëlle décida :

— Pendant ce temps, allons donc cueillir des fleurs pour la procession !

Elle ne fut pas la seule : à part les jeunes gens en âge de se chercher compagne ou compagnon, tous les enfants et les adolescents s'éparpillèrent dans les prés et les chemins proches pour y confectionner les plus beaux bouquets. Dans le même temps, tandis que les femmes colportaient nouvelles, rumeurs et ragots des villages et des hameaux, les hommes se regroupaient autour des estaminets et des buvettes improvisés tout autour de la place : en une telle circonstance, l'abstinence n'était pas de mise ! Une pause d'une heure seulement avant la procession, dont on profitait pour échanger ses points de vue sur le climat, la santé du bétail, celle de la famille aussi, ainsi que sur les ambitions de chacun en ce qui concernait son domaine.

— Eh ! Henri... Qu'est-ce que tu deviens, depuis qu'on ne s'est vus ?

— Bof... La routine, Devrig ! Tu connais le père... Il ne me laisse pas trop la liberté de sortir me distraire un peu, parce que pour lui le travail passe avant tout.

— Comme le mien, alors ! J'ai d'ailleurs l'intention d'abandonner la ferme et de fuir le domaine dès que je serai majeur et le service militaire accompli...

— Moi aussi, mais il me faudra plus de patience, j'ai deux ans de moins que toi !

— Pff ! Qu'importent les années, si nous arrivons à échapper à ce trou qui végète en arrière de deux siècles par rapport au reste de la France...

— Oh, oh... je suis tout de même fier d'être breton !

— Moi aussi, Henri... Mais rien n'empêche un Breton de réussir ailleurs qu'en Bretagne ! Et sans s'échiner au cul des vaches...

— C'est bien ce que je pense ! Brest nous offre un bien meilleur avenir que celui de nos domaines...

— Comment ? s'esclaffa Devrig. Brest ? Pour devenir manœuvre sur les quais ? Tu es fou ! Paris est autrement plus propice à nos ambitions, mon ami ! Le progrès nous y ouvre les bras, tant on y a besoin de gars solides et courageux comme nous...

— Paris ? fit mine de s'étonner Henri. Je n'y avais pas vraiment songé...

Ce n'était pas tout à fait vrai, mais il y fallait une détermination et un courage qu'il ne se sentait pas encore en mesure de posséder.

— Pourquoi pas, après tout ? concéda-t-il pourtant.

Ludovic, quant à lui, avait plaisir à discuter avec voisins et amis d'enfance, ainsi qu'avec des paysans venant de villages voisins. Entre gens de la terre, il était coutume d'échanger ses impressions sur les moissons en vue, même si chacun veillait à noircir un peu le tableau : mieux valait se faire plaindre qu'être envié !

— Le blé et le froment ne se sont pas trop bien vendus, cette année… sinon à prix sacrifié !

— Peut-être aurait-il fallu une année de pauvre récolte ? La rareté fait monter le cours du grain !

— Pas sûr, car sans y gagner plus après de maigres moissons… Et toi, Loeiz ?

— Moi, je ne vis pas trop des céréales, mais plutôt du lait de mes vaches ! Alors ça ne va pas trop mal, cette année…

— C'est vrai que tu as de belles prairies et bien plus de bétail que nous tous.

— Oui, mais moins de terres à labourer ! C'est un choix, après tout. Mais faut avoir les surfaces qui s'y prêtent.

— Allez ! Buvons un coup de *chouchen*. C'est moi qui régale…

— À charge de revanche, alors !

Au bout d'un temps, les musiciens du canton commencèrent à donner de leurs instruments, et le son des binious et bombardes remplaça vite le brouhaha des conversations. Les enfants revinrent aussitôt, les bras couverts de gerbes de fleurs, tandis que les hommes abandonnaient leurs verres. Le moment du pardon était proche, et chacun se devait d'y participer ! Progressivement, un silence relatif s'imposa, et tous les villageois se mirent en file pour suivre la procession. Au son des cornemuses et percussions apparut derrière le porteur de la croix processionnelle le meneur de pèlerinage, revêtu d'une longue soutane brodée aux couleurs d'or et d'argent, et arborant fièrement la bannière richement ornée de Saint-Cadou. Quelques musiciens prirent sa suite, aussitôt accompagnés des porteurs de la statue du saint, laquelle trônait majestueusement sur le brancard soutenu par les épaules de quatre costauds de la commune. Les porteurs de bannière des villages voisins s'intercalèrent, et le cortège s'organisa. Bientôt, les fidèles entonnèrent les chants rituels, en priorité le *Kantik Sant Kadou*, en faisant le tour de l'église. Puis un autre tour et un troisième… Le parcours conduisait ensuite à la fontaine du saint, près de trois cents mètres en contrebas de la petite église, après avoir pris la direction de Pleyben et amorcé la montée.

Le chemin débouchait face à la fontaine Saint-Cadou, une sorte d'enclos à trois bassins surmonté d'un pignon en schiste. La croix d'un calvaire la dominait, avec la niche béante avide de retrouver à nouveau la statue sacrée de son saint… Avant qu'elle ne réintégrât sa place, il fallait encore que la cohorte humaine fît plusieurs fois le tour de la fontaine sous la cacophonie des chants et des musiques. Les fidèles les plus attachés aux traditions offraient alors des clous à la statue, sans bien savoir pourquoi : certains rites ancestraux restaient bien mystérieux ! La dernière bénédiction du curé marquait la fin de la cérémonie religieuse, mais les réjouissances étaient loin d'être terminées. Entre membres d'une même communauté, on n'allait pas se quitter ainsi ! Chaque famille sortit alors des paniers un copieux casse-croûte, que l'on arrosa largement des boissons proposées aussi bien aux buvettes qu'aux cafés du hameau. Un vieil homme aux longs cheveux dégoulinant du chapeau hocha la tête en s'adressant à Ludovic :

— Quand je pense qu'il n'y avait ici qu'un minable cabaret !

— Eh ! C'était avant que les ardoisières prennent de l'importance...

— C'est vrai... La pierre bleue abonde dans le coin. J'ai même connu le premier qui a exploité ce schiste : Paul Charreteur ! C'était notre plus proche voisin, quand j'étais jeune. De la bonne ardoise, qui était vendue tant en France qu'à l'étranger. Mais aujourd'hui, nos petites entreprises ferment les unes après les autres : la concurrence des ardoises d'Anjou ou d'Espagne est trop vive !

— Je sais, Eliaz... Saint-Cadou se dépeuple, et il y a trop de maisons qui y restent inoccupées !

— Ainsi va la vie, Ludo ! Ainsi va la vie...

Gwenn ne s'encombrait pas l'esprit de telles considérations ! Toute cette animation n'était pour elle qu'un jeu inespéré, et elle en profitait pour courir à droite et à gauche en compagnie de gosses de son âge... Savait-elle que, si la cérémonie religieuse était officiellement close, nombre de festivités plus païennes allaient se poursuivre jusqu'à nuit tombée ? Ses sœurs plus âgées ne l'ignoraient pas et tentaient déjà, à force de mimiques et d'ondulations lascives, d'attirer l'attention des garçons. Pour leur cadette, cela ne représentait qu'une occasion inespérée de jouer avec des filles et des garnements de moins de dix ou douze ans. L'enfermement à Kernadic qui était son quotidien méritait bien quelques récréations ! Il y avait ce jour-là des jeux pour les enfants, des défis plus sérieux pour les adultes, mais aussi ce que jeunes comme vieux attendaient en s'abreuvant de cidre, de vin ou de *chouchen* : la lutte bretonne ! Le *gouren*... Avec des garçons costauds, des gaillards plus âgés, mais dont les muscles et la carrure impressionnaient tant hommes que femmes ! Pieds nus, bien sûr, avec un pantalon mi-long s'arrêtant au-dessous du genou, une solide chemise à petites manches maintenue par une ceinture... Un combat debout, qui connaissait une trêve dès qu'un des deux adversaires touchait terre avec une autre partie du corps que ses pieds. La lutte reprenait alors, et le vainqueur idéal était celui qui parvenait par projection à mettre son concurrent sur le dos, avec les épaules qui touchaient ensemble le sol avant toute autre partie de son anatomie. Que de puissantes ruées, de coups de bélier, de crocs-en-jambe ! Un véritable spectacle qui enchantait autant grands que petits... Tout était d'ailleurs codifié, et trois arbitres comptabilisaient les fautes et s'assuraient de l'équité du combat.

Ceux qui se lassaient de ces affrontements pouvaient toujours retourner à la placette où s'évertuaient les musiciens : toutes les fêtes et réjouissances demeuraient le prétexte de danses où se retrouvait la jeunesse, mais que bien souvent les parents rejoignaient tant pour s'amuser eux-mêmes que pour garder un œil sur leur progéniture ! Les rondes ou les évolutions de cortèges de couples, jeunes ou vieux, s'organisaient au son des tambourins, des binious, des bombardes, des hautbois et des cornemuses. Depuis la Grande Guerre, ces airs coutumiers étaient un peu en déclin, mais dans la région on tenait à ce qu'ils demeurent vivaces !

— Heureusement qu'il n'y a pas encore ici de ces *boests an diaoul*[1] qui nous pourrissent nos ritournelles de toujours ! fulmina Loeiz Couennec, qui avait horreur de l'accordéon.

— S'ils nous sortent des mélodies « de chez nous », pourquoi pas ? rétorqua Ludovic. Mais ce n'est bien souvent pas le cas !

— Je ne te le fais pas dire ! Mais moi, je ne supporte pas ces notes horribles dans les oreilles…

Henri était tout proche, et il haussa les épaules : binious et cornemuses étaient bien aussi criards, non ? Il préféra laisser son père à la buvette pour tenter quelques pas de danse avec les belles du canton. Il n'y avait qu'ainsi qu'il pouvait envisager des affinités pouvant l'amener, plus tard, à fonder une famille… Mais il savait aussi que les mariages, en ces contrées rurales, étaient plus une affaire de fortunes relatives que de sentiments vrais. Ce qui voulait dire, pour lui, rester sa vie durant à Kernadic, une hypothèse qu'il rejetait de plus en plus ! Non, son avenir ne pouvait résider que dans de grandes villes, là où l'on pouvait gagner chaque mois un argent plus important que ce dont le gratifiait son père au terme d'une année complète… Bof… Cela ne l'empêchait nullement de profiter de l'occasion pour côtoyer de jolies filles, en espérant malgré tout qu'il y en eût une assez peu farouche pour se montrer plus coquine que les autres ! Il n'y croyait pas trop, mais… savait-on jamais ?

1. *Boîtes du diable.*

IV

Comme bien souvent, le temps restait maussade. Pas de véritables précipitations, mais des averses incessantes et des bruines qui eussent été tristes si on n'y était accoutumé ! Cette humidité, chacun savait bien qu'elle était nécessaire pour la verdure des prairies d'où les vaches tiraient un si bon lait. Si le poil du bétail était souillé de terre et de boue, le beurre et le fromage n'en étaient pas moins d'excellente qualité, bien au contraire ! Ce matin-là, Gwenn avait donné l'herbe, le foin, et les restes de salade aux lapins, et elle s'occupait du grain des poules avant de recueillir leurs œufs dans son panier d'osier. Tous les jours, lorsqu'elle ne se rendait pas à l'école, elle participait ainsi aux travaux de la ferme à la mesure de ses forces. Elle aimait d'ailleurs avoir la responsabilité de ces tâches, et côtoyer ces animaux familiers l'enchantait. Si elle ne s'adonnait pas encore aux soins et à la traite des vaches, elle adorait néanmoins rejoindre Kadarn à l'écurie.

— Ça va, mon beau ?

Le cheval semblait également apprécier sa présence, sa façon de lui flatter l'encolure, de lui caresser le front et le chanfrein, de lui chuchoter des mots doux... Dès qu'elle apparaissait, il manifestait sa joie par des hennissements particuliers qu'il n'émettait qu'à son intention.

— Tiens, mon brave...

Gwenn n'oubliait jamais de lui apporter en plus de sa ration une gourmandise : quelques flocons d'avoine, une pomme ou une carotte... Elle lui tapota une dernière fois l'arrière-train avant de sortir de l'écurie, puis tendit l'oreille. Un bruit de moteur ? Sur ces chemins bourbeux ? Voilà qui était extraordinaire, dans la région ! Elle n'était pas la seule à avoir entendu, et toute la famille Le Braz se retrouva dans la cour. Qui pouvait bien venir en automobile à Kernadic ? Ludovic fronça les sourcils : les gens de la ville apportaient rarement de bonnes nouvelles ! Une luxueuse voiture blanche maculée de terre et d'éclaboussures s'arrêta dans les flaques sous le porche d'entrée. Quelle ne fut pas la surprise pour tous d'en voir s'extirper en premier leur voisin, Loeiz Couennec.

— Toi ? s'exclama Ludovic. Mais que viens-tu faire, avec ces... avec ces gens ?

— Doucement, Ludo... Il n'y a rien de grave !

Tandis qu'un homme en costume citadin et une femme élégamment vêtue descendaient à leur tour du véhicule, Loeiz précisa :

— Ce sont maître Antoine Pasquier et son épouse Loanne, de Paris !

— Bien... Et que viennent-ils faire chez moi ?

Les deux paysans s'étaient exprimés en breton, et ils eurent la surprise d'entendre la Parisienne s'exclamer dans la même langue :

— Ne vous inquiétez pas ! Nous ne vous voulons aucun tort, bien au contraire…

Ludovic se radoucit aussitôt devant une interlocutrice évidemment bretonne d'origine. Loeiz reprit :

— Ces gens de bonne famille sont tout d'abord venus me voir à Rozoutreff. Mais comme je n'ai pu satisfaire à leur demande, j'ai pensé à toi !

— Moui… et de quoi s'agit-il ?

Le conducteur de la belle voiture devait avoir lui aussi des notions de breton, car il répondit, mais en français :

— C'est assez simple. J'ai une grande demeure à Paris, où je suis avocat… assez réputé, je dois le confesser. Je suis à la recherche d'une jeune employée de maison, et M. Couennec a pensé que cela pourrait éventuellement vous intéresser !

Le maître de Kernadic jeta un bref regard de travers à son voisin avant de s'inquiéter, en un français hésitant :

— En quel honneur ? N'y a-t-il pas assez de monde à Paris pour y trouver une bonne ?

La femme de l'avocat s'avança et préféra répondre à la place de son mari, jugeant que la conversation serait plus aisée en breton :

— Vous savez, je suis originaire d'une grosse ferme de la région de Quimper, et je suis bien placée pour savoir que les filles de nos monts d'Arrée sont plus sérieuses et plus courageuses que n'importe où ailleurs en France !

Si un éclair d'intérêt s'alluma dans les yeux de Gaëlle et de Soizic, qui rêvaient depuis toujours de rejoindre la capitale, il n'en fut pas de même pour leur père, qui cracha à terre.

— Je sais trop comment cela se termine ! Combien de celles qui sont parties ont-elles échoué sur les trottoirs de Paris, à y mendier ou à y vendre leur corps ? Combien ne se sont-elles pas fait engrosser par leur maître ou un quelconque valet ?

— Je ne l'ignore pas, monsieur Le Braz ! Mais ce ne sera pas le cas chez nous. Nous sommes une honnête maison...

— On dit ça, mais mes filles ne sont pas à vendre !

— Loin de nous l'idée d'en acheter une, croyez-le bien... ni d'en faire une esclave corvéable à merci ! Si nous en tombons d'accord, il est dans notre intention non seulement de vous en dédommager par une rente annuelle élevée, mais encore de lui donner une éducation en plus de son apprentissage des tâches que nécessite un logis tel que le nôtre.

Ludovic haussa les épaules.

— De toute façon, comme je n'ai qu'un fils, mes grandes me sont de la plus grande utilité, ici !

— Pour tout dire, avoua la bourgeoise, nous envisagions plutôt une jeune personne de l'âge de celle-ci...

Si Naïg fut soulagée de ne point être désignée, Gwenn pâlit en voyant l'index ganté qui se pointait sur elle. Son père repoussa son chapeau en arrière pour se gratter la tête. Il ne s'attendait certes pas à une telle proposition concernant la petite ! Depuis longtemps déjà, il se posait la question de ce qu'il pourrait bien faire d'elle, au domaine, avec quelques années de plus. Trop faible pour des travaux d'hommes ! Quant au reste, ses deux aînées et Naïg suffisaient bien... Finalement, en grandissant, elle deviendrait vite une bouche inutile à nourrir. Et, pour tout dire, ces bourgeois de Paris avaient l'air plutôt sympathique, malgré leur différence sociale ! Et puis… et puis la dame avouait bien des origines paysannes… et surtout bretonnes. Comme si elle avait lu dans ses pensées, la femme de l'avocat ajouta :

— Nous avons les moyens, vous savez… Et si la petite fait l'affaire, outre les gages qu'elle percevra, la rente que nous vous offrirons en dédommagement vous permettra largement de vous louer les services d'un valet ! J'ai cru comprendre qu'il manquait de bras d'hommes, ici ?

Le père de Gwenn hésita un instant, puis s'écarta.

— Cela demande réflexion, après tout… Mais entrez donc, au lieu de rester sous ce *glizh*[1] !

Ludovic fit mine de ne pas remarquer l'inquiétude de sa benjamine, la déception à peine cachée de ses sœurs, et l'indifférence affichée de son aîné, mais s'étonna plutôt de la simplicité avec laquelle ce couple aisé pénétrait dans son pauvre logis sans se soucier de la fange de la cour.

— Ce n'est pas le grand luxe, mais prenez place… Vous boirez bien une bolée du cidre de mes pommes ?

Il se doutait bien que ce n'était pas là la boisson quotidienne de ses hôtes imprévus, mais la politesse exigeait de les accueillir sous son toit selon la coutume ! Aussi fut-il surpris d'entendre Loanne Pasquier lui répondre :

— Volontiers ! Mon mari et moi, cela fait une éternité que nous n'en avons avalé une goutte… Je

1. *Bruine.*

suis très heureuse de retrouver l'atmosphère d'un *pen ti*, vous savez ? Cela me rappelle mon enfance !

Tandis que Gaëlle et Naïg allaient chercher une bouteille au cellier, elle précisa :

— Mon époux comprend bien un peu notre belle langue, mais il serait incapable de répondre. Je lui traduirai donc nos propos en *galleg*[1] !

Bien qu'habitués au luxe de leur demeure parisienne, cette pimpante quadragénaire et son mari paraissaient tout à fait à leur aise au sein de la rusticité de cet intérieur paysan. Sans hésiter, ils goûtèrent à la boisson pétillante sans juger de la propreté relative des bolées de grès.

— *Mat eo*[2] *!* apprécia l'avocat en faisant l'effort pour prononcer ces deux syllabes en *brezhoneg*[3].

Sa femme prit le relais pour entrer dans le vif du sujet :

— Je suis née près de Locronan, en pays Glazik, dans une des rares familles paysannes aisées de cette région alors assez misérable, confessa-t-elle. À mon mariage, notre bonne, Guillermine, qui m'avait élevée depuis mes premiers langes suite à la mort de ma mère, a tenu à m'accompagner à Paris ! J'étais un peu comme sa propre fille, vous comprenez ? Depuis, c'est elle qui s'occupe de toute l'intendance, des repas et de l'entretien de la maison. Jusqu'ici, elle n'a accepté aucune aide, mais

---

1. *Français.*

2. *C'est bon !*

3. *Breton.*

elle devient âgée, et je voudrais qu'elle forme une jeunette pour peu à peu la remplacer…

— C'est bien beau, objecta Ludovic. Mais tout de même, bonniche, ce n'est pas ce dont on peut rêver pour sa propre fille !

— Détrompez-vous, monsieur Le Braz. Nous nous occuperons de son éducation, de la façon de bien se tenir dans le beau monde, lui apprendrons à parler correctement le français, et Guillermine saura en faire une parfaite employée de maison ! Aussi, dans le futur, si elle y met du sien, votre petite pourra être aisément engagée dans la haute société, où l'on s'arrache les domestiques expérimentées à prix d'or. J'espère qu'elle ne nous abandonnera pas pour en arriver là et qu'elle nous restera fidèle, mais il faut savoir que, si elle fait l'affaire, elle aura les compétences pour prétendre à des gages qui feraient rêver bien des jeunes femmes !

— Oui, oui… si elle fait l'affaire, comme vous dites ! Et c'est loin d'être prouvé… Jusqu'ici, à part tenir un balai, elle ne s'est occupée que des poules et des lapins, à Kernadic.

Antoine Pasquier intervint alors en français :

— Il va de soi qu'une période d'essai sera nécessaire ! admit-il. Mais qui vous sera payée, rassurez-vous… Nous ne voulons vous forcer la main en aucune manière, vous savez. Mais j'estime que pour une enfant de son âge qui n'a pas d'avenir en son foyer, c'est une opportunité qui sera aussi profitable pour elle que pour vous !

De plus en plus ébranlé par les arguments du couple, Ludovic Le Braz bougonna :

— Il faut bien peser le pour et le contre. Ce n'est pas une décision à prendre à la légère !

— Je m'en doute bien, monsieur Le Braz. C'est pourquoi nous ne vous mettons pas le couteau sous la gorge ! Mon épouse et moi-même allons passer une semaine chez sa famille à Locronan. Nous prendrons votre réponse au retour, si vous le voulez bien ?

— Pourquoi pas, après tout, concéda le père de Gwenn. Mais... nous n'avons pas encore parlé de *gwenneien*[1]...

— J'allais y venir. Et quelque chose me dit que vous ne serez pas perdant, bien au contraire !

— Bon ! décida le paysan en se tournant vers ses enfants. Vous tous, retournez à vos occupations ! Nous avons à discuter entre adultes...

En sortant de la pièce, Gwenn eut toutes les peines du monde à retenir ses larmes. Elle avait bien compris qu'on allait la marchander comme du bétail à la foire ! Elle se força pourtant à se montrer courageuse et ravala les sanglots qui lui montaient à la gorge : même pour une fille de son âge, il ne se faisait pas de pleurer devant le regard d'autrui...

*

* *

Comment faire fi de son désarroi ? Gwenn se sentait si bien auprès des bêtes dont elle s'occupait ! Elle se doutait bien que son père semblait prêt à céder aux arguments de ces gens « venus d'ailleurs », mais cette aventure qu'on lui promettait merveilleuse

1. *Sous.*

lui apparaissait à rebours comme une désastreuse hantise : comment imaginer quitter ces murs qui l'avaient vue naître, se retrouver dans une demeure inconnue, loin de sa famille, perdue dans un milieu sans âme, sans animaux, à s'échiner à récurer les sols et brosser les parquets ? Non ! Si son père se laissait ainsi corrompre, jamais plus elle ne le considérerait comme son *tad* ! Elle était pourtant consciente qu'elle ne pouvait s'opposer à la décision qui allait être prise. Que pesait l'avis d'une enfant de son âge dans ces tractations d'adultes ? Oh, bien sûr, les Pasquier se montraient assez sympathiques, mais leur tenue de ville seule avait l'art de l'effrayer. Quelle était cette vie de Paris qu'elle considérait comme appartenant à un autre monde, un monde inquiétant sans vaches et sans prairies, avec encore plus de murs et de façades que ce qu'elle se rappelait de Brest ? Et puis comment comprendre que ses sœurs pussent envier le sort qui se profilait pour elle ? Dans l'attente de cette échéance qu'elle appréhendait, elle s'épanchait chaque nuit en larmes silencieuses dans le lit-clos qu'elle partageait avec Naïg, Soizic et Gaëlle en occupant un second…

Ludovic Le Braz était en proie aux mêmes doutes, mais désirait prendre la décision la plus juste possible, tant dans l'intérêt de la petite que dans celui du domaine ! Ainsi, ce matin-là, il se fit violence pour étouffer les sentiments qui l'habitaient avant d'oser aborder le sujet face à face avec la fillette :

— Je sais que je suis un peu bourru, ma petite… Mais tu sais aussi que je t'aime ! Et j'hésite toujours pour ce qui concerne la proposition de ces Parisiens.

Sans même penser à ce que ce… ce marché pourrait rapporter à Kernadic, j'en viens à envisager que ce serait peut-être une chance pour toi.

— Mais, père…

— Je comprends que tu aies peur de l'inconnu qui t'attend, ma fille ! Mais si cet avocat et sa femme sont vraiment sincères, ce serait pour toi une véritable envolée, non ? Une bonne place bien payée, alors que tu n'es qu'une gamine, une occasion d'apprendre un français correct, et de plus un vrai métier…

— Mais…

— Mais… mais quoi ? rétorqua brusquement son père. C'est à moi de décider ! Et si je n'ai pas encore décidé de ce que je vais faire, je voulais seulement savoir ce que tu en pensais… Mais je constate que c'est une perspective qui ne t'emballe nullement ! Je souhaite pourtant que tu y réfléchisses sérieusement, même si c'est moi qui aurai le dernier mot.

Gwenn baissa la tête. Il n'était pas dans les principes de la maison de tenir front à Ludovic Le Braz ! Surtout qu'elle n'était encore qu'une enfant… Il n'empêchait qu'elle envisageait cette séparation comme une déchirure. Comment eût-elle pu comprendre que ses sœurs pussent être jalouses de l'avenir qu'on lui promettait ? Déjà, à contrecœur, elle se résignait à subir ce qu'on allait sans doute lui imposer.

« *Ma Doue*[1] *!…* Je n'ai pas le choix, mais dites-moi ce que je dois croire… »

Un soir de plus, elle se coucha la peur au ventre…

---

1. *Mon Dieu !*

V

La jeune fille le redoutait, et la menace se précisa un beau matin quand la Citroën blanche de ces « étrangers » de la capitale réapparut dans la cour de Kernadic. Aussitôt, elle s'enfuit jusqu'au lit-clos pour y cacher ses larmes et n'en sortit que lorsque ses pleurs eurent séché. Elle revint ensuite, tête basse, jusqu'au seuil de la porte où son père accueillait Antoine Pasquier et son épouse. Tout en saluant le paysan, l'avocat s'informa :

— Alors… Qu'en est-il de ce que nous avions évoqué lors de notre première rencontre ?

Pour une fois, Ludovic se contraignit à répondre en français :

— Il nous faut encore en causer… mais j'y suis plutôt favorable, après mûre réflexion ! Le problème, c'est que la petite ne semble guère encline à quitter sa famille et le domaine.

— C'est bien naturel ! intervint Loanne Pasquier en breton. Elle doit ressentir cette possible séparation comme une déchirure. Mais nous ferons tout pour qu'elle se sente à l'aise chez nous, et je gage qu'elle s'y plaira bientôt tout autant qu'ici !

— Je l'espère, mais j'en doute…

— De toute façon, insista le Parisien, seul un essai pourra nous le dire ! Ça n'engage à rien de tenter de l'habituer à un nouveau mode de vie... Si elle y est trop rétive, tant pis ! Nous chercherons ailleurs !

— Non, non ! C'est moi le maître, ici ! Et la petite doit m'obéir...

— J'espère que quelques jours au sein de notre demeure, ainsi que la maternelle attention de notre brave Guillermine arriveront à la rendre moins sauvage...

— Et surtout plus docile ! s'emporta un peu Ludovic.

— Allons, allons... Ce n'est encore qu'une fillette ! Ma vieille nounou saura bien lui faire changer d'avis. Et puis nous avons quelques mois pour juger si votre... Gwenn, c'est bien ça ? Si votre Gwenn se montrera à la hauteur de ce qu'on attend d'elle.

— C'est bien ainsi que je l'entends ! Mais si nous en tombons d'accord, j'y ajouterai une exigence : que ma Gwenn me revienne au moins quelques jours par an...

Mme Pasquier se fendit d'un sourire rassurant.

— Même plus, monsieur Le Braz ! Je me rends chaque année chez ma famille, une ou deux semaines selon les cas, et ce me sera une joie de permettre à cette petite de retrouver les siens...

— Bon ! L'affaire est réglée, alors ?

— Je sais que chez nous on tope dans la main, répondit la femme d'Antoine Pasquier. Mais je tiens à ce que tout ce que nous venons d'évoquer soit couché sur papier ! Vous comprenez, mon époux est avocat et il veut que les choses soient faites dans les règles, d'autant plus que votre fille n'a qu'à peine douze ans, et qu'on ne saurait la soumettre comme tant d'autres maisons à un rôle d'esclave !

— Je l'espère bien ! s'exclama le maître des lieux en accompagnant son propos de quelques jurons qui ne lui étaient pas coutumiers. Sinon, tout paysan que je sois, je n'hésiterais pas à attraper votre avocaillon de mari par la cravate et à lui défoncer la tête !

— Qu'allez-vous penser là, monsieur Ludovic ? Si orgueil il y a, le nôtre est de respecter la volonté de chacun et de récompenser à sa juste mesure le fruit du travail de ceux qui nous servent ! J'ajouterai que, n'ayant jamais pu mettre un enfant au monde, c'est moi qui insiste pour avoir à mes services une fillette plutôt qu'une adolescente. Si nous nous entendons bien, votre fille sera peut-être aussi alors un peu la mienne…

Le père de Gwenn se troubla pour la première fois depuis le début de la conversation. Il était veuf depuis tellement d'années que cette allusion ne pouvait que l'émouvoir.

— Promis ? Si je vous la laisse, vous en prendrez vraiment soin ?

— Promis, monsieur Le Braz !

— Bon ! Dites à maître Pasquier que je veux bien signer… Bon… en fait je ne sais pas écrire, mais…

— Mais devant témoins, cet acte ne pourra qu'être considéré comme officiel, et vous ne prendrez ainsi aucun risque !

— Alors je vous fais confiance, pas parce que vous êtes femme d'un notable de Paris, mais parce que vous êtes une Bretonne née à seulement quelques kilomètres de chez moi, et que vous avez comme moi connu la vie de fermes aussi modestes que la mienne… J'espère seulement ne pas m'être trompé sur vos intentions envers ma gosse.

— N'ayez aucune inquiétude, *Aotrou*[1]. Nous sommes une famille respectable qui s'est depuis longtemps écartée des pitoyables usages du siècle passé concernant le petit personnel domestique ! Pas question de faire travailler votre fille quinze à seize heures par jour, ni de la loger dans une mansarde infecte et sans lumière ! Je vous le répète, hors les services que nous exigerons d'elle, je désire plus que tout que votre Gwenn me soit comme l'enfant que je n'ai jamais eue et qu'elle me considère un jour comme la mère qu'elle n'a que si peu connue…

Pour la seconde fois depuis le début de la conversation, Ludovic se sentit vraiment ému par ces simples mots : il avait tant aimé sa défunte Rozenn ! Le seul fait que cette bourgeoise l'ait évoquée fit définitivement basculer ses dernières réticences.

— J'accepte ! dit-il en topant dans la main que lui tendait Loanne Pasquier.

C'était bien la première fois qu'il concluait ainsi un marché avec une femme ! Un marché ? Il eut aussi honte d'une telle pensée : quoi qu'il en pensât, sa petite Gwenn lui manquerait pourtant. Mais enfin, si c'était pour son bien ?

*
* *

1. *Monsieur.*

Tandis que le bruit de moteur s'éloignait, Gwenn restait comme statufiée, vidée de toute force et l'âme en vrac. Ainsi, son sort était donc scellé ? Son père se débarrassait d'elle comme d'un colis encombrant ? Une fois de plus, elle retint les larmes qui lui montaient aux yeux et seuls ses cils se mouillèrent un peu. Un peu gêné tout de même, Ludovic s'avança vers elle pour lui tapoter l'épaule.

— Allons, petite... Ce n'est pas un drame, après tout ! Et peut-être pour toi l'occasion de t'ouvrir au monde. De toute façon, si ça ne va pas, tu retrouveras ta place auprès de nous. Qu'est-ce que ça te coûte d'essayer ? Leurs propositions me paraissent plutôt avantageuses, pour toi comme pour moi et le domaine. Et puis ces Parisiens semblent de bien braves gens, qui ont promis de s'occuper au mieux de toi...

La fillette baissa la tête, désemparée à l'idée d'affronter un avenir inconnu. Incapable de tenir front à son père, elle bredouilla d'une voix cassée :

— C'est quand que je devrai partir ?

— Tu as trois jours pour t'y préparer, ma belle...

— Trois jours seulement ?

— C'est amplement suffisant, non ? D'autant plus que tu n'auras guère de choses à emporter : les Pasquier se chargent de te vêtir à leur goût... et à leurs frais.

Gwenn ne répondit que par un soupir. Manifestement, la perspective de quitter Kernadic et les siens ne l'enchantait guère, ce qui irrita ses aînées.

— Tu ne te rends donc pas compte de la chance que tu as, petite gourde ? fulmina Gaëlle. Moi, à ta place, je serais déjà partie avec eux !

— Et moi aussi ! ajouta Soizic. Ce que tu peux être bête !

— C'est à n'y pas croire : Paris ! reprit Gaëlle. Depuis le temps que j'en rêve !

— Moi, confessa timidement Naïg, j'aimerais bien que tu ne partes pas…

Ludovic les interrompit en haussant la voix :

— Vous, les filles, on ne vous a rien demandé ! Vous feriez mieux de rejoindre votre frère. Il y a encore de l'ouvrage, ici ! Quant à toi, Gwenn, reste avec moi, nous avons à parler…

La fillette obéit sans enthousiasme et s'assit au bout du banc. Son père prit place face à elle, de l'autre côté de la table et, après un moment de silence un peu pénible, il s'adressa à elle d'un ton grave qu'elle ne lui connaissait pas :

— Ma fille, je sais que c'est dur pour toi. Pour moi aussi, crois-moi. Ce n'est pas facile de prendre une telle décision ! Mais il ne faut pas que tu considères cela comme une punition, bien au contraire…

Gwenn ne répondit pas, les yeux obstinément fixés sur le plateau de la table. Après un soupir, le maître de maison reprit :

— Il y a tant de choses à faire, ici, que tu négliges souvent l'école. Cet avocat et sa femme m'ont promis de prendre en charge ton éducation, tout au moins jusqu'à ce que tu parles correctement le *galleg*. Cela te servira, je t'assure : je regrette beaucoup de si mal le maîtriser ! Et puis tu vas apprendre un métier qui, si j'en crois ce que m'a dit Mme Pasquier, est très recherché à Paris. Et tu percevras des gages… Et tu seras logée de façon décente, ce qui est loin d'être le cas de la majorité des domestiques !

Devant le manque de réaction et le silence de sa fille, il ajouta :

— Si je ne me trompe pas, ces gens-là sont sincères et sympathiques. Avec un peu de chance, ils te seront peut-être un peu une seconde famille. Ils semblent regretter de n'avoir jamais eu d'enfants et, si tu te montres obéissante en faisant preuve de bonne volonté, je ne doute pas que tu seras heureuse, auprès d'eux…

Gwenn osa alors relever le nez pour objecter d'un ton boudeur :

— Vous nous avez toujours dit de nous méfier des gens des villes et des Parisiens ! Et que Paris était l'antre du *diaoul* !

Son père émit un petit rire embarrassé.

— J'ai peut-être un peu exagéré ! Sans doute parce que j'avais peur que ton frère Henri et que tes deux sœurs les plus âgées s'enfuient un jour de Kernadic… Je sais d'ailleurs que je n'ai pas tout à fait réussi et que l'envie d'être un jour citadin pour l'un, ou citadines pour Soizic et Gaëlle, leur trotte encore dans la tête. Pour toi, c'est différent : comme petite avant-dernière de la famille, tu seras toujours défavorisée ici, tant pour les tâches à assumer que pour te trouver plus tard un bon parti avec une belle dot ! Là-bas, dans la capitale, on ne parle plus de dot comme à la campagne… Et de plus, tu pourras d'année en année amasser un pécule qui peut devenir important.

La petite haussa les épaules : elle était bien trop jeune pour songer déjà au mariage ! Son père usa d'un dernier argument :

— Bien plus que ton frère et tes sœurs, tu aimes Kernadic comme une vraie Le Braz, n'est-ce pas ?

— Oui, bien sûr...

— Alors tu dois savoir que, faute de bras d'hommes, nous survivons de la ferme plus que nous en vivons ! Nous n'avons que peu d'argent, et si ton aîné Henri venait à quitter ces terres, Kernadic ne s'en relèverait pas, car je n'ai pas les moyens de louer un valet ou des domestiques de domaine. Tu as désormais l'opportunité de sauver la propriété léguée par nos ancêtres...

— Moi ?

— Mais oui ! Pour s'octroyer tes services, Antoine et Loanne Pasquier me paieront une rente annuelle largement suffisante pour engager un ou deux aides, et c'est ainsi que Kernadic aura grâce à toi une chance de prospérer à nouveau...

Gwenn n'avait nullement songé à tout cela, et elle se troubla. Ainsi, pour la première fois depuis sa naissance, elle se trouvait investie d'une responsabilité qu'elle ne soupçonnait pas. Malgré tout, elle en ressentit une certaine fierté. Si elle avait toujours une peur viscérale à la pensée d'être contrainte à s'exiler de sa Bretagne, elle devait admettre qu'il y avait peut-être une autre manière de voir les choses. Ainsi, son sacrifice pouvait permettre à Kernadic d'échapper à la ruine et à la misère ! Mais était-ce vraiment un sacrifice, après tout ? Et si son père avait raison, si ces Parisiens allaient lui assurer une vie meilleure ? Elle hésita.

— C'est vrai ?

— C'est même une évidence, ma fille… Tu vois bien que je ne peux vous acheter les vêtements qui vous siéraient le mieux, ni acquérir un autre cheval ou de nouvelles bêtes, ni envisager des travaux dans le *pen ti*… Pas plus que de vous régaler de quelques gâteries. Souviens-toi de notre casse-croûte à Brest : j'aurais tellement préféré vous entraîner tous dans un restaurant ! Seulement voilà, il ne faut pas péter plus haut que son *revr*[1], comme on dit…

C'était bien la première fois que l'auteur de ses jours se laissait aller à de telles confidences ! Jamais elle ne se serait doutée qu'il se trouvait ainsi frustré de ne pouvoir offrir à sa famille un peu de luxe et d'amusement… Pourquoi n'avait-il jamais montré qu'il avait un cœur moins sec qu'on eût pu le croire ? Il était vrai qu'en pur Breton il répugnait à trahir ses sentiments, même envers ses proches. Après un nouveau silence, Gwenn capitula :

— Je veux bien faire de mon mieux, *Tad*… Et essayer ! Mais est-ce que j'en serai capable ? Cette grande ville, moi, ça me fait peur.

— Comme je te connais, je sais que tu feras honneur à notre nom !

Étrangement, Ludovic se leva de son banc pour s'approcher de sa fille, puis il lui posa un bref baiser sur le front. Gwenn en resta presque paralysée de surprise. Aussi loin que remontait sa mémoire, elle ne se souvenait pas d'un tel geste de tendresse de la part de son père ! Les larmes qui suintèrent aussitôt sous ses paupières n'étaient plus causées par

1. *Cul.*

l'appréhension de ce que lui réservait Paris, mais par cette attention si peu coutumière aux habitudes de la maison… Bien qu'étant encore méfiante, la jeune fille se convainquait peu à peu que Kernadic n'avait peut-être plus aucune chance de remonter la pente sans elle ! Et puis son père ne lui avait-il pas fait miroiter qu'elle aurait en la capitale un avenir plus envieux que celui qui attendait ses aînées ? Oui, c'était décidé ! Sans doute valait-il mieux tenter l'aventure plutôt que de rester une sorte de soubrette sans gages au sein de son propre domaine ? Ce fut un peu plus optimiste qu'elle réintégra ses draps, sans pourtant envisager ce que serait sa vie future : Kernadic, Kernadic ! De manière tout à fait inattendue, elle se sentait presque responsable du futur de ces murs qui lui étaient si chers… Encore sceptique, Gwenn se contraignit finalement à accepter le fait accompli, et elle passa toutes ses heures de liberté à préparer au mieux sa séparation des lieux et des gens qu'elle avait toujours connus. Une pensée la retint un instant : comment annoncer à sa maîtresse d'école que, si elle ne se présentait plus que rarement devant le préau, dorénavant elle ne mettrait plus les pieds dans la salle de classe ? Avec un soupir d'exaspération, elle jugea que ce n'était plus de son ressort : elle se soumettait contre sa volonté profonde, et son père saurait bien arranger les choses…

VI

C'ÉTAIT À PEINE SI ELLE SE SOUVENAIT de ses adieux à Kernadic ! Et elle se sentait presque terrorisée d'être embarquée dans cette boîte métallique roulante : c'était la première fois qu'elle faisait un trajet en automobile, et son cœur battait plus vite, partagé entre l'excitation de cette première expérience et l'angoisse qui lui remuait les tripes au moindre virage… Pourtant, au fil des kilomètres, elle se détendit, bien qu'elle n'eût pas prononcé une seule parole depuis que la voiture avait démarré de la cour de cette ferme qui avait toujours été son seul univers. Laissant libre la place avant à côté du conducteur, Loanne Pasquier avait préféré s'installer à l'arrière auprès de Gwenn. La gamine ne se sentait guère rassurée, avec ce bruit de moteur, ces embardées, ces secousses sur les chaussées défoncées, les ornières, et ce vent qui sifflait aux jointures des portières… La femme de l'avocat tentait de la calmer, mais sans trop la presser pour qu'elle ne se braquât pas :

— Allons, petite… Ce n'est rien, il suffit de s'y habituer ! C'est tout de même plus amusant que le chemin de fer ou le char à bancs, non ? Tu veux manger un fruit ? Ou un morceau de fromage de chez toi ?

Seul un mouvement négatif de la tête lui répondit.

— Comme tu veux ! Mais le trajet est long, tu sais. Nous n'arriverons pas à Paris avant la nuit, à moins que nous ne fassions une halte dans un hôtel ! Mais nous nous arrêterons tout de même dans un restaurant de bord de route sur le coup de midi. J'espère que le voyage t'ouvrira l'appétit.

Gwenn resta bouche cousue, tout en appréciant pourtant la nouvelle : jamais encore elle n'était entrée pour s'attabler devant une table d'auberge ! Mais elle se trouvait pour l'instant tellement perturbée par son départ de Bretagne... Elle soupira : jusque-là, l'avocat et sa femme se montraient plutôt gentils avec elle. Commençant à s'accoutumer aux trépidations de la mécanique du véhicule, elle osa enfin s'attacher à regarder le paysage au travers de la vitre. Elle en fut presque saisie de tournis, tant les arbres et les prairies défilaient follement devant ses yeux ! Comment eût-elle pu imaginer cette vitesse, habituée qu'elle était au trot de Kadarn ? Oui, déjà, après seulement une demi-heure de trajet, elle se trouvait projetée dans un autre monde, un monde qui n'était pas le sien... Arriverait-elle à s'y accoutumer ? Quel étonnement, pourtant, à découvrir ces collines et ces vallées qui lui étaient totalement étrangères, ces villages, ces étangs, ces forêts, et cet horizon changeant que jamais on ne semblait pouvoir atteindre...

Antoine Pasquier, accroché à son volant, s'inquiéta soudain :

— La petite n'est pas trop affolée ?

— Non, non, elle s'adapte ! répondit son épouse Loanne. Elle commence même à s'intéresser à ces paysages qui lui sont tout à fait inconnus… Mais je pense qu'il ne serait pas raisonnable de rejoindre la maison sans faire étape : nous ne sommes pas loin de cinq à six cents kilomètres de chez nous !

— Ne t'inquiète pas, nous nous offrirons un bon repas à Rennes. Pas question pour moi de conduire du matin jusqu'au soir sans aucun arrêt ! Même avec ce petit bolide… Nous nous arrêterons ensuite demain avant Le Mans ou Chartres. Car je suppose que, fatigué que je serai par la conduite, il serait bon de passer la nuit à l'hôtel avant de rejoindre Paris. Nous ne sommes pas pressés, après tout !

Finalement, le Parisien semblait sans cesse reculer le moment de remettre les roues dans la capitale, et il profita de chaque halte pour s'attarder un peu, que ce fût sous prétexte de manque d'essence ou d'un petit creux au niveau de l'estomac. Rennes… Une ville que n'apprécia pas particulièrement la jeune fille, malgré son attrait pour tout ce qui la changeait de son univers paysan : une ville à l'aspect froid et sévère, dont les grandes places et les rues rigides lui déplaisaient.

— Ne t'affole pas, petite… Nous ne nous y arrêtons que pour manger un morceau ! Mais avant, il conviendrait de t'offrir une autre tenue que celle-ci !

Gwenn se sentit un peu vexée de ce jugement, car en accord avec son père elle avait revêtu pour son départ ses plus beaux habits. L'avocat poursuivit :

— Je connais bien les lieux, car je m'y arrête chaque fois que le hasard m'amène en cette cité. Nous venons de franchir le pont de Nemours, et voici en face la rue de Rohan. Nous allons arriver près de l'hôtel de ville, au théâtre en rotonde où se situent les galeries Méret, que l'on appelle plus communément *Les Arcades.* On y trouve boutiques, magasins et cafés… Ensuite, nous irons nous restaurer au *Grand Hôtel,* où nous avons nos habitudes, ma femme et moi…

La fillette fut tout de même impressionnée par cette place où se pressait une foule dense, avec en arrière-fond l'architecture si élégante du théâtre. De nombreuses automobiles étaient garées sur ce vaste espace, où se succédaient régulièrement les tramways électriques arborant ostensiblement les publicités de l'Amer Picon, du Campari, de la Bénédictine, du chocolat Menier ou des biscuits Pernot. Antoine Pasquier immobilisa son véhicule avant de se tourner vers le siège arrière.

— Maintenant, Gwenn, tu vas suivre madame… Quant à moi, je vous attendrai au *Café des Arcades,* juste en face.

Gwenn réprima un soupir, puis descendit docilement de la voiture sur les pas de Loanne Pasquier.

— Viens donc, petite… Sans parler d'une tenue de princesse, je vais t'habiller des pieds à la tête d'une façon convenable !

*

* *

Lorsque l'avocat perçut l'entrée de son épouse dans l'établissement où il sirotait un alcool, il feignit de s'étonner :

— Que nous voilà une gentille petite élégante ! s'exclama-t-il d'un ton admiratif. Plus charmante encore que la plus gracieuse des Parisiennes !

Habituée qu'elle était à ne porter que des robes longues descendant jusqu'aux mollets, la fillette rougit à dévoiler ainsi ses maigres jambes jusqu'aux genoux. Les nombreux volants qui en ornaient le bas lui paraissaient même un peu gênants dans ses déplacements. Était-ce cela, la mode enfantine de la capitale ? Cette ceinture de tissu à la taille qui l'oppressait un peu, ces manches bouffantes à l'épaule et resserrées sur les avant-bras, ces escarpins vernis noirs qui lui meurtrissaient les orteils ? Ce qui l'effarait le plus, c'étaient ces motifs floraux aux couleurs vives qui lui donnaient l'impression que chacun la regardait d'étrange façon ! Jusqu'ici, ses tenues quotidiennes se cantonnaient à l'uni, qu'il fût noir ou bleu…

— C'est parfait ! approuva sa femme. Et Gwenn s'est laissé faire sans rechigner, même si je crois qu'elle considère ces beaux vêtements comme un accoutrement indigne d'une Bretonne !

— Elle changera vite d'avis ! pouffa Antoine. Une fillette devient vite femme, et une femme reste une femme ! Elle s'attardera d'ici peu devant les boutiques de mode.

— Allons, allons… le tempéra gentiment Loanne. Ces propos sexistes ne vous sont guère coutumiers !

— Il faut bien plaisanter quelquefois, non ? Mais si vous ne voulez pas prendre d'apéritif, ma chère, je finis mon Vermouth avant que de rejoindre le *Grand Hôtel*. Ensuite, nous poursuivrons jusqu'au Mans où nous passerons la nuit. Il sera bien assez tôt de rentrer à Paris demain !

Quel étonnement, pour une gamine paysanne, que ce décor clinquant, ces nappes blanches, ces serveurs obséquieux en uniforme de service ! Et ce choix impossible face au menu que lui lisait la femme de l'avocat :

— Qu'est-ce que tu veux manger, pour cette occasion exceptionnelle ? Jambon à la gelée, aspic de foie gras, asperges en branches, vol-au-vent sauce financière ? Et puis truite meunière, pigeon aux petits pois ou gigot d'agneau aux pommes ? Nous verrons ensuite pour les desserts : corbeille de fruits, friandises, petits-fours ou croquembouches…

Comment se décider pour des mets qu'elle ne connaissait pas et qu'elle n'avait jamais goûtés ? La gorge étranglée, elle balbutia :

— Je ne sais pas, moi ! Comme vous voudrez…

Le couple éclata de rire.

— Ce sera selon tes goûts, petite ! s'exclama Antoine Pasquier.

Alors qu'elle était restée presque muette depuis le départ de Kernadic, Gwenn se contraignit à s'armer de courage pour confesser :

— C'est… c'est que… que je ne connais pas toutes ces choses-là ! Et puis ça fait beaucoup, tout ça…

— Bien, bien ! admit Loanne. Raison de plus pour goûter à tout, alors ? Je vais m'arranger avec le chef de salle…

La fillette baissa la tête et rougit. Elle eût tant souhaité rester discrète dans cet environnement qui n'était pas le sien, et voici déjà qu'elle se faisait remarquer !

— Il te faut faire ton choix maintenant, Gwenn ! Ce ne sera pas toujours jour de fête...

Que voulait-elle dire ? Que les conditions seraient autrement draconiennes dès qu'elle prendrait son service à Paris ? La petite Bretonne chassa vite cette idée et préféra profiter de l'aubaine. Les Pasquier se montraient si aimables avec elle ! Trop, peut-être ? Malgré tout avide de déguster des mets bizarres que n'avaient jamais connus ses papilles, elle se laissa servir sous les regards inquisiteurs de ses nouveaux « patrons ». Lesquels se régalèrent vite à la voir tester le foie gras, découvrir avec précaution les asperges ou l'étrange saveur du gigot aux pommes... Quant aux desserts variés, il s'avérait évident que jamais cette gamine de paysan n'avait eu l'occasion d'en croquer !

— Alors Gwenn... Est-ce que cela t'a plu ?

— Oui ! Oui, monsieur... répondit-elle en rougissant, comme honteuse d'avoir dévoré aussi gloutonnement ce que contenaient les assiettes qu'on lui avait servies. C'était... très bon, merci !

Honnêtement, tout ne lui avait pas apporté un réel plaisir gustatif, tant ce repas lui était inaccoutumé, mais elle ne pouvait prétendre avoir eu un véritable rejet de tout ce qu'on lui avait proposé : cela lui avait seulement été surprenant, différent, mais plutôt agréable au palais, dans l'ensemble.

— Merci... répéta-t-elle en baissant la tête.

— Garde tes mercis pour toi ! lui conseilla Loanne Pasquier dans un sourire. Il te faudra encore faire la preuve que tu mérites ce que nous exigerons de toi...

— Oui, madame... Je l'ai promis à mon père.

— Ah ! s'exclama l'avocat en s'essuyant les lèvres de sa serviette. Je n'en attendais pas moins de toi, Gwenn. Et j'espère plus que tout que tu feras l'affaire, car tu me sembles une bonne petite !

*
* *

De nouveau la route, et les vibrations de cette drôle de machine qui les transportait vers des horizons qui lui étaient inconnus. Un trajet qui lui sembla encore interminable, jusqu'aux abords de l'étape qu'Antoine Pasquier s'était fixée : Le Mans.

— Nous arriverons bientôt ! affirma l'avocat alors que le panorama s'animait un peu et que les monuments de la cité se dessinaient dans les brumes.

— Et où allons-nous dormir ? s'inquiéta sa femme.

— À l'*Hôtel du Dauphin*, je pense... À notre dernier passage, il m'a semblé bien plus confortable que le *Continental* !

Gwenn ne regretta même pas de ne pas avoir l'occasion de visiter cette ville tout à fait étrangère aux paysages de sa Bretagne natale : ce voyage à rester assise sur le siège arrière de l'automobile l'avait fatiguée au point de ne plus avoir envie de regarder les crêtes et les collines qui défilaient derrière la vitre de la Citroën, avec ces villages massifs, ces églises étranges, ces châteaux en ruine qui se devinaient à peine au travers des bosquets... Sans hésiter, le conducteur franchit la Sarthe au niveau de la rue Gambetta pour arrêter son véhicule près de la place de la République, sur laquelle se bousculaient voitures et trams. Abrutie par le trajet, la jeune fille ne s'attarda pas à contempler la statue de Chanzy qui trônait au centre de la vaste esplanade, et ce fut à petits pas balbutiants qu'elle suivit Loanne et Antoine Pasquier jusqu'à l'entrée de l'hôtel. Malgré la fatigue, ses yeux s'écarquillèrent encore devant la somptuosité de ces lieux, un luxe qu'elle n'aurait pu imaginer au fond de sa ferme natale : toutes ces dorures, ces miroirs, ces tentures ! Tout ce personnel en uniforme, comme à l'armée, qui s'empressait auprès du client, le dirigeait et prenait en charge les bagages… Au préposé de l'accueil, l'avocat précisa :

— Une chambre à deux lits, cette fois ! Nous avons une gamine avec nous, ce soir.

— Ne vous inquiétez pas, monsieur Pasquier. La numéro 23 vous ira très bien !

— Merci, mon brave.

Devait-il avouer qu'il n'envisageait nullement d'allouer à Gwenn une chambre à part ? Même s'il devinait que cette enfant leur faisait de plus en plus confiance, envers lui-même et son épouse, il convenait de rester méfiant : pas question que la gamine fît une fugue pour tenter de rejoindre les siens ! Il en avait tout de même la responsabilité…

— En attendant, allons souper ! décida-t-il.

Gwenn recula aussitôt.

— C'est… c'est que je n'ai plus faim ! J'ai bien trop mangé à midi.

Antoine Pasquier se mit à rire.

— Il faut bien que tu sois convenablement nourrie pour être à la hauteur des tâches qui te guettent, non ?

— Allons ! tempéra sa femme. Inutile de l'effrayer avec ça... Tu ne vois pas qu'elle est fatiguée du voyage ? Nous n'allons pas la forcer, mais elle grignotera bien quelque chose, non ?

— C'est vrai qu'elle est encore bien jeunette ! Pour ma part, j'ai un appétit d'ogre.

Gwenn n'était pas au bout de ses étonnements : lors de ce repas, tous ces serveurs obséquieux qui se pressaient autour de la table, remplissaient les verres de vin de l'avocat et de sa femme, qui s'occupaient d'elle comme d'une enfant gâtée, tous ces gens-là l'agaçaient un peu, mais elle ne pouvait le dire ! Elle n'avait pas l'habitude de telles attentions...

— Tu ne manges pas plus ? finit par s'inquiéter Loanne Pasquier.

Baissant la tête, elle avoua :

— Je crois que je ne pourrais plus rien avaler !

— Ce n'est rien, petite. Il ne faut pas te forcer, tu sais...

Gwenn lui lança un regard pour la première fois empli d'un peu de joie : elle lui était reconnaissante de continuer à s'adresser à elle en breton. Si elle maîtrisait plus ou moins le français, entendre sa future patronne parler sa langue natale la rassurait.

— Bon ! insista Antoine. Un petit dessert avant d'aller se coucher ?

Comment refuser ? Elle avait tant été privée de ces gourmandises que seules les familles aisées pouvaient offrir à leurs enfants !

*

* *

La jeune fille avait eu un peu honte d'extirper de son sac sa chemise de nuit de toile écrue, laquelle n'avait pas échappé aux yeux de Loanne.

— Où avais-je la tête ? J'ai pensé à tout sauf à cela ! Dès demain, j'irai t'acheter quelque chose de plus confortable.

C'était tout de même gênant de se déshabiller devant ce couple somme toute étranger, d'autant plus qu'elle ne pouvait ici bénéficier de l'intimité d'un lit-clos. Vivement, elle se coula sous les draps de son petit lit, tandis que l'avocat et sa femme prenaient place dans le lit d'adulte situé à l'autre bout de la pièce. Gwenn apprécia aussitôt la douceur du tissu et le confort moelleux du matelas. Contrairement à ses craintes, quitter Kernadic n'avait pas que des inconvénients…

VII

LA ROUTE, ET CETTE CIRCULATION de plus en plus intense qui ne la rassurait guère. Comment ne pas s'affoler devant ces véhicules qui filaient, se doublaient, s'encombraient les uns derrière les autres dans le ronflement des moteurs, les hurlements de klaxons, la fumée nauséabonde des pots d'échappement. Paris !

— Oui, oui... soupira Antoine Pasquier. Il y a quelques années, on pouvait rouler à peu près librement. Mais maintenant, c'est de pire en pire !

Gwenn s'horrifiait malgré tout de ce remue-ménage, de ces bruits de soupapes, de ces foules continuelles qui allaient, se croisaient, se mélangeaient, dans un tourbillon incessant... S'y habituerait-elle jamais, elle qui n'avait toujours connu que la quiétude de campagnes tranquilles ?

— Nous ne sommes plus très loin des Capucines, estima Antoine Pasquier en tournant à droite à un carrefour où s'accumulaient les véhicules, tant motorisés que poussés à bras ou tirés par des ânes, des chevaux ou autres bestiaux. Les Capucines, c'est le nom de notre villa... Nous y serons bientôt !

Ainsi, c'était cela, Paris ? Ce Paris dont rêvaient ses sœurs ? Alors que ce premier contact ne parvenait qu'à l'oppresser ! Paris, avec toutes ces rues qui s'enchevêtraient, ces cris et cette rumeur perpétuelle qui lui assourdissaient les oreilles... Le conducteur la rassura :

— Arrête de t'agiter, petite. Ce n'est rien ! Notre logis est situé en banlieue, à Saint-Ouen, et tout y est autrement plus calme.

*
* *

L'avocat n'avait nullement eu envie de mentir, et la fillette s'aperçut vite qu'il avait raison. Les quartiers qu'ils atteignirent au bout d'un temps qu'elle n'eût su définir lui semblèrent aussitôt plus agréables... Des rues presque désertes et arborées, des villas luxueuses camouflées au sein de parcs verdoyants ! Une véritable tranquillité à l'orée de la ville. Antoine freina, s'engagea dans une allée avant d'actionner son klaxon. Il ne fallut pas attendre plus d'une minute pour voir un costaud d'une cinquantaine d'années ouvrir en grand les deux vantaux du portail de fer forgé.

— Voici Lucien, précisa Loanne. Notre jardinier et homme à tout faire. Un peu bourru, mais très gentil...

Alors qu'Antoine Pasquier redémarrait sa Citroën pour s'arrêter au pied du perron, Gwenn put enfin découvrir la demeure qui allait être désormais son toit. Elle écarquilla les yeux : une immense bâtisse à deux étages, avec tellement de fenêtres qu'elle ne pouvait les compter, et deux ailes en retrait porteuses d'ouvertures plus modestes. Une vaste pelouse soigneusement entretenue et bordée de rosiers lui faisait face, et on pouvait deviner à l'arrière un potager et un verger cultivés d'impeccable manière. Jamais la fillette n'avait eu l'occasion d'approcher un tel logis, qu'elle eût qualifié de château si elle l'avait connu en Bretagne ! Quelle différence avec la ferme familiale ! Mais quelle allait vraiment être son existence au sein de ces murs blanchis de crépi ?

— Nous voici arrivés, petite ! Il ne te manque plus qu'à faire la connaissance de Guillermine, qui s'occupera désormais de toi.

Gwenn acquiesça en silence d'un simple mouvement de tête avant de descendre de voiture. Une femme ridée à l'âge indéterminé apparut alors en haut de l'escalier et s'exclama :

— Ah ! Madame et monsieur sont de retour... Enfin ! Lucien et moi-même commencions à trouver le temps long, dans cette maison déserte. Mais... qui est donc cette enfant ?

— Doucement, Guillermine ! répondit Loanne Pasquier. Laisse-nous arriver... Cette petite est ta prochaine mission ! À toi d'essayer d'en faire une aide compétente...

La servante releva le menton et écarta les bras pour poser ses poings sur ses hanches.

— Comment cela ? Pensez-vous que je suis incapable de m'occuper de tout comme je l'ai toujours fait ?

— Certes non, Guillermine ! Mais il serait bon que tu te ménages un peu, non ?

— Dites plutôt que vous me trouvez trop vieille ! Comme si je n'assumais plus les tâches qui me reviennent ! Vous envisagez déjà ma relève comme si j'étais au bord de la tombe ?

— Mais non, ma brave Guillermine… protesta la maîtresse de maison. Mais non ! Bien au contraire. Mais une enfant nous manque aux Capucines, à mon mari et à moi-même. Elle ne pourra que nous apporter un peu de gaieté… Quoi de mieux, pour elle comme pour toi, que tu lui apprennes à tenir un intérieur de villa aussi bien que tu sais le faire ?

Le compliment sembla porter ses fruits, et ce fut d'un ton plus doux que la domestique s'enquit :

— Et d'où qu'elle nous vient, cette môme ?

Loanne prit la petite par la main pour grimper les marches face au regard contrarié de cette femme aux allures de dragon.

— Nous l'avons arrachée à sa ferme, du côté de chez nous… Elle s'appelle Gwenn.

— Une Bretonne, alors ? Que ne le disiez-vous tout de suite ?

— Elle est originaire d'une petite vallée entre Sizun et Commana, précisa l'épouse de l'avocat, ce qui eut l'air de réjouir aussitôt la vieille servante.

Guillermine bougonna pourtant :

— Sans doute ne parle-t-elle que le *brezhoneg* ? Va encore falloir lui enseigner le *galleg* ?

— Oh ! C'est vrai qu'elle a bien des progrès à faire en français, tant elle a peu l'occasion d'en user… Elle comprend néanmoins relativement bien notre langue. Cela ne posera guère de problèmes ! Mais faites donc connaissance : Gwenn, voici Guillermine, qui aura la charge de faire de toi une excellente employée de maison.

Timidement, la gamine s'avança d'un pas vers cette domestique un brin revêche dont les formes épanouies l'effrayaient un peu. Pourtant, les rides de son visage la rassurèrent légèrement : elle avait toujours eu confiance auprès de personnes d'un âge...

— *Demat, an Itron*[1].

— Ça commence bien ! s'exclama Guillermine en riant. Ici, *vihan*[2], on s'exprime en *galleg*. Nous sommes à Paris, ne l'oublie pas, et le français est de règle !

— Oui, madame...

— Madame ? rigola la domestique. Il n'y en a qu'une, ici : madame Loanne... Quant à moi, Guillermine me suffit largement !

Redevenant plus sérieuse, la matrone suggéra :

— Je lui prépare une remise sous les combles ?

— Certes pas ! intervint Antoine Pasquier. La bâtisse est assez grande pour lui octroyer quelque chose de plus confortable. Car nous espérons bien qu'en plus de vous assister elle fera vite un peu partie de la famille, tout comme vous êtes pour nous un peu la mère de mon épouse ! La petite chambre du premier qui colle à la vôtre fera parfaitement l'affaire...

— Bien, bien... Comme vous voudrez ! Bien qu'il ne soit guère coutumier qu'une servante de son âge et sans expérience bénéficie d'un tel honneur...

---

1. *Bonjour, madame.*

2. *Petite.*

— Allons ! insista gentiment la femme de l'avocat. Pour peu qu'elle y mette de la bonne volonté, elle sera vite efficace, car elle ne me semble pas fainéante, bien au contraire. Et puis j'entends bien qu'elle apporte un peu de vie juvénile dans ces murs sans gamins !

Guillermine cligna des paupières pour bien signifier qu'elle n'était pas dupe : elle connaissait trop le drame que vivait le couple de ses patrons à n'avoir pu concevoir un enfant ! Secrètement, elle doutait pourtant que cette souillon paysanne issue de la Bretagne profonde pût un jour compenser un tant soit peu cette fille que les Pasquier n'avaient pas eu le bonheur de voir naître…

— Allez, petite ! décida-t-elle. Je vais te montrer tes « appartements » avant de te faire découvrir le domaine des Capucines. Ensuite, il te faudra me donner un coup de main en cuisine…

Loanne secoua la tête.

— Doucement, Guillermine. Rien ne presse, et il lui faut le temps de s'accoutumer ! Et puis je dois encore lui fournir des vêtements de travail à sa taille…

— Bon, bon, ne vous fâchez pas ! Je voulais seulement qu'elle sache bien qu'elle n'est pas là pour se rouler les pouces… Et je la tiendrai à l'œil, croyez-moi !

— Je te fais confiance pour cela !

Gwenn se trouva un peu perdue auprès de cette servante qui eût pu être sa grand-mère, avec sa longue robe bleu marine et son tablier blanc aux brides croisées sur les épaules. Elle se sentait surtout impressionnée par l'aspect un peu hommasse de la femme de ménage, ses manières brusques et ses intonations bougonnes. Allait-elle devoir obéir à ce dragon ? Pourtant, sans trop savoir pourquoi, elle devina que Guillermine cachait peut-être jalousement sa vraie nature, et qu'elle pouvait sans doute se montrer plus attentionnée qu'elle ne le laissait paraître. Après tout, Antoine et Loanne Pasquier l'avaient plutôt bien accueillie, et elle doutait que la femme de l'avocat ait accordé sa confiance depuis des années et des années à une bonne au caractère acariâtre ! Résignée, elle suivit la domestique à l'étage par l'escalier de service montant de la cuisine, chargée de son maigre bagage.

Dès que Guillermine lui eut ouvert la porte de la chambre qui allait être sienne, la jeune fille ne put retenir une hésitation : habituée à l'espace du lit-clos qu'elle partageait avec sa sœur Naïg, elle ne pouvait concevoir que cette pièce entière lui soit allouée… Bien plus sobre et austère que celle de l'hôtel du Mans, elle n'en revêtait pas moins pour elle un luxe inimaginable ! Une large fenêtre à petits carreaux, un lit aux parures immaculées, une armoirette de noyer aux portes ouvragées, une table, deux chaises, et même un fauteuil… Ce n'était pas là ce qu'elle avait entendu dire des conditions de logement d'une jeune bonne issue d'un milieu rural une fois engagée à Paris ! Pour la première fois, elle se demanda si tout cela ne cachait pas un piège, si ce n'était pas trop beau pour être vrai…

— C'est… c'est là ? balbutia-t-elle en breton.

— Oui, c'est ici ! répondit durement Guillermine pour bien faire remarquer qu'elle s'exprimait en français et qu'il fallait respecter cette première règle. Et tu as bien de la chance. À ton âge, même dans une bonne maison, on commence généralement dans un minuscule local sous les toits, presque sans lumière, où il gèle l'hiver et où on étouffe l'été ! Il est vrai que les Pasquier ne sont pas des « maîtres » ordinaires, mais il ne faudrait pas en abuser.

Ainsi, sa situation s'avérait plus idyllique que prévu ? Il ne lui manquait plus qu'à découvrir ce qu'on attendait d'elle pour mériter ces faveurs…

— Allez, viens… que je te montre les lieux ! La maison est grande, tu sais…

*
* *

Une maison ? Pour Gwenn, c'était plutôt un palace, un château ! À Kernadic, jamais elle n'eût imaginé une demeure avec autant de pièces, de couloirs, de fenêtres, d'escaliers, de recoins et de dépendances. Comment entretenir une telle surface, avec si peu de personnel ? D'emblée, la tâche l'effrayait. Oh ! Pas d'étable à nettoyer, ici, ni de terre battue à balayer et à damer, pas de vaches à traire ou de volailles à nourrir… Mais ces tapis au sol, ces tentures aux fenêtres, ces carrelages, ces parquets à entretenir, ces meubles à cirer, ces lits à faire, ces lessives incessantes, ces ornements de bronze à lustrer ! Tout semblait si propre, si rutilant… Tout cela lui était tellement étranger qu'elle avait l'impression d'entrer dans un autre monde. C'était à peine si elle entendait les commentaires de Guillermine :

— C'est vaste, hein ?

— *Ya*…

— Pas « *ya* », mais « oui », gamine ! N'oublie pas que tu es à Paris, désormais.

Contrariée par le fait qu'on voulût déjà penser à sa succession au sein de cette maison, mais plutôt flattée qu'on eût choisi pour elle une petite Bretonne, la vieille domestique ne pouvait que se rallier au choix de celle qu'elle avait élevée depuis l'enfance : Loanne. Aussi fit-elle un effort pour essayer d'être moins rude avec cette gosse qui se montrait plus soumise que rebelle au changement qui lui était imposé.

— Allons, Gwenn... Nous allons redescendre jusqu'à la cuisine par l'escalier du personnel. Ensuite, tu pourras visiter les réserves, la blanchisserie, le cellier, puis toutes les pièces de la demeure, de la salle de repas à celle de réception, du cabinet fumeur à la bibliothèque, du grand salon au bureau de « monsieur », du boudoir de « madame » aux chambres dont il faudra aussi nous occuper... Pour les extérieurs, nous verrons plus tard !

Quel émerveillement, aux yeux de la fillette ! Jamais elle n'aurait pu imaginer un tel intérieur, si confortable, si aéré, si lumineux.

— Que de travail pour entretenir tout ça ! s'exclama-t-elle en s'efforçant de parler français, ce qui ne lui était pas encore très naturel.

— Je ne te le fais pas dire, petite ! Alors je t'explique l'ordre des choses : la poussière des meubles, dès que tu as un chiffon et un moment de libre. Le balayage, tous les jours, bien sûr, ainsi que la remise en état de la chambre des maîtres, et celles des invités lorsque nous recevons quelqu'un... Les carrelages frottés à neuf toutes les semaines, tout comme les lessives : ces gens-là changent tous les jours de tenue ! Ah, il en faut, du savon et de l'eau... Du matin jusqu'au soir, faut que l'on brique, ma pauvre ! Sans compter la cuisine, l'épluchage des légumes, la préparation des plats... Pour le service, c'est Lucien qui s'en charge le plus souvent, après avoir passé son costume de majordome ! Sauf pour les soirées particulières pour lesquelles maître Pasquier engage du personnel secondaire. Mille détails encore, que tu apprendras au fil des jours. Tu m'as bien comprise, au moins ?

— Oui, oui ! Si je ne parle pas facilement le *galleg*, je le comprends plutôt bien, même si j'ai du mal avec certains accents...

— Il te faudra faire des efforts pour oublier le breton et t'exprimer avec l'aisance d'une Parisienne... Et encore, d'une Parisienne de bonne bourgeoisie, parce que pour ce qui est du langage des bas quartiers, n'en causons pas : c'est une horreur ! Mais ne t'inquiète pas, gamine : tu es bretonne comme moi, et nous sommes douées pour apprendre une autre langue. Tiens, jusqu'à cinq ou six ans, dame Loanne ne savait pas parler un mot de français ! Quant à moi, je n'en prononçais pas la moindre phrase ou presque jusqu'à ce que je la suive à la capitale, après son mariage...

Finalement, l'attitude soumise et silencieuse de Gwenn semblait avoir adouci les manières de cerbère que la vieille femme avait adoptées à l'arrivée de cette gamine au sein de « son » domaine... Râleuse, mais bon cœur !

— Bien, allons voir ce brave Lucien qui doit être en train de soigner le potager. Il n'est pas très bavard, mais je sens que tu l'aimeras vite et que ce sera réciproque ! On lui pardonnera seulement de ne pas être breton, mais auvergnat... ajouta-t-elle en plaisantant.

Lucien, le cheveu rare et le crâne entouré en fer à cheval d'une couronne de mèches blanches, petit et râblé, les jambes courtes et épaisses, et une protubérance abdominale assez impressionnante. Dès qu'elle le vit, Guillermine claironna :

— Lulu ? Je te présente la nouvelle arrivée aux Capucines ! Gwenn... qui doit en théorie me seconder dans les tâches de la maison.

— Gwenn ? bougonna-t-il de manière à peine audible. Gwenn ? Encore une Bretonne ?

— Et alors, vieux grognon ? répliqua la vieille femme. Qu'est-ce que tu y trouves à redire ?

— Rien, rien...

— Alors nous allons faire le tour de ton domaine. Il faut bien qu'elle connaisse le verger et le potager, non ? Ainsi que tout ce qui concerne la propriété !

— Pff... Pourvu qu'elle ne marche pas sur mes semis et mes plates-bandes...

VIII

LES SEMAINES QUI SUIVIRENT furent assez déconcertantes pour Gwenn, qui ne vit plus Antoine et Loanne Pasquier durant presque un mois. Guillermine, que la fillette avait tout d'abord trouvée plutôt sympathique, n'arrêtait pas de la harceler du matin au soir :

— Gwenn ! C'est cela que tu appelles du ménage ? C'est peut-être bon pour le fond de la Bretagne de chez toi, mais il va te falloir encore bien des efforts pour être à la hauteur de ce qu'on attend de toi ici !

— Oui, oui… je fais ce que je peux…

— Alors tu peux plus ! Recommence le lustrage de ces bronzes et de ces étains…

Ainsi, c'était cela, son triste sort ? Elle se raccrochait pourtant à la vieille domestique comme à une planche de salut, tant elle se sentait perdue, loin de Kernadic et de sa famille ! Pourquoi cette matrone qu'elle avait d'emblée prise en sympathie s'acharnait-elle ainsi sur elle ? Pourquoi était-elle si rigide, à toujours grogner et critiquer le moindre de ses gestes ? Ce qu'on attendait d'elle ? Ces corvées incessantes du lever au coucher, ces réprimandes, et l'intransigeante sévérité de celle qui se considérait comme l'intendante des Capucines ?

— Oui, Guillermine... oui ! Mais je n'en peux plus... Je suis debout depuis 6 heures du matin !

— Et alors ? Moi aussi ! Si tu veux mériter les gages qui te sont dus, tu dois tout d'abord te donner à fond...

— Mais... je suis si fatiguée, le soir !

— Si tout travail mérite salaire, tout salaire mérite travail, non ? Et tu es bien favorisée, quand tant de jeunes filles de ton âge doivent se contenter à Paris d'une mansarde insalubre au sixième étage de ces immeubles qui semblent si nobles et si huppés. Il te faudrait voir les conditions de vie qui règnent derrière ces façades dont s'enorgueillit la capitale ! Je te le répète une fois encore, Gwenn : à des lieues à la ronde, il n'y a pas une bonniche qui n'envierait ta situation...

— Oui, mais...

— Mais si tu as à te plaindre, tu pourras le faire dès demain : M. et Mme Pasquier seront enfin de retour !

Que répondre ? Après tout, le labeur était tout aussi épuisant à Kernadic ! À la réflexion, c'étaient plutôt les paysages qui lui manquaient. Elle en avait plus qu'assez d'être enfermée dans ce cadre immuable isolé de toute communication extérieure ! Elle était néanmoins consciente qu'elle se devait d'accepter ces contraintes, pour son propre bien comme pour celui de sa famille... À tout prix, il lui fallait se montrer à la hauteur.

*
* *

Sur les consignes de Guillermine, lorsque la Citroën blanche s'arrêta au pied de l'escalier, Gwenn se plaça sur le haut du perron à côté de la domestique.

— C'est une question de respect, tu comprends ?

Tandis qu'Antoine Pasquier confiait ses bagages aux bons soins de Lucien, sa femme gravit aussitôt les marches. D'un geste presque maternel, elle passa sa main dans les cheveux de la fillette.

— Alors, ma bonne Guillermine… Notre nouvelle recrue te donne-t-elle satisfaction ?

— Oui, madame. Mais j'ai besoin encore de bien du temps pour la dresser, si vous voyez ce que je veux dire…

— Dresser, dresser ? Gwenn n'est tout de même pas un petit animal !

— Mais… protesta la domestique. Il faut bien que…

— Que quoi ? Elle est si jeune ! Quoi qu'en pense mon mari, j'en attends plus une présence juvénile qu'une employée de maison.

— Il n'empêche ! râla Guillermine. Vous m'avez demandé d'en faire une servante modèle, et c'est ce à quoi je m'attache. Et ce n'est pas tous les jours facile !

— Ne t'emballe pas ainsi ! Tu sais bien que pour moi, tu resteras toujours ma « Guigui »… Si je souhaite que tu formes cette petite à ton image, j'entends bien aussi partager une partie de mon temps avec elle.

— Pff, dame Loanne… Encore ce regret de n'avoir pas eu d'enfant ? Je ne sais pas si Gwenn parviendra à le compenser : elle est tout de même là pour travailler, non ?

— C'est vrai, ma bonne Guillermine. Mais j'aimerais aussi qu'elle et moi soyons un peu plus que la servante d'un côté, et la maîtresse de maison de l'autre...

— Je comprends, dame Loanne. Je comprends ! Mais...

— Mais comment va notre petite Bretonne ? insista la femme de l'avocat en s'agenouillant pour se mettre à hauteur de la fillette, qui rougit aussitôt.

Privée de mère depuis l'enfance, Gwenn ne sut quelle attitude adopter devant cette manifestation d'intérêt dont elle n'était pas coutumière.

— B... bonjour, madame... se força-t-elle seulement à dire en baissant le regard.

Subitement plus souriante, Guillermine complimenta :

— Ah ! Je lui en ai fait voir, à la petite ! Et je l'ai menée à la dure, croyez-moi... Eh bien, malgré ce que je lui ai fait subir, elle tient plutôt bien le coup. C'est une bonne gamine, et j'espère qu'elle ne m'en voudra pas de m'être montrée si intransigeante avec elle durant votre absence...

— C'est à elle qu'il se doit de le demander ! s'exclama Loanne Pasquier. Alors, Gwenn ?

La fillette admit :

— Guillermine ? Je l'ai trouvée plus méchante que d'habitude, mais je l'aime beaucoup quand même.

— C'est bien, c'est bien, petite... Mais il fallait bien te mettre à l'épreuve !

— Allons, rentrons donc ! intervint l'avocat en arrivant à son tour sur le perron. Nous reparlerons de tout cela plus tard… Mais je dois te dire qu'il n'y a pas que le ménage et les contraintes quotidiennes, dans la vie. Pour ma part, je tiens à ce que mon personnel fasse honneur à mon nom, et je veux qu'il s'exprime correctement en français ! Et Gwenn a un accent épouvantable… Si elle est amenée à rester à notre service, il va falloir y remédier.

— Je m'en occuperai personnellement, mon cher ! assura sa femme en flattant gentiment l'épaule de la jeune fille.

— Je n'en doute pas ! répliqua Antoine en lui adressant un coup d'œil complice.

Il n'ignorait rien de la frustration qu'éprouvait son épouse à n'avoir jamais enfanté, et comprenait qu'elle reportât son affection maternelle sur cette gamine. D'ailleurs, lui aussi s'estimait assez satisfait de cette présence nouvelle et juvénile au sein de ses murs.

*
* *

Dès lors, la situation de Gwenn changea totalement. De jour en jour, la femme de l'avocat demandait de plus en plus sa présence, à la grande indignation de Guillermine, qui s'opposait ouvertement à sa patronne :

— Faudrait savoir ce que vous voulez, dame Loanne ! Une apprentie domestique, ou une gamine de compagnie ?

— Tu le sais bien, ma Guigui : un peu les deux…

— Mouai… je comprends ! Mais il n'en reste pas moins qu'elle a encore beaucoup à apprendre pour se montrer à la hauteur des tâches d'une maison comme la vôtre…

— Et alors ? Pour moi, il n'y a pas que la poussière à chasser qui m'importe ! J'ai aussi besoin de liens plus vrais envers une fille de son âge.

— Ainsi, vous voulez toujours remplacer l'enfant dont vous n'avez jamais été grosse ?

— Allons, Guillermine… Ce ne sont pas là des expressions dont on use ici ! Nous ne sommes plus au plus profond de notre Bretagne.

— Oui, madame…

— Alors laisse-moi donc faire un peu plus connaissance avec cette petite.

— Bien, madame…

Dès que la domestique eut tourné le dos, Loanne Pasquier chercha les yeux de la fillette avant de lui prendre les deux mains entre ses paumes.

— Ma petite… Tu n'as pas peur de moi, au moins ?

— Non, madame…

Que répondre d'autre, alors qu'elle ne la connaissait pas vraiment ?

— Tu voudras bien me tenir compagnie de temps à autre, alors ? Histoire d'échapper aux corvées que t'impose ce « monstre » de Guillermine…

— Elle est très gentille avec moi, protesta Gwenn. Même si elle est un peu sévère… Mais elle a bon cœur, aussi !

— Je sais, je sais, je la connais bien…

— J'ai appris à comprendre le français, mais mal. Elle m'oblige à le parler correctement. Ce n'est pas facile, mais j'y arrive un peu mieux.

— Chut. Je suis là maintenant ! Et je vais m'occuper de ça. Je tiens à avoir du personnel de qualité qui s'exprime avec l'aisance du parler de Paris. Mais, dis-moi, est-ce que tu sais lire et écrire ?

— Un peu, madame... je ne suis pas allée longtemps à l'école !

— La meilleure école, c'est la volonté ! À condition d'être bien dirigée... Et c'est ce que je vais faire avec toi. Tu veux bien que je t'apprenne ?

— Ben... je ne sais pas. Il faudrait que je demande à Guillermine.

— La patronne, ici, c'est moi ! Et non pas Guillermine, que j'aime pourtant comme une mère... En attendant, passons dans la bibliothèque, et voyons de quoi tu es capable.

La bibliothèque ! Aux ordres de la vieille domestique, elle en avait déjà dépoussiéré les tranches de pages tout autant que les dos de cuir ouvragé. Plus d'une fois elle avait eu envie de les feuilleter, mais le regard de Guillermine l'en avait dissuadée. La bibliothèque ! Cette foison de rayonnages tout au long des murs emplis de volumes et de revues... Comme un temple de lecture qui lui était interdit et que Loanne Pasquier semblait prête à lui ouvrir.

— Bien... Commençons par quelque chose de simple ! Tiens, je pense à ce livre qui m'a été donné dans mes jeunes années : on y apprend bien des choses sur notre pays. *Le Tour de la France par deux enfants* ! Un peu moraliste, peut-être, mais très instructif. C'est l'histoire de deux frères, contraints à cause de la guerre de fuir leur Lorraine natale. Sais-tu au moins où se situe la Lorraine ?

Gwenn resta muette, au grand amusement de la maîtresse de maison.

— Je m'en doutais bien ! C'est tout à l'autre bout de la France, juste en face de notre Bretagne... Aussi, quoi qu'en dise Guillermine, il faut que tu me promettes de lire chaque soir quelques pages de ce livre. Ensuite, nous verrons...

*
* *

Voulant continuer à s'octroyer les faveurs de la femme de l'avocat, mais désirant aussi se montrer la plus docile possible aux directives de Guillermine, Gwenn se plongea chaque soir dans le déchiffrage du bouquin quelque peu défraîchi que lui avait confié Loanne Pasquier. Une épreuve qui lui parut tout d'abord assez ardue, tant ses notions de lecture et sa maîtrise de la langue française restaient sommaires. La jeune fille fut pourtant étonnée de l'intérêt que lui procura peu à peu cet exercice auquel elle n'était nullement préparée : au fil des pages, André et Julien lui devenaient familiers, orphelins qu'ils étaient et sans cesse déracinés. Un peu comme elle, en quelque sorte... Tout en se prenant d'affection pour ces gosses qui n'avaient d'autre réalité que celle d'être les personnages d'un roman pédagogique, elle se surprenait à s'initier un peu à la géographie, aux activités des différentes régions de France, qu'elles fussent artisanales, agricoles, industrielles ou commerciales, ainsi qu'aux faits les plus glorieux de l'histoire de France. Au sein de la chambrette qui lui était dévolue, elle se félicitait de ce qu'ici l'électricité lui apportât de nuit quelque clarté, alors qu'à Kernadic il fallait se contenter d'une piètre lampe à pétrole. Guillermine ne pouvait s'opposer aux volontés de Loanne Pasquier, mais elle considérait la lecture comme une activité de fainéant, et jugeait comme temps perdu les heures que la petite consacrait à ce petit ouvrage illustré. Mais enfin... si c'était là ce que voulait madame !

*
* *

— Tu as refait le lit dans la chambre de madame et monsieur ?

— Oui, Guillermine...

— Bien. Suis-moi, je vais vérifier ça !

Gwenn obtempéra avec une certaine appréhension. Elle s'était appliquée du mieux qu'elle l'avait pu, mais se doutait bien que la domestique trouverait encore des imperfections, comme d'habitude. Aussi fut-elle surprise de l'entendre lui faire des compliments :

— Petit à petit, tu arrives tout de même à faire les choses correctement, petite. C'est très bien, tout ça ! Va donc maintenant rejoindre dame Loanne au salon, pour ta leçon de lecture.

— Merci, Guillermine.

— Pas tant de mercis, Gwenn. S'il ne tenait qu'à moi, nul besoin de savoir lire pour faire le ménage !

— Mais... quand on a une liste de courses pour faire les achats ?

— Ce n'est pas là le rôle d'une domestique de maison ! Et puis, si cela se présentait, il suffirait de donner la liste au commerçant, non ?

La fillette ne répondit pas et se précipita pour se rendre au salon. Elle aimait de plus en plus ces moments passés auprès de la femme de l'avocat. Loanne Pasquier leva le nez de sa revue à l'entrée de Gwenn, et elle afficha un sourire radieux.

— Ah ! Te voilà, toi ! Je t'attendais, tu sais…

— Je n'avais pas encore fini les chambres.

— C'est vrai, Guillermine est très contente de toi ! Mais c'est bien beau de jouer les soubrettes… Pour ma part, j'ai toujours rêvé d'avoir des domestiques faisant montre d'une certaine éducation. Pour cela, il faut s'y prendre jeune, ce qui est ton cas. Je n'ai rien contre l'instruction du petit personnel, bien au contraire. De plus, j'adore essayer d'enseigner : mon plus grand regret est de n'avoir pas été institutrice ! La vie en a voulu autrement, c'est tout.

— Je continue la lecture, alors ?

— Bien sûr, Gwenn. Où en étions-nous, déjà ?

— À l'arrivée d'André et de Julien à Épinal. Page 37, je crois…

— C'est bien, allons-y.

Le doigt suivant les lignes, Gwenn entreprit sa lecture orale avec plus d'assurance que d'ordinaire :

— « La fermière vint sur le pas de sa porte et regarda les enfants qui s'approchaient d'elle, chapeau à la main. Dès le premier coup d'œil, la ménagère, femme d'ordre et de soin, fut bien prévenue en faveur des enfants qu'elle voyait si propres et si soigneux de leur personne. Aussi, lorsqu'elle eut lu le billet de Fritz, elle fut tout à fait gagnée à leur cause. »

Loanne l'interrompit d'une exclamation élogieuse :

— Oh ! Ma petite Bretonne… Quels progrès tu as faits depuis notre première lecture ! Non seulement tu ne trébuches plus sur les syllabes, mais tu y mets aussi une certaine intonation. Je n'en crois pas mes oreilles !

La jeune fille baissa le nez pour marmonner :

— C'est peut-être parce que je triche… avoua-t-elle.

— Tricher ? Mais comment ?

— Ben… j'ai emprunté ce livre chaque soir pour m'entraîner à mi-voix à vos séances de lecture. Et… et je connais maintenant toute l'histoire. C'est plus facile ainsi.

— Comment ? Après la fatigue de tes journées de travail, tu trouves encore la force de te plonger dans ces pages ? Et tu prétends l'avoir lu en entier ?

— Oui, madame… Vous m'en voulez beaucoup ?

Loanne Pasquier éclata de rire.

— Mais non, bien au contraire ! Je n'en attendais pas tant de toi, petite. En tout cas, félicitations, belle enfant !

— J'avais déjà commencé à apprendre, à l'école, même si je n'y allais pas aussi souvent que j'aurais souhaité. C'était plus intéressant que les poules et les lapins ! Mais… mais il y avait le travail à Kernadic.

— Je comprends, je comprends…

La jeune domestique prit son courage à deux mains pour oser poser une question qui la tourmentait :

— Madame ?

— Oui, Gwenn...

— J'arrive à lire, c'est vrai, mais il y a beaucoup de mots que je ne connais pas, vous savez ?

— Qu'à cela ne tienne ! Tu as appris ton alphabet, bien sûr ?

— Oui, madame...

— Alors je vais t'offrir un dictionnaire. Dès que tu entendras ou liras quelque chose dont le sens t'échappe, tu y trouveras la signification. D'ailleurs, je constate que tu t'exprimes de mieux en mieux en français. Il ne manque qu'à te défaire de ton accent *brezhoneg* ! Dans notre capitale, il est bien de s'afficher avec ce parler pointu qui plaît tellement aux Parisiens, bien que je ne sache pas pourquoi. J'ai moi-même eu bien du mal à corriger mes intonations bretonnes, mais j'avoue que chaque fois que je passe quelques jours auprès de ma famille, je me retrouve à reprendre les tournures de phrases de mon enfance...

Elle resta un moment songeuse avant de proposer :

— Inutile de continuer à me lire à haute voix cet ouvrage, puisque tu l'as déjà entièrement dévoré... Aussi, je te permets, durant tes temps libres bien sûr, de prendre les livres que tu voudras, à condition que tu en prennes bien soin !

— Merci, madame, répondit Gwenn d'un ton un peu contrarié.

Loanne Pasquier s'aperçut aussitôt de ce manque d'enthousiasme.

— On dirait que cela ne t'emballe guère, petite ?

La jeune fille baissa la tête et rougit. Est-ce que cette offre ne signifiait-elle pas la fin de ces moments passés en compagnie de la maîtresse de maison, qu'elle considérait comme de véritables récréations ?

— Ce n'est pas ça, madame… Mais j'aime tellement étudier en votre présence ! Toute seule à lire, ce n'est pas pareil.

La femme de l'avocat sembla émue par cette confidence, et elle la rassura :

— Il n'y a pas que la lecture, pour que nous passions des moments ensemble, Gwenn. Mais aussi l'écriture, le dessin, la géographie, l'histoire, l'astronomie, les sciences… Finalement, le livre n'est qu'un tremplin vers la connaissance, et seul l'intérêt que l'on porte aux choses de ce monde peut grandir l'âme de celui ou celle qui le lit !

La jeune fille ne répondit pas, n'ayant rien compris d'une remarque aussi philosophique. Elle hocha pourtant la tête.

— En tout cas, merci pour la bibliothèque, madame !

— Cela n'est rien, petite… Je te conseillerai pour choisir tes premiers titres et tes premiers auteurs !

— Oh, oui ! Merci encore…

IX

Finalement, la jeune domestique regrettait de moins en moins d'avoir été amenée à quitter sa maison et sa famille. Bien sûr, aux Capucines, l'ouvrage ne manquait pas, mais si dur qu'il fût il n'était pas aussi fatigant que les corvées de la ferme, d'autant plus que Loanne Pasquier s'évertuait à solliciter sa présence pour lui épargner nombre de tâches. Au grand dam d'ailleurs de Guillermine, qui ruminait sans cesse les mêmes rengaines :

— Tu as bien de la chance, *an hini vihan*[1] ! Où que ce soit dans Paris, une gamine comme toi n'est considérée que comme une souillon, et on la traite comme une esclave… Mal logée, mal vêtue, mal nourrie, et corvéable à merci ! Ah ! Il faut bien que madame et monsieur t'aient à la bonne pour te garder dans ces conditions…

— Je n'y suis pour rien, vous savez… protesta Gwenn. Je passerais bien plus de temps à vous aider, mais je ne fais qu'obéir à Mme Loanne !

— Je sais, je sais, bougonna la vieille gouvernante. Les Pasquier ont toujours rêvé en vain d'avoir

1. *La petite.*

un enfant ! Pour eux, et surtout pour elle, tu le remplaces un peu... Enfin, si tu leur apportes un peu de bonheur, tant mieux.

— Je les aime bien tous les deux, même si je ne vois que peu M. Antoine...

— Ne t'en étonne pas ! Un avocat de la réputation de maître Pasquier a des dossiers par-dessus la tête. Il passe plus de temps en son étude qu'au sein des murs des Capucines ! Allez, file donc tenir compagnie à ma Loanne. Tu sais, moi aussi je la considère un peu comme ma fille, même si je ne suis que simple domestique : je l'ai connue dans ses langes !

— Je crois qu'elle vous aime tout autant, un peu comme si vous étiez sa mère, Guillermine ! répliqua Gwenn en sortant de la cuisine pour rejoindre le salon.

Elle y fut accueillie par la maîtresse de maison avec une chaleureuse affection :

— Ah ! Ma petite... Je me demandais si je te verrais, aujourd'hui. Guillermine ne te laisse pas de répit, n'est-ce pas ?

— Non, non... Au contraire ! Même si elle pense que c'est du temps gaspillé, elle trouve que vous êtes plus gaie et que vous retrouvez une seconde jeunesse, depuis que vous vous occupez de moi... Elle vous aime beaucoup, vous savez !

— Je l'aime beaucoup aussi. Tout comme toi, d'ailleurs, même si nous ne nous connaissons encore que peu. Mais assez parlé : montre-moi que tu as fait des progrès en écriture. Je vais te dicter une poésie de M. Gérard de Nerval. « Une femme est l'amour, la gloire et l'espérance ; aux enfants qu'elle guide, à l'homme consolé, elle élève le cœur et calme la souffrance, comme un esprit des cieux sur la terre exilé... »

Elle jeta un œil sur la feuille de cahier sur laquelle Gwenn traçait laborieusement ligne sur ligne à l'encre violette.

— Espérance... un « é » accent aigu et un seul « r » ! En revanche, ton application à former les lettres est plutôt étonnante. Je ne m'attendais pas à de tels progrès.

— C'est grâce à vous, madame Loanne. Vous m'expliquez tellement bien !

Bien que flattée, l'épouse de l'avocat répondit :

— Raison de plus pour étudier ta grammaire !

— Guillermine ne cesse de me dire que tout cela ne sert à rien pour tenir au mieux une maison de maître...

— Mais pourquoi resterais-tu domestique toute ta vie, si tu te montres un jour vraiment douée pour les études ?

La jeune fille baissa la tête et replongea sa plume dans l'encrier.

— Parce que je suis à votre service, madame, et que j'en suis fort heureuse...

C'était la première fois qu'elle émettait un tel aveu, et ses propos troublèrent aussitôt sa patronne, qui la considéra avec une étincelle de tendresse dans l'œil.

— En tout cas, je suis très fière de toi... Je continue : « Courbé par le travail ou par la destinée... »

*
* *

Ce soir-là, Antoine Pasquier rejoignit son domicile plus tard que d'habitude, ce qui mit Guillermine d'assez mauvaise humeur.

— Je ne vais tout de même pas faire le service à minuit ! Il faut quand même prendre le temps de dormir, non ?

Elle se tourna brusquement vers Gwenn pour ajouter :

— D'ailleurs, tu devrais aller te coucher, toi. Je suis assez grande pour m'occuper de tout toute seule ! Cela fait des années et des années que je suis habituée à me débrouiller sans l'aide de personne, et surtout pas d'une gamine…

Sans se vexer, la jeune Bretonne opina d'un mouvement de menton avant de s'éclipser de la cuisine. Elle avait hâte de se replonger dans la lecture des *Enfants du capitaine Grant* de Jules Verne. Mary et Robert Grant finiraient-ils par retrouver leur père ? Tout à fait indifférente à ces préoccupations juvéniles, Guillermine s'activa aussitôt au service du repas de ses patrons.

— Hum ! s'exclama Antoine Pasquier. Cela sent bon et doit être excellent !

— Comme d'habitude… approuva sa femme. Ma bonne Guigui ne nous a jamais accoutumés à autre chose qu'à un régal chaque fois que nous nous mettons à table !

Loanne plongea le nez dans son assiette pour déguster le civet préparé par la gouvernante bretonne et ne se décida à entretenir son époux de ce qui lui tenait à cœur que lorsque celui-ci eut terminé son dessert avant d'allumer un cigare odorant :

— Mon ami…

— Oui ?

— Il faudrait vraiment que nous parlions de Gwenn !

— Gwenn ? Y aurait-il quelque problème avec elle ? s'étonna l'avocat. C'est un fait que je ne la croise que peu, depuis quelque temps, mais elle me semblait plutôt vaillante au travail, propre sur elle-même, polie et gentille avec tous…

— C'est vrai… Et plus je la côtoie, plus je l'apprécie !

— Alors ?

— Alors j'ai quelque honte à lui conserver le rôle de servante que nous lui avons confié…

— Ah ! Et puis-je savoir pourquoi, ma mie ?

— Elle n'est que peu allée à l'école, mais depuis que je l'ai mise à la lecture, elle a fait des progrès stupéfiants ! Tout comme en écriture, d'ailleurs. Elle est curieuse de tout et me semble particulièrement douée pour apprendre.

Antoine pouffa.

— Je ne vois pas très bien en quoi étudier améliorerait son service aux Capucines !

— Justement ! Je trouve dommage de gaspiller ainsi ses talents en ne lui offrant qu'un état de domestique pour tout avenir…

— C'est pourtant dans ce but que nous nous sommes mis en quête d'une gamine comme elle, non ?

— Pas seulement, et vous le savez bien ! Elle comble aussi un vide dans notre espace familial, et je l'apprécie de plus en plus au point de la considérer un peu comme faisant partie de la famille…

— Déjà que Guillermine te soit comme une seconde mère, voilà que tu vois en Gwenn la fifille que nous n'avons pas eue !

— Pas tout à fait, avoua Loanne. Mais il y a un peu de cela…

— Il n'est aucunement prévu dans notre contrat d'avoir à assumer son éducation scolaire.

— Ah ! Tes contrats, toujours des contrats ! Pour nous, ce n'est nullement un problème d'argent, car nous n'en manquons pas. Il y a tout de même autre chose dans la vie… Elle ne te plaît pas, la petite ?

— Là n'est pas la question. Bien qu'un peu timide et effacée, elle est charmante.

Antoine Pasquier avait bon cœur, et surtout il adorait son épouse. Aussi céda-t-il sur un sourire :

— Enfin, ce sera comme tu veux, ma chère… Après tout, tu es bien plus souvent que moi à la maison, et c'est à toi de gérer le petit personnel comme tu l'entends !

— Petit personnel, petit personnel… répéta Loanne avec une moue expressive. Ne pourrais-tu montrer un peu plus de familiarité et d'affection envers ces gens qui se donnent corps et âme à la bonne marche des Capucines ?

— Tu sais bien que j'aime beaucoup Guillermine et que j'estime particulièrement tous ceux qui œuvrent sous ce toit ! Tu ne pouvais faire meilleur choix, et je te fais confiance pour agir au mieux avec Gwenn, tant dans son intérêt que pour le nôtre. Mais il y a encore un inconvénient majeur…

— Ah ! Et lequel ?

— Cette gamine bretonne devait soulager Guillermine qui ne se fait plus toute jeune. Ce n'est pas en se retrouvant sur les bancs d'une école que Gwenn pourra l'aider !

— C'est vrai, mais ce n'est que provisoire... Rien ne nous empêche d'essayer, ne serait-ce qu'un mois ou deux : nous saurons vite si la place de la petite sera préférable entre livres et cahiers ou entre lessives et recettes de cuisine !

— Bien, bien... Mais qu'en sera-t-il s'il se révèle qu'elle est vraiment apte aux études ?

— Pas question de lui lâcher la main pour autant ! Nous l'aiderons dans cette voie, n'est-ce pas ? Quitte à lui trouver ensuite une remplaçante auprès de Guillermine...

— Comme tu voudras... Comme tu voudras...

— Merci, mon ami... Merci !

— N'en parlons plus, il est temps d'aller se coucher ! De difficiles plaidoiries m'attendent, demain.

*
* *

Antoine Pasquier, malgré ses attitudes rigoristes, avait un cœur tendre qu'il s'efforçait de dissimuler au mieux dans son métier, mais qui s'ouvrait tout de même un peu sous le toit de son logis familial. Le matin au réveil, il caressa doucement l'épaule nue de sa femme en lui susurrant à l'oreille :

— Tu crois vraiment qu'il serait de notre devoir de pousser Gwenn aux études ?

— Je considère seulement qu'il est dans notre façon de penser de favoriser l'éducation d'une telle petite, si j'en juge à ses facultés d'apprendre... N'est-il pas dans notre philosophie de donner les moyens à chacun d'aller au bout du talent qu'il ignore pour le faire s'éclore au grand jour ?

— J'ai toujours agi en ce sens, ma chère, et vous le savez bien… Aussi, pour cette gamine bretonne, je vous laisse toute latitude de décision selon ce que vous jugerez le meilleur pour elle ! Ainsi que pour nous…

*
* *

Sitôt sortie du lit et sans même avoir pris soin de sa vêture et de l'aspect de son visage ou de ses cheveux, Loanne Pasquier se dirigea pieds nus jusqu'à l'office. Sans même dire bonjour, elle intima :

— Gwenn ! Tu veux bien me suivre ? Nous avons à parler, toutes les deux…

La jeune domestique baissa la tête. Une telle entrée en matière n'annonçait rien de bon ! Qu'est-ce que la maîtresse de maison avait donc à lui reprocher ? Qu'avait-elle bien pu commettre comme bavure ?

— J'arrive, madame…

Contrariée au point de s'en nouer les tripes, elle suivit docilement la femme de l'avocat jusqu'à son boudoir personnel. À peine y furent-elles parvenues que sa patronne la fixa les yeux dans les yeux.

— Gwenn… Je crains qu'il nous faille nous passer de tes services aux Capucines !

La gorge serrée, le regard baissé, la fillette balbutia :

— Vous aurais-je déçue, madame ?

— Non, certes pas ! s'exclama Loanne en riant de bon cœur. Bien au contraire !

— Je… je ne comprends pas, madame…

— Je te rassure, petite. Tu prends ton travail fort à cœur, et je ne peux sur ce plan-là que te faire des compliments ! Mais…

— Mais ?

— Mais j'estime que ta place n'est pas ici !

Les larmes lui frisant les paupières, Gwenn murmura de façon pitoyable :

— Mais pourquoi, alors ?

— Parce que tu me sembles plus douée pour les études que pour les tâches domestiques, même si tu excelles déjà pour ces dernières… En accord avec mon mari, nous sommes tous deux prêts à financer ton éducation, ma petite.

Gwenn releva timidement le front.

— Mais… et le travail de la villa ?

— Ne t'inquiète pas de cela ! Nous trouverons bien une remplaçante…

Dans l'esprit de la jeune Bretonne, l'enthousiasme se mêlait à une certaine culpabilité et à mille interrogations. Pourquoi cette faveur ? Cette condescendance ? Et ce n'était certes pas pour cela que les Pasquier allouaient une rente à son père ! Comment justifier de leurs dépenses, si elle ne participait plus à l'entretien journalier de la maison ?

— Je ne suis pas sûre que…

— Te, te, te… En toute honnêteté, je juge seulement que ce serait gaspillage si tu continuais à récurer les sols, faire la lessive, dresser les nappes et peaufiner les lits ! J'ai dans l'idée que la condition des femmes doit changer et que je me dois de faire l'effort de te conduire sur les voies de la connaissance plutôt que sur celles de la servitude, car tu m'as prouvé à quel point tu étais éveillée pour assimiler les quelques notions que j'ai essayé de t'inculquer. Tu as une mémoire et une capacité à apprendre remarquables, et il serait dommage que toi comme moi la négligions...

Gwenn ferma les yeux. Il était vrai qu'elle prenait un immense plaisir à lire, à écrire et à gober le savoir que lui dispensait Mme Pasquier sur le fauteuil de la grande bibliothèque ! Elle n'était pourtant pas très sûre d'elle... Elle, une paysanne presque ignare qui ne maîtrisait pas encore parfaitement le *galleg* ! Elle, issue d'une région où le rôle des femmes se résumait à entretenir le foyer et préparer les repas... Elle qui...

— Je sais ce que tu penses ! la coupa Loanne dans ses réflexions. Car, même issue d'un milieu moins modeste que le tien, j'ai parlé le breton jusqu'à l'âge de huit ou dix ans. Cela ne m'a pas empêchée de me hisser dans la société dans laquelle j'évolue, ni de m'instruire en nombre de domaines... Aussi, je me retrouve un peu en toi, et je souhaite seulement te faciliter les choses afin que tu t'épanouisses vraiment dans les aptitudes que j'ai su déceler en toi. Y serais-tu si opposée que cela ?

— Oh non, madame ! Mais je n'ose pas y croire encore... Merci ! Merci !

— Il faudra aussi le dire à mon époux Antoine ! Car il a fini par se rallier à mon point de vue en ce qui te concerne.

— Je n'y manquerai pas, madame.

— Tu veux vraiment me faire plaisir, petite ?

— Bien sûr, madame !

— Alors, arrête de m'appeler « madame », mais plutôt... Loanne.

— Jamais je n'oserais, madame...

— Même si je te le demande ?

La propriétaire des lieux n'eut pas le cœur d'ajouter qu'elle eût préféré « maman » ou « m'ma », mais cela restait plus qu'anticipé, même si elle éprouvait pour cette gamine des sentiments presque maternels...

— Bien ! Dès demain, nous irons toutes deux t'habiller pour la circonstance, puis nous aviserons de l'école où tu pourras faire tes premières armes, ma fille.

Gwenn ne répondit que par un rictus timide : devait-elle craindre ou se réjouir de l'avenir que lui faisaient miroiter l'avocat et sa femme ? Loanne la rassura d'un sourire bienveillant.

— Je veux que tu fasses honneur à notre maison ! Sans oublier que tu t'appelles Le Braz, je tiens à ce que tu sois malgré tout fière de représenter le nom des Pasquier...

Sur ce, la brave femme s'inclina pour déposer un bref baiser sur le front de la fillette, qui fut troublée par cet élan auquel elle n'avait jamais été accoutumée. Gwenn n'en resta pas moins désarçonnée : était-ce là pour elle une incroyable opportunité, ou alors un piège dont elle ne saurait se défaire ?

X

Du jour au lendemain, la vie de Gwenn changea du tout au tout, non sans quelques nouvelles habitudes à acquérir et quelques inconvénients. Désormais, elle prenait ses repas en compagnie du couple Pasquier, ou face à Loanne lorsque l'avocat ne participait pas au déjeuner ou au souper, ce qui lui arrivait souvent. Il lui fallut apprendre à « se tenir à table », à maîtriser selon l'usage couteaux, fourchettes et cuillères, et manger avec retenue et élégance.

— Cela pourra toujours t'être utile d'avoir une certaine prestance dans des milieux plus huppés !

Finalement, ce qui la gênait le plus, c'était de voir Guillermine la servir ! Au fil des jours, elle s'était attachée à elle et éprouvait quelque honte face à cette inversion des rôles. La domestique, sans doute habituée aux frasques et caprices des maîtres de maison, ne paraissait d'ailleurs ni lui en vouloir ni s'en offusquer. Au contraire, son œil complice semblait montrer combien elle était fière de « la petite » ! Contre toute attente, cette gosse bretonne qui maîtrisait tout d'abord si mal la langue française avait fait des progrès spectaculaires qui étonnaient même Jeanne Chabriel, sa maîtresse.

— Cette gamine a des capacités indéniables, madame Pasquier.

— Je dois dire que je l'avais d'emblée pressenti ! À tel point que j'ai préféré la remettre aux études plutôt que d'en faire une domestique sinon valable, mais tout au moins acceptable…

— Cela est tout à votre honneur, madame ! Et je crois que l'école élémentaire sera vite superflue : cette fille pourra aisément sauter les classes pour prétendre à mieux… si vous êtes toujours encline à l'inciter en cette voie ?

— Soyez-en certaine, mademoiselle. Si Gwenn est vraiment douée pour apprendre, je n'ai d'autre volonté que de la pousser au mieux pour franchir tous les examens auxquels elle pourrait être amenée à être confrontée un jour !

— C'est une louable intention, madame Pasquier ! Malheureusement assez peu commune envers le petit personnel…

— Je me suis attachée à cette gamine, vous comprenez ? Et je souhaite le meilleur pour elle ! Mon mari et moi-même n'aurons aucune difficulté à la remplacer pour les tâches ménagères et quotidiennes…

— Je le sais bien, madame. Mais vous avouerez qu'une telle initiative n'est guère courante, au sein de la « bonne société » ?

— Que m'importe l'avis des autres ? Même si je ne vais plus depuis longtemps à l'église, j'ai des considérations humanistes, féministes et égalitaires, qui valent bien les prêches de nos curés ! Et c'est bien pourquoi j'ai d'ailleurs fait appel à une école laïque…

— Rassurez-vous donc, madame Pasquier : votre petite protégée se montre exceptionnellement douée pour suivre les cours que nous dispensons, et j'en arrive même à me demander si, d'ici quelques années, elle ne pourrait prétendre à devenir elle-même enseignante !

— Elle ? s'étonna Loanne. Vous le croyez vraiment ?

— Je n'en sais vraiment rien ! répliqua son interlocutrice en riant. Elle est encore si jeune… Tout peut changer au fil des ans qu'elle prendra. Mais, parmi toutes les élèves de son âge en cet établissement, Gwenn me semble pour le moment présenter toutes les caractéristiques pour prétendre à des études, disons… plus complètes ! Bien qu'il soit encore prématuré pour l'affirmer : la jeunesse se montre tellement versatile, de nos jours…

— Soyez assurée que, si elle s'en avère être capable, mon époux et moi-même serons là pour l'inciter à se hisser vers des cours dont les jeunes filles sont bien souvent exclues !

— Bien, bien… Mais cette hypothèse est pour le moins prématurée ! Je voulais seulement vous informer que votre petite bonne se montre extraordinairement réceptive aux leçons que dispensent nos enseignants et que, si elle persévère en cette voie, elle pourra peut-être prétendre à intégrer des établissements plus pointus que le nôtre, et poursuivre ses études à un degré supérieur.

— Peut-être... espéra Loanne Pasquier en masquant sa fierté. Nous n'en sommes pas encore là ! Pour le reste, l'avenir nous le dira.

— Oui, peut-être...

Peut-être, mais il était hors de question de transfuser cet espoir à la jeune fille : c'était beaucoup trop tôt !

*

* *

Gwenn, quant à elle, prenait un réel plaisir à rejoindre chaque matin son école : l'école élémentaire Anatole-France... Section « filles », bien sûr ! Même si elle s'y sentait isolée, un peu boudée par ses camarades à cause de ses origines rurales et de son parler rude aux accents de Bretagne, elle avait une réelle soif d'apprendre, d'autant plus que Loanne, le soir, lui sortait de la bibliothèque les ouvrages pouvant venir en complément des cours qu'elle avait suivis le jour. Oui, elle aimait l'ambiance sévère et studieuse de ces locaux austères. Oh ! Bien sûr, elle se trouvait parfois frustrée de ne pas s'être fait de véritables amies au sein de sa classe... Mais elle y découvrait au contraire une force sans cesse renouvelée à vouloir prouver à tout prix qu'elle pouvait se hisser parmi les meilleures de ses petites collègues ! Bien qu'étant désormais intégrée à la famille Pasquier, elle restait une Le Braz, et les Le Braz avaient leur fierté. Toujours était-il qu'elle se montrait sérieuse, dans cette salle d'école aux effluves rances, aux vieilles cartes de géographie fichées aux murs, avec ses odeurs d'encre, de craie, de livres... Les coups de gueule de la maîtresse, aussi, même s'ils ne s'adressaient que rarement à elle. Il était vrai également que le quartier ne faisait pas partie des plus défavorisés, en bordure de Paris. Alors que les constructions d'usines neuves s'érigeaient de plus en plus sur les terrains vierges des environs, on pouvait s'attendre dans les années à venir à l'invasion d'une population ouvrière bien moins encline à voir ses enfants traîner plus que de raison sur les bancs de l'école !

La jeune fille avait pourtant été un peu gênée, au début, de n'avoir pas eu droit à la prière quotidienne à laquelle on l'obligeait en Bretagne. Pas de crucifix au-dessus du tableau noir, pas de signe de croix imposé avant de s'asseoir au pupitre... Gwenn s'en était d'ailleurs ouverte auprès de Loanne Pasquier, laquelle s'était mise à rire tout en cajolant d'une main caressante ses cheveux noirs.

— Je te comprends, ma belle... N'oublie pas que je suis née moi aussi à quelques kilomètres de chez toi et que j'ai été étonnée par la lutte que menaient alors les institutions de la République contre l'enseignement catholique. Sache que pour moi ce dernier est depuis lors banni de ce qu'on avait essayé de m'inculquer en mes jeunes années.

— Ah ! Et pourquoi ?

— Parce que je me suis vite rendu compte que toutes les écoles privées s'appuyaient sur la religion pour infuser dans les jeunes cerveaux ce qui n'est plus pour moi qu'imbéciles superstitions !

— Mais... et les processions pour les saints ? Les « pardons » de chez nous ?

— C'est bien ce dont je te parle, Gwenn... Comme toute Bretonne échappant à notre Bretagne, il nous faut nous arracher à ces traditions qui maintiennent en cette région des crédulités dépassées ! Celles-là mêmes qui font de notre pays d'origine un désert d'ignorance et de croyances imbéciles... Si tu ne peux l'admettre, petite, je crains bien que tes études n'en soient fortement compromises !

— Et pourquoi, madam... Oh ! Pardon ! Pourquoi, Loanne ?

— Parce que j'ai fini par comprendre que l'enseignement des curés et des prêtres, des nonnes et des sœurs, ne visait qu'à garder sous la coupe de la religion le troupeau des fidèles, troupeau grandement plus docile si on le maintient dans l'illusion d'une foi aveugle ! Pour qui souhaite prendre la voie du progrès, et surtout pour une fille, il faut s'extraire de cette mélasse catholique qui nous cantonne à un rôle de... de... de marionnettes incultes, quoi...

— Ah ! Bon... Et Dieu, alors ?

— Je ne veux en rien t'influencer, mais, pour moi, le seul dieu qui peut t'élever n'est pas celui de ton baptême. Mais plutôt ceux qui s'appellent « Science », « Connaissance », « Progrès », ceux qui permettront un jour à la femme d'avoir les mêmes droits que les hommes en ce monde de mâles !

— Je... je ne comprends pas tout !

— J'espère pour toi que tu le comprendras vite... Le plus grand danger pour l'humain, et surtout pour nous les femmes, c'est l'obscurantisme dont se gavent les religions !

— L'obscuran... quoi ?

— Je te l'ai déjà dit, Gwenn... Quand tu ne saisis pas un mot, tous les dictionnaires de la bibliothèque sont à ta disposition !

*
* *

Ah ! L'école communale... Quelle différence avec celle qu'elle avait épisodiquement fréquentée dans sa petite enfance ! À tel point qu'ici elle se sentait devenir adulte... Plus mûre, plus consciente d'un monde moderne dont elle ignorait tout auparavant. L'école publique des filles : d'un aspect sévère avec ses fenêtres alignées surmontées d'un fronton en arc de cercle. Elle s'y sentait à son aise, curieuse qu'elle demeurait dans sa soif d'apprendre... Tout d'abord, elle n'y avait noué que peu de contacts d'amitié avec les autres élèves, qui l'avaient d'emblée considérée comme une « provinciale attardée ». En quelques mois d'assiduité, elle était parvenue pourtant à susciter une sorte de respect, face à ses progrès et son aisance à assimiler les leçons inculquées par leur enseignante.

L'école communale... Gwenn s'était vite surprise à en aimer l'ambiance, avec ses odeurs de craie, d'encre et de papier neuf. Consciente de la chance qui lui était offerte, la jeune fille se donnait corps et âme à ses études, ce qui lui demanda tout d'abord bien des efforts : elle avait tellement de retard scolaire à rattraper ! Heureusement, le soir, dès son retour aux Capucines, l'aide de Loanne lui était précieuse pour combler ses lacunes. Sa curiosité et sa soif d'apprendre l'amenèrent rapidement à se plonger dans les livres de la bibliothèque des Pasquier. Si elle avait encore des difficultés avec le calcul, sa passion pour les ouvrages d'histoire et de géographie lui conféra en quelques semaines des connaissances considérables, et elle devint vite incollable en ces domaines.

— Cette petite fait preuve d'une mémoire étonnante ! ne cessait de répéter Loanne à son mari.

— C'est vrai... Je ne soupçonnais pas une si vive intelligence de sa part ! Finalement, tu avais raison : sa place n'était pas dans la domesticité... Elle a déjà presque rattrapé le niveau des filles de sa classe ! Si ce n'est même dépassé...

— Cela ne l'empêche pas d'épauler notre Guillermine lorsqu'elle a un moment de libre !

— À quoi bon ? Nous avons bien trouvé une remplaçante à Gwenn. Une excellente fille de ménage, d'ailleurs, avec son drôle de prénom peu courant dont je ne me souviens jamais.

— Éolia ! Elle s'appelle Éolia... Ça veut dire soleil, en breton. Mais Gwenn s'évertue à se montrer utile au sein de la maison, un peu comme si elle voulait ne pas être redevable envers nous de ce que nous ayons pris en charge son éducation.

— Cela part d'un bon sentiment ! Mais le plus grand service qu'elle puisse nous rendre, c'est bien de réussir dans ses études, maintenant.

— Elle s'y emploie au mieux. Et je crois qu'elle nous réserve encore bien des surprises en ce domaine ! Elle est très douée, tu sais.

— Tant mieux, tant mieux... Sa famille en sera plus qu'étonnée, lorsque nous retournerons cet été en Bretagne !

*
* *

De jour en jour, Gwenn se montrait de plus en plus à l'aise en classe. Assidue, elle prenait désormais un véritable plaisir à s'instruire, arrivant même jusqu'à susciter la jalousie de ses camarades. Non seulement elle connaissait ses leçons sur le bout des doigts, mais encore elle excellait dans les travaux féminins obligatoires qu'imposait Mlle Jeanne, la maîtresse. La majorité des élèves était issue d'un milieu aisé, et la plupart ne se montraient guère habiles dans le maniement des aiguilles ou du fer à repasser, ce qui n'était pas le cas de la jeune Bretonne, pour qui le tricot ou la couture n'avaient plus de secret ! Pourtant, de plus en plus fréquemment, Gwenn laissait son imagination vagabonder en perdant son regard au travers de la vitre pour contempler la vie fluviale de la Seine. En vérité, elle se désintéressait souvent des propos de la maîtresse lorsque cette dernière abordait des sujets qu'elle connaissait déjà parfaitement, grâce aux lectures dans lesquelles elle se plongeait chaque soir dans le salon-bibliothèque d'Antoine et de Loanne Pasquier. Oui, elle laissait son esprit divaguer, et son institutrice ne fut pas longue à s'en apercevoir :

— Gwenn... Tu voudras bien rester un peu après la sortie ? J'ai à te parler...

— Oui, maîtresse...

Que pouvait bien lui vouloir Mlle Jeanne ? Dès qu'elles furent seules dans la classe vide, elle s'inquiéta :

— Aurais-je fait une bêtise, mademoiselle ?

— Certes non ! Bien au contraire... Mais tu me sembles bien inattentive depuis quelque temps, ce qui n'est pas sans me surprendre tant tu m'as accoutumée à être plus assidue aux cours ! Que se passe-t-il ?

La jeune fille baissa la tête pour avouer :

— C'est vrai... Il m'arrive de m'ennuyer quand vous faites des leçons que je connais déjà ! J'ai l'impression de ne plus apprendre...

— Mais ce sont des sujets du programme que je n'ai généralement jamais abordés !

— Oui, mais... M. et Mme Pasquier m'ont donné l'autorisation d'emprunter n'importe quel ouvrage de leur bibliothèque. Et, depuis que je sais bien lire, j'adore les livres de sciences, de géographie et d'histoire ! Et puis Mme Pasquier me donne beaucoup de conseils d'orthographe et de grammaire...

— Ah ! Je comprends mieux...

Jeanne Chabriel n'ignorait rien du statut de domestique qu'avait d'abord eu Gwenn au sein de la villa des Capucines, et elle n'en appréciait que plus les performances de son élève. Elle admirait aussi l'humanisme et la bienveillance du couple Pasquier envers une gamine qui n'aurait dû rester chez eux qu'une simple employée de maison.

— C'est très bien, tu es une brave fille ! Jusqu'à la fin de l'année, lorsque tu connaîtras le programme du jour, je te permettrai de passer une partie de ton temps dans la classe supérieure de Mme Rigaud. Elle acceptera volontiers cette entorse aux règles de la maison, et cela te conduira peut-être à sauter une classe l'année prochaine. Mais je ne te promets rien, hein !

Rien ne pouvait faire plus plaisir à Gwenn, qui s'exclama :

— Merci ! Oh, merci, mademoiselle !

XI

Contrairement à son attente, Gwenn n'éprouvait aucune émotion particulière au voyage entrepris par ses bienfaiteurs. Bien sûr, Antoine Pasquier avait vendu sa voiture et lui avait préféré une luxueuse « Vivastella » six cylindres de marque Renault, couleur beige clair, sièges en cuir, silencieuse et confortable... Bien sûr, elle allait retrouver les paysages de Bretagne. Bien sûr, elle allait revoir son père, ses sœurs, son frère. Pourtant, son cœur ne s'emballait pas à cette perspective. Elle avait tellement changé en moins d'un an ! Comment oser affronter les regards de sa famille dans une tenue si élégante ? Elle en avait presque honte à l'avance ! Comment s'exprimer avec naturel ? Oh ! Elle n'avait nullement oublié sa langue maternelle, mais le breton était banni de l'enseignement laïc, et on l'avait persuadée qu'il était préférable à Paris de n'user que d'un français de préférence le plus châtié possible. À l'avance, elle se sentait gênée de ce qu'elle était devenue. Elle ne le regrettait pas, loin de là, mais devinait que ces retrouvailles allaient forcément manquer de naturel. Aussi fut-elle soulagée d'entendre le conducteur s'exclamer :

— Nous avons déjeuné à Chartres, mais la route est encore éprouvante ! Je propose que nous passions la nuit dans un hôtel. À Laval, par exemple…

— Bonne idée, mon ami ! s'enthousiasma aussitôt sa femme. Cette automobile a beau être spacieuse, les longs trajets y sont tout de même pénibles pour le dos et les jambes ! Je commence à sérieusement m'ankyloser…

— Bien, bien… Nous y serons dans environ une demi-heure !

— Laval ? questionna Gwenn. N'est-ce pas là que le chirurgien Ambroise Paré est né ?

Loanne se mit à rire.

— Là, tu m'en demandes trop ! Pour être honnête, je n'en sais rien…

— Il me semble l'avoir lu dans le dictionnaire…

— Puisque tu le dis, ce doit être vrai : tu as une si bonne mémoire !

Décidément, cette gamine était de plus en plus étonnante ! Tout en conduisant, Antoine Pasquier sourit : quelle surprise, chez les Le Braz, lorsqu'ils constateront les progrès faits par la petite en si peu de temps…

Laval, enfin ! Les journées étant longues en été, le soleil était encore haut lorsque la Renault s'aligna le long des façades de l'*Hôtel de l'Ouest*. En franchissant la Mayenne, Gwenn avait remarqué que la cité s'étendait sur les deux rives. Si sur celle de gauche l'agglomération n'offrait que des constructions modernes, celle de droite étalait ses vieux quartiers à l'assaut d'une double colline.

— M'sieur Antoine ?

— Oui ?

— Avant de dîner, j'aimerais visiter un peu la ville. J'ai vu en passant qu'il y avait d'anciennes fortifications…

— Je ne sais pas si ce serait bien prudent de laisser une jeune fille de ton âge errer seule dans une ville inconnue…

— Qu'à cela ne tienne, Antoine ! intervint Loanne. Je l'accompagnerai volontiers. Je suis même certaine qu'elle me fera découvrir des choses que j'ignore.

— Comme vous voulez… Je vous attendrai dans la chambre de l'hôtel, j'ai vraiment besoin de me reposer de la route !

Laval… Gwenn prit un plaisir particulier à déambuler dans ses rues en compagnie de la femme de l'avocat. Toutes deux redescendirent vers les quais de la Mayenne jusqu'au pont Neuf. La jeune Bretonne leva aussitôt le regard.

— Oh ! On voit d'ici ce vieux château, là-haut, avec sa grande tour ronde à toit conique. Et cet autre château blanc tout à côté. Il est rectangulaire et semble plus récent, non ? Et cette flèche d'église, qu'elle est élégante !

Amusée par l'intérêt de la gamine, Mme Pasquier sourit.

— Approchons-nous donc ! Tu en meurs d'envie…

Elles débouchèrent sur la place de l'Hôtel-de-Ville et Loanne s'exclama :

— Tu avais raison, pour Ambroise Paré ! Regarde cette statue de bronze à son effigie…

Ignorant le muséum, elles continuèrent à monter jusqu'à atteindre la place du Palais, bordée par le nouveau château, une vaste construction de la Renaissance défigurée par des remaniements successifs.

— Il abrite aujourd'hui le palais de justice... précisa la brave femme. Mais voici le château médiéval que tu voulais tant voir.

Empruntant une ruelle passant sous une arcade, toutes deux se trouvèrent devant une façade sombre et austère. À l'un des angles de ses hautes murailles s'élevait le donjon, une tour cylindrique impressionnante. Loanne avisa un écriteau et remarqua :

— On pourrait visiter l'intérieur moyennant finance en actionnant cette sonnette, mais nous n'en avons guère le temps ! Tu n'es pas trop déçue ?

— Non, non... Si je veux en connaître l'histoire, je trouverai bien à Paris un livre ou une encyclopédie qui me renseignera !

À l'autre extrémité de la place s'élevait la cathédrale, avec ses multiples toits d'ardoise enchâssés les uns dans les autres, témoins de nombreuses modifications et transformations. Loanne Pasquier eut un moment la crainte que des réminiscences de piété bretonne n'incitent la jeune fille à visiter le monument, mais Gwenn n'en manifesta nulle envie, préférant se diriger vers les vestiges des anciennes fortifications et le quartier des vieilles maisons. Elle put ainsi admirer la porte Beucheresse et ses deux grosses tours, avant de déambuler dans les rues de la Trinité, du Paradis, des Serruriers, de la Grande Rue, toutes bordées de maisons à pans de bois dont certaines poutres étaient élégamment sculptées.

— Bon ! décida soudain Loanne. Si nous redescendions à notre hôtel ? Je commence à ressentir quelque fatigue dans les jambes. Ainsi qu'un certain creux dans l'estomac… J'espère bien qu'Antoine a réservé une chambre double avec alcôve, pour que tu aies une certaine indépendance.

— Ce n'est pas vraiment nécessaire, vous savez !

— Mais je le veux absolument ! Il faut désormais que tu tiennes ton rang comme si tu étais notre propre fille…

*

* *

Le couple et la jeune fille avaient repris leur voyage à l'aube, car il y avait encore bien du trajet à effectuer. Gwenn se laissait bercer par les ronronnements du moteur et par les irrégularités et les ornières de la route. Peu à peu, les paysages lui apparaissaient plus familiers, et même la consistance de l'air lui semblait différente.

— Kernadic est encore loin ?

— Allons, Gwenn… Je t'ai dit que j'entendais te présenter à ma famille ! Nous ne nous rendrons chez la tienne que dans deux ou trois jours…

— Je savais que vous vouliez me montrer vos parents et votre pays, mais j'ignorais si c'était avant ou après m'avoir déposée chez moi…

— Je comprends : tu dois être impatiente de retrouver les tiens ?

La jeune fille se fendit d'une moue indécise.

— Non, pas vraiment… J'ai même un peu peur de me présenter à eux dans cette tenue de ville !

— Mais non, bêtasse ! Tu devrais plutôt te montrer fière d'avoir réussi à leurs yeux.

— Vous croyez ? Mes sœurs seront à coup sûr jalouses !

— Si elles t'aiment vraiment, il n'en sera rien, je t'assure…

Justement, Gwenn n'était pas tellement sûre de l'affection de ses aînées. Aussi se réfugia-t-elle dans le silence pour mieux regarder défiler derrière la vitre coteaux et villages. Déjà il lui semblait presque sentir son pays de Cornouaille. Sa lumière exceptionnelle, ses riantes vallées, ses roches et ses landes, ses sommets rudes et ses collines à la douce rondeur… Tout en abordant une courbe de la route, Antoine Pasquier précisa :

— D'ailleurs, nous n'irons pas à Locronan aujourd'hui même. Nous avons l'habitude de loger dans un hôtel de Quimper, histoire de ne pas déranger la famille !

La fillette se surprit à sourire intérieurement : n'était-ce pas plutôt parce que l'avocat supportait mal les contraintes de la vie rurale ? Il semblait tellement plus à l'aise au sein de la capitale que dans les rues des villes et villages de province ! Elle se félicita de cette halte, n'ayant jamais mis les pieds dans cette ville pourtant proche de ses monts d'Arrée. Il était vrai qu'elle ne se souvenait que d'une seule excursion hors de Kernadic, lors de cette escapade en famille dans les rues de Brest.

Quimper lui apparut comme une cité pittoresque et agréable. Même si elle n'y eut que peu de temps pour la parcourir, elle eut la joie, comme à Laval, de voir Loanne Pasquier l'accompagner pour une brève visite. Du boulevard de l'Odet, elle découvrit d'abord les restes des anciens remparts, puis la place où s'élevait la cathédrale Saint-Corentin. Bien que depuis des mois elle n'avait participé à nulle pratique religieuse ni cérémonie de culte chrétien, elle s'arrêta devant le monument, époustouflée par sa majesté et son volume : quelle belle architecture gothique ! Quelle ampleur de bâtisse pouvant sans doute rivaliser avec Notre-Dame de Paris !

— Un excellent exemple de l'esclavagisme spirituel que pouvaient alors imposer les prélats catholiques ! marmonna Loanne. Combien de gens sont-ils morts, durant deux à trois siècles, pour élever un tel monument ? Et pourquoi ? Pour qu'aujourd'hui cette cathédrale devienne l'objet de la visite de touristes plutôt que celle de vrais fidèles !

— Peut-être, madam… pardon, Loanne… Mais je pense que, malgré ce que vous reprochez à un tel édifice, il n'en reste pas moins qu'il témoigne d'une architecture qu'il serait bien difficile de reproduire de nos jours. Un vestige du passé…

Manifestement, Gwenn s'attachait plus aux techniques de construction qu'aux émanations spirituelles du lieu ! Quelle évolution pour elle, qui avait été éduquée à téter aveuglément le sein des prêches des prêtres et des curés ! Laïque convaincue, l'épouse de l'avocat s'en félicita :

— Tu ne vois donc rien de plus que l'aspect artistique des choses ? Lequel n'est là que pour inciter les fidèles de l'Église à ne rester que moutons dociles afin de permettre l'enrichissement des évêques, cardinaux, et autres sommités de la hiérarchie catholique…

— C'est vrai que je me pose de plus en plus de questions... Et que je me sens de plus en plus libre de moi, depuis que je ne vais plus à la messe ! Mais...

— Mais quoi ?

— Mais je ne sais si c'est bien ou mauvais pour moi : nous fêtions si dignement tellement de fêtes de saints, en Bretagne...

Loanne poussa un long soupir : elle avait trop de respect pour la liberté de conscience, au point de ne vouloir en aucun cas influencer les convictions de sa protégée. Elle insista pourtant :

— Est-ce Dieu qui t'a donné le coup de pouce pour t'envoyer de l'état de soubrette à celui d'excellente élève de bonne école ?

— Non, non ! Je ne le crois pas. C'est plutôt vous qui...

— Alors ?

Gwenn ne pouvait que le reconnaître :

— Avec Dieu ou sans Dieu, je sais que je vous dois tout ! Et je ne vous en remercierai jamais assez...

Sur ces quelques paroles, les larmes aux paupières, la jeune fille se laissa aller sur l'épaule de sa patronne pour l'enlacer de toutes ses forces. Loanne en fut émue au-delà des mots, et elle attira plus étroitement la gamine contre elle en balbutiant :

— Ma fille, ma petite fille... Je suis tellement fière de toi !

*

* *

La visite de la ville avait été courte et, le lendemain matin, Antoine Pasquier était déjà sur le départ pour rejoindre la demeure familiale de son épouse. Le temps se maintenant au beau, le paysage n'en fut que plus sublime jusqu'à Locronan, un village seulement, enserré entre deux forêts, mais avec des constructions « à la mode d'autrefois », de solides murs de granit et des toits d'ardoise grise. De belles bâtisses régulières, un peu sévères, mais d'une incontestable élégance.

— Il ne faut pas te fier au charme de ce bourg, Gwenn ! Du temps de ma jeunesse, ces murs n'abritaient que misère… Ils datent d'une époque où le village était prospère, alors que toutes les voiles des plus grands navires étaient tissées ici. Mais cette manne a fini par se tarir. Lorsque j'étais gosse, la plupart de ces maisons étaient à l'abandon, et les rares habitants qui y demeuraient croupissaient dans une pauvreté extrême. Ma famille, un peu à l'écart de Locronan, avait depuis longtemps abandonné la culture du chanvre qu'utilisaient les tisserands, pour mieux faire pousser fruits, légumes, seigle et blé afin de les vendre à Douarnenez. Je crois que c'est ce choix qui a permis à mes parents de non seulement surmonter cette décadence, mais encore d'en tirer profit. En se montrant fidèles aux cultures traditionnelles, ils se sont retrouvés parmi les familles les plus aisées de la commune.

Gwenn s'étonna :

— Le bourg ne me semble pourtant pas des plus misérables…

— Aujourd'hui, les temps ont bien changé ! Locronan ne vit désormais que des voyageurs fortunés qui viennent de plus en plus visiter ce qui nous reste : le patrimoine architectural de notre

Bretagne, qui ici est demeuré particulièrement préservé... D'ailleurs, le seul hôtel du village s'appelle l'*Hôtel des Touristes*.

L'avocat ne s'arrêta pas dans le bourg, se contentant de ralentir pour satisfaire la curiosité de la jeune fille.

— Nous aurons tout le temps de visiter Locronan demain ! Car je suppose qu'avant de rejoindre Kernadic tu ne seras pas contre le fait de faire une balade jusqu'à l'océan ?

— Oh oui ! s'enthousiasma aussitôt Gwenn.

— Tu l'as déjà vu ? s'enquit Loanne.

— Oui, une fois... À Brest !

— Nous choisirons un endroit plus sauvage que celui d'une ville, alors... Le spectacle n'en sera que plus magnifique, d'autant que nous avons la chance d'avoir du beau temps. En attendant, nous approchons de la maison où je suis née...

Les bois qui entouraient Locronan avaient cédé la place à des parcelles de champs et de prés délimités par de solides haies, et quelques fermes isolées se partageaient un paysage moins vallonné.

— Tiens, regarde... ces bâtisses, là-bas ! C'est Ty Menez... La propriété des Quivennec. C'est mon nom de jeune fille... Il y reste ma vieille mère et mes deux frères, Yann et Loïc.

Ty Menez assumait fièrement l'architecture typique de la Bretagne : une belle longère en granit, constituée d'un bâtiment tout en longueur, avec l'arrière face aux vents dominants de l'ouest, et toutes ses dépendances disposées en une seule rangée. La qualité de la construction, son impression de robustesse, son toit d'ardoise bien entretenu, tout indiquait l'aisance des propriétaires. Rien à voir avec l'état de délabrement de Kernadic !

— Tu as remarqué ? observa Loanne. Chez nous, les volets sont à l'intérieur. C'est plus pratique, les jours de tempête !

La Renault s'immobilisa en bordure d'une vaste cour, et les occupants du lieu sortirent sur le pas de la porte. Suivi de son épouse, Antoine Pasquier descendit du véhicule et ouvrit la portière arrière.

— Viens, petite, que je te présente à la famille de ma femme !

XII

À Ty Menez, Gwenn avait été accueillie par les Quivennec tout comme un membre de la famille. Hoelenn, la mère de Loanne, avait même serré contre elle la jeune fille avec une larme d'émotion à l'œil. Qu'il était déjà loin le temps où elle pensait n'être considérée que comme une pauvre domestique ! La vieille femme était pourtant loin d'être seule, dans cette vaste ferme : la longue demeure abritait non seulement ses deux fils, Yann et Loïc, mais encore ses brus, Morgain et Janig, ainsi qu'une demi-douzaine de ses petits-enfants des deux sexes. Alors que Gwenn avait craint d'être un peu mise à l'écart à cause de ses origines et de l'étrange statut dont elle bénéficiait chez les Pasquier, ce fut au contraire avec enthousiasme que chacun tint à faire sa connaissance. Cette famille rurale très attachée aux traditions semblait même secrètement se féliciter de cette quasi-adoption : mieux valait une modeste Bretonne « bien de chez nous » qu'une fade et prétentieuse petite Parisienne ! La fillette fut vite la curiosité des gamins, tous un peu plus jeunes qu'elle, et elle se laissa volontiers aller à partager leurs jeux et leurs conversations. Ah ! Elle se souviendrait longtemps du repas organisé en signe de bienvenue ! Sur les tréteaux alignés dans la cour et recouverts de draps en guise de nappes se succédèrent bientôt les plats les plus divers. Certes pas des mets raffinés tels qu'elle en avait découvert dans certains restaurants parisiens où le couple l'avait quelquefois emmenée, mais une vraie cuisine paysanne aux goûts de terroir... Tarte aux oignons de Roscoff, *kouign patatez*[1], *cotriade*[2], potée accompagnée de *groux*[3] en guise de pain, poulet au cidre et au *chouchen*, gâteau quatre-quarts aux poires et à la confiture de lait, le tout arrosé de cidre et de vin, auxquels la jeune fille s'abstint de goûter, préférant comme les autres enfants de la famille s'en tenir au jus de pomme non fermenté. Une journée extraordinaire, qui lui resterait à jamais en mémoire...

Comme à leur habitude, Antoine et Loanne Pasquier avaient réservé leur chambre à l'*Hôtel des Touristes* à Locronan, mais cette fois en lui en joignant une supplémentaire à l'attention de Gwenn. En rentrant de Ty Menez, ils s'abstinrent de s'attabler à nouveau, au grand bonheur de la jeune fille qui n'aurait pu avaler une bouchée de plus !

Dès le lendemain au réveil, il lui pressait plus de voir l'océan que de rejoindre Kernadic, et Antoine Pasquier le comprit bien, qui n'attendit guère pour entreprendre cette excursion.

---

1. Gâteau de pommes de terre.

2. Genre de bouillabaisse à la façon bretonne.

3. Bouillie de sarrasin.

— Nous ne sommes qu'à une dizaine de minutes de Douarnenez, mais ce n'est pas ainsi que tu pourras profiter de ce que sont vraiment nos côtes atlantiques ! Je préfère rouler une vingtaine de kilomètres de plus pour atteindre la pointe du Raz…

— La quoi ?

— La pointe du Raz, précisa Loanne. En breton, *Beg ar Raz*… Un promontoire de roches qui fait face à la mer d'Iroise. Tu verras, c'est aussi impressionnant que magnifique ! Il ne se passe pas un de nos voyages ici sans que mon mari n'ait envie de s'y rendre. C'est le bout de la terre, pour nous. Plus loin, à part l'île de Sein, il n'y a rien avant l'Amérique !

Après avoir contourné Douarnenez, entre bosquets et bocages, champs et prairies, la vaillante automobile beige traversa nombre de villages et de bourgs à l'habitat dispersé. Au fil des kilomètres, dès que le relief s'élevait, c'était avec émotion que Gwenn découvrait au loin l'étendue scintillante de la mer. Après avoir dépassé un dernier hameau, Antoine Pasquier continua sur environ un kilomètre avant d'arrêter sa Renault près de trois ou quatre autres véhicules.

— Tiens, nous ne serons pas seuls, aujourd'hui ! Il faut dire que le site est exceptionnel et qu'il attire beaucoup de voyageurs…

— D'autant plus, insista Loanne, qu'on ne peut rêver d'un temps plus superbe !

— Il nous faut continuer à pied sur le chemin au travers de cette lande, annonça l'avocat. Mais ça souffle fort, aujourd'hui !

— Comme toujours ! confirma son épouse.

Les cheveux à l'air, face aux bourrasques sauvages, giflés par les rafales, ils avancèrent tous trois contre la furie du vent. Bousculée par ces tourbillons, Gwenn titubait jusqu'à s'en écarter du sentier. La morsure piquante des ajoncs la remettait aussitôt sur le droit chemin, et elle finit par accepter l'aide des mains d'Antoine et de Loanne. Quelle furie infernale ! Mais quelle magie aussi... quelle excitation ! Après une dizaine de minutes de marche, les trois visiteurs reçurent comme un choc le panorama qui s'offrait à eux. Des falaises abruptes déchiquetées et couvertes d'une lande rase, qui surplombaient les flots, avec cette impression de vertige à couper le souffle ! Des éperons de roches hérissés comme des crocs sortant des vagues... Des rouleaux d'écume qui se ruaient à l'assaut du granit et venaient mourir en gerbes sur les récifs acérés. La rumeur furieuse de l'océan que n'arrivaient pas à couvrir les stridulations hurlantes du vent. Et, à l'infini, ces luisances crénelées presque éblouissantes sous la lumière crue du soleil...

— C'est magnifique ! s'écria Gwenn avec l'impression que le son de sa voix se perdait dans les tourbillons de l'air en folie.

— Je te l'avais bien dit ! répondit Antoine, fier et ému par l'étonnement de la petite. Regarde : ici le phare de la Vieille, là celui de Tévennec, et là, tout en face, l'île de Sein...

— Ne l'écoute pas, intervint Loanne. Mon mari est intarissable sur le sujet, et il va s'égosiller à te parler de la baie des Trépassés, la pointe du Van, le cap de la Chèvre, et j'en passe... Contente-toi donc d'admirer !

Subjugués par le spectacle, ils circulèrent entre les roches brunes ou orangées par les lichens, se gavant les yeux à chaque point de vue. Le vent humide n'était pas froid, et c'était presque un jeu que de se laisser secouer par ses rafales. Avec cette même sorte d'ivresse que l'on ressent dans un manège de fête foraine… Par grappes, des oiseaux criards profitaient de ces turbulences pour entamer des ballets échevelés entre mer et ciel. La jeune fille ne fut pas étonnée de voir le couple se désintéresser de la sculpture qui faisait face à l'océan et évoquait un marin agenouillé devant une statue de la Vierge. Elle eut pourtant une pensée pour les disparus en mer en l'honneur desquels avait été élevé ce monument dédié à Notre-Dame des Naufragés. Au bout d'un temps indéfini, l'avocat s'écria :

— C'est bien beau, tout ça ! Mais nous devrions peut-être nous mettre en route pour conduire notre petite fée jusqu'à sa famille !

Gwenn soupira. Elle aurait aimé profiter encore de ce panorama magique, mais il lui fallait bien se faire une raison… Pourquoi n'arrivait-elle pas à ressentir une véritable joie à retrouver Kernadic et les siens ?

*

* *

Les pupilles éblouies par cette excursion, elle rêvait encore de vagues et de vent, d'embruns et de lumière, lorsque apparurent les murs du domaine des Le Braz. Bizarrement, elle eut l'impression d'entrer en territoire étranger : non, vraiment, elle ne se sentait plus chez elle, ici… Bien sûr, elle était contente de revoir son père, son frère et ses sœurs, mais devinait déjà que sa vie n'était plus sur ces terres familiales. Le moteur était à peine arrêté que Naïg, la plus jeune, se précipitait vers la voiture pour se jeter dans les bras de sa sœur.

— Oh, Gwenn ! Ma Gwenn… Que tu m'as manqué !

Le sourire que lui adressa Gwenn se glaça face aux regards de ses deux aînées : la mine figée, les yeux froids, elles demeuraient sur le pas de la porte en la détaillant de la tête aux pieds. Manifestement, elles étaient jalouses de sa vêture, de ses chaussures vernies, de cette robe à la mode, de sa toilette et de sa coiffure ! Henri s'avança posément et se permit de la gratifier d'une tape sur l'épaule :

— *Demat*[1], tit' sœur…

Quant à Ludovic Le Braz, en maître de maison, il demeura en retrait, se contentant de contempler la scène, le visage impassible. Enfin, il se décida à faire quelques pas pour saluer le couple Pasquier.

— Bonjour, messieurs dames… Alors, la petite ne vous a pas donné trop de soucis ?

— Non, non, bien au contraire ! lui répondit aussitôt Loanne en breton.

Le fermier se campa devant sa fille.

— Et toi… Avais-tu besoin de te déguiser en demoiselle ? Ce n'est pas une tenue de bonniche, ça !

— Elle n'y est pour rien ! assura Antoine Pasquier. C'est nous qui lui avons imposé ces vêtements, qui sont d'ailleurs on ne peut plus communs à Paris.

---

1. Bonjour.

— On n'est pas à Paris ! grogna encore le père de Gwenn, avant d'ajouter : J'espère que ces fringues ne viennent pas en déduction de la rente que vous m'avez promise ?

— Bien sûr que non ! Nous sommes d'ailleurs disposés à revoir à la hausse les sommes prévues…

— Ah ? s'exclama Ludovic, manifestement surpris. Par quel miracle ma gosse, à son âge, serait donc devenue une domestique qui mérite un tel geste ?

— Domestique ? Pas tout à fait, mais nous en parlerons plus tard. Je vous expliquerai !

— Bon, bon… Mais entrez donc ! Vous boirez bien un petit rafraîchissement, avec cette chaleur ?

La conversation se poursuivit à l'ombre des murs de la longère devant une bonne bouteille de cidre.

— Venons-en au fait ! proposa Loanne.

— Pas avant que nous soyons tranquilles… Henri, il faudrait finir de réparer la charrette ! Gaëlle et Soizic, le retour de votre sœur n'est pas une raison pour abandonner vos fromages. Et toi, Naïg, tu trouveras bien à t'occuper : ramasser les œufs, nourrir les lapins, soigner Kadarn, je sais pas, moi…

Après un silence de convenance, Ludovic fit un effort pour s'exprimer en français. Plongeant les yeux dans ceux d'Antoine Pasquier, il reprit :

— Alors, qu'en est-il de la petite ?

— Il en est que, même si elle nous donnait entière satisfaction dans son apprentissage de petit personnel de maison, nous avons mis un terme à son emploi de domestique chez nous.

Le paysan grimaça.

— Ce qui veut dire que vous mettez aussi un terme à notre contrat, je suppose ?

— Pas du tout ! Car il s'avère que, contre toute attente, Gwenn se révèle encore plus douée pour les études que pour le ménage et la cuisine... Depuis quelques mois, nous l'avons placée dans une école, et ses progrès sont étonnants !

Ludovic repoussa son chapeau en arrière pour fourrager dans ses cheveux rares.

— Si elle ne rend plus de services en votre maison, je ne vois pas vraiment où se trouve votre intérêt, dans cette affaire...

— D'un point de vue strictement financier, vous avez raison ! Mais nous nous sommes attachés à Gwenn, ma femme et moi, et nous avons jugé qu'étant donné les dons qu'elle affichait c'était du gaspillage que de ne point lui offrir la chance de suivre des cours à l'école la plus proche.

— Laïque, bien sûr ? grogna encore le fermier.

— L'enseignement n'y est pas de moindre qualité qu'auprès des bonnes sœurs, vous savez ?

— Puisque vous le dites ! Mais, pour moi, je trouve qu'il n'est pas souhaitable qu'une femme soit trop instruite...

— Ce sont là des considérations dépassées ! s'insurgea aussitôt Loanne. J'estime de notre devoir de prendre en charge les talents de Gwenn et de faire en sorte que ses prédispositions aux études ne soient pas entravées, mais au contraire accompagnées !

— Comme vous voudrez, après tout ! bougonna enfin Ludovic. Quoi qu'il en soit, pour moi, elle est toujours à votre service.

— Voilà qui est bien ! approuva l'avocat. Si nous en venions à cette rente, alors ? Voici une enveloppe qui contient la somme dont nous étions convenus, ainsi qu'une confortable rallonge…

Il n'était pas dans les usages de parler d'argent ainsi.

— Nous verrons ça plus tard, monsieur Pasquier. Mais pas avant que nous ayons partagé un bout à manger !

— Nous ne pouvons nous attarder ! La famille de ma femme nous attend…

— Un simple casse-croûte, voyons ! Du saucisson de Kernadic !

— Pour vous faire plaisir, alors !

*
* *

Dès que le bruit de la Renault se fut estompé derrière les haies tout au bout du chemin, Gwenn se sentit désarçonnée. Comme perdue. Comme un peu orpheline, alors même qu'elle retrouvait sa famille ! Quelle ambiance étrange, ce soir-là, dans la grande pièce commune ! Avec tout d'abord ce silence gêné. Ces regards échangés à la volée. Ces mimiques empruntées… Et enfin le père, qui frappa le plateau de la table du plat de la paume.

— Alors, personne ne trouve rien à dire ? Il serait temps de souhaiter la bienvenue à votre sœur, non ?

Ces quelques mots suffirent à détendre l'atmosphère, et Naïg, la première, chercha la main de Gwenn.

— Je suis bien contente que tu sois revenue, tu sais ?

— Moi aussi, petite sœur ! Moi aussi…

Soizic se fendit à son tour d'une grimace qui se voulait sourire.

— En tout cas, tu as la peau blanche, les ongles propres, les cheveux bouclés, et tu es habillée comme une princesse !

— Ce n'est pas moi qui choisis mes vêtements, se justifia Gwenn.

D'un ton plus sec, Gaëlle remarqua :

— Je ne savais pas que c'était ainsi qu'on accoutrait les souillons, à Paris !

Ludovic Le Braz lui adressa un regard sévère.

— Ne parle pas ainsi à ta sœur ! intima-t-il. D'ailleurs, elle n'est plus domestique chez les Pasquier…

Henri prit à son tour la parole d'un ton moqueur :

— Ils ne veulent déjà plus d'elle ?

— Non ! Mais ils ont préféré la mettre à l'école, répondit son père.

— À l'école ? Pour faire les chambres ou le ménage ?

— Même pas… Il paraîtrait seulement que « mademoiselle » est douée pour les études !

— Des études ! Mais pour quoi faire ?

— C'est bien ce que je me demande…

— Et vous êtes d'accord, père ?

— Qu'importe mon avis ! D'autant plus que M. l'avocat a largement augmenté la somme annuelle qu'il me doit par contrat !

— Ils doivent être un peu fous, lui et sa femme ?

— Peut-être, peut-être…

XIII

FINALEMENT, LA SEMAINE PASSÉE à Kernadic ne s'était pas trop mal déroulée. Après un accueil un peu froid, Gwenn avait vite retrouvé sa place au sein du clan des Le Braz. Elle avait même pris un certain plaisir à porter les vêtements plus ordinaires qui avaient toujours été siens, avant son départ pour Paris. Certains s'étaient d'ailleurs révélés plutôt étriqués, car elle avait grandi et forci, en un an ! Heureusement, Soizic lui avait volontiers prêté les tenues devenant trop étroites pour elle. Ah ! Renouer avec les odeurs de l'étable, flatter l'encolure de Kadarn, réinventer tous les gestes qui avaient nourri son enfance, depuis le pis des vaches jusqu'au brassage du fromage, le maniement de la fourche ou la corvée d'eau au puits... Elle avait pourtant constaté qu'elle assumait désormais comme un jeu ces activités quotidiennes qui n'avaient été pour elle que contraintes jusqu'à il y avait un an en arrière, lorsque les Pasquier avaient jeté leur dévolu sur elle. La seule chose qu'elle n'avait pas supportée demeurait ces quolibets et ces regards ironiques qui l'avaient accompagnée, quand elle s'était plongée à la veillée dans la lecture d'un roman d'Alexandre

Dumas. Aussi l'avait-elle remisé dans ses bagages tout au long de son bref séjour. C'était malgré tout avec soulagement qu'elle avait vu revenir le véhicule du couple Pasquier : leur présence attentionnée commençait à lui manquer !

*
* *

Un simple signe de la main au travers de la portière en guise d'adieu, et la voiture s'éloigna rapidement de Kernadic.

— Alors, Gwenn, contente d'avoir revu les tiens ?

— Oui, bien sûr, m'sieur Antoine… Mais contente aussi de vous retrouver tous les deux !

— C'est vrai, ce mensonge ?

— C'est vrai ! Vous m'avez plus manqué en une semaine que ma famille en un an !

Il y avait tellement de sincérité dans cet aveu que le couple s'en sentit presque ému jusqu'aux larmes. Antoine Pasquier avala sa salive avant de s'enquérir :

— Tu éprouves toujours autant de passion pour l'histoire, non ?

— Oui, vous le savez bien !

— Alors nous avons pensé, ma femme et moi, qu'il serait opportun, dans cette région, de te faire connaître la ville de Fougères, où nous dormirons d'ailleurs… Elle arbore tant de vestiges des temps anciens que cela devrait t'intéresser !

— Ainsi que moi ! s'exclama Loanne. Bien que bretonne, je n'ai jamais eu l'occasion de la visiter…

— Oui, oui ! s'écria Gwenn. Ça me fait vraiment plaisir ! Merci à tous les deux…

— Alors allons-y ! clama Antoine en appuyant vigoureusement sur la pédale d'accélérateur.

Fougères… L'avocat n'avait nullement exagéré, et Gwenn s'émerveilla aussitôt devant cette colline surmontée d'une impressionnante silhouette granitique, constituée de tours et de fortifications. Dressé sur son éperon de schiste, le vaste ensemble défensif semblait intimidant ! Quelles murailles énormes ! Quelle visite enthousiasmante ! Celle du château, bien évidemment, avec ses trois enceintes, ses treize tours encore debout et ses courtines… Contre l'avis de Loanne, que les marches rebutaient, Antoine insista pour grimper au sommet de la tour Mélusine, du haut de laquelle on avait une vue admirable sur le vieux Fougères et sur la campagne environnante.

— Tu as vu le beffroi, avec sa tour octogonale ? Et les flèches des églises ?

— C'est beau… Et dès que nous serons à Paris, il faudra que j'en apprenne plus sur l'histoire de cette cité !

— Avant de partir, je t'achèterai un ouvrage traitant du sujet ! Cette tour abrite aussi un musée où nous devrions trouver ce que nous cherchons…

— Non, non, pas la peine. Je peux me l'offrir sur les gages que vous m'avez donnés ! Je n'ai presque pas eu l'occasion d'en dépenser, parce que vous ou Loanne me payez toujours tout…

— Tiens, d'ailleurs… Il ne s'agit plus de gages, maintenant que tu ne t'échines plus sur les sols et les linges de la maison ! Aussi, il nous faut revoir cela : je propose que ce soit pour toi de l'argent de poche, et qu'il soit proportionnel aux résultats que tu rapporteras de l'école...

— Je ne sais si je dois accepter ! C'est trop gentil de votre part, m'sieur Antoine...

— Tu n'as pas à accepter ou non, Gwenn. Je te rappelle qu'à Paris c'est moi qui décide !

La remarque avait été prononcée avec une intonation si douce et ironique que la jeune fille ne put qu'en rire. Antoine Pasquier reprit son sérieux pour proposer :

— Ce n'est pas tout ! Nous avons encore le temps de faire quelques pas dans la ville. Il y a plein de choses à visiter : les remparts, les maisons à pans de bois, les ruelles étroites et abruptes des vieux quartiers, les poternes et les tourelles, la porte Saint-Sulpice, ses deux tours garnies de mâchicoulis, et j'en passe...

— Vous connaissez vraiment bien la ville !

— C'est grâce à Fougères que j'ai découvert la Bretagne ! répondit l'avocat. Un de mes meilleurs amis d'université qui en était originaire m'y a souvent invité, et c'est lui qui m'a rendu amoureux de cette région. Au fil de mes voyages en ce beau pays, j'ai fini par rencontrer celle qui est devenue ma femme. Voilà, tu sais tout !

*
* *

Les meilleures choses ont une fin, mais ce fut tout de même avec satisfaction que Gwenn descendit du véhicule dans la cour des Capucines. Aussitôt, sans plus hésiter, elle se précipita vers le perron pour tomber dans les bras généreux de Guillermine, tandis que Lucien, le jardinier et homme à tout faire de la propriété, ôtait sa casquette pour saluer obséquieusement les maîtres de maison.

— Ma Guillermine ! Guère plus de quinze jours, mais que ça m'a semblé long sans te voir...

— Petite menteuse, va !

— Non, non, je t'assure...

Ces bonnes embrassades, ces baisers mouillés... De plus en plus, sans renier ses origines, elle se sentait davantage chez elle ici qu'à Kernadic !

— Bien ! décida l'avocat, tout heureux de retrouver ses pénates. Allons fêter notre retour tous ensemble au salon !

Depuis ce court séjour en compagnie de Gwenn, il semblait plus détendu, plus joyeux, comme si côtoyer cette jeunette lui redonnait une vitalité oubliée. Avec un peu de retard sur son épouse, il se surprenait lui aussi à ressentir un véritable sentiment paternel pour la « petite ».

— À la santé de notre Gwenn, et au succès de ses études ! clama-t-il en levant son verre.

*
* *

Les études ! Pour Gwenn, elles devenaient plus un jeu qu'une obligation. Un challenge ! Un plaisir, à apprendre toujours plus, à développer sa curiosité, à passer ses temps libres à peaufiner ses connaissances... Guillermine se moquait d'ailleurs souvent d'elle, en l'interpellant gentiment :

— Ma puce... Tu crois vraiment que c'est au travers de toutes ces pages de livres que tu auras un avenir dans la vie ? Ou bien comptes-tu sur la générosité des Pasquier pour vivre à leurs crochets sans rien faire au sein de cette maison ?

— Je n'y peux rien, Guillermine... Ce sont eux qui m'ont poussée à l'école, ce que je n'aurais jamais espéré de moi-même ! C'est vrai que cela me plaît plus que tout, mais surtout j'aime que Loanne et m'sieur Antoine soient fiers des résultats que j'obtiens à l'école. C'est pour eux, plus que pour moi, que je fais tout mon possible pour réussir...

— Je sais bien, gamine ! Je sais bien... Mais ça m'amuse de te taquiner. Moi aussi, je suis fière de toi, même si je ne sais pas bien à quoi ça te mènera.

— Qu'importe ! Je me dois bien de les satisfaire, après tout ce qu'ils ont fait pour moi !

— Tu as raison, ma puce... Tu as raison...

*
* *

Contrairement à ses camarades, Gwenn ne ressentait aucune appréhension à la veille de l'examen. Le certificat d'études primaires ! Une sorte de Graal pour tous les élèves qui arrivaient à ce seuil, même si la plupart n'envisageaient pas de poursuivre leurs études au-delà de ce barrage. Sans être tout à fait confiante, la jeune fille savait qu'elle avait tenté d'assimiler au mieux ce qu'on lui avait enseigné, et elle estimait avoir au fil des jours emmagasiné une culture générale que n'offraient pas les leçons de ses maîtresses en se plongeant, soir après soir, dans la consultation des ouvrages scientifiques de la bibliothèque des Capucines. Malgré sa passion pour les livres, elle avait depuis des mois éradiqué de ses temps libres la lecture de romans ou autres historiettes. Non qu'elle s'en désintéressât, mais par souci d'acquérir toujours un peu plus de connaissances. Comme le lui avait souvent répété Loanne Pasquier, « un jour sans avoir rien appris est un jour de perdu » !

Le certificat d'études… Dictées, calcul, rédaction, algèbre, grammaire, dessin, couture, tâches ménagères… À l'oral, histoire, géographie, sciences, récitation. La jeune élève abordait cette épreuve avec un détachement étrange pour son âge : durant toute sa scolarité, elle avait fait tout ce qu'elle avait pu pour assimiler les notions qu'on lui inculquait, et elle estimait ne pouvoir faire mieux ! C'était même à croire que les Pasquier s'inquiétaient plus qu'elle de cette échéance :

— Alors… tu as bien révisé ?

— Je ne sais… J'ai encore en mémoire tout ce que j'ai appris, ainsi que la solution des erreurs que j'avais commises lors de certains exercices.

— Tu es sûre, ma petite fée ?

— Je pense… En tout cas, je suis prête !

— Tant mieux, Gwenn ! Bonne chance…

La jeune fille réprima son envie de hausser les épaules : elle faisait plus confiance à la culture qu'elle avait si durement grignotée qu'à la chance !

*

* *

Jeanne Chabriel, sa maîtresse depuis les premières heures, ne tarissait pas d'éloges sur elle, et elle continuait à surveiller sa scolarité alors même qu'elle n'était plus dans sa classe. Régulièrement, elle faisait part de son appréciation auprès de l'avocat ou de sa femme. Les mois passaient, au fil de près de deux années, et l'enseignante se montrait de plus en plus enthousiaste. Aussi, dès les résultats du certificat, elle finit par solliciter de la directrice d'accorder une entrevue à Antoine et Loanne Pasquier. Marianne Desbordes, qui dirigeait l'école primaire, commença par un commentaire mi-figue mi-raisin en s'adressant aux Pasquier :

— Je sais que cette élève relève d'un statut un peu particulier au sein de votre couple... Ce qui est un peu inhabituel dans notre établissement ! Mais votre notoriété m'incite à écouter les requêtes de Mlle Chabriel. J'en retiens que votre protégée, Gwenn Le Braz, bien qu'elle soit issue de basse extraction, fait preuve depuis près de deux ans d'une prédisposition aux études peu commune, si bien qu'elle a déjà sauté une classe sur deux ! Je reconnais que c'est exceptionnel à son âge, surtout si l'on sait qu'elle ne maîtrisait que mal la langue française lorsque vous l'avez arrachée à sa Bretagne natale...

— Oui, et alors ?

— Elle arrive bientôt à quatorze ans, et vient de réussir, comme vous le savez, son certificat d'études primaires. D'ordinaire, nos élèves le décrochent entre onze et treize ans, mais il me faut bien admettre qu'elle a plus que rattrapé son retard, puisqu'elle a obtenu les meilleures notes de cette session pour notre école Anatole-France ! Dans presque toutes les matières, d'ailleurs...

— Tout comme nous l'avons déjà fait, on ne peut que l'en féliciter ! s'exclama Loanne Pasquier.

— Certes, madame… Mais qu'allons-nous envisager pour elle, maintenant ? En d'autres termes, voulez-vous en faire une domestique instruite ou lui permettre de continuer son éducation au sein des écoles de la République ?

D'une seule voix, Antoine et Loanne Pasquier s'écrièrent :

— La question ne se pose pas !

L'avocat poursuivit :

— Madame Desbordes, si elle a les aptitudes que vous dites, et que nous avons nous-mêmes constatées, j'entends bien que Gwenn s'adonne à ses études, d'autant plus qu'elles ne lui sont pas imposées et qu'elle y prend un réel plaisir !

— Bien que ce soit étonnant, je vous connais assez de réputation pour m'être bien attendue à cette réponse. Sachez donc que l'étape suivante, si cette élève n'entre pas dans un établissement secondaire, ce qui est assez délicat pour une fille, est le brevet élémentaire.

— Je vous assure que nous voulons le meilleur pour elle !

— Je ne vous cache pas que ce sera difficile ! Pour une fille, l'accès aux écoles primaires supérieures de la capitale se révèle plus qu'aléatoire, les places y étant retenues parfois des années à l'avance.

— Sachez que nous ne regarderons pas à la dépense, mais personnellement je préférerais rester dans l'environnement public, laïc et républicain !

— C'est tout à votre honneur, monsieur Pasquier, d'autant plus que l'enseignement de l'État est gratuit ! Aussi dois-je vous signaler que notre établissement délivre dorénavant des cours complémentaires qui, pour les élèves les plus douées et motivées, débouchent en deux ans sur l'obtention de ce fameux brevet...

Loanne s'exclama :

— Alors où est le problème ?

La directrice baissa les yeux pour sembler suivre des lignes imaginaires sur les pages vierges du registre ouvert devant elle.

— Je voulais seulement discuter avec vous deux de ce que vous envisagez comme avenir pour cette gosse... Elle n'est pas votre propre fille, après tout !

Antoine repoussa sa chaise pour se dresser brusquement, comme s'il avait été véritablement injurié.

— Pas notre fille, vous dites ? C'est vrai ! Mais tenez-vous pour dit que c'est tout comme... Je suis non seulement pour une égalité entre hommes et femmes, mais aussi pour une égalité de chance à l'instruction entre paysans misérables et fils de bourgeois huppés ! Il me semble bien que ce soit là la raison d'être de la laïcité, non ?

Marianne Desbordes releva enfin la tête.

— J'en suis tout à fait d'accord, monsieur Pasquier ! Mais depuis Jules Ferry et plus tard les lois laïques et les différents décrets plus ou moins régulièrement édictés, la réalité des choses n'a pas forcément suivi les décrets politiques. Des promesses non tenues, comme d'habitude ! Si les volontés affichées sont claires sur le papier, elles le sont bien moins dans la vie quotidienne, surtout pour une fille n'appartenant pas à une famille aisée ou bourgeoise ! Quoi que j'en veuille, entre préfets, sous-préfets, maires et autres notables, il y a toujours des passe-droits...

— Me considérant malgré moi comme à la tête d'une famille aisée ou bourgeoise, en ma qualité de magistrat estimé et éminent de Paris et des environs, je ne quémande pourtant nullement un passe-droit, mais je sollicite pour Gwenn, au nom de l'équité et de notre drapeau « Liberté, Égalité, Fraternité », le simple droit de pouvoir poursuivre ses études ainsi qu'elle en a le désir et ainsi que nous le souhaitons nous-mêmes !

Sans ajouter un mot, il intima d'un mouvement de menton à Loanne de le rejoindre, avant de sortir tous deux du bureau directorial en se tenant par l'épaule. À peine eurent-ils atteint le palier que Jeanne Chabriel sortit de l'ombre pour s'enquérir :

— Excusez-moi… Je sais que je ne suis plus la maîtresse de Gwenn depuis un an, mais je crois tellement en ses capacités que j'aimerais savoir ce que vous avez décidé pour elle !

Avec un sourire, Loanne la rassura :

— N'ayez crainte, mademoiselle. Elle va poursuivre ses études en cours complémentaires, et je gage que d'ici deux ans elle aura en poche son brevet élémentaire !

— C'est vrai ? Tant mieux… Parce qu'à mon avis, si personne n'entrave sa soif d'apprendre, elle peut aller plus loin encore ! Le brevet supérieur, peut-être ? Ou même le baccalauréat, pourquoi pas ?

— Allons, allons… Le baccalauréat est une affaire de garçons, tout le monde le sait bien !

— Les filles y ont droit aussi, même si peu s'y présentent ! Et je crois que Gwenn peut non seulement être une de celles-là, mais encore une des rares à pouvoir décrocher ce diplôme…

Antoine Pasquier se mit à rire.

— Merci pour ces encouragements, chère demoiselle. Mais nous n'en sommes pas là ! Pour l'instant, Gwenn n'a réussi que son certificat…

— Ce qui n'est pas donné à tout le monde ! Surtout obtenu de si brillante façon… Mais elle a de l'avenir, je vous le dis. Nous en reparlerons d'ici quelques années !

— D'ici quelques années, oui…

XIV

QUATORZE ANS, QUINZE ANS… La petite paysanne bretonne devenait un beau brin de femme, et les garçons qu'elle croisait se retournaient volontiers sur elle. Gwenn n'avait que faire de ces regards interlopes ! Toute son existence se confinait entre la villa des Capucines et ses études. Pour remercier les Pasquier de la chance qu'ils lui offraient, elle mettait toute son énergie à faire du mieux qu'elle le pouvait, et les résultats étaient là, à tel point qu'on lui avait encore permis de sauter une classe, et qu'il était question d'envisager de faire l'impasse sur une autre pour la projeter de manière anticipée vers l'examen du brevet élémentaire. Antoine et Loanne se sentaient véritablement fiers d'elle et ne se privaient pas de l'en féliciter. Les notes qu'elle obtenait et les appréciations élogieuses de ses enseignants la confortaient dans sa volonté d'apprendre, quitte à susciter nombre de jalousies parmi ses camarades d'études. Pour ses bienfaiteurs comme pour elle, elle se devait de réussir, et elle réussissait ! La jeune fille n'en éprouvait d'ailleurs aucune vanité, tant elle trouvait normaux les efforts qu'elle faisait. La vie qu'elle menait à Paris lui convenait si bien qu'elle en oubliait l'existence rurale qui avait été la sienne à Kernadic. Peu à peu, le fossé qui la séparait de sa famille s'élargissait, tout empli d'incompréhensions mutuelles toujours plus marquées. À tel point que Gwenn supportait de plus en plus mal les déplacements d'Antoine et de Loanne en Bretagne. Elle se contentait d'une simple visite de courtoisie de quelques heures au domaine paternel, préférant le reste du séjour demeurer en compagnie de ceux qu'elle considérait de plus en plus comme ses parents adoptifs. En leur présence, elle se sentait tellement mieux à Locronan, à Ty Menez, chez les Quivennec ! Au fil de ces voyages réguliers, les neveux et nièces de Loanne la traitaient désormais comme une véritable cousine, et elle le leur rendait bien…

— Gwenn ?

La jeune fille leva le nez de son cahier, reposa son porte-plume dans l'encrier.

— Oui ?

— Tu veux bien te préparer ? N'oublie pas que j'ai décliné le rendez-vous à l'école avec Mme Desbordes, en préférant l'inviter chez nous ! Ce sera plus sympathique ainsi…

— Mais… et m'sieur Antoine ?

— Mon mari est toujours en retard, tu le sais bien… Mais Mme la directrice ne devrait pas tarder à arriver.

Au premier abord, Marianne Desbordes avait la réputation d'être une femme dure, sévère, sans âme. Qui la connaissait mieux découvrait vite qu'elle était seulement stricte et juste dans la gestion de son établissement scolaire et les rapports avec les élèves qui en suivaient les cours. Avec son exactitude légendaire, elle se présenta à l'heure dite à la porte des Capucines et fut introduite par Lucien.

— Bonsoir, madame ! Veuillez prendre place, je vais appeler Gwenn. Vous prendrez bien un thé ou un café ?

— Un café, plutôt... Sans sucre, s'il vous plaît.

— Éolia ou ma bonne Guillermine vont se faire un plaisir de nous préparer ça !

Il n'était guère fréquent que la directrice s'entretînt du parcours de ses élèves hors de son bureau, mais que pouvait-elle refuser à la femme d'un avocat de la réputation d'Antoine Pasquier ? D'autant plus qu'elle se sentait plutôt flattée de l'honneur qui lui était fait...

— Vous resterez bien à souper avec nous ? suggéra Loanne.

— Je... je ne sais si je dois...

— Allons, allons ! À la bonne franquette... on ne fait pas de « chichis », chez nous.

— Bon... puisque vous insistez...

— D'autant plus que mon mari, une fois de plus, va s'attarder à son étude avant de se mettre à table ! Aussi, nous pourrions commencer cet entretien sans lui...

— En présence de Gwenn, alors ! Ce que j'ai à dire la concerne, après tout.

— Elle arrive, madame Desbordes, elle arrive ! Elle était encore en pleines révisions... Son examen approche, vous savez ?

— Oui, oui, je sais. C'est même à cause de cela que j'ai eu envie de vous rencontrer.

— Rien de grave, au moins ?

— Non, non, rassurez-vous ! Je ne doute aucunement du succès qui l'attend. Je pense plutôt à la suite des choses, à son avenir. Mais la voilà qui arrive… Viens donc t'asseoir avec nous, Gwenn ! Nous avons à parler.

Sans un mot, la jeune fille s'installa en bout de canapé, face à la table de salon.

— Je vous écoute, madame…

Marianne dégusta une gorgée de café avant de se décider à répondre :

— Tu as l'air de prendre tellement tes études à cœur, et tu te montres si douée depuis ta venue à Anatole-France, que je pense de plus en plus que tu as l'étoffe d'une future enseignante ! As-tu jamais songé à devenir institutrice ?

Gwenn rougit, baissa le nez. Cette hypothèse était si subite ! Si inattendue…

— Ben… je… C'est-à-dire que… que je ne crois pas que… que c'est là un métier auquel je puisse rêver ! Après tout, je ne suis que…

— Arrête de te dénigrer ainsi ! l'interrompit Loanne Pasquier. Si tu en as les capacités, et si exercer un poste d'institutrice te tente vraiment, pourquoi pas ?

— Ben… Jamais je n'ai envisagé de devenir moi-même maîtresse ! Cela me semble tellement impossible…

— Mais non ! la rassura la directrice. Sais-tu que près de la moitié des enseignantes des écoles primaires de France sont des filles issues de la campagne ? L'école laïque ne se soucie pas des origines et ne juge que sur les performances scolaires…

— N'est-ce pas aller un peu vite en chemin ? intervint Antoine Pasquier qui venait d'entrer dans le salon. Excusez-moi, madame, mais j'ai entendu vos derniers propos…

Marianne Desbordes se leva de son siège pour saluer l'avocat avant de répondre :

— Votre fille… enfin, Gwenn, excusez-moi…

— Ne soyez pas gênée ! Elle est effectivement un peu comme la fille que nous n'avons jamais eue…

— Je disais donc que Gwenn possède toutes les qualités et compétences pour entrer à l'école normale !

— Elle n'a pas encore son brevet élémentaire, voyons !

— Mais elle l'aura, cela ne fait aucun doute ! Ce qui lui ouvrira d'emblée les portes de l'école normale… Mais si cette voie l'intéresse, il y a deux orientations possibles : soit elle se contente de ce diplôme, passe le concours de l'école normale, et si son cursus y est une réussite elle pourra enseigner comme institutrice suppléante. Un statut précaire révocable à tout moment. En ce cas, il faut ensuite prouver sa compétence par plusieurs années d'exercice de la profession avant de recevoir un certificat d'aptitude pédagogique.

— Et qu'en est-il de l'autre solution ?

— Il est aussi possible d'orienter Gwenn en trois ans vers des études poussées susceptibles de lui faire obtenir le brevet d'études primaires supérieures, une voie parallèle, en quelque sorte, qui lui donnera le droit d'enseigner avec des avantages non négligeables.

— C'est-à-dire ?

— C'est-à-dire sans passer par l'école normale, sinon en stage, avec selon ses notes un droit de préférence sur son lieu d'affectation, un salaire d'entrée plus élevé, et autres détails de cette sorte.

Après un long silence, Loanne s'enquit :

— Mais Gwenn n'est-elle pas encore un peu jeune pour envisager ce genre d'études ?

— Elle est en avance, à tel point qu'il nous a fallu demander une dispense auprès du recteur et de l'inspecteur d'académie afin qu'elle puisse déjà se présenter au brevet élémentaire. Si d'autres dispenses s'avéraient nécessaires, elles seront facilement obtenues au vu de l'excellence de ses résultats, si tout au moins Gwenn continue à se montrer aussi brillante qu'elle l'a été jusqu'ici...

— Je m'y efforcerai de tout mon cœur, madame ! s'écria la jeune fille.

— Tu n'as donc rien contre le fait de devenir enseignante, si tout se passe bien pour toi ?

— Oh ! Je n'osais en rêver... mais c'est vraiment ce que je veux faire, si tout le monde en est d'accord !

— Comment serait-il imaginable que nous puissions nous y opposer, ma femme et moi ? s'exclama en réponse Antoine Pasquier en riant. Nous t'accompagnerions même jusqu'au baccalauréat, si tu en avais envie !

Mme Desbordes secoua la tête.

— Peu de filles s'y aventurent, vous savez ! Non qu'elles s'en sentent incapables, mais parce que cela ne leur offre guère de débouchés supplémentaires...

Flanquée de la jeune Éolia, Guillermine s'encadra dans l'ouverture de la porte.

— Si ces messieurs dames en ont fini, le repas est servi...

— Eh bien, allons-y ! décida l'avocat. J'ai une faim d'ogre, ce soir...

*
* *

Comme l'avait pressenti sa directrice, le fameux brevet élémentaire ne fut pour Gwenn qu'une formalité ! Même Mlle Chabriel, qui la première avait remarqué les aptitudes de sa jeune élève, fut surprise qu'elle eût obtenu les meilleures notes de l'établissement. Elle prit même l'initiative d'organiser une petite fête pour bien marquer l'événement. Que de félicitations, d'honneurs, d'éloges en tout genre !

— Non, non ! Je suis confuse... Il ne fallait pas !

— Allons, Gwenn... Arrête donc de faire la fine bouche. Tu l'as bien mérité !

— Mais non, mademoiselle... J'ai seulement tenu à être la plus studieuse possible, ce qui est bien normal, après tout.

— Tu es trop modeste, ma petite ! Je suis certaine que tu seras une excellente institutrice...

— Doucement, nous n'en sommes pas encore là ! Loin de là, même...

— En tout cas, tu en prends brillamment le chemin !

*
* *

Dictées d'orthographe, compositions françaises, arithmétique, système métrique, nombres entiers, fractions, mesure des surfaces et des volumes, écriture, gymnastique, travaux à l'aiguille, lecture expliquée, histoire nationale, instruction civique, géographie, solfège, sciences physiques et naturelles ! Depuis des mois, Gwenn ne savait plus où donner de la plume, et les exercices qu'elle s'imposait l'épuisaient peu à peu. Elle ne voulait faire aucune impasse sur le programme des séries d'examens qui l'attendaient, et le complétait de nombreuses lectures annexes. Ses rares sorties à Paris la conduisaient soit dans les salles d'une bibliothèque, soit dans une des grandes librairies où elle achetait les livres techniques en rapport avec ses études.

— Comment, Gwenn ! Tu n'es pas encore couchée ?

L'irruption subite de Loanne Pasquier la fit sursauter :

— Non ! Je me battais sur des problèmes de robinets qui fuient et de trains qui se croisent… Si j'ai assez vite trouvé les solutions, je m'exerçais seulement à essayer de les résoudre avec d'autres paramètres.

— Tout de même, si tu maîtrises suffisamment ce que l'on te demande, pourquoi avoir envie d'aller plus loin et de compliquer inutilement les choses ?

Gwenn extirpa de ses méninges les calculs qui l'absorbaient pour répondre :

— À mon avis, il faut aller au-delà de ce que l'on doit enseigner pour mieux accompagner les élèves dont j'aurai peut-être un jour la charge ! Cela vaut bien le sacrifice de quelques heures de sommeil, non ?

— Puisque tu le dis… Mais tu t'investis tellement dans ces études que j'ai peur que tu y laisses la santé !

Gwenn avait appris avec les années à avoir de la repartie, et elle répliqua avec humour :

— Nous sommes bretonnes toutes deux, et ce n'est pas la santé qui manque à ceux dont nous sommes issues, non ?

Que rétorquer à une telle petite remarque qui aiguillonnait si malicieusement leurs communes origines ?

— C'est vrai, Gwenn... Mais pour ma part, je n'ai jamais eu l'acharnement dont tu fais preuve dans les études ! À te voir t'échiner ainsi sur ces énigmes mathématiques, ça me rend très inquiète pour toi.

— Mais non, Loanne... Je vous dois bien cela, puisque vous m'avez permis contre toute attente de bénéficier d'une véritable culture ! Il faut que je me montre à la hauteur de votre confiance et de la bonté que vous avez eues envers moi.

— Tu t'es déjà montrée capable d'aller bien au-delà de ce que nous espérions pour toi ! À tel point que, même si tu échouais à tes examens, mon mari et moi-même serions malgré tout fiers du parcours scolaire que tu as effectué.

— Je n'échouerai pas, je vous le promets... Ou, pour le moins, je ferai tout pour ne pas échouer.

— C'est une volonté plus que louable, ma petite Gwenn... Et je te fais confiance pour atteindre les objectifs que tu t'es fixés. Mais je ne supporterai pas que ce soit au détriment de ta santé ! Apprends aussi à te reposer vraiment, à sortir un peu, à te faire des amis et des amies. C'est de ton âge, tu sais ?

— Je ne penserai à ces amusements ou ces distractions que lorsque j'aurai acquis tous les examens et diplômes qui me permettront peut-être un jour d'enseigner.

— Peut-être ? Pourquoi dis-tu peut-être ? Moi, je suis sûre que tu y parviendras, et de la façon la plus édifiante qui soit !

— J'en suis moins certaine que vous, mais puissiez-vous dire vrai…

— Il n'en reste pas moins que la date approche à laquelle nous nous rendrons en Bretagne, comme nous le faisons depuis des années ! Cela te donnera l'occasion de faire une coupure, une parenthèse dans tes études, non ?

Gwenn hésita quelques secondes avant de secouer la tête :

— Je ne préfère pas ! C'est du temps perdu pour l'acquisition des connaissances que je souhaite engranger à tout prix, pour avoir plus de chances d'être dans le lot des meilleures lorsque je parviendrai au seuil du diplôme qui me permettra de devenir à mon tour maîtresse.

— Mais… et ta famille ? Et Kernadic ?

— Je les aime toujours, mais mon avenir n'est pas là-bas. Il faut bien qu'ils finissent par le comprendre, et en premier mon père…

— Allons, si tu ne veux pas retourner à la ferme, ce n'est pas une raison pour te priver de quelques jours de vacances à Locronan !

— Non, non ! Même si je préfère passer quelques jours à Ty Menez qu'à Kernadic, je n'y aurais pas l'esprit tranquille : j'ai encore tellement de choses à apprendre qui m'échappent !

— À ta guise, ma belle… Mais tu nous manqueras beaucoup, à moi autant qu'à mon Antoine !

Dans un élan du cœur, Gwenn abandonna ses graphiques pour enlacer celle qui lui servait depuis des années de mère de substitution :

— Vous me manquerez beaucoup, vous aussi ! Mais il me reste Guillermine et Lucien, qui me couvent toujours comme un poussin pas encore sorti de l'œuf !

— Comme tu voudras, Gwenn... bien qu'il me semble que tu as depuis longtemps brisé ta coquille !

XV

À L'ÂGE OÙ LES JEUNES PAYSANNES profitaient de leur temps libre pour aller danser au fil des fêtes foraines et votives de banlieue, où les filles de bourgeois couraient de bal huppé en bal huppé, où la jeunesse des deux sexes s'initiait aux arts de la séduction, Gwenn se vouait corps et âme à ses études, avec une assiduité qui en arrivait même à inquiéter le couple Pasquier.

— Mais écoute-moi, Gwenn… Ton acharnement à apprendre, tout comme tes résultats, font que nous sommes fiers de toi ! Mais il ne faut pas que cela devienne une obsession. Tu devrais te ménager des moments de détente, t'amuser un peu de temps en temps, rencontrer des amis et des amies de ton âge !

— Des amis, Loanne ? Pff… Je n'ai jusqu'ici côtoyé que des têtes creuses imbues de leur personne, des coqs de quartier qui ne pensent qu'à la gaudriole, des perruches qui ne savent parler que de la dernière mode, des bavards et des bavardes qui m'étourdissent les oreilles de propos sans intérêt ! Non, je trouve bien plus de liberté et de plaisir dans la solitude de mes livres et de mes cahiers.

— N'exagère pas ! Tu refuses même de faire des excursions avec nous…

— Lorsque j'ai envie de sortir, je préfère écumer les musées de la capitale ! C'est bien plus instructif.

— Tu devrais pourtant te ménager des pauses, plutôt que de t'abrutir sur tes problèmes… À mon avis, t'acharner ainsi ne peut que t'être nuisible : tu dois encore apprendre à reposer ta cervelle pour ne pas la saturer ! Tu n'en seras que plus performante ensuite…

— Vous croyez, Loanne ?

— Ça fait des mois que je m'échine à te le dire !

— Je vais donc m'y efforcer, promis.

— Cela fait aussi des mois que tu me tiens la même réponse ! Mais si tu faisais d'une pierre deux coups : te distraire tout en t'instruisant ?

— Ce qui signifie ?

— Je ne sais pas, moi… Avec Antoine, nous pouvons profiter de la voiture, le dimanche. Par exemple se rendre jusqu'à un monument historique dans la campagne proche, aller au tout nouveau zoo de Vincennes, visiter la région… Il y a tant de choses qu'il vaut mieux voir de ses yeux plutôt qu'entre les pages d'un livre !

— C'est une bonne idée…

— Une idée qui empêchera peut-être que tu continues à t'anémier…

*

* *

Loanne avait eu raison. Gwenn s'en rendit compte lors de sa première sortie à Vincennes. Découvrir les animaux exotiques autrement qu'en illustrations livresques avait de quoi impressionner. Avant cette visite, elle n'avait pas imaginé la girafe si grande, l'éléphant si imposant, le rhinocéros si massif ! Elle avait aussi pu examiner de près des espèces rares comme l'okapi, le panda ou les lémuriens. Elle se souvenait encore de l'effrayante denture d'un lion en train de bâiller... Des oiseaux multicolores, des volières. De l'appréhension que suscitait l'approche des reptiles. Longtemps, elle en garda un souvenir émerveillé !

— Nous n'avons plus le temps aujourd'hui, mais il faudra que je te conduise un jour jusqu'au château, à deux pas d'ici. Une formidable forteresse avec son donjon de cinquante-deux mètres.

— Oh, oui !

Dès lors, elle ne rechigna pas, chaque dimanche, à consentir aux excursions prévues par Antoine. Pragmatique, l'avocat s'évertua même de semaine en semaine à choisir des destinations plus culturelles que celles qui lui étaient coutumières :

— Non, pas à Paris même... Grâce au métro, tu as déjà visité seule, et même plusieurs fois, le Louvre, le Muséum, la cathédrale Notre-Dame, et tout ce qu'il y a à découvrir dans la capitale. Ça vaut peut-être le coup d'aller voir plus loin, non ?

Ce matin-là, le temps était beau, et la jeune fille apprécia de sortir des murs et rues de la grande ville. La campagne environnante était si reposante !

— Et où allons-nous, aujourd'hui ?

— À Provins ! Tu aimes tant les vieilles pierres du Moyen Âge... Une cité avec de magnifiques remparts qui formaient une enceinte de cinq kilomètres ! Il en reste plus d'un kilomètre bien conservé autour de la ville haute. Sans compter le château, au sommet d'un éperon, avec son impressionnante tour César entourée de quatre tourelles. Sans compter non plus les maisons anciennes. Je suis sûr que ça te plaira…

— Vous avez l'air de bien connaître les lieux, m'sieur Antoine !

— Pas du tout ! Mais il existe des guides touristiques fort instructifs, et sur lesquels j'ai repéré nombre d'autres endroits intéressants à visiter…

— Vous êtes trop gentils avec moi, tous les deux !

— Tu le mérites bien, tu sais… Et cela apportera un peu de concret à tes études !

*

* *

Au fil des semaines et des mois, le livret de scolarité de Gwenn se remplissait de bonnes notes et d'appréciations élogieuses, à la grande fierté d'Antoine et de Loanne Pasquier. Complimentée par ses enseignants, encouragée par tous les occupants des Capucines, incitée à poursuivre dans cette voie par sa directrice, la jeune élève ne fléchissait pas dans sa motivation. Contrairement à ce qui se produit parfois, elle ne se laissait pas griser par ses succès et gardait la tête froide. Le terme de ses études était encore si loin que rien ne lui paraissait véritablement acquis ! Mais l'été s'annonçait, déjà, et Loanne entendait bien pour une fois faire céder sa protégée :

— D'ici une dizaine de jours, nous prendrons de nouveau la route pour Locronan, et j'espère plus que tout que tu nous accompagneras, Gwenn.

— Mais, Loanne, vous savez bien que… j'ai encore tellement de domaines à potasser !

— Pour une fois, ce n'est pas une question, Gwenn. C'est un ordre !

— Mais…

— Il n'y a pas de mais ! insista plus durement la maîtresse des lieux. C'est ainsi, et ce ne sera pas autrement…

La jeune fille soupira. Que pouvait-elle dire ? Après tout, elle devait tout au couple Pasquier, principalement la chance d'avoir eu accès à ces études qui lui étaient désormais si chères.

— Bien, bien… J'emporterai mes livres et mes cahiers !

— Certes pas ! Pour ton bien, il faut que tu apprennes à faire une pause de temps à autre… Te reposer un peu la cervelle ne sera pas un luxe !

Le cœur de Gwenn s'emballa : elle éprouvait à l'avance la peur panique de voir s'effriter la masse considérable de notions qu'elle avait assimilées. Loanne la rassura pourtant :

— Mon Antoine de mari t'a même prévu un programme qui, je pense, saura te séduire.

— C'est-à-dire ? s'enquit la jeune fille d'un ton peu convaincu.

— Notre Bretagne fourmille de sites préhistoriques uniques en France ! Des dolmens, des menhirs, des cromlechs, des tumulus, des cairns… De nombreux musées sur ces périodes, aussi… Quoi de mieux pour affiner tes connaissances sur ces temps un peu obscurs ?

— C'est vrai ? M'sieur Antoine ferait cela pour moi ?

— Puisque je te le dis ! Et ce te sera d'autant plus profitable qu'il se raconte bien des choses fausses sur ces âges de la pierre : nombre d'instituteurs, dans nombre d'écoles, enseignent encore que ce serait là l'œuvre des Gaulois...

— Moi, je sais bien que les dolmens remontent à l'âge de la pierre polie !

— C'est là qu'on voit que tu as fait bien des progrès : beaucoup de Bretons croient encore que tous ces mégalithes ont été érigés par des fées, des géants ou des lutins !

Gwenn se mit à rire.

— C'est bien ainsi qu'on en parle toujours chez moi et dans les villages alentour !

*
* *

Que de joie à revoir la famille de Loanne, à Ty Menez ! Gwenn en ressentit plus de plaisir que celui de renouer avec les paysages de « sa » Bretagne. Morgain Quivennec et son mari étaient seuls à l'étable lorsque la Renault s'immobilisa dans la cour face à l'immense longère. Aussitôt, ils se précipitèrent, et Loïc s'écria :

— Que je suis heureux de te revoir, ma sœur ! Alors, toujours pas prête à t'exiler de ton Paris et de tes *Gallaoued*[1] ?

— Certes non ! J'aime notre *Breizh*[2], mais je ne pourrais plus y vivre à l'année...

---

1. *Français.*

2. *Bretagne.*

— Quoique… intervint Antoine, bien que je ne sois pas né ici, il n'est pas exclu que, dans quelque temps, lorsque je cesserai de plaider, j'envisage un jour d'acquérir une bâtisse dans la région, histoire de passer une partie de l'année dans la capitale, et l'autre près d'ici !

— Quoi ? s'exclama son épouse. Toi, t'arrêter de plaider ? Ce n'est pas pour demain !

— Peut-être, mais j'avoue que mener trop d'affaires de front commence sérieusement à me lasser, tout autant que la vie trop trépidante de Paris ! On est tellement plus tranquilles, ici !

— Premières nouvelles, mon ami ! Que ne me le disiez-vous pas ? Ce serait une solution qui me conviendrait parfaitement !

— Doucement, doucement… je n'en ai pas encore fini d'exercer !

— Sans doute ! Mais peut-être pourriez-vous peu à peu nous conserver plus de temps libre pour voyager ou nous ressourcer en ce bon pays Glazik…

— Peut-être, peut-être.

Loanne embrassa Morgain, sa belle-sœur, puis s'enquit :

— Comment va *Mammig*[1] ?

— Fort bien, ma fille ! clama derrière elle une voix cassée.

Hoelenn Quivennec… Une femme un peu voûtée, au visage ridé et cuit par le soleil et le vent, aux yeux pétillants de vitalité, qui faisait preuve malgré son âge d'une énergie étonnante. Après avoir salué sans

1. *Maman.*

effusion déplacée sa fille et son gendre, elle sourit à Gwenn.

— Tu nous as enfin ramené la petite ? *Ma Doue !* Qu'elle a grandi, depuis qu'on ne l'avait vue ! Viens donc dire bonjour à la vieille grand-mère que je suis… Mais dis-moi, ma belle : comme je suppose que ma fille et son entêté de mari vont encore s'obstiner à me vexer en refusant l'hospitalité qu'on leur offre à Ty Menez, et cela au profit de ce voleur d'hôtelier de Locronan, tu n'es pas obligée d'en faire autant ! Il y a de la place pour que tu dormes ici, et ça fera plaisir à mes petits-enfants…

La jeune fille n'hésita que peu :

— C'est très gentil, mais une autre fois, alors… Promis ! J'ai un programme chargé pour ce séjour, afin qu'il soit profitable pour mes études. Plein de choses à visiter !

— Quelle idée ! s'exclama Loïc en riant. S'emplir ainsi la tête ! Comme s'il n'était pas plus facile pour une femme de se contenter de la cuisine et du ménage…

— L'un n'empêche pas l'autre ! assura Antoine Pasquier. Mais je vous rassure : nous ne manquerons aucun repas du soir auprès de vous !

— En attendant, entrez donc ! Je vais envoyer un gamin chercher mon Yann et sa Janig, qui sont encore dans les champs.

*

* *

Toute sa vie, Gwenn se souviendrait de cette semaine de rêve ! À tel point qu'elle repoussait chaque jour la visite due à sa famille. À croire que

Kernadic était désormais le dernier de ses soucis... Se fiant aux guides à destination des touristes, Antoine Pasquier avait décidé pour sa première excursion de la conduire sur les sites archéologiques les plus extraordinaires de la région, non que le domaine le passionnât vraiment, mais pour émerveiller les yeux de la jeune fille. Il se surprit pourtant à être impressionné par ces mégalithes dont il ignorait tout ! Carnac et sa multitude de pierres dressées alignées sur des kilomètres, ses dolmens et tumulus... Plus que la hauteur des rangées de menhirs, la question qui hantait Gwenn demeurait la raison de ces structures mystérieuses :

— Que d'efforts pour ériger et transporter ces énormes blocs de granit ! Mais pourquoi ? À quoi cela pouvait-il bien servir ?

— Je serais bien incapable de te répondre, ma pauvre... Les spécialistes eux-mêmes n'ont pas résolu cette énigme ! Rituels, parcours de cérémonie, culte du soleil, repère maritime, pratique religieuse ? Nul ne le sait...

Quelques kilomètres plus loin, le véhicule transportant le couple et leur protégée aborda le site de Locmariaquer.

— Je pense que tu seras étonnée, ma belle...

Pour être étonnée, elle le fut ! Sur un paysage de landes d'ajoncs et de genêts, elle ne perçut d'abord que quelques affleurements de pierre près desquels se pressaient de rares groupes de visiteurs. Ainsi, ce n'était que cela, ce fameux grand menhir ? Ce ne fut qu'en s'approchant qu'elle comprit mieux l'intérêt qu'il pouvait susciter : une gigantesque colonne de granit brisée en quatre morceaux, dont la section de base dépassait de plus de deux fois la taille de la jeune fille. Nul doute, les cassures indiquaient sans aucune ambiguïté qu'il s'agissait là d'un unique mégalithe ! Comment admettre qu'il eût été autrefois debout ? Et avec quels moyens et techniques ?

— C'est incroyable ! Combien pouvait-il mesurer ?

— Plus de vingt mètres ! répondit Antoine, le nez plongé sur sa brochure. Et son poids initial est estimé à près de trois cents tonnes…

— Cela paraît impossible !

— Pire encore : les géologues pensent que ce géant de pierre provient de carrières situées entre dix et vingt kilomètres, ce qui implique la traversée de l'estuaire des rivières de Vannes et d'Auray, ainsi que celle du golfe du Morbihan !

— Mais comment ont-ils fait ?

— Cela reste aussi un mystère…

— C'est sans doute pour cela qu'on l'appelle *Men ar hroëc'h*, intervint Loanne. Ce qui signifie « Pierre de la Fée » !

Un peu de marche encore pour atteindre un autre monument impressionnant. En apercevant l'empilement de pierres qui s'élevait à quelque distance, Gwenn s'exclama :

— Un cairn ! Qui semble intact…

— Détrompe-toi ! D'après ce qui est écrit, ce dolmen formant un couloir de sept mètres avait été dépouillé du tumulus qui le recouvre, lequel a été reconstitué à la fin du siècle dernier. L'une des dalles de couverture mesure elle aussi sept mètres de long sur quatre de large, pour une épaisseur de quatre-vingts centimètres. Elle pèse plusieurs dizaines de tonnes ! Mais entre : certaines pierres sont entièrement sculptées de motifs étranges...

Que de choses à découvrir qui n'assouvissaient nullement la curiosité de Gwenn, laquelle fut presque déçue de la halte qui s'imposait dans un restaurant de Vannes.

— Allons, allons... Il n'y a pas que la préhistoire de l'âge de la pierre polie dans la vie ! Tu verras qu'il y a quantité de monuments à voir, ici aussi, à commencer par les portes de la cité et les remparts...

Antoine ne mentait pas ! À peine le repas achevé, incapable de dire ce qu'elle avait mangé, la jeune fille fut aussitôt accaparée par la visite de la vieille ville, des dizaines et des dizaines de maisons à pans de bois, avec les traces d'anciennes boutiques et de leurs enseignes, avec les murailles qui subsistaient des fortifications d'origine, la majesté du château Gaillard, du château de l'Hermine et de ses jardins, de la cathédrale Saint-Pierre et de l'église Saint-Patern... Mais le temps filait vite, et il lui fallut bien s'arracher au charme de la cité vannetaise.

— Nous avons encore de la route à faire, et j'ai dans l'idée de rentrer en atteignant Kernadic en fin de journée. Ainsi, comme tu as l'air de ne pas trop tenir à t'éterniser en famille, tu auras l'avantage de n'y passer que quelques heures...

Cette perspective n'enchanta pas vraiment Gwenn, mais elle admit que c'était là une bonne solution.

*

* *

Ce fut sans réel plaisir qu'elle se retrouva entre les murs de la demeure familiale, avec une gêne de plus en plus intense : elle ressentait toujours plus l'ambiance passéiste, l'inculture de ses proches, l'archaïsme de leurs conceptions. Partout, il lui semblait voir planer l'ombre des superstitions et des croyances issues d'un obscurantisme atavique ! Plus elle prenait de l'âge et plus elle étudiait, plus elle en prenait conscience : elle avait eu bien de la chance d'échapper à ces influences…

— Comment ? avait grogné son père. Tu t'intéresses à ces pierres païennes ? Elles ne sont habitées que par des korrigans malfaisants et des entités maléfiques ! C'est le domaine de la mort et de l'Ankou ! Ce sont des pierres porte-malheur.

Loanne Pasquier avait pouffé et s'était exclamée en breton :

— C'est ce que l'on me racontait lorsque j'étais enfant ! Mais y croyez-vous encore vraiment, monsieur Le Braz ?

— Pourquoi pas ? C'est bien la raison pour laquelle personne ici n'incite les gamins à se rendre au Mougau Bihan, à quelques kilomètres d'ici, sur Commana !

Naïg, la seule de ses sœurs pour qui elle éprouvait toujours de la tendresse, s'était aussitôt étonnée :

— Vous ne nous en avez jamais parlé, père ?

— Ce ne sont pas des endroits fréquentables pour les bons chrétiens ! Un point, c'est tout !

Le couple Pasquier n'avait pas jugé utile de s'éterniser, et Antoine en avait profité pour régler prestement la somme convenue au maître de maison.

— Au revoir, monsieur Le Braz ! Et à bientôt…

À quoi bon lui rappeler que c'était grâce à ce pécule annuel qu'il avait pu s'offrir l'aide d'un valet ? Un nommé Allan Ligovec, que ni Gwenn ni les Pasquier n'avaient jamais eu l'occasion d'entrevoir…

*
*   *

Sur la route du retour, Gwenn remarqua :

— Raison de plus pour que nous allions voir ce qu'il y a à Mougau Bihan avant que nous rentrions à Paris !

Loanne, le nez dans une brochure, répondit aussitôt :

— C'est encore une allée couverte, constituée d'au moins vingt-quatre énormes blocs de pierre…

— Je veux bien parce que c'est proche des terrains de jeu de son enfance, mais nous avons déjà vu beaucoup de ces pierres ! marmonna son mari. Je propose que dans les jours qui viennent nous partions à la découverte d'autres richesses de la région. Il y a tant à visiter en cette belle Bretagne ! Des ports, des châteaux Renaissance ou médiévaux, des villes magnifiques, des îles incomparables que nous n'atteindrons qu'en bateau…

— En bateau ? s'écria Gwenn. Je n'ai encore jamais navigué !

— Je savais bien que cela te plairait…

XVI

HORS DE QUESTION de rêvasser à ces quelques jours magiques passés sur les terres de ses ancêtres ! De retour à la capitale, la jeune fille n'eut d'autre but que celui de replonger dans ses livres et cahiers. Pourtant, le soir, après une journée où se succédaient cours et leçons, problèmes et exercices, interrogations orales ou écrites, mille images se bousculaient en elle dès qu'elle fermait les yeux. La vision sublime du château de fort La Latte, face à la Manche et au cap Fréhel. La majestueuse citadelle Port-Louis, proche de Lorient. Cette première expérience de navigation pour atteindre l'île de Bréhat et y découvrir une incroyable variété botanique ainsi que de nombreuses espèces d'oiseaux. Les émouvantes immenses ruines presque fantomatiques des châteaux de Kergournadéac'h ou de Tonquédec. La beauté plus sophistiquée de ceux de Vitré, Josselin, Combourg ou Trécesson… Antoine Pasquier n'avait pas été avare de détours et d'heures de conduite, comme s'il avait à tout prix voulu lui en mettre plein la vue ! Ou bien était-ce pour faire oublier le peu de temps qu'il consacrait à sa femme et à Gwenn durant le reste de l'année ? À Paris, il partait toujours tôt des Capucines pour n'y rentrer généralement que fort tard.

La jeune fille se montrait de plus acharnée à s'exercer, réviser et parfaire ses connaissances au moyen des ouvrages les plus divers, au point de subir parfois les remontrances de Loanne ou d'Antoine :

— C'est sans doute une qualité d'être studieuse, mais il y a des limites, Gwenn. Trop, c'est trop ! Tu vas finir par t'en rendre malade...

— Mais non, mais non...

— C'est l'approche des examens de la première partie de ton brevet supérieur qui t'inquiète ?

— Pourquoi m'inquiéter ? J'apprends du mieux que je le peux et, si je ne réussis pas, cela voudra seulement dire que je ne suis pas au niveau requis ! L'affolement n'y changerait rien...

— Allons, ne fais pas la modeste ! Tes notes prouvent que tu excelles en toutes les matières.

— Ce n'est pas une raison pour que je m'arrête de travailler. Si je satisfais aux épreuves de cette première session, il me faudra encore être admise au concours de l'école normale. Parce que, avec ce concours et la première partie de ce brevet en poche, j'aurai la possibilité d'y entrer directement en deuxième année de cours ! Ce qui peut raccourcir de deux ans le moment où je pourrais vraiment enseigner.

— Je suis au courant, ma belle... Et tu pourras ainsi obtenir ton certificat d'aptitude pédagogique, ainsi que ta titularisation plus rapidement et sans passer par la case stagiaire !

— Les années d'études à l'école normale comptent en effet comme années de stage...

— Bien, n'en parlons plus ! Et viens manger. Pour une fois que mon Antoine est à l'heure pour le repas, Aujourd'hui, on n'attend que toi...

*

* *

Le passage du brevet supérieur... La jeune fille, ce jour-là, n'éprouva aucune appréhension. Ni optimisme ni pessimisme : si elle avait confiance en elle, elle savait que le verdict serait juste et que lui seul pouvait évaluer son degré de connaissances ! Ce fut même avec décontraction qu'elle pénétra dans la salle d'examen, avec ce plaisir pour les narines d'y sentir l'odeur familière de la craie et du bois lustré. Bien que faisant partie des plus jeunes candidates, le calme apparent de Gwenn contrastait avec la nervosité de ses camarades. Lorsque le brouhaha de l'entrée se fut estompé et que le silence se fit, les choses sérieuses commencèrent. Sur chaque table étaient posés un encrier, un porte-plume, un crayon, une gomme, ainsi qu'une liasse de feuilles vierges à lignes espacées. Les quelques examinatrices de la commission d'examen réparties dans la salle surveillèrent attentivement les élèves. Puis celle qui siégeait au bureau s'exprima d'une voix forte :

— Bienvenue à vous toutes ! Je vous rappelle que toute communication entre vous entraînera aussitôt l'exclusion des contrevenantes pour fraude ! Maintenant, veuillez inscrire vos nom, prénom et adresse en haut à gauche du feuillet numéroté 1.

Après un silence, elle reprit sèchement :

— Pour cette épreuve de dictée, nous ne donnerons aucune indication de ponctuation. À vous de la placer correctement en vous fiant seulement à l'intonation… Le texte suivant est tiré d'une courte nouvelle de M. Guy de Maupassant intitulée *La Chevelure*. Vous êtes prêtes, Mesdemoiselles ? « Les murs de la cellule étaient nus, peints à la chaux. Une fenêtre étroite et grillée, percée très haut de façon qu'on ne pût pas y atteindre, éclairait cette petite pièce claire et sinistre ; et le fou, assis sur une chaise de paille, nous regardait d'un œil fixe, vague et hanté. Il était fort maigre avec des joues creuses et des cheveux presque blancs qu'on devinait blanchis en quelques mois. Ses vêtements semblaient trop larges pour ses membres secs, pour sa poitrine rétrécie, pour son ventre creux. »

L'enseignante continua posément la lecture du texte, tandis que les candidates, penchées sur leur copie, faisaient laborieusement crisser leur plume sur le papier… Depuis longtemps sûre de son orthographe, de sa grammaire et de son écriture, Gwenn n'eut que quelques hésitations sur cette fameuse ponctuation, mais trouva l'épreuve bien moins difficile qu'elle ne l'avait craint. Pour cette première série, elle savait qu'il lui faudrait encore faire face aux questions d'interprétation du texte, d'arithmétique, suivies d'une rédaction de composition française. Confiante dans l'avenir, elle s'appliqua surtout à soigner sa présentation ainsi que ses pleins et ses déliés, afin de livrer une graphie la plus élégante possible…

*

* *

Jamais les Capucines n'avaient connu une telle effervescence ! Pour fêter l'événement, Antoine Pasquier avait fait une large écharde à la tranquillité qui lui était chère lorsqu'il était chez lui. Il avait convié ses amis, ses connaissances, ainsi que les enseignants qui avaient suivi Gwenn dans ses études : pensez, la « petite » avait réussi ses examens avec mention, se plaçant seconde de toute la session ! Cela méritait bien d'être honorée de digne manière... et l'avocat avait vu les choses en grand ! Durant trois jours, Guillermine et Éolia s'étaient surpassées pour préparer ce jour mémorable, et Lucien avait installé dans le parc de longues lignées de tréteaux recouverts de nappes blanches. Pour alléger le travail, Antoine et Loanne avaient fait appel à deux traiteurs de la capitale, ainsi qu'à un pâtissier des plus réputés. Ils s'étaient même fait livrer en location deux camions de chaises ! Aussi, ce samedi-là, une cohorte distinguée se pressait sous les arbres de la propriété, les hommes en costume, les femmes arborant leur plus élégante toilette. Lorsque la foule d'invités fut assez dense, le maître de maison fit un signe aux musiciens recrutés dans une guinguette des bords de Seine, et la musique commença à égayer l'atmosphère. Loanne et Antoine allaient de l'un à l'autre, saluant, complimentant, échangeant quelques mots avec chacun. Passage obligé, l'avocat se fendit d'un discours, usant du perron de la villa comme d'une estrade. Avec sa robe achetée pour l'occasion et qui ressemblait à une tenue de bal, la jeune fille se sentit particulièrement mal à l'aise face aux regards de tous ces gens : elle eût préféré tellement plus de discrétion !

— Mes amis, vous tous ! Ce jour est un jour extraordinaire... Et je vous ai réunis pour le célébrer et partager la joie que vient de nous donner notre petite Gwenn que, comme vous le savez, nous considérons, ma femme et moi, comme notre propre fille ! Qui l'aurait cru, il y a seulement quelques années, lorsqu'elle a mis pour la première fois les pieds aux Capucines ?

Rougissante, ne sachant quelle attitude adopter, les yeux baissés sur la pointe de ses chaussures, la lauréate n'avait qu'une envie : que finissent enfin tous ces éloges ! Elle dut pourtant subir encore de longues minutes les propos enflammés de l'avocat avant de retrouver un peu de tranquillité. Les félicitations continuèrent malgré tout à pleuvoir, et il fallut que sautent les premiers bouchons de bouteilles de champagne pour qu'elle respirât un peu mieux. Bien sûr, elle était heureuse, mais toutes ces marques de sympathie la gênaient... Jeanne Chabriel, auprès de qui elle avait fait ses premières classes, s'en aperçut vite et elle la rejoignit pour lui poser une main rassurante sur l'épaule.

— Tu sais, la modestie et l'humilité sont certes des qualités, mais si tu veux devenir institutrice, il faudra avant tout prendre plus de confiance en toi afin d'asseoir ton autorité sur les élèves !

— C'est que... que je n'ai pas l'habitude de... de...

— Rassure-toi. Cela s'apprend aussi ! Mais pas dans les livres...

Le repas de banquet fut le bienvenu, et Gwenn apprécia momentanément de ne plus être l'objet de l'attention de tout le monde. Ah ! Quel menu : hors-d'œuvre variés, tête de veau en entrée, tripes à la sauce verte ou ris de veau aux champignons, petites bouchées à la reine ou encore filets de bœuf sauce madère, le tout suivi d'un poulet de grain aux petits pois, avant les desserts à la crème de vanille avec des biscuits de Savoie, sans compter les cafés et les liqueurs. Quelle débauche de moyens, quel gaspillage ! En voyant tous ces gens-là bâfrer sans la moindre retenue, la jeune fille en ressentit comme un dégoût. Sa motivation pour les études, son acharnement à se hisser parmi les meilleures, tout ce parcours scolaire, pouvaient-ils justifier de tels excès ? Elle n'en était nullement convaincue et subissait ces honneurs en étant comme étrangère à elle-même.

— Gwenn ?

Elle se retourna pour faire face à la directrice de cette école Anatole-France où elle avait progressé de classe en classe jusqu'à prétendre être l'une des plus prometteuses élèves de sa promotion.

— Oui, madame...

— Au nom de notre école, je tiens à te présenter toutes nos félicitations ! À tel point que nos maîtresses te citent désormais en exemple... J'espère que tu n'en resteras pas là et que tu prouveras bientôt le rôle que tient notre établissement au sein de l'Éducation nationale !

Désarçonnée, Gwenn ne put que répondre :

— Je... je n'en suis pas là !

— Si, si... et ça ne saurait tarder si j'en juge les honneurs qui te sont faits aujourd'hui ! Dès la prochaine rentrée, tu pourras intégrer en stage l'école normale supérieure pour filles de Sèvres, qui fera de toi en deux ans une institutrice digne de ce nom, si bien sûr tu réussis aussi l'ultime examen qui t'ouvrira les portes de notre profession d'enseignantes, ce dont je suis convaincue.

*
* *

Deux années ! Deux années qui passèrent si vite... Oublié la gamine qui faisait la fierté des Pasquier, Gwenn était désormais devenue une jeune femme que nombre de garçons rêvaient de courtiser ! Mais devinaient-ils seulement que sa seule motivation se nichait dans sa vocation à être maîtresse d'école ? Raison pour laquelle elle ne semblait même pas s'apercevoir de l'intérêt qu'elle suscitait auprès des rares relations masculines qu'elle pouvait avoir. Seule comptait pour elle la réussite des contrôles et notations du parcours qui était le sien ! Oui, elle serait bientôt institutrice, et c'était là la seule chose qui la motivait. La craie et le tableau noir, la blouse grise, l'encre aux doigts, les livrets scolaires et les cartes géographiques au mur : là résidait l'avenir qui serait le sien... On avait beau lui dire que, même si peu de filles s'engageaient dans cette voie, elle avait les capacités pour décrocher le baccalauréat et prétendre à de plus hautes fonctions et responsabilités, elle s'était persuadée depuis longtemps que sa vocation était d'éduquer la jeunesse aussi bien qu'elle l'avait été : devenir enseignante !

Oui… Deux années qui passèrent si vite ! Avec des cours intensifs, des problèmes à résoudre, des exercices difficiles auxquels elle s'était prêtée avec une assiduité et une ardeur qui n'avaient point faibli… Une des meilleures aspirantes qui avait déjà, chevillée au corps, la vocation de transmettre le savoir aux plus jeunes. Un savoir qu'elle ne se lassait pas d'enrichir en arpentant les salles des musées, en s'offrant des livres spécialisés, en harcelant de questions ses professeurs. Deux années d'études intensives durant lesquelles elle se sentit grandir de l'intérieur. Deux années aussi qui la transformèrent de jeune fille en jeune femme : une belle femme qui suscitait des passions autour d'elle, qui attisait la flamme conquérante des jeunes gens qu'elle côtoyait. Totalement accaparée par ses études, Gwenn n'était même pas consciente de sa beauté et de son charme, et elle dédaignait ouvertement toutes les propositions qui lui étaient faites. Son univers se limitait aux murs sévères de l'école normale supérieure de jeunes filles, à ses salles de classe austères, à l'autorité des enseignants. Malgré les efforts pour assimiler des cours particulièrement ardus, elle y avait trouvé une richesse infinie à toujours accroître ses connaissances… jusqu'à être fin prête pour ce concours qui lui ouvrirait les portes de l'Éducation nationale ! Avec en mains son certificat de fin d'études normales, elle n'avait plus qu'à subir les épreuves pratiques du certificat d'aptitude pédagogique… Une formalité, selon elle !

*
* *

Institutrice ! Enfin ! Elle en avait si souvent rêvé, et depuis si longtemps… Son diplôme en poche, elle n'attendait plus que son lieu d'affectation pour véritablement faire ses preuves. De plus, l'excellence de ses notes faisait que ses préférences seraient prises en considération, et elle avait demandé Paris ou la région parisienne afin de ne pas être trop éloignée des Capucines et des Pasquier. Pourtant, jamais Gwenn ne sut si sa nomination dans une école publique du 17e arrondissement, à deux pas de Saint-Ouen, était due à ses résultats aux examens ou à l'influence de maître Pasquier : moins de deux kilomètres ! Une fois passée l'inévitable fête organisée par Antoine et Loanne en son honneur, elle n'avait rien de plus pressé que de faire connaissance avec les murs de cette école, rue Fourcroy. Mais, pour cela, il lui fallait attendre la rentrée scolaire…

XVII

CE FUT À PETITS PAS TIMIDES qu'elle pénétra pour la première fois dans les locaux scolaires sur les pas de la directrice, Mme Loiseau.

— On m'a dit le plus grand bien de vous, ma petite, mais vous me semblez bien jeune !

— J'ai pris de l'avance dans mes études, c'est vrai, mais j'ai dû attendre mes dix-sept ans révolus pour passer mon brevet supérieur.

— Je ne mets nullement en doute vos compétences, mademoiselle... Mais être un peu plus âgée vous assurerait une plus grande autorité sur les élèves !

— Je ne peux vieillir de plus de trois cent soixante-cinq jours par an ! Et puis l'école normale nous a préparées à gérer une classe.

— Il y a loin de la théorie à la pratique, mais c'est en forgeant qu'on devient forgeron, dit-on. Nous avons ici quatre classes, de la maternelle au certificat d'études. Vous aurez en charge la section moyenne, qui consiste principalement à l'acquisition de la lecture, de l'écriture et des rudiments de calcul.

Presque intimidée, Gwenn fit connaissance des locaux en appréciant de nouveau l'odeur particulière des salles de classe. Déjà, elle s'y sentait un peu comme chez elle ! Qu'elle allait lui sembler longue, cette semaine, avant l'arrivée des premières élèves…

— Je suis vraiment avide de commencer, madame Loiseau. Je n'appréhende pas vraiment, mais je suis impatiente.

— Nous sommes toutes passées par là ! Et pour vous, ce ne sera bientôt plus que routine.

— Peut-être, mais avec chaque jour le défi de façonner au mieux la cervelle de nos petites élèves.

— Que c'est beau l'enthousiasme des débutantes ! En tout cas, félicitations, mademoiselle Le Braz. Il y a longtemps que nous n'avons eu en ces murs une maîtresse aussi bien notée que vous l'êtes !

*

* *

Le jour tant attendu de la rentrée ! Avec cette légère torsion dans le ventre et cette excitation qui lui faisait briller les yeux. Comme il lui avait été prescrit, elle avait passé une tenue sobre et sévère avant d'enfiler sa blouse réglementaire. Une fine bruine rendait assez désagréable l'atmosphère de ce matin gris, mais une certaine allégresse lui faisait battre plus vite le cœur. Toutes les élèves se pressaient en chahutant et en riant sous le préau, tout au bout de la cour, lorsque la directrice prit la parole :

— Silence, mesdemoiselles ! Tout d'abord, il convient de vous présenter les institutrices qui vont vous prendre en charge durant toute l'année scolaire : Mlle Jeanne pour la section des plus jeunes, Mme Odette pour la section élémentaire, Mlle Gwenn pour la section moyenne, et Mlle Marguerite pour la section des grandes ! Je vais maintenant procéder à l'appel et vous indiquer à chacune votre maîtresse. Vous vous alignerez devant elle en rang par deux... Patriat Marcelle, avec Mme Odette, Maistre Georgette, avec Mlle Jeanne, Lacroix Benoîte, avec Mme Odette, Caussin Germaine, avec Mlle Gwenn, Girard Lucie, avec Mlle Marguerite...

L'énumération se poursuivit jusqu'à ce que Mme Loiseau claquât des mains pour donner le signal d'entrée dans les classes, et les élèves suivirent leur maîtresse en deux files ordonnées. « Pourvu qu'elles se montrent aussi sages toute l'année ! » pensa Gwenn.

*

* *

En pénétrant dans la salle, elle contempla un instant les rangées de pupitres et leurs encriers de porcelaine blanche. Les bavardages commençant à fuser, elle ordonna :

— On se tait, maintenant ! Et nous allons vous installer chacune à votre place. Par ordre de taille : les plus grandes derrière, les plus petites devant... Ainsi, je vous aurai toutes à l'œil. Pour ce premier jour, nous allons faire connaissance. Mais avant, je vais distribuer les fournitures. Les livres d'abord, qui vous sont confiés pour l'année. Vous êtes priées d'en prendre le plus grand soin ! Les cahiers ensuite. Puis votre porte-plume, une plume Sergent-Major que nous changerons chaque semaine, une ardoise, un crayon et le papier buvard.

Tout en circulant entre les pupitres, la toute jeune enseignante se sentait peu à peu envahir par un sentiment de puissance. Elle chassa vite cette impression, tenant à garder la plus grande simplicité dans ses rapports avec les élèves. Elle s'était fait une règle de rester stricte, mais juste, sans avoir recours à trop de sévérité : on apprend toujours mieux dans une ambiance amicale ! Trop de rigueur nuit à l'efficacité. C'était tout du moins ce dont elle était convaincue. Elle s'aperçut pourtant vite que la jeunesse se révélait plus turbulente qu'elle ne le pensait. Aussi lui fallut-il se faire violence pour affirmer son autorité :

— Silence dans la classe ! Avant de parler, je vous rappelle qu'il faut lever le doigt ! Sinon les punitions vont tomber…

« Punition »… Le mot qui bloquait instantanément toutes les nervosités ambiantes ! Elle devait à tout prix fixer des règles à respecter, car elle n'avait aucune envie de se laisser déborder par quelques éléments perturbateurs.

*
* *

Il lui fallut malgré tout quelques jours pour prendre l'ascendant, car son jeune âge ne l'imposait pas d'emblée comme une enseignante réputée pour son autorité. Raison de plus pour qu'elle fît ses preuves ! Derrière son bureau qui trônait en bout d'estrade, elle dominait suffisamment la tête des élèves pour se sentir rassurée. Elle s'aperçut pourtant vite de la différence qu'il y avait entre la pratique et les méthodes préconisées par les manuels de l'école normale : mieux valait écouter les conseils de la directrice et de ses collègues plus aguerries... D'emblée, elle avait changé la distribution des places en installant aux derniers rangs les petites qui maîtrisaient encore mal la lecture et l'écriture, les moyennes au milieu, celles qui lui paraissaient le plus en avance devant.

— Mesdemoiselles, nous allons commencer par l'instruction civique. À partir d'une règle de savoir-vivre que nous commenterons ensemble.

Elle se saisit de sa craie et traça ses lettres de façon élégante tout en énonçant la maxime à haute voix :

— « La colère amoindrit notre dignité personnelle, car elle nous enlève notre raison et notre liberté. » Est-ce que l'une de vous peut me dire ce qu'elle pense de cette phrase ? En levant le doigt, bien entendu...

Comme bien souvent, les filles se montrant moins turbulentes que les garçons, la jeune institutrice eut vite le contrôle de la situation. D'autant plus qu'elle entendait bien ne pas uniquement faire montre de sévérité. Elle savait aussi retrouver son naturel souriant et aimait avoir parfois des attitudes amicales. Pas trop toutefois : il était de règle de garder une certaine distance entre élèves et enseignants ! Elle fut ainsi vite appréciée, tant des parents que des trois autres maîtresses de l'établissement. Gwenn se sentait un peu plus chaque jour dans son élément en pénétrant la première dans sa salle de classe, et se demandait comment elle aurait pu exercer un autre métier que celui-ci. Elle était vraiment faite pour cela et savait ne jamais pouvoir être assez reconnaissante envers Loanne et Antoine Pasquier : elle leur devait vraiment tout !

— Benoîte, je t'entends ! Ce n'est pas parce que j'ai le dos tourné qu'il faut en profiter pour bavarder…

Tout en parlant, elle réprima un sourire : ne se faisait-elle pas elle aussi réprimander pour la même raison, il y avait seulement quelques années, à l'école de son village ?

— Tiens, Guillaumette, toi qui es la plus grande, viens donc m'aider à décrocher la carte de France du mur.

Elle aimait l'odeur cartonnée et un peu poussiéreuse de ces vieilles cartes craquelées par l'usage, l'odeur de l'encre, l'odeur lessivée du plancher blanchi par un lavage hebdomadaire à l'eau de Javel, l'odeur du bois encaustiqué… Son univers, désormais ! Chaque soir, en s'endormant, elle revivait sa journée auprès des élèves. Et elle se persuadait qu'elle avait bien de la chance d'exercer son métier dans un arrondissement assez cossu de la capitale : les filles qu'elle avait sous sa responsabilité d'enseignante étaient issues de milieux plutôt favorisés et la plupart savaient déjà lire, écrire et compter relativement correctement. Elle le regrettait quelquefois, car elle avait longtemps rêvé de transformer des cancres en élèves assidues, de les conduire de l'ignorance au savoir, les sortir de l'illettrisme et leur inculquer le savoir, les amener doucement jusqu'au certificat d'études… Un peu comme si elle voulait renouveler auprès de cette jeunesse son propre parcours. Parfois, l'idée l'effleurait de demander sa mutation dans un village réputé arriéré, au cœur d'une campagne retirée, afin de combattre vraiment l'obscurantisme. Mais il était trop tôt encore, et il lui fallait faire ses premières armes. Et puis elle n'envisageait pas vraiment de se séparer des Pasquier, qu'elle vénérait plus que jamais !

— Nous allons suivre ensemble les quatre fleuves de France. L'une de vous peut-elle me les citer ?

Une petite voix s'écria :

— La Seine, la Loire…

— On lève le doigt avant que je permette de donner la parole ! l'interrompit Gwenn. Une autre peut poursuivre ? Oui, Maryse…

— La Loire, la Seine, la Garonne et le Rhône !

— C'est bien ! Commençons par la Loire, le plus long de ces fleuves. Elle prend sa source au mont Gerbier-de-Jonc et mesure 1 012 kilomètres.

Elle éprouvait un véritable plaisir à distiller ainsi ses connaissances, même si beaucoup ne servaient que peu dans la vie : la jeune femme considérait qu'une bonne culture générale n'était pas inutile, car elle avait l'art d'ouvrir les consciences et la curiosité. Ces heures passées à enseigner s'écoulaient trop rapidement à son goût, et elle se trouvait chaque jour surprise d'entendre la cloche signaler la fin des cours.

— Silence ! Rangez votre pupitre avant de sortir. N'oubliez pas vos vêtements au portemanteau. En rang par deux dans le couloir jusqu'à la cour, comme d'habitude. Et à demain…

— Non, demain, c'est jeudi, maîtresse !

— C'est vrai, c'est vrai… Que les jours passent vite !

Dès la traversée du préau, les jeunes filles se défoulaient en se chamaillant et en riant, mais sans courir en tous sens comme les garçons. Avec un peu de nostalgie à se retrouver seule, Gwenn rassemblait les cahiers pour les emporter et corriger la dictée qu'elle avait faite le matin. Et, comme chaque jour, elle avait un petit pincement au cœur en quittant « sa » salle de classe…

*

* *

Comme elle en avait coutume, Loanne guettait l'arrivée de la jeune institutrice, avec sans cesse la même sempiternelle question :

— Alors, comment s'est passée cette journée, ma belle ?

— Très bien ! Lecture, grammaire, dictée le matin, calcul et géographie l'après-midi…

— C'est bien. Toujours d'attaque, alors ?

— Plus que jamais !

— J'en suis heureuse pour toi, bien que je me sente bien seule tout au long du jour.

— Demain, c'est jeudi ! Nous pourrions peut-être faire un tour en ville ?

— C'est une bonne idée… Mais pas pour aller s'enfermer dans un musée, pour une fois ! J'ai bien envie de faire quelques emplettes.

Gwenn se força à sourire, car elle n'appréciait que peu l'exercice du lèche-vitrines. Mais que pouvait-elle refuser à Loanne ?

— Je veux bien… Il y a longtemps que je n'ai pas pris le métro !

— Et puis nous flânerons un peu ! Et nous mangerons dans un bon restaurant.

— D'accord ! Mais il faut encore que je corrige mes dictées ce soir.

— Installe-toi ici, alors ! Comme ça, je profiterai un peu de ta présence.

La jeune femme eut un petit sourire amusé. Elle savait qu'il allait lui falloir se concentrer deux fois plus sur ses corrections, car la maîtresse de maison serait vite amenée à papoter sans cesse, à parler de tout et de rien. Enfin, l'ambiance du salon était tellement agréable ! Tout au moins jusqu'à l'arrivée plutôt précoce d'Antoine Pasquier, qui arborait ce soir-là une mine préoccupée.

— Que t'arrive-t-il, mon ami ? s'exclama Loanne. Des ennuis ?

— Je ne sais… Mais la situation me contrarie, après ces dernières émeutes place de la Concorde !

— Expliquez-vous, mon cher ! Vous savez bien que je ne lis guère le journal…

— Vous feriez bien de vous montrer un peu plus curieuse du monde qui nous entoure, car il devient de plus en plus dangereux : l'Allemagne s'arme à outrance, et ce n'est certainement pas pour rester pacifique ! Mais ce n'est une raison pour que Paris soit le théâtre d'une guerre civile !

Gwenn n'intervint pas car, concentrée depuis des années sur ses études, elle ne s'était jamais intéressée à cette politique qui alimentait toutes les conversations des hommes. Elle préféra donc écouter Antoine, avec une angoisse larvée liée à l'inquiétude que le ton du maître de maison trahissait.

— Oui, poursuivit Antoine. Nous avions déjà eu cette effroyable répression il y a deux ans place de la Concorde, avec des dizaines de morts et des milliers de blessés suite aux provocations des ligues d'extrême droite, l'Action française, les Jeunesses patriotes, les Camelots du roi et j'en passe ! Depuis, l'antiparlementarisme n'a cessé de croître, et la situation s'avère de plus en plus critique avec les élections législatives qui s'annoncent ! Je vous le dis : le danger fasciste nous guette !

« Fasciste ? Fascisme ? songea la jeune institutrice. Il faudra que je me renseigne sur ce que cela signifie vraiment… » Elle prit seulement alors conscience qu'il n'y avait pas que l'école dans la vie, et que le devenir de l'éducation dont elle dépendait était entre les mains du gouvernement et des élus. Allait-on remettre en cause le statut laïc de l'enseignement public ?

— Non ! poursuivit Antoine Pasquier dans son monologue. Nous ne pouvons basculer dans l'iniquité des régimes totalitaires, comme l'Allemagne, l'Italie ou l'Espagne ! Il y a des relents de guerre là-dessous, c'est moi qui vous le dis…

Quelques jours plus tard, le ton de l'avocat se révéla nettement plus soulagé :

— Ouf ! Nous avons échappé au pire… Non pas que je sois conquis par les propos de la SFIO ou des communistes, mais parce que l'extrémisme de droite me semble la menace la plus sérieuse pour l'avenir de notre pays !

— Et pourquoi ? s'interrogea son épouse d'une voix ingénue.

— Parce que le fascisme ambiant ne nous promet qu'un conflit imminent, la dictature et le chaos ! C'est assez clair comme cela ?

— Mon Dieu, mon ami… Je vous fais confiance, mais je ne comprendrai jamais rien à votre politique !

XVIII

À LA SUITE DE LA VICTOIRE du Front populaire, le président de la République Albert Lebrun n'avait guère tardé à nommer Léon Blum président du Conseil, donc chef du gouvernement. Malgré les échauffourées créées par l'opposition, l'enthousiasme fut grand dans tout le pays de la part des classes les moins favorisées. On y espérait tellement les changements promis ! L'analyse d'Antoine Pasquier était plus mitigée :

— Je ne me suis jamais considéré tout à fait de ce bord-là, sauf dans ma jeunesse, se défendait-il souvent. Mais je suis d'avis que le bord opposé ne peut être que bien plus dangereux ! C'est bien beau, les réformes annoncées, encore faut-il les financer… Depuis la crise économique, les caisses de l'État sont vides, on ne doit pas l'oublier !

Gwenn, à son âge, ne s'était jamais vraiment intéressée à tout cela, mais elle fit peu à peu l'effort de lire la presse quotidienne. Il lui fallait bien vivre avec son siècle et comprendre ce que pouvait être l'avenir ! Sans avoir de convictions vraiment ancrées, elle considéra au fil des semaines que les nouvelles mesures allaient dans le bon sens, et même au-delà des espérances, peut-être en réponse aux nombreuses grèves qui paralysaient régulièrement le pays : quinze jours de congés payés pour tous les salariés, la semaine de travail limitée à quarante heures, l'établissement des conventions collectives… Une véritable révolution pour le petit peuple laborieux ! De mois en mois, les bonnes nouvelles se succédaient : le droit syndical, la retraite des mineurs, les allocations chômage, une politique de nationalisation des grandes industries et des chemins de fer… Désormais, la jeune institutrice se mêlait davantage aux conversations concernant l'actualité, que ce fût au sein de l'école, en dehors des cours, qu'au sein des murs des Capucines, face à face avec l'avocat :

— Toutes ces réformes semblent n'avoir pour but que celui de soulager la misère des plus pauvres, non ?

Antoine fit une moue dubitative.

— L'intention en est louable, certes, mais l'application de ces lois est plus délicate ! La France n'a pas les moyens de faire autant de concessions, surtout à un moment où la reprise économique s'annonçait prometteuse. À mon humble avis, ce qui a été décidé ne peut être qu'un frein à la croissance et amener plus de misère encore…

— Ah bon ?

— Bien sûr, ces décrets découlent des meilleurs sentiments du monde, et ils seraient possibles avec une économie florissante, ce qui n'est nullement le cas ! La dévaluation du franc nous guette, et je crains que tout cela ne soit voué à l'échec. Je souhaite me tromper, ma belle, mais j'ai déjà peur du pire…

Gwenn ne répliqua rien et demeura perplexe. Ces considérations dépassaient son entendement, et elle se jura de mieux s'informer des rouages de l'économie, malgré l'ironie de ses collègues :

— Ma pauvre demoiselle ! Mais à quoi sert-il de se prendre la tête avec ces affaires d'hommes ? Nous n'avons même pas le droit de donner notre avis par la voie des urnes !

— Peut-être, mais ça n'empêche pas de nous informer sur la marche du monde, non ? D'ailleurs, il y a sans doute des projets qui nous concernent dans les dossiers des députés. Il serait étonnant que des changements ne soient pas aussi prévus dans le fonctionnement de l'Éducation nationale !

— Allons donc… se moqua ouvertement Marguerite Binard, qui enseignait dans la section des « grandes ». Allons donc, tout va très bien dans nos écoles laïques ! Que pourrait-on bien changer du mode qui est le nôtre et qui fonctionne au mieux ?

— Je ne sais… bafouilla Gwenn. Mais nous ne pouvons juger que sur notre établissement et ceux de la capitale ! Qu'en est-il dans les bourgades retirées des provinces françaises ? Je peux en parler, car ce n'est pas l'école de mon village breton qui m'a incitée à me pencher sur ma plume et mes cahiers !

— École privée, bien sûr ! Il ne faut pas s'en étonner…

— Il est des établissements catholiques qui ont de fort bons résultats ! intervint Mme Odette, une autre de ses collègues. Et nombre de nos consœurs sortant de l'école normale finissent par rejoindre le secteur privé au mépris de leurs convictions républicaines, car elles y sont bien mieux payées que nous…

Gwenn préféra mettre fin à cette conversation qui aurait pu tourner au vinaigre en se levant de son siège, non sans ajouter :

— Je ne sais pas pour vous, mais pour ma part ce n'est pas le salaire qui me motive, mais le devenir de toutes ces gosses dont j'ai la responsabilité !

Jeanne Mathuret dirigeait la classe des maternelles, et elle ironisa :

— Tu dis ça parce que tu ne manques de rien, chez ton avocat !

— Détrompez-vous toutes ! rétorqua la jeune femme. S'ils n'avaient insisté pour me conduire contre mon gré à l'école publique, je n'aurais chez eux que de modestes gages de domestique… Ce qui n'aurait certes pas été votre cas, vous qui êtes issues de familles bourgeoises !

Ne tenant nullement à se mettre en froid avec ces institutrices qu'elle côtoyait quotidiennement, elle préféra sortir de la pièce, impatiente de rejoindre la villa des Pasquier.

*
* *

La fin de l'année scolaire se déroula pour la jeune femme de la meilleure manière qui fût. Avec tact et douceur, tout en veillant à conserver l'autorité nécessaire, elle avait fini par gagner l'affection de ses élèves, et les résultats étaient là : Gwenn jugeait le niveau de sa classe globalement satisfaisant, et elle se permettait même parfois de déborder le programme officiel pour aborder des sujets hors de ce que préconisaient les manuels. Malgré tout, le plus dur demeurait la contrainte obligatoire des notions à apprendre par cœur, les départements et leurs chefs-lieux, les dates des batailles de l'histoire de France, de la révocation de l'édit de Nantes aux guerres napoléoniennes, des tables de multiplication à la conjugaison des verbes irréguliers. Les récitations, aussi, pour exercer la mémoire. Le calcul mental...

— Par cœur, mesdemoiselles, par cœur ! C'est difficile, je sais, mais il n'y a pas d'autre moyen... Marion, c'est à vous de passer au tableau, si vous avez bien appris la poésie que j'ai soumise à toutes : *Le Père et la Fille*... de ?

— De Victor Hugo, maîtresse !

— C'est bien. À toi, donc, nous t'écoutons. Et essaie d'y mettre de l'intonation, pour une fois...

Ce fut pourtant sans âme et avec un débit rapide que la jeune élève s'acquitta de cette épreuve :

— « Elle avait pris ce pli, dans son âge enfantin, de venir dans ma chambre un peu chaque matin. Je l'attendais ainsi qu'un rayon qu'on espère, elle entrait et disait "Bonjour, mon petit père !", prenait ma plume... »

Gwenn la laissa ânonner le poème avant d'esquisser une moue contrariée.

— Je ne peux te reprocher tes efforts de mémoire, Marion ! Tu n'as rien oublié... sauf de rendre le souffle de ces vers, leur beauté, le sentiment qui s'en dégage. Il faut réciter plus doucement, en marquant les pauses des virgules et des points, en soulignant de la voix les points d'exclamation, exactement comme durant les exercices de lecture.

— Oui, mademoiselle...

— Bien, tu peux retourner à ta place !

L'institutrice qu'elle était désormais à part entière avait acquis assez de confiance en elle, à tel point qu'elle devait à tout prix faire preuve d'imagination pour que chaque journée de cours ne se transformât pas en routine. Elle se devait de considérer chacune de ses entrées en salle de classe comme un nouveau challenge, un combat contre l'ignorance, une aventure dont il lui fallait ne pas se lasser... et elle ne s'en lassait pas ! Par deux fois elle avait reçu la visite imprévue d'un inspecteur d'académie, par deux fois elle avait eu droit à des félicitations, ce qui n'était guère courant pour une enseignante débutante. Mme Loiseau, la directrice, l'en avait d'ailleurs chaudement complimentée ! Gwenn attendait pourtant avec impatience les congés d'été, fixés par le préfet à huit semaines : plus que deux jours, avec la satisfaction de savoir que vingt-deux de ses vingt-cinq élèves avaient été évaluées comme aptes à passer dans la classe supérieure de Mlle Marguerite, l'ultime section qui conduisait au certificat d'études. Avec le sourire, Agathe Loiseau se fit un plaisir de la prendre à part ce dernier jour de la saison scolaire :

— Je dois avouer que, malgré vos résultats à l'école normale, j'avais les plus grands doutes sur les capacités d'une si jeune enseignante à gérer seule une classe, surtout une classe moyenne... Vous avez su prouver que mes craintes étaient vaines ! Et je me réjouis de vous accueillir à nouveau en septembre au même poste.

— Moi aussi, madame... Moi aussi.

Ce fut pourtant avec une certaine nostalgie qu'elle referma la porte de sa classe vide. L'atmosphère de cette pièce familière allait lui manquer, jusqu'à la rentrée !

*

* *

Ah ! Les vacances... Avec seulement une entrevue éclair à Kernadic, où les choses ne s'étaient pas trop bien passées. Depuis le parcours de Gwenn à l'école normale, son père évitait de lui adresser la parole, considérant que de cette promotion sociale impensable pour une fille de la campagne des monts d'Arrée ne pouvaient émerger que des pratiques sulfureuses et malfaisantes. Il s'en était cette fois-ci énervé plus que jamais :

— Toi, une hussarde de la République, qui vas pervertir l'âme de tes élèves pour en faire des mécréantes, des athées, des sans-Dieu ! À rebours de tout ce que nous avons essayé de t'inculquer... Pour moi, tu n'es plus qu'une renégate, une traîtresse aux valeurs qui sont nôtres depuis toujours. Une victime du diable, voilà ce que tu es devenue ! Avec une âme vouée à l'enfer. Tu n'es plus ma fille, Gwenn, et je te renie ! Je ne veux plus que tu reviennes en ces murs qui sont encore miens...

Gwenn avait relevé la tête sur un mouvement de menton agressif pour répliquer :

— Tant mieux, père ! Puisque vous préférez entretenir les superstitions, les légendes, les bigoteries du curé et les fêtes païennes que vous considérez comme témoignages divins… Mais ne vous étonnez plus de rester des brebis serviles asservies aux dogmes que prêchent les prêtres en nos églises !

— N'en dis pas plus ! Le peu que j'ai entendu de ta bouche ne fait que confirmer le fait que tu t'es laissé enferrer par les forces du mal ! Je ne veux plus te voir ici…

La jeune femme, un peu interdite par cette attaque directe, n'avait que répondu :

— Si c'est votre volonté, père, je m'y tiendrai ! Mais je ne tournerai plus le dos à tout ce que j'ai appris et qui me porte, depuis qu'un minimum de culture et de connaissances m'ont ouvert les yeux sur la façon hypocrite dont use le clergé pour garder les campagnes sous le joug de coutumes arriérées !

— Des mensonges de républicains ! avait fulminé Ludovic Le Braz. Des diables de l'enfer qui viennent corrompre toute la jeunesse que nous avalent les villes… File de ces murs, Gwenn, tu n'es plus ma fille !

— Tant pis, père, mais j'ai ma conscience pour moi… Et je n'en démordrai pas, même si je vous aime et si je ne dois plus jamais revenir à Kernadic !

Aucun signe d'émotion n'avait traversé le regard du vieil homme, et Gwenn avait regagné l'automobile d'Antoine Pasquier sans ajouter un mot.

L'avocat avait alors sèchement tendu une enveloppe au maître du domaine en disant :

— Si vous rejetez votre fille, je pense que vous ne rechignerez pas à accepter cette somme que, sans elle, vous n'auriez pas dans votre cagnotte ce soir ?

*

* *

À cause de l'insécurité, des grèves et des manifestations, à cause de la timidité ambiante qui n'encourageait guère les procès, et sans doute aussi pour faire plaisir à sa femme et à Gwenn, Antoine Pasquier avait décidé de ne pas se contenter d'une semaine de vacances en Bretagne. Ainsi, acquéreur depuis peu d'une Traction Citroën noire rapide et puissante, il avait insisté pour faire un périple de plus d'un mois loin de la patrie de son épouse. La jeune femme avait alors pu faire connaissance avec d'autres régions de France, en particulier la levée de la Loire et ses châteaux, puis l'est du pays et les stigmates de la Grande Guerre. Elle se rappelait même que l'avocat avait ironisé amèrement : « On disait la "der des ders", mais j'ai bien peur que l'horreur ne recommence, quand on voit la dangereuse évolution de la politique mondiale… »

La jeune institutrice ne s'était d'ailleurs guère inquiétée de ces menaces politiques, préférant s'emplir les yeux de paysages inconnus et affiner ses connaissances auprès de quelconques musées… Quelques dizaines de jours qu'elle avait vus filer comme un éclair !

— Qu'est-ce qui te préoccupe, ma belle ?

— Rien, Loanne… Sinon que ma classe commence à me manquer ! Je suis impatiente de découvrir et jauger mes nouvelles élèves…

— Je te comprends, Gwenn… Mais avant, nous avons de belles journées à vivre, d'autres découvertes, tout autant de choses que tu pourras faire partager à tes gamines !

— Peut-être, peut-être...

*

* *

La rentrée... Ce n'était que la deuxième fois pour elle, mais retrouver les locaux de son école la transporta d'un bonheur qu'elle ne soupçonnait pas ! Ce fut à peine si elle put répondre à la directrice lorsqu'elle s'informa du déroulement de ses vacances.

— Je me suis bien baladée, madame, mais pour mieux connaître le patrimoine de notre passé ! Depuis, je n'ai cessé de préparer mes cours...

— Nous avons toutes un manuel officiel pour cela, non ?

— À mon avis, cela ne suffit pas ! Pour affiner les leçons, j'aime faire part d'expériences personnelles pour donner plus d'impact à mes programmes d'histoire, de géographie ou de sciences naturelles... Il me semble que faire passer le vécu véritable est plus marquant dans la conscience des élèves que l'abstraction des livres scolaires.

— Ce n'est pas très... comment dire ? Très protocolaire, mais je vous fais confiance.

— Je n'occulte nullement les notions apportées par les ouvrages, madame Loiseau ! Je les complète seulement en y ajoutant mon témoignage personnel. C'est beaucoup plus vivant pour retenir l'attention de toute la classe !

— Faites donc ainsi que vous le jugez, mais je préfère ne rien avoir entendu ! Si cela se présente, ce sera auprès d'un inspecteur d'académie qu'il faudra vous en expliquer : ils veulent absolument qu'on ne s'en tienne qu'au programme, et uniquement au programme !

— Pff… Si ce sacro-saint programme se révèle plus facile à assimiler si je l'agrémente d'épisodes plus vivants, qui pourra s'en plaindre ?

*
* *

Une nouvelle année scolaire, de nouveaux élèves… Bizarrement, Gwenn assuma ce qui n'était que sa seconde rentrée comme si elle exerçait le métier depuis des lustres ! Il n'y avait aucune raison pour que cela se passât moins bien que l'année précédente. D'autant plus que sa réputation au sein de l'école faisait qu'il devenait de moins en moins rare, le soir à la sortie des cours, qu'une mère de famille l'attendît afin de s'entretenir avec elle pour la complimenter, pour témoigner de l'affection que portait sa fille pour sa maîtresse.

— Ah ! Mademoiselle… Si toutes vos collègues étaient à votre image !

— Allons, allons… Je ne fais encore que débuter dans le métier, madame.

— Alors continuez ainsi, mademoiselle Gwenn.

L'automne et l'hiver filèrent sans qu'elle en eût perçu la durée ou les rigueurs du climat. Noël s'était depuis longtemps estompé des mémoires lorsque furent publiées les décisions du nouveau gouvernement concernant l'école publique, et la jeune femme en fut agréablement surprise : le ministre Jean Zay avait déjà fait voter depuis quelques mois le passage de l'obligation scolaire de treize à quatorze ans. Désormais, il manifestait par ses décrets la volonté de sortir l'enseignement du carcan des programmes en laissant toute liberté aux instituteurs et institutrices, en assurant un complément d'instruction, l'initiation à la culture et l'orientation professionnelle future. Pour Gwenn, tout cela allait dans le bon sens, tout comme l'autorisation de permettre aux enseignants d'organiser des activités dirigées, des classes promenades, des loisirs encadrés, et l'étude du milieu… Oui, l'avenir s'annonçait sous les meilleurs auspices !

XIX

Éternelle fuite au tonneau du temps, deux années de plus s'égouttèrent sur la flaque de jours de routine. Gwenn, insensible au défilement des saisons, ne se lassait pas de ce manège des semaines et des mois, uniquement rythmé par le repos du jeudi et du dimanche, ainsi que par les grandes vacances d'été. Ah, ces vacances ! Puisqu'elle gagnait désormais correctement sa vie, elle en profitait pour visiter la France au fil des grandes lignes de chemin de fer, afin de découvrir d'autres régions, de l'Auvergne aux Pyrénées, de la Provence profonde aux massifs des Alpes. Depuis que son père l'avait jugée indésirable à Kernadic en la considérant comme renégate à la religion catholique, elle ne se rendait plus en Bretagne, sauf pour accompagner parfois les Pasquier à Locronan. Paradoxalement, les frères de Loanne l'accueillaient régulièrement comme une intime de la maison, alors qu'elle était elle-même rejetée par sa propre famille ! Depuis la dernière rentrée scolaire, elle avait hérité de la classe de Marguerite Binard, qui avait demandé sa mutation pour l'Alsace, sa région natale. Quelle fierté pour elle d'avoir en charge les « grandes » pour les mener jusqu'au certificat d'études ! Elle espérait bien avoir d'aussi bons résultats que ceux obtenus par celle qui l'avait précédée derrière le bureau qu'elle occupait désormais... Elle avait tout pour être heureuse, mais se trouvait de plus en plus inquiète suite aux commentaires d'Antoine Pasquier quant à la politique de la France :

— C'est de pire en pire ! s'exclama-t-il ce soir-là en repoussant son journal. Surtout depuis l'année dernière et la démission de Blum à cause de la situation économique catastrophique ! Daladier est en train de défaire peu à peu tout ce que le Front populaire avait mis en place...

— Les réformes scolaires restent, et je trouve qu'elles ont du bon ! intervint Gwenn. En particulier la scolarité obligatoire passant théoriquement de treize à quatorze ans.

— Sans doute, mais la situation globale ne s'arrange pas, bien au contraire ! Je ne sais si la politique de non-intervention de la France face à la guerre civile en Espagne est une bonne ou une mauvaise initiative, mais les positions agressives de Mussolini en Italie et le réarmement outrancier de l'Allemagne d'Hitler ne cessent d'être inquiétants !

— Il ne faut pas dramatiser ! ironisa Loanne d'un ton léger. Il faut bien noircir les choses pour que les journaux se vendent...

— Vous feriez mieux de vous taire, ma chère ! s'énerva son mari. Vous n'y connaissez rien à rien ! L'Allemagne a annexé l'Autriche en mars de l'année dernière, elle a envahi et démantelé la Tchécoslovaquie en mars de cette année. À quelle agression nouvelle se prépare-t-elle aujourd'hui ? Moi, je vois que le spectre de la guerre se rapproche de jour en jour, et je ne suis pas le seul à faire cette analyse... Et ce n'est pas sans raison que le gouvernement, à vocation pourtant pacifique, essaie de rattraper le retard en armes que nous avons pris sur nos voisins belliqueux !

Le simple fait d'évoquer un nouveau conflit amena une certaine gêne. Les horreurs de la Grande Guerre hantaient encore tous les esprits, même ceux qui n'avaient pas vécu cette triste époque : toute une génération d'anciens ne se privait pas de ressasser ces cruels souvenirs, et les monuments aux morts, jusque dans les plus humbles villages, rappelaient à chacun l'effroyable hécatombe de ces quatre années d'affrontement. Gwenn se força à chasser ces sombres pensées, préférant préparer ses leçons du lendemain : l'échéance de l'examen de fin d'études primaires approchait, et elle tenait à présenter son bilan de l'année avec un taux de réussite au certificat le plus honorable possible ! Tout au long de l'année, la jeune institutrice avait tenu à ce que ses élèves affinent leur calligraphie, sachant qu'une page élégamment écrite ne pouvait qu'influencer l'examinateur dans le bon sens : la maîtrise du maniement du porte-plume attestait du soin apporté par une candidate à son travail. Aussi Gwenn avait-elle multiplié les dictées et les compositions françaises tout autant que les exercices de calcul et de mathématique. Les dates d'histoire et les notions de géographie à apprendre par cœur. Les poèmes à réciter. Les os du corps humain à repérer sur le squelette suspendu à une potence dans un coin de la pièce. Les bases élémentaires des sciences physiques et naturelles. Les travaux pratiques féminins… Plutôt que d'imposer par la contrainte les notions qu'elle avait pour mission d'inculquer, elle s'efforçait de susciter la curiosité des filles de sa classe, de leur donner l'envie d'apprendre d'elles-mêmes, afin que les quelques devoirs à accomplir à la maison ne fussent point une corvée, mais un accomplissement… Y était-elle arrivée ? Seuls les résultats de l'examen le lui prouveraient ! Raison pour laquelle elle se sentait en ces derniers jours de juin presque aussi anxieuse que les candidates ! Une anxiété seulement oubliée le jour de la traditionnelle photo de classe.

Bien sûr, issues de familles sinon aisées mais tout au moins loin d'êtres indigentes, ses « grandes » faisaient preuve d'un vocabulaire plus riche que dans les campagnes les plus reculées, et la lecture n'était pas jugée par leurs parents chose futile et inutile. Gwenn se montrait assez confiante pour les épreuves de dictée et de rédaction. Elle pensait aussi les avoir assez intéressées à l'histoire et à la géographie pour que les leçons apprises par cœur restent imprégnées dans les jeunes cervelles. Par contre, elle s'estimait plus inquiète pour ce qui concernait les questions d'arithmétique : c'était tellement vite fait de manquer de logique, de s'embourber dans un mauvais raisonnement, de se fourvoyer dans une erreur de calcul ! Elle savait que trois problèmes de cette matière ingrate attendraient ses élèves, le premier obligatoire, l'un des deux autres au choix. Sur quoi allaient-elles buter ? Les robinets qui fuient, les trains qui se croisent, les horloges qui retardent ou avancent ? Ensuite, parviendraient-elles à retrouver la chronologie des rois de France, énumérer les dates des grandes batailles, détailler les campagnes de Napoléon ? Nommer les sommets de la chaîne des Alpes ou des Pyrénées ainsi que leur altitude, ou citer les diverses villes traversées par l'un ou l'autre des fleuves du pays ? D'ordinaire, une bonne vingtaine de questions sur l'histoire, la géographie, les sciences naturelles, étaient soumises aux candidates. « Accrochez-vous bien, mes petites ! pensa-t-elle. Car ce n'est pas en couture que la plupart d'entre vous pourront se rattraper... Vous êtes trop citadines pour exceller dans les travaux d'aiguille ! Souvenez-vous de tout ce que je vous ai appris. Quant à l'oral, cela ne dépend que de vous... »

*

*   *

Porteuse des résultats, la directrice, enfin, vint le soir des épreuves mettre fin à ses appréhensions, et Gwenn hésita un instant entre pleurs et rires.

— Si, si ! répéta Agathe Loiseau. Vous avez bien entendu... Sur les vingt-six élèves dont vous aviez la charge, vingt et une ont décroché le précieux diplôme ! Une performance exceptionnelle de votre part, et je vous en félicite. Savez-vous que la moyenne nationale de réussite atteint à peine les cinquante pour cent ?

— J'en suis fort heureuse, madame. Mais ce sont avant tout les élèves qui méritent ces félicitations ! Nous aurons droit à une belle remise des prix...

— Allons, allons... Sans vous, combien d'entre elles auraient décroché ce certificat ? Vous avez su les amadouer, leur donner la soif d'apprendre, les forger à votre main et les conduire de la meilleure façon qui soit sur les chemins de la connaissance !

— Arrêtez... supplia la jeune femme, écarlate. Je suis confuse de ces éloges !

— Vous les méritez, je vous assure... Et ce d'autant plus que vous n'avez pas vingt ans ! Même si les compliments vous font rougir... Je dois même confesser que Mlle Marguerite Binard, qui vous a précédé à votre poste, était une excellente enseignante qui, les meilleures années, a obtenu seulement soixante pour cent de réussite à cet examen, ce qui était déjà exceptionnel ! Vous avez fait bien mieux, et cela va se savoir dans toute l'académie... Je tiens à vous garder le plus longtemps possible chez nous. Tenez, je suis tellement contente que je vous embrasse !

Joignant le geste à la parole, la directrice l'enlaça pour lui déposer vivement une bise sur chaque joue. Gwenn en resta stupéfaite : jamais elle n'avait vu Mme Loiseau se laisser aller à une telle manifestation d'émotion ! Une véritable victoire qui enchanta aussitôt les Capucines ! Malgré sa modestie, la jeune institutrice se sentait fière, et surtout heureuse de confirmer aux Pasquier qu'ils avaient eu raison de la pousser dans cette voie un peu contre sa volonté. La souriante Éolia ne masquait pas sa joie, comme si ce succès éclaboussait jusqu'au personnel de la maison, et elle dansa sur place en battant des mains sous le sourire indulgent de Guillermine qui, émue jusqu'aux larmes, serra longuement Gwenn au risque de l'étouffer contre sa poitrine. Lucien, en jardinier et homme à tout faire, se montra plus discret, mais ses yeux pétillants trahissaient tout autant sa satisfaction que son admiration. Qu'il était loin le temps où il jugeait comme un caprice la volonté de ses patrons de vouloir transformer une humble gamine domestique en écolière modèle ! Quant à Antoine et Loanne, ils jubilaient :

— Merci, Gwenn ! Merci du bonheur que tu nous apportes… C'est un honneur pour nous tous, ici ! affirma l'avocat.

— Je n'en ai jamais douté ! s'exclama son épouse. Tu vois, ma belle, que tu aurais pu poursuivre jusqu'au baccalauréat !

— Que m'aurait-il apporté de plus ? répliqua la jeune femme. Entre l'école normale et l'expérience de trois années de classe, je suis titulaire de mon poste et, comme je suis bien notée, j'ai désormais la possibilité d'obtenir une mutation au plus proche de mes volontés !

— Tu songes donc à quitter Paris ? s'exclama Loanne, soudain inquiète.

Gwenn se mit à rire.

— Bien sûr que non ! Je me trouve si bien, ici… et Mme Loiseau compte sur moi ! Tout comme les élèves, d'ailleurs !

Antoine, généralement guère expansif, la saisit sous les aisselles pour la faire virevolter dans la pièce.

— Il n'empêche que Loanne a raison : tu aurais fort bien pu suivre des études supérieures, pour devenir professeur ou entrer dans l'administration à un poste fort honorable !

— Non, non ! D'abord ce sont des domaines essentiellement masculins, et d'autre part je n'ai d'autre vocation que celle d'enseigner aux plus jeunes… pour leur donner la même chance que vous m'avez donnée. J'aime trop ce métier pour avoir envie d'en changer !

— Assez parlé ! décréta le maître de maison. Nous allons fêter cette réussite entre nous de la plus digne façon qui soit !

— Je suis bien contente que vous n'ayez pas mis sur pied une de ces grandes réceptions où je ne suis guère à l'aise ! Je préfère cette intimité, en espérant que tout le monde y participera : Guillermine, Lucien, Éolia, et tous ceux qui s'affairent plus ou moins en ces murs.

— C'est prévu, ma mignonne ! Mais j'ai aussi invité ta directrice et les institutrices de ton école. Ainsi que tes anciennes enseignantes de l'école Anatole France… C'est bien normal, non ?

Elle baissa la tête.

— Oui, oui, bien sûr…

Honnêtement, elle eût aimé une ambiance strictement familiale, mais Mme Loiseau lui avait témoigné une telle amitié qu'elle ne pouvait qu'être flattée par sa présence. De plus, elle s'entendait à merveille avec les autres institutrices de l'établissement. Elle éprouva néanmoins beaucoup de bonheur à revoir Jeanne Chabriel, sa première maîtresse, qui, malgré ses bonnes notes et appréciations auprès de l'académie, s'entêtait à refuser tout avancement pour continuer à s'occuper des élèves les plus jeunes : sa vocation ! Deux de ses collègues s'étaient elles aussi déplacées : Odette Grangier était passée de la classe élémentaire à la classe moyenne, laissant sa place à Hélène Merlet, fraîchement sortie de l'école normale. La soirée se déroula d'ailleurs fort agréablement, bien qu'une gêne larvée semblât nuire à la liesse ambiante : les menaces d'une nouvelle guerre qui paraissait imminente plombaient tous les esprits. Gwenn, comme tous les invités, chassa vite cette pensée, mais l'atmosphère n'en demeura pas moins un peu lourde. L'avenir s'annonçait de plus en plus sombre...

*

* *

Les vacances d'été filèrent aussi vite qu'un éclair dans un ciel d'orage. À cause de l'incertitude de la situation internationale, Gwenn renonça à s'offrir le voyage qu'elle envisageait en pays cathare, et elle préféra se joindre au couple Pasquier pour leur traditionnel séjour en Bretagne, d'autant plus que l'avocat s'octroyait pour une fois une pause de trois semaines dans ses activités : plus le climat politique devenait inquiétant, moins il avait d'affaires à traiter, et Antoine entendait bien se détendre un peu.

— Il n'est pas sûr que nous aurons l'occasion de revenir à Locronan l'année prochaine, si les hostilités se déclarent... Nous sommes au bord de la guerre, et mieux vaut profiter au mieux de ces jours de paix qui sont peut-être les derniers.

Quoi qu'il en fût, il n'était pas question pour Gwenn de remettre les pieds à Kernadic ! Elle n'avait plus de contacts par courrier qu'avec sa jeune sœur Naïg, qui lui avait confié que son père jetait au feu toutes les lettres qu'elle lui avait adressées sans même les lire. Que lui importait, désormais ? Pourtant, sachant l'affection que lui portait la benjamine de la famille, elle avait insisté pour qu'Antoine et Loanne, lors de leur visite pour régler la rente promise à Ludovic Le Braz, la ramènent pour lui faire profiter de quelques balades en automobile. Bien que son père vît cette initiative d'un œil plutôt hostile, Naïg en sauta de joie. Du haut de ses dix-huit ans, elle n'avait que rarement eu l'occasion de s'échapper du domaine de plus de quelques kilomètres ! La jeune femme découvrit avec enthousiasme des paysages inconnus tout en goûtant le confort d'un voyage dans une voiture si moderne.

— Alors, Gwenn… Que pense ta petite sœur de ces escapades ? Elle n'est guère bavarde !

Ce fut pourtant Naïg qui répondit avec une volubilité qui ne lui était pas coutumière :

— C'est merveilleux, monsieur ! Tous ces paysages que je ne connaissais pas ! Ces landes, ces marais, ces bocages et ces rivières, tout est si varié et si différent d'un virage à l'autre ! Ces falaises aussi, avec les vagues de l'océan… Tous ces châteaux que je n'imaginais pas si beaux. Ces petits ports et leurs bateaux de pêche, les anciennes rues de Quimper ou de Quimperlé, avec de vieilles maisons comme je n'en avais jamais vu ! J'en ai encore plein les yeux !

— J'ai obtenu de ton bourru de père de te garder deux jours de plus avec nous, lâcha l'avocat d'un ton badin. Ce qui te permettra de découvrir bien d'autres merveilles de cette Bretagne qui est tienne !

— J'ai peine à y croire ! Merci encore…

Gwenn profita de ce que sa cadette se montrât plus bavarde pour s'enquérir :

— Mais dis-moi, Naïg... Qu'en est-il de notre frère et de nos sœurs ?

La jeune femme haussa les épaules.

— Henri cherche de plus en plus à se trouver un emploi à Brest, et il fait de moins en moins d'efforts à Kernadic, à la grande fureur du père. Gaëlle a rencontré au pardon du Folgoët un ouvrier de la manufacture de tabac de Morlaix, qui vient régulièrement la voir à Kernadic. Ils envisagent de se marier, et père sait bien qu'il ne pourra s'opposer à ce qu'elle quitte la ferme !

— Et Soizic ?

Naïg eut un sourire amusé.

— Je crains qu'elle ne prenne le même chemin ! Mais elle n'a pas encore trouvé le galant qui l'arrachera pour la ville, que ce soit Landerneau, Quimper ou Lorient...

— Et toi ?

— Moi, je ne sais pas. Je ne songe pas encore à me trouver un homme ! Et toi, Gwenn ? Tu as deux ans et demi de plus que moi, tout de même...

La question, abrupte, prit de court la jeune institutrice, qui rougit avant de bafouiller :

— Moi ? Je... je suis bien trop occupée par... par mon métier pour... pour avoir ce genre d'idées en tête !

Loanne s'amusa et insinua :

— Ce ne sont pourtant pas les beaux gars qui manquent, à te tourner autour et à te faire du charme !

— Je n'en suis nullement consciente et ne souhaite pas l'être ! Enseigner sérieusement n'est guère compatible avec une vie de couple, surtout quand de possibles mutations se profilent, ce qui explique que beaucoup d'entre nous restent célibataires...

— Tu as peut-être raison, mais je trouve tout de même cela un peu triste, ma belle... Mais enfin, tu es encore jeune et tu auras le temps de changer d'avis dans les années qui viennent.

— Peut-être, peut-être...

Elle n'y croyait malgré tout pas trop.

XX

La rentrée 1939 ! Toute sa vie elle s'en souviendrait de ce triste lundi 4 septembre : seule une trentaine d'élèves s'étaient présentés dans la cour de l'école… Trente pour quatre classes ! Bien sûr, Gwenn s'y attendait, mais pas avec un absentéisme si vertigineux. Un nœud ficelé au creux de l'estomac, elle mesurait seulement l'ampleur que pouvait avoir sur l'enseignement cette nouvelle guerre, subitement si réelle depuis la mobilisation générale décrétée deux jours plus tôt suite à l'invasion de la Pologne par l'Allemagne. Mais le résultat était là, et la cour de l'école demeurait presque déserte. Bien sûr, on savait depuis longtemps que la menace était imminente, mais personne n'avait envisagé que tout se déclencherait aussi vite : la déclaration de guerre… Tous les hommes valides jusqu'à quarante-huit ans avaient dû se ruer vers les gares pour rejoindre leur unité dans un désordre indescriptible, et la capitale comme tout le pays s'en trouvait désorganisée du jour au lendemain. N'allait-on pas sombrer dans le même puits d'horreurs que celui de la Grande Guerre ? Mme Loiseau intervint sous le préau où ne se pressaient ces rares élèves :

— Au vu des circonstances, mieux vaut que vous retourniez chez vous, mes petites. D'ailleurs, il manque deux maîtresses ! Nous devrons attendre que les événements se tassent avant d'envisager une rentrée scolaire digne de ce nom…

Face à cette situation imprévue, Gwenn se sentit profondément frustrée. Elle avait si soigneusement préparé ses cours durant l'été ! Et tout cela pour quoi ? Pour une salle de classe désespérément vide ! La jeune femme comprenait pourtant qu'il était inévitable qu'il en fût autrement : tous les hommes adultes avaient été mobilisés, et tous les moyens de transport avaient été pris d'assaut. Pourtant, chacun s'attendait tellement à cet événement que nulle panique n'avait envahi les rues de la capitale. Seulement ce sentiment de fatalisme, de lassitude, même si chaque père ou fils de famille se faisait un honneur de défendre la France. Aucune exubérance pourtant, aucun chant patriotique… Une fois les convois militaires partis de chaque gare pour conduire les mobilisés vers le front ou à l'arrière, les grandes artères parisiennes étaient demeurées désertes et silencieuses. Un peu comme si toute vie s'en était échappée…

Ce fut presque en pleurs qu'elle s'épancha le soir contre l'épaule d'Antoine Pasquier :

— Que va-t-il se passer, maintenant ?

— Qui le sait, ma belle ? Mais il ne sert à rien de s'effondrer ! Au contraire, c'est le moment ou jamais de se montrer forts… Forts contre l'adversité.

— Ce n'est pas tant la guerre qui me fait mal, avoua Gwenn. Mais savoir ma classe vide ! Quel gaspillage ! À quoi puis-je bien servir, ici, entre les murs des Capucines ? Alors que j'ai si peu de temps pour conduire mes élèves au certificat d'études…

— Ce sont là des considérations qui peuvent attendre, face à la gravité des événements ! Mais rassure-toi : quoi qu'il en soit de la suite de cette guerre, les choses vont vite devenir plus normales dans la vie quotidienne, et tu pourras bientôt continuer à enseigner de façon à peu près correcte.

— Vous croyez ?

— J'en suis même certain !

Quelque peu apaisée par ces propos, la jeune femme se coucha un peu plus confiante et ne tarda pas à trouver un sommeil bienfaiteur.

*
* *

Il y eut quelques jours sans que rien ne se passât, tandis que les Parisiens restaient en attente. Tout comme le reste de la France… Puis arrivèrent les nouvelles du front, et à part une incursion en Sarre début septembre, les troupes franco-britanniques, retranchées derrière la ligne Maginot, ne prirent plus aucune initiative militaire et s'abstinrent de toute opération offensive. Une sorte de *statu quo* qui rassura vite la population, et la vie reprit peu à peu un rythme quotidien que ne perturbait que le manque de bras de tous ces hommes appelés à défendre la nation. Au terme de quelques jours d'atermoiements, marqués par la saisie et l'interdiction des journaux puis la dissolution du Parti communiste, Gwenn eut le bonheur d'accueillir enfin dans son effectif vingt-sept nouvelles élèves.

Une véritable motivation pour elle ! Une joie sans pareille à retrouver sa salle de classe vivante…

— Mes petites, nous n'abordons pas cette année scolaire avec la sérénité qui devrait régner en cette école… Oui, Claudette ?

La jeune fille ayant levé le doigt bafouilla :

— Ça veut dire quoi, sérénité ?

— Ça veut dire avec le calme qu'il faut pour poursuivre tranquillement vos études. Cette guerre qui commence met la pagaille dans notre existence quotidienne, mais aussi au sein même de notre classe… Mais je compte sur vous pour vous montrer courageuses et essayer d'apprendre au mieux, comme vous l'avez fait jusqu'ici ! À votre âge, c'est la seule façon de faire savoir à l'ennemi qu'il ne vous empêchera pas d'acquérir les connaissances qui seront essentielles dans votre vie.

Elle avait pourtant beau se forcer à paraître optimiste et détendue, elle n'en restait pas moins inquiète. Si les rues s'emplissaient à nouveau, si une élite cossue retournait s'étourdir dans les lieux de plaisir de la capitale, l'existence au jour le jour n'en devenait pas moins de plus en plus difficile. La mobilisation générale avait totalement désorganisé le commerce, et les denrées n'arrivaient plus qu'au compte-gouttes sur des étals de marché de plus en plus clairsemés. Même les gens aisés, comme le couple Pasquier commençaient à avoir des problèmes pour s'approvisionner en nourriture. Le spectre des restrictions alimentaires se profilait à nouveau ! Gwenn s'en inquiétait surtout pour ses élèves les plus modestes et n'hésitait pas à apporter à l'école du pain, des pommes, et de quoi élaborer un casse-croûte improvisé.

— Tu t'investis trop, ma grande ! Et tu prends les choses trop à cœur… Tu vas finir par y laisser ta santé.

— Mais non, Loanne… Où serait ma vocation si je restais indifférente envers ces petites que j'ai en charge ? Guerre ou pas, il est de mon devoir de les conduire au certificat en leur donnant les meilleures chances de réussite !

Avec l'expérience, elle se montrait d'ailleurs moins sévère, préférant complimenter les efforts des plus douées plutôt que de réprimander les moins travailleuses. L'émulation aidant, cette façon de faire lui paraissait plus efficace qu'une rigidité aveugle. Contrairement à ce qu'on lui avait préconisé, elle ne se privait pas de sourires, de légères caresses sur les chevelures de ces têtes penchées sur les cahiers, s'efforçant de garder une perpétuelle bonne humeur et de ne point user de mots trop durs. Cette complicité informelle garantissait une ambiance presque amicale au sein de la classe, et la jeune institutrice s'en félicitait :

— Je tiens à ce que l'école ne leur soit pas une corvée ! Apprendre sous la contrainte ne peut qu'être néfaste. Je préfère que mes élèves s'adonnent à leurs leçons comme à un jeu, une manière de se dépasser sans peur d'une punition.

*
* *

Après quelques semaines de flottement, l'existence avait repris un cours à peu près normal, les marchés s'emplissaient à nouveau, les boutiques étaient réapprovisionnées, et même les cabarets parisiens ne désemplissaient plus. Les informations provenant du front restaient rassurantes, Français comme Allemands semblant ne pas chercher l'affrontement. L'hiver passa sans incident notoire, mais Gwenn ne s'en informait pas moins de la situation politique confuse menée par l'État. Comment comprendre le cinquième gouvernement Daladier, qui avait dissous dès octobre dernier les municipalités tenues par les communistes ? Après quelques mois assez calmes sur le plan international, Édouard Daladier venait d'ailleurs de démissionner, en ce mois de mars, laissant la présidence du Conseil à Paul Reynaud. Les choses n'évoluèrent pas pour autant, et ce fut presque avec surprise, alors que la fin de l'année scolaire approchait, que la jeune institutrice fut perturbée par les nouvelles inquiétantes qui s'accumulaient de jour en jour. En avril, l'Allemagne avait envahi le Danemark et la Norvège, puis en ce mois de mai les Pays-Bas, le Luxembourg, et enfin la Belgique.

— À quand la France ? ne cessait de clamer Antoine Pasquier avec exaspération. À quand la France ?

La même question hantait tous les esprits, et elle ne tarda pas à avoir une réponse. Violente… Contrairement aux attentes, la Belgique ne résista que cinq jours avant de capituler.

— Les armées françaises ne sont plus préparées à avoir une force offensive décisive, avec le retard de réarmement que nous avons sur l'Allemagne !

Loanne haussa le sourcil.

— Ce qui veut dire, mon ami ?

— Qu'il n'est pas impossible de retrouver bientôt les troupes allemandes aux portes de Paris...

— Vous dramatisez encore, à mon avis !

— Certes pas ! Et j'ai bien peur que l'avenir ne me donne raison...

Tout s'enchaîna ensuite si vite, de jour en jour, que chaque journal propagea peu à peu la même angoisse que nourrissait l'avocat au fil des événements. En cette mi-juin, l'ennemi était déjà là, dans la banlieue de la capitale... Depuis la mi-mai, Philippe Pétain avait en charge le nouveau gouvernement, mesure qui inquiétait viscéralement le corps enseignant. Qu'attendre de ce héros de la Première Guerre mondiale portant en lui des conceptions du siècle dernier ? Et qui, face à la menace, venait de décréter la capitale ville ouverte ? Une sorte de capitulation sans même combattre !

*

* *

Le 14 juin aux aurores, deux camions allemands et quelques motocyclettes entrèrent dans Paris par la porte de la Villette. En quelques heures, toute la ville fut occupée par l'envahisseur, ce qui provoqua un exode affolé, chacun gardant en mémoire les atrocités commises par ces maudits Boches en Belgique. Mme Loiseau prit aussitôt les mesures nécessaires :

— On ne sait pas ce qui va se passer ! Aussi je pense de mon devoir de fermer l'école et de renvoyer toutes les élèves en leur foyer... D'ailleurs, beaucoup de familles n'ont pas attendu ce jour pour quitter la capitale !

Gwenn en fut plus contrariée qu'elle ne voulut le montrer. Elle s'était tellement investie dans la vie de sa classe qu'elle se sentait frustrée par cette brutale interruption des cours. Enfin, s'il le fallait vraiment…

L'ambiance n'était pas meilleure aux Capucines : toujours balançant entre les nouvelles lui venant de la ville, les articles plus rassurants de la presse, et les informations que diffusait son poste TSF, Antoine Pasquier ne pouvait s'empêcher de fulminer :

— Peut-être aurions-nous dû fuir Paris tout comme l'ont fait des dizaines de milliers de Parisiens depuis quelques jours ? Nous mettre en sécurité ailleurs, et pourquoi pas en Bretagne ? Il en est encore temps, d'ailleurs…

— Oh oui ! s'enthousiasma Loanne. Pourquoi pas ? Qu'en penses-tu, Gwenn ?

— Pour moi, cela reste pour le moment hors de question ! Malgré l'occupation qui se manifeste à grand renfort de réquisitions et de drapeaux affublés de la croix gammée, je ne me sens pas le droit d'abandonner mes élèves à la veille de leur examen…

L'avocat haussa ostensiblement les épaules.

— Tu raisonnes encore comme une petite fille ! La conscience professionnelle n'excuse en aucun cas l'aveuglement et l'inconscience…

— Peut-être, rétorqua-t-elle. Mais jamais je ne déserterai devant l'adversité, fût-elle germanique !

— À ta guise, mais je te rappelle que toutes les écoles ont fermé et qu'elles ne sont pas près de rouvrir... Tous les examens ont été reportés !

— Quoi qu'il se passe, l'occupant ne pourra éradiquer l'enseignement ! Par devoir pour les élèves, il me faudra alors répondre « présente » au moment de repasser devant le tableau noir !

— Nous aurons le temps de voir comment les choses évoluent d'ici la rentrée d'octobre...

*
* *

Le couple attendit encore quelques semaines avant de convaincre Gwenn qu'il valait mieux prendre quelque distance avec les événements qui secouaient la capitale. Personne ne pouvait plus nier la défaite française, alors que l'armée allemande avait outrageusement pris ses quartiers dans Paris. Philippe Pétain, qui avait été nommé président du conseil par Albert Lebrun, s'était octroyé les pleins pouvoirs dès le 10 juillet, avant de former son gouvernement à Bordeaux le 17 et de signer l'armistice le 22, lequel divisait abruptement la nation en deux, la zone occupée et la zone libre...

— Vous voyez ? affirma Gwenn. La Bretagne aussi est sous la botte des Allemands ! Ni plus ni moins que Paris.

— Peut-être... lui rétorqua Antoine. Mais je suppose que les petits villages perdus du pays de ma femme ne seront pas envahis de cohortes de militaires boches comme Paris et les grandes villes ! À mon avis, la vie sera plus facile et tranquille là-bas...

La jeune institutrice soupira, avant de céder :

— Peut-être avez-vous raison… Mais je tiens à retrouver mon poste, si cela demeure possible, dès la rentrée d'octobre !

— Oui… si cela est possible… répéta lugubrement l'avocat. Nous pourrons d'ailleurs partir l'âme à peu près tranquille, parce que Lucien et Guillermine veulent à tout prix rester aux Capucines !

— Ah ! Et pourquoi ?

— Parce qu'ils n'ont nulle part où aller d'une part, et qu'ils considèrent d'autre part cette villa comme la leur et ne souhaitent nullement la laisser inoccupée en notre absence !

— Je pourrais tout aussi bien demeurer à Paris avec eux, protesta Gwenn. Même si vous préférez fuir la capitale.

— Fuir n'est pas le mot ! répliqua Antoine Pasquier. Mais, toute vie administrative et judiciaire étant suspendue, je peux m'octroyer de plus larges vacances que d'habitude sans que cela ne nuise à ma réputation… Pourtant, tout comme ma femme, je serais vraiment attristé si tu ne te joignais pas à nous : je ne te le dis jamais assez, c'est sûr, mais je te considère moi aussi comme notre fille ! Sans pour cela renier ta vraie famille, bien sûr…

— Ma vraie famille ? ricana la jeune femme. Elle est si loin de moi, désormais, avec un père qui ne veut plus me voir, un frère qui m'ignore, et deux grandes sœurs qui ne pensent qu'à trouver mari les arrachant à Kernadic ! Je ne reste attachée qu'à ma petite Naïg, qui me ressemble tant de caractère…

— Tout comme lors de notre dernier séjour, nous nous arrangerons donc pour lui faire partager nos excursions, si tu consens à nous accompagner en Bretagne ! De toute façon, mieux vaut nous tenir à l'écart de la prise en main de Paris par l'envahisseur. Il sera bien temps d'y revenir ou non lorsque tout sera en place…

— En place ou non, rien ne m'empêchera d'être dans ma classe pour la rentrée !

— Oui, oui… Si rentrée il y a ! Si j'en juge par les premières mesures, il ne me semble pas exclu que l'on exige dorénavant l'instruction publique en langue allemande…

Gwenn écarquilla les yeux, horrifiée.

— Vous le pensez vraiment ?

— Mais non ! J'aime seulement à plaisanter un peu pour faire face à l'adversité.

Honnêtement, il n'en était pas aussi sûr qu'il voulait bien le prétendre…

XXI

AINSI, CE FUT UN PEU contre son gré que Gwenn échappa aux contraintes de l'Occupation à Paris, où l'oriflamme nazie remplaçait déjà partout les couleurs tricolores. L'avenue des Champs-Élysées était même hérissée de drapeaux allemands pour bien marquer le triomphe d'Hitler, qui venait par deux fois de parader dans la capitale. Ah ! Quelle horreur que ces exhibitions militaires de l'envahisseur ! « Après tout, Antoine a sans doute raison : on ne sait pas ce qui va se passer... » La jeune femme était bien consciente que la presse et la culture étaient muselées par l'occupant, qui avait d'ailleurs déjà imposé l'heure de Berlin : toutes les horloges avaient été avancées d'une heure ! À cela s'ajouta vite le couvre-feu, avec pour contrainte celle de l'interdiction de se trouver dans les rues après 21 heures. Bientôt, avec la traque des Juifs, des opposants et des communistes, les contrôles permanents distillèrent peu à peu la peur au quotidien dans l'âme des Parisiens. En quelques jours seulement, la pénurie de nourriture se fit sentir, et Antoine Pasquier prit sa décision :

— Il est temps pour nous de quitter Paris à notre tour, car la vie va y devenir insupportable !

— N'est-ce pas prématuré ? s'enquit paisiblement sa femme.

— Je ne crois pas, car en plus du couvre-feu, dans une capitale si peuplée, le ravitaillement va s'avérer de plus en plus problématique ! Et je préfère gagner dès demain la Bretagne, tant qu'il reste un peu d'essence, plutôt que de demeurer ici dans ces conditions. Comme avocat, j'ai échappé aux réquisitions d'automobiles faites par le gouvernement au début de la guerre, et j'ai peur qu'il n'en aille pas de même si les Allemands se livrent à de semblables mesures...

— Mais la Bretagne est elle-même en zone occupée ! Qu'est-ce que cela changera ? Ne vaudrait-il pas mieux alors nous réfugier en zone libre, de l'autre côté de la ligne de démarcation ?

— Et suivre ainsi des dizaines de milliers de réfugiés et de malheureux qui ne savent où aller ? Que non pas ! Alors que dans le Finistère nous avons de par votre naissance de la famille, rurale de surcroît, ce qui fait que nous ne manquerons ni de laitages ni de légumes... et sans doute pas de viande.

— N'est-ce pas une position plutôt égoïste, mon ami ?

— Puisque nous avons l'occasion d'agir autrement, à quoi servirait-il de subir les restrictions qui s'annoncent en ville ? Cela n'emplira pas davantage le ventre de ceux qui auront faim... Mais il nous faut faire vite : le carburant se fait rare, comme le prouve le nombre de bicyclettes qui encombrent les rues de la capitale depuis quelques jours. J'ajouterai que se met en place l'interdiction de circuler en voiture automobile ! En profitant de la pagaille actuelle de la paperasse administrative, j'ai pu obtenir une autorisation temporaire qu'il sera sans doute bientôt difficile de renouveler…

Gwenn s'inquiéta :

— Mais… et Lucien et Guillermine ?

— Ces deux-là, ils ne désirent toujours pas quitter les Capucines quoi qu'il arrive ! Je leur en ai touché deux mots, mais ils ne veulent rien entendre… Il n'y a qu'Éolia, que nous pourrions ramener chez elle à Bannalec, mais je crois qu'elle ne tient guère à revoir sa famille : elle s'estime tellement mieux chez nous ! Il faut dire que sa mère est morte et que son père la battait.

— Bien ! Je vais donc préparer mes bagages…

— Nous partirons dès l'aube. Surtout, ne t'encombre pas de tonnes de livres ! Il y a aussi des librairies à Brest, Quimper ou Concarneau…

*
* *

Le voyage se révéla long et pénible. D'autant plus qu'à l'appel du maréchal Pétain des cohortes d'exilés de la première heure se contraignaient à regagner la capitale, et que les routes étaient encombrées de piétons, de charrettes et de véhicules. Quel spectacle que ces hommes, femmes et enfants épuisés qui titubaient, le regard hagard, éreintés par la marche et la faim ! Quelle équipée, pour Gwenn et le couple Pasquier, d'abord parce qu'elle ne se faisait pas de gaieté de cœur, ensuite à cause des nombreux contrôles de permis de circuler et d'identité qui jalonnèrent le trajet.

— Encore un poste à franchir ! grommela Antoine. Gendarmes français ou feldgendarmes, cette fois ?

Honnêtement, il préférait les Français, même s'ils avaient dû prêter serment à un Maréchal que lui ne portait pas vraiment dans son cœur. En ces temps troublés, ils ne montraient guère de zèle à leur tâche et savaient plus volontiers fermer les yeux sur un règlement trop strict.

— J'en ai plus qu'assez ! s'écria l'avocat en redémarrant après une nouvelle halte où il dut une fois de plus présenter ses documents. À partir d'ici, je vais prendre les petites voies et éviter les villes ! Nous y serons plus tranquilles, même si cela allonge le voyage…

— Alors dégourdissons-nous les jambes et mangeons un morceau sur le bord de la route ! s'exclama Loanne. Guillermine nous a préparé un casse-croûte et il serait mal venu de nous attarder dans un restaurant…

— Vous avez raison, ma chère. Parce qu'il n'est pas plus question que nous passions la nuit à l'hôtel, ce qui veut dire que nous avons encore bien des heures à nous taler les fesses sur ces banquettes !

Les jours avaient beau être longs en cette période d'été, le crépuscule commençait à tomber lorsque la vaillante Traction s'immobilisa dans la cour de la famille Quivennec. La première à sortir des murs de la ferme fut la vieille Hoelenn, dont le visage ridé s'illumina. Loanne, d'ordinaire si peu démonstrative dans ses sentiments, se précipita vers elle pour se jeter dans ses bras.

— M'man… Que je suis heureuse de te voir, en ces tristes temps !

— Nous serons tous contents de vous accueillir à Ty Menez ! Mais vous auriez dû prévenir, que diable !

— Nous avons fait comme nous avons pu…

— Et vous avez bien fait ! s'écria son frère Loïc en sortant à son tour de la bâtisse, suivi de deux adolescents et d'une fille plus âgée. Vous verrez, la vie sera plus facile ici que dans les murs et rues de votre Paris !

Ces retrouvailles furent vite partagées par Yann, l'autre frère de Loanne, accompagné de sa petite famille :

— Vous n'avez pas eu trop de problèmes pour rejoindre Locronan ?

— Un peu, mais tout s'est passé mieux que je ne le craignais ! avoua Antoine. Il était d'ailleurs plus que temps que nous nous décidions : entre réquisitions d'automobiles, laissez-passer, contrôles et pénurie de carburant, je n'aurais bientôt plus pu circuler…

— Ici, nous avons encore charrettes et chevaux. Et puis, bien que nous soyons en zone occupée, c'est plus tranquille qu'en ville ou dans les ports. Douarnenez, Lorient, Concarneau, Brest ou Quimper regorgent d'uniformes allemands ! Quant à nous, c'est à peine si nous avons vu passer quelques motos et side-cars de ces maudits Boches…

Gwenn fut aussitôt accaparée par ceux et celles qu'elle considérait un peu comme ses cousins et cousines. Tout comme elle, ils avaient pris de l'âge, et ils admiraient la façon dont elle avait réussi ses études : bien que la jeune femme ne fût pas vraiment du sang des Quivennec, ils se sentaient fiers que cette petite Bretonne presque illettrée fût devenue en si peu d'années une institutrice respectée !

— Dis ! Tu vas rester avec nous le temps de cette fichue guerre, n'est-ce pas ? s'enquit un des frères de Loanne.

— Je ne crois pas... Il est de ma responsabilité d'assumer la prochaine rentrée d'octobre !

— Comment ? Sous l'œil complice du gouvernement de Vichy et sous la botte des Allemands ?

— Les élèves ne sont nullement responsables de cet état de choses, et l'Occupation ne doit pas les priver de l'instruction qu'il est de mon devoir de leur inculquer. Tant pis si l'existence me sera plus difficile à Paris qu'ici. L'école reste ma priorité !

Antoine haussa les épaules : il espérait bien la faire changer d'avis avant la fin du mois d'août...

*

* *

Malgré l'insistance du clan Pasquier-Quivennec, Gwenn se montra obstinée dans sa démarche, et elle ne céda pas. Ce fut pourtant avec un pincement au cœur qu'au bout de deux mois et demi elle fit ses adieux à Ty Menez pour rejoindre en carriole la gare la plus proche. Sa volonté demeurait la plus forte, et elle ne regretta même pas de n'avoir point rendu visite à Kernadic : si au tout début elle en avait été contrariée, elle savait désormais que tous les ponts étaient coupés entre elle et son père, qui n'admettait toujours pas qu'elle eût tourné le dos à la religion pour entrer dans cette laïcité honnie des « hussards rouges » de l'enseignement public. « Encore cette conception éculée qui persiste dans les milieux paysans ignares de cette Bretagne traditionaliste ! » pensait-elle souvent avec une pointe d'amertume à l'âme.

Le voyage en chemin de fer lui parut interminable. Comment ne pas compter les arrêts sur les voies, les attentes en gare, le passage des feldgendarmes qui vérifiaient identité et documents, les voitures surpeuplées, l'angoisse de ces heures qui n'en finissaient pas ? Avec la faim, la soif et l'ennui à ne pas ressentir le choc des roues sur les rails. Enfin, Paris ! Paris et son semblant de vie renaissante malgré la présence à chaque carrefour de soldats en uniforme germanique et d'officiers allemands arpentant les grandes avenues à la recherche des plaisirs de la capitale… Pénurie d'hommes oblige, plusieurs lignes ou stations de métro avaient été supprimées, et la circulation dans Paris demeurait compliquée. À tel point que la jeune femme eut bien du mal à rejoindre Saint-Ouen avant l'heure du couvre-feu. Mais quel soulagement à se nicher une fois encore contre le corps plantureux de Guillermine !

— Quelle idée, ma petite, de revenir te perdre ici ! Tu ne peux t'imaginer la pagaille qui règne, depuis que ces frisés aux couleurs caca d'oie gardent nos quartiers avec la rigueur de leur race de barbares ! Chasse aux Juifs, chasse aux communistes, chasse aux francs-maçons, contrôles à outrance, avec la prise de possession de tous les palaces de la ville !

— C'est vrai ! confirma Lucien après une embrassade plus brève. L'Abwehr, c'est-à-dire le service de renseignement de leur état-major, s'est installé au *Lutetia*, leur Luftwaffe au palais du Luxembourg, leur Kriegsmarine à notre ministère de la Marine, et ainsi de suite…

— Et cette *gagn*[1] de couvre-feu qui nous confine dans nos murs ? s'indigna encore la brave gouvernante. Est-ce qu'ils s'en privent, eux et les notables de chez nous, pour s'encanailler jusqu'au petit matin dans tous les lieux de perdition de Paris ?

Gwenn soupira.

— Peu m'importe la vie nocturne de ces fêtards, qu'ils soient ou non français ! Les Capucines me suffiront bien chaque soir pour me consacrer aux corrections des devoirs et à la préparation de mes cours…

— Tu ne seras peut-être pas aussi libre que tu le souhaites, ma pauvre, si je me fie à ce que j'ai entendu, à cause des réformes que doit mettre en place notre pleutre de gouvernement de Vichy…

— J'ai déjà eu vent de ces mesures ! repartit la jeune femme. Mais mieux vaut m'y soumettre à contrecœur que d'y échapper en renonçant à enseigner…

Lucien bougonna :

— Ne crois-tu pas que ce serait ainsi te montrer complice d'un régime politique entièrement acquis à nos ennemis ?

---

1. *Charognerie.*

— Non, car je ne fais que me plier à ma vocation, qui est d'apporter connaissance et savoir à mes élèves, quelles que soient les circonstances !

— À condition qu'on te laisse enseigner à ta guise, ma pauvre… Pétain vient de réorganiser tout le système scolaire !

— Je sais, je sais… mais je ferai de mon mieux pour avoir les meilleurs résultats possible, et cela non pour moi-même, mais pour ces jeunettes qui veulent décrocher leur certificat d'études, voire continuer plus loin leur parcours.

Guillermine soupira.

— Toujours aussi têtue, à ce que je vois ? Mais qu'importe, allons fêter cela avant de nous mettre à table !

*
* *

Bien qu'un semblant de vie quotidienne se fût installé, l'atmosphère demeurait tendue dans la capitale occupée. Comment ne pas remarquer les mines lugubres, les sourires forcés, les conversations rares ? Oh, on se faisait petit à petit à ces soldats honnis qui surveillaient chaque carrefour, et on n'oubliait plus de se munir de ses pièces d'identité en cas de contrôle, mais l'ambiance restait plombée par les contraintes. Hormis les véhicules militaires, les rues et les avenues ne se voyaient emprunter que par de rares camions et automobiles, au milieu des piétons, des bicyclettes et des charrettes à bras ou attelées. Les étals des épiceries et des commerces se faisaient de plus en plus clairsemés et, si nul n'osait s'en offusquer publiquement, la rage occupait chaque pensée ! Qu'allait-il en être si les choses devaient durer ?

Les préoccupations de Gwenn étaient tout autres, en ce 4 octobre, jour où se déroulaient les épreuves du certificat pour la classe qu'elle avait eue en main jusqu'à l'invasion de Paris. Qu'allait-il rester de son enseignement, plus de trois mois après le dernier cours ? Et combien de ses élèves se présenteraient à l'examen, alors que beaucoup de familles avaient préféré rejoindre la province dès les premières menaces sur la capitale. Combien devaient se trouver en zone libre ? Ce fameux certificat d'études devait pour l'heure être le dernier souci des parents ! La jeune institutrice eut malgré tout le soulagement d'avoir dix-huit candidates aux épreuves, et la satisfaction d'apprendre que quatorze d'entre elles avaient réussi le précieux diplôme...

— Vous voyez bien qu'il ne fallait pas tant vous inquiéter !

— Je n'y peux rien, madame Loiseau. C'était plus fort que moi !

— Allons ! Comme nous toutes ici, j'étais bien certaine que vous obtiendriez des résultats plus qu'honorables...

— Merci, madame la directrice.

— Mais tout ne va pas être aussi simple, désormais, avec les lois de Vichy sur l'enseignement.

— Je me suis tenue au courant, vous savez... À tel point que j'hésitais même à poursuivre ma tâche au sein de l'école après cet examen ! Attester par écrit être née française, ne point être juive, ni communiste, ni franc-maçonne, prêter serment au

Maréchal ? Cela ne me semble en rien concerner notre enseignement !

— Sans compter la réforme des programmes que l'on va nous imposer ! L'éducation physique obligatoire pour les jeunes filles, le retour aux valeurs chrétiennes, aux considérations spirituelles, à la notion de patrie... La photo du Maréchal devra bientôt trôner dans chaque classe.

— Mais... c'est la fin de notre idéal laïc ?

— Sans doute, et nous n'avons pas tout vu, car ce n'est qu'un début : dans les mois qui viennent, d'autres mesures restrictives ne doivent qu'attendre de nous être imposées !

— C'est désespérant !

— Demeurerez-vous pourtant des nôtres, mademoiselle Le Braz ?

La jeune institutrice n'hésita pas :

— Bien sûr ! Même si je dois à contrecœur me soumettre à ces directives en faisant en sorte de les négliger le plus possible, je trouve plus important de délivrer le savoir à la jeunesse plutôt que de la laisser à l'abandon, ou pire encore sous la coupe de l'école des prêtres...

— Vous êtes donc en accord avec ce que je pense ainsi que la majorité de nos collègues ! Enfin, celles qui se sont présentées à la rentrée...

— Vous avez raison, madame. Il nous faut faire profil bas, tout au moins au regard des autorités ! Mais rien ne me fera renier mes convictions laïques !

— Moi non plus, ma belle ! Et je vous félicite pour votre courage et votre dévouement.

XXII

La guerre… L'occupation de Paris… Plus de quatre ans de frustration et de honte, à se faire discret et à courber la tête. Quatre ans que Gwenn vécut comme un calvaire, non pas à cause des conditions de vie, mais parce qu'elle devait composer entre les directives reçues et l'enseignement qu'elle souhaitait donner. Heureusement, l'encadrement chargé de faire appliquer les nouvelles règles scolaires se révéla la plupart du temps plutôt laxiste, et elle avait pu discrètement faire passer les valeurs morales qui lui paraissaient essentielles sans trop mettre en avant les préceptes de Vichy. Quatre ans… Avec la loi et l'ordre, la répression de la résistance politique et militaire, avec la pénurie et le rationnement, les coupures d'électricité, les arrestations intempestives, le claquement des bottes des patrouilles qui choquaient le pavé dès le soir tombé. Quatre ans de peurs et d'angoisses, avec les bombardements, avec des espoirs et des déceptions. Avec la zone libre occupée à son tour en novembre 1942. Avec les jeunes enrôlés de force au STO, les Juifs, les Tsiganes et les communistes persécutés et déportés. Avec l'alerte des sirènes et les courses précipitées vers les abris. Avec la Gestapo, les rafles dans lesquelles on craignait d'être pris par hasard ou malchance. Avec la presse mensongère ou muselée, aussi, ce qui n'empêcha pas une certaine secrète euphorie en apprenant, début 1942, le recul des Allemands sur le front russe et l'entrée en guerre des États-Unis. Puis, durant deux ans, dans le chambardement mondial marqué de batailles sévères, d'offensives menées à terme ou avortées, on eut la satisfaction de sentir le Reich s'enliser en Russie, s'effriter et trembler sur ses bases. En France même, la Résistance procédait à des opérations de plus en plus hardies, trop souvent sanctionnées par d'ignobles représailles sur la population civile. Enfin, le débarquement des Alliés sur les plages de Normandie début juin 1944, suivi du repli des forces nazies.

Puis, deux mois seulement plus tard, l'insurrection populaire, les barricades et les émeutes, les morts et les blessés durant ces quelques jours de folie dans un Paris secoué par des tirs sporadiques et des rafales de mitrailleuses, jusqu'à ce fameux vendredi 25 août. Malgré encore quelques combats isolés en banlieue, la liesse de la Libération explosa le jour même et dès le lendemain ! Comment oublier le défilé de la victoire sur les Champs-Élysées, et la foule en délire qui saluait les forces de Leclerc ou les militaires américains. Si la Luftwaffe effectua un ultime raid dans la nuit en représailles sur le nord et l'est de Paris, un bombardement qui fit trembler les vitres des Capucines, ce fut pourtant la joie qui prévalut malgré ces morts de la dernière heure. Même les enfants participèrent au soulagement de tous en jouant avec insouciance au travers des jambes des adultes. Personne n'en doutait plus : le cauchemar était terminé ! Enfin presque, car l'allégresse générale fut durant des semaines troublée par des épurations sauvages de collaborateurs. Femmes tondues... Exécutions sommaires... Débordements que beaucoup excusèrent dans la foulée, considérant que la vengeance était justifiée après toutes ces années passées sous le joug hitlérien. Loin de s'attendrir, Gwenn ne se lassa pas d'afficher pleinement sa joie, seulement un peu contrariée de ce que les événements empêchent le déroulement normal des examens. Qu'importait ? Tout comme Guillermine et Lucien, elle s'étourdit comme jamais elle ne l'avait fait à parcourir les rues de la capitale pour partager l'enthousiasme de tous : partout, on dansait sur les avenues et les trottoirs sur les rythmes de musiciens improvisés, on s'embrassait, on riait et on criait, on faisait péter les bouchons de bouteilles pour boire avec le premier inconnu venu ! Ces clameurs aussi :

— On les a eus, ces Boches !

— Vive de Gaulle !

— Et les Américains ? Vive les Américains !

— Vive Paris !

— Vive la France !

Jamais Gwenn n'avait vu le taciturne Lucien si joyeux et exubérant, ni Guillermine si... guillerette ! Elle-même se sentait transportée par l'allégresse populaire, et elle sautillait en battant des mains au milieu de la foule excitée. Oui, un jour que jamais elle n'oublierait !

*
* *

Il fallut néanmoins du temps pour que l'effervescence retombât, malgré les difficultés quotidiennes qui perduraient. Paris était libéré, certes, mais Paris n'était pas la France et l'armée allemande résistait. La guerre n'était pas terminée, même si nul ne doutait plus de la victoire à terme.

— Jusqu'à Berlin ! Il faut les repousser jusqu'à Berlin ! jubilait Lucien.

— En attendant Berlin, nous, on manque encore de tout ! tempéra Guillermine. Le métro n'a pas été remis en service, le gaz n'est que timidement distribué, et le courant est régulièrement coupé.

— Pff ! La faute à ces putains de Boches qui ont tout saboté avant de déguerpir !

— Pas seulement, mon pauvre. Tout est désorganisé, maintenant. Heureusement qu'il reste le marché noir !

— Comment ? En engraissant ces salopards qui se font une fortune sur le dos de plus malheureux !

— Peut-être, mais sans eux, ce serait encore plus la famine, Lucien… Si nous ne nous en sortons pas trop mal jusqu'ici, c'est bien grâce à l'argent que nous a laissé M. Pasquier !

En entendant prononcer le nom de l'avocat, Gwenn ressentit un pincement au cœur : il ne manquait qu'Antoine et Loanne aux Capucines pour que la joie fût complète. La jeune femme se languissait surtout de Loanne, qu'elle n'avait plus revue depuis l'entrée des Allemands dans Paris, alors qu'Antoine Pasquier s'était permis deux voyages en train jusqu'à

Paris, où il était resté chaque fois une quinzaine de jours. S'il avait mis son activité en quarantaine pour ne pas être complice du régime de Vichy, il entendait bien ne pas demeurer totalement étranger au monde judiciaire de la capitale. Il s'assurait aussi de la bonne marche de la vie aux Capucines, où chacune de ses visites était accueillie comme une fête. Ce qui n'avait pas empêché Gwenn d'écrire chaque mois de longues lettres à destination de Ty Menez, dans lesquelles elle laissait s'épancher ses émois, ses états d'âme, et décrivait les événements parisiens ou les difficultés de la vie quotidienne sous la botte de l'occupant...

— Ne t'inquiète pas, petite ! bougonna Lucien. Les patrons ne tarderont pas à revenir, maintenant.

— Je pense qu'ils n'attendent que d'avoir assez d'essence pour faire le voyage en auto... supposa-t-elle.

— Cela se fera plus vite que tu ne le crois, la rassura le jardinier. Les Américains, dit-on, amènent sur les ports des chargements entiers de milliers de jerricans qu'il est assez facile de négocier, même pour un particulier. Tout comme les cigarettes ou le whisky, d'ailleurs...

— Je l'espère, je l'espère...

*
* *

Lucien n'avait pas eu tort, et Antoine et Loanne Pasquier se présentèrent deux jours après, en pointant le nez de leur Traction Citroën dans la grande allée des Capucines. Que d'effusions encore ! D'éclats de rire et de larmes réprimées...

Inconsciemment, Gwenn mesura pleinement le lien qui l'unissait envers ces deux êtres auxquels elle s'était tant attachée ! Que serait-elle devenue, sans eux ?

— Que vous m'avez manqué !

— Toi aussi, ma fille…

« Ma fille »… Un terme que Loanne n'avait jamais évoqué de façon si directe ! Un mot qui lui alla droit au cœur, tant elle avait été privée d'une véritable mère. Elle se demanda d'ailleurs brièvement si Rozenn, sa propre mère, lui aurait montré autant d'affection. Certes pas ! Émue à ne plus pouvoir en retenir ses larmes, elle se précipita pour enlacer la femme de l'avocat en la serrant contre elle à l'étouffer.

— Ma petite… ma petite…

— Oui, m'man…

Elle ne l'avait encore jamais appelée ainsi. « M'man »… Deux syllabes rabotées qui n'avaient jamais franchi ses lèvres. Deux syllabes qu'elle ne regretta pas tant elles provoquèrent des sanglots d'émotion dans la gorge de Loanne, qui bafouilla :

— C'est… c'est la première fois que… que tu m'appelles de la sorte… ma… ma fille…

« Ma fille »… Subitement, comme une crue de sentiments inattendus, les frustrations bridées de Gwenn cédèrent, et ce fut avec une certaine fierté qu'elle s'estima soudain plus « Pasquier » que « Le Braz ». Antoine avait suivi cette embrassade spontanée d'un œil attendri, et il sourit benoîtement.

— C'est vrai, petite… Je suis très fier de toi, et de ton courage pour avoir continué à enseigner durant cette période atroce ! Si tu mérites que ma femme te considère comme sa fille, sache qu'il en est de même pour moi.

— Sauf que je ne pourrai jamais vous appeler « p'pa », car j'ai toujours un père, même s'il ne veut plus entendre parler de moi...

— Ce n'est pas grave : « Antoine » suffira, puisque mon épouse t'a permis de la nommer « Loanne » depuis longtemps déjà !

Embarrassée, la jeune femme baissa le regard, remuée au plus profond de son âme.

— Je veux bien, monsieur... mais il me faudra du temps pour m'y habituer !

— Et alors, ma belle... je ne suis pas pressé ! Mais passons donc au salon pour honorer la libération de notre capitale et l'inévitable victoire qui se profile sur les forces ennemies... Et pour fêter nos retrouvailles, bien sûr !

*

* *

Les jours qui suivirent restèrent très agités, malgré le soulagement de pouvoir de nouveau circuler à sa guise, ne plus voir à chaque coin de rue ces uniformes vert-de-gris, ne plus craindre d'être arrêté pour un oui ou pour un non. Bien sûr, ici ou là, la capitale était encore le théâtre de règlements de comptes, et la chasse aux « collabos » battait son plein avec son lot d'exécutions sommaires et d'atrocités. Pourtant, une existence plus sereine se mettait en place, et chacun se sentait mieux bien que les restrictions perdurent et que les tickets de ravitaillement ne semblent pas près de disparaître, pour cause de pénurie persistante. La vie n'était pas plus facile pour autant, mais on avait l'impression de respirer plus librement et l'on supportait mieux les contraintes quotidiennes. Gwenn comptait malgré tout les jours, préoccupée par l'examen du certificat d'études prévu, en dépit des événements, pour le 4 octobre... Combien de ses élèves s'y présenteraient, en une période si troublée ? Au fur et à mesure que cette date approchait, la jeune institutrice ne pouvait réprimer une certaine anxiété.

— Mais arrête donc de te prendre la tête ! ne cessait-on de lui ressasser aux Capucines. Tu es plus inquiète que si c'était toi-même qui allais passer ces épreuves !

— Mais c'est moi aussi qui serai jugée sur les résultats de ma classe...

— Tu as déjà fait tes preuves, voyons ! Au point d'être reconnue comme une des meilleures maîtresses de l'arrondissement, et même plus !

— Oui, mais...

— Il n'y a pas de mais ! Cesse donc de te ronger les sangs, et contente-toi d'attendre !

— Oui, oui... Je vais essayer...

Plus facile à dire qu'à faire ! Et beaucoup d'angoisse pour rien ! Si seule la moitié de ses élèves fut présente le jour des épreuves, toutes le réussirent haut la main. Gwenn en eut une nouvelle fois des compliments qu'elle balaya d'un geste de la main :

— Cela ne veut rien dire, madame Loiseau ! protesta-t-elle, plutôt mécontente. Seules les plus douées des candidates ont subi l'examen, et rien n'est plus logique qu'elles l'aient empoché... Qu'en serait-il advenu si l'ensemble de ma classe avait passé les épreuves ?

La directrice la rassura d'un bon sourire et lui flatta gentiment la nuque :

— Je suis certaine que les résultats auraient tout autant été à votre honneur, mademoiselle Gwenn. Comme d'habitude… Comme vous le savez, il sera désormais exigé, pour devenir instituteur ou institutrice, d'être détenteur ou détentrice du baccalauréat ! À mon sens, ceux qui réussiront ne seront pas pour autant meilleurs enseignants que vous l'êtes. Vos notes auprès de l'académie le prouvent ! Mais oubliez cela et consacrez-vous plutôt à accueillir votre nouvelle classe…

— J'ai eu tout le temps de m'y préparer, madame.

— Je n'en doute aucunement !

*
* *

Poussée par l'enthousiasme général suscité par la Libération, Gwenn retrouva sa classe avec une énergie renouvelée. Plus que jamais, elle prit plaisir à monter au tableau, à nouer le contact avec ses élèves, à arpenter la pièce au rythme des dictées, des exercices de calcul et des séances de lecture. Quelle satisfaction tactile, à la douceur de la poussière de craie sur ses doigts et ses paumes ! S'emplir les narines de ces odeurs d'encre et de vieux livres. Circuler entre les rangées de pupitres en surveillant l'attention des fillettes penchées sur la page de leur cahier.

— Odette ! Tu as encore fait une tache…

— Ce n'est pas ma faute, maîtresse... C'est ma plume qui est tordue !

— C'est tout de même de ta faute si tu l'as laissée tomber : une plume ne s'abîme pas toute seule ! Dans ce cas, il faut m'en demander une autre neuve...

— Oui, mademoiselle.

La routine, quoi ! Qui faisait un peu oublier que l'existence demeurait compliquée, car la fuite de l'occupant n'avait pas pour autant empêché les prix de grimper, et restrictions comme tickets de rationnement restaient de règle... Bien sûr le maréchal Pétain avait été transféré par ordre d'Hitler dans le sud-ouest de l'Allemagne, bien sûr le gouvernement provisoire de la République régissait les territoires libérés sous la houlette du général de Gaulle, mais la pénurie et la pauvreté étaient loin d'être éradiquées. De cette politique nouvelle, Gwenn ne retenait de vraiment positif que la confirmation par ordonnance du 5 octobre (le lendemain du certificat d'études !) du droit de vote pour les femmes promis depuis des mois par le Comité français de la libération nationale :

— J'espère bien que cela fera changer les choses ! Et que cela motivera épouses et mères à s'intéresser un peu plus à ce qui se décide dans les ministères...

Ce à quoi Antoine Pasquier avait répondu :

— Je crains qu'il ne faille encore bien des années pour convaincre les femmes de s'investir dans la politique ! On ne sort pas du jour au lendemain de siècles et de siècles d'asservissement... Estime-toi d'ailleurs privilégiée de pouvoir exercer le métier d'institutrice, car c'est déjà une victoire sur la mainmise de l'homme dans trop de domaines.

*
* *

Et enfin ce 8 mai 1945 ! Avec la reddition de l'Allemagne qui signifiait la fin de la guerre en Europe.

— C'est une capitulation totale !

— Quelle humiliation pour les Boches !

— Oui, mais sans les Américains et les Russes, que serait-il advenu ?

— Dommage qu'Hitler se soit suicidé il y a une semaine durant la débâcle de son armée à Berlin…

— Suicide, suicide… C'est vite dit, à mon sens !

XXIII

Une ou deux fois, Gwenn avait évoqué devant les Pasquier l'hypothèse de se chercher un appartement en nom propre, mais elle s'était fait vivement rabrouer :

— Comment ? N'es-tu pas bien chez nous ?

— Si, bien sûr ! Mais je me demande si c'est bien ma place, à mon âge et avec un métier qui me permettrait de me loger moi-même. J'ai parfois l'impression d'abuser, après toutes ces années.

— C'est tout au contraire ta place ! Tu es chez toi aux Capucines…

— Je sais, Antoine, mais vous…

— À moins que tu ne te lasses de nous et de notre présence ?

— Non, non ! Je vous aime tant !

Loanne avait alors supposé :

— Ou bien as-tu peut-être rencontré un jeune et joli garçon ? Assez jeune et assez joli pour que tu envisages auprès de lui un autre toit que le nôtre ?

— Ce n'est pas ça, avait répliqué la jeune femme en rougissant. Je vous assure à tous deux que je n'ai personne d'autre que vous dans ma vie !

— Bien, bien… Mais il faudra bien que ça arrive un jour !

— Bof ! Ce n'est pas demain la veille…

— C'est bien ce que nous verrons ! avait conclu l'avocat avec un sourire entendu.

Gwenn se félicitait plutôt de cet état de fait. C'était tellement réconfortant de rentrer chaque soir dans cette villa confortable, de s'y retrouver en famille, d'y avoir aussi son indépendance et ses habitudes ! Tellement rassurant… En ce mois de juin, alors que la fin de l'année scolaire approchait, la jeune institutrice s'attarda comme tous les jours sous le préau pour prendre congé de ses collègues et de la directrice. Après un bref survol des événements du jour, elle les salua poliment :

— À demain, mesdames.

— À demain, demoiselle Le Braz.

Alors que quelques gouttes de pluie annonçaient un possible orage d'été, à peine fut-elle parvenue sur le trottoir qu'une ombre traversa la rue et l'interpella :

— Gwenn ?

Elle sursauta, se retourna, hésita :

— Hen… Henri ?

C'était bien lui, son frère aîné. Maigre, le visage émacié, mais l'œil grave et décidé. Un véritable homme, désormais, de quelques années plus âgé qu'elle. Grâce à Antoine et Loanne, la jeune institutrice avait su qu'il avait été fait prisonnier durant la bataille de France, au tout début de la guerre, mais n'avait eu depuis aucune autre nouvelle de lui.

— Henri ? Mais que fais-tu là ?

— Quelle question ! Si tu me trouves à la sortie de cette école, c'est bien que je t'attendais, non ?

Encore abasourdie, Gwenn ne manifesta pas un plaisir particulier à le revoir. Elle n'avait jamais eu une grande estime pour ce garçon qui avait toujours plus ou moins dédaigné ses sœurs plus jeunes. Elle fit pourtant mine de se détendre :

— En tout cas, quelle surprise ! Et en quel honneur ?

— C'est une longue histoire. Je... je voulais seulement te voir, parce que... que j'ai quitté Kernadic et que je vais travailler à Paris !

Gwenn haussa les épaules.

— On ne pouvait que s'y attendre ! Tu as toujours détesté le travail du domaine, et tu ne rêvais que de la ville... Mais de là à abandonner la Bretagne pour la capitale !

— Tu l'as bien fait, toi...

— Ce n'est pas pareil ! Moi, on est venu me chercher jusque dans le *pen ti* familial, pour mon plus grand bien d'ailleurs...

— Je sais, je sais...

La jeune femme hésita :

— Et... à Kernadic ? Père doit être dans tous ses états...

— Ben... Je pense qu'il va se résoudre à céder le domaine...

— Comment ? s'indigna Gwenn. Vendre Kernadic ? Lui ? J'ai du mal à le croire ! Mais pourquoi ?

— C'est un peu long à expliquer...

— Bon... Alors suis-moi avant qu'il se mette à pleuvoir pour de bon !

— Te suivre ? Où ça ?

— Chez les Pasquier, aux Capucines, bien sûr !

— Comment cela ? Jamais je n'oserais...

— On m'y fait si bien comprendre que j'y suis chez moi que je peux me permettre d'y inviter quelqu'un, de la famille de surcroît... Allez, viens !

*
* *

L'accueil qu'Antoine et Loanne lui réservèrent surprit le jeune homme, qui se sentait gêné de porter une tenue modeste dans cet environnement bourgeois.

— Heureux de vous revoir afin de mieux nous connaître, mon gars ! s'exclama l'avocat. Car nous n'avons fait que nous croiser, avant guerre, lors de mes passages à Kernadic pour remettre à votre père l'habituelle enveloppe...

— Ce qui n'a eu de cesse de l'étonner, d'ailleurs ! Parce qu'il y a longtemps que Gwenn n'est plus à votre service... si tant est qu'elle l'ait vraiment été un jour ?

— J'ai bien le droit de compenser le fait de l'avoir privé d'une fille, tout autant que de le remercier de m'avoir doté par le même coup d'une enfant que nous aimons, ma femme et moi !

— Une enfant qui n'est plus une enfant depuis longtemps, mon ami ! s'esclaffa Loanne. Mais asseyez-vous donc, Henri. Guillermine va nous servir des rafraîchissements.

— Je ne sais si...

— Allons, allons ! Cela nous permettra de mieux faire connaissance...

Tout en portant à sa bouche son verre de citronnade, Gwenn entama la conversation :

— J'ai su que tu avais été fait prisonnier en Allemagne, mais rien de plus ! Que t'est-il arrivé durant ces années de guerre ?

— Oui, racontez-nous ! insista Antoine.

— Ben… Pour tout dire, je n'ai pas eu l'occasion de tirer un seul coup de fusil ! Nous avons reçu du commandement l'ordre de nous rendre à l'ennemi, c'est tout. Ensuite, on nous a conduits dans des wagons à bestiaux au plus profond de l'Allemagne, dans un stalag qu'il nous a fallu construire nous-mêmes. On y était rudoyés et mal nourris, et les conditions étaient rudes.

Apparemment, ces années passées auprès de camarades issus de toutes les régions de France l'avaient débarrassé de son accent breton et doté d'un vocabulaire que ne lui connaissait pas sa sœur. Après un silence, il reprit :

— Heureusement, comme j'avais la chance d'être paysan, au bout de deux mois on m'a placé avec quelques prisonniers en *kommando* dans une ferme, où la vie était tout de même plus agréable.

— Ah, ah… rigola l'avocat. Et pendant que les hommes étaient sur le front, il ne devait pas manquer de gentilles Gretchen à consoler !

— Il valait mieux ne pas trop s'y amuser… Si c'était un déshonneur pour elles aux yeux des villageois, cela ne pouvait que nous valoir le fait d'être punis et de retourner au camp avec une discipline et des travaux bien plus rudes que dans les champs !

— Je plaisantais, bien sûr…

— Ensuite, durant un an et demi, à cause du manque de travailleurs allemands, j'ai été envoyé près de Francfort dans une usine de montage de pièces pour l'aviation militaire. La vie n'y était pas facile et les cadences de travail infernales. On y crevait de faim, mais j'ai réussi à me débrouiller… Le seul bon côté des choses, c'est que j'y ai appris à me servir de machines industrielles ainsi qu'à m'accoutumer à divers assemblages compliqués. J'ai toujours su que c'était là ma voie !

— Tiens… La guerre aurait-elle fait au moins un heureux ?

— Ce n'est pas ce que je veux dire, monsieur… D'autant plus que nous avons subi les bombardements des Alliés et que beaucoup d'entre nous y ont laissé la vie !

— Mais tu en as réchappé, tant mieux ! s'exclama Gwenn qui commençait à s'impatienter tout au long de ce récit.

Il lui tardait surtout de savoir ce qui amenait son père Ludovic à vouloir céder sa ferme et son domaine, lui qui tenait tant à ce que l'on respectât cet héritage de générations de Le Braz. Elle poussa son frère du coude.

— Bon… Tu as fini par rentrer à Kernadic. Et alors ?

— Alors il se trouve que l'ancien projet d'établir un barrage sur l'Élorn, dont on parle depuis des décennies mais sans cesse abandonné, vient de refaire surface alors que la guerre n'était même pas terminée. Le gouvernement provisoire estime qu'il est urgent d'approvisionner correctement le nord du Finistère en eau, ainsi que d'électrifier au mieux la Bretagne ! Aussi, lorsque j'ai annoncé à père mon intention de travailler dans une usine d'aéronautique, il a haussé les épaules. « Fais ce que tu veux, après tout... De toute façon, on veut noyer nos terres et submerger nos moulins ! Je n'ai plus la force de me battre, d'autant plus que Soizic et Gaëlle ont quitté la maison pour se marier en ville contre mon accord ! Si tu t'en vas à ton tour, je crois que je serai vite amené à vendre à vil prix... »

— Le barrage... soupira Gwenn. Il paraît qu'on en parlait déjà avant ma naissance, à tel point qu'on se disait que jamais il ne se ferait...

— Il semblerait que cette nouvelle te bouleverse vraiment, remarqua Loanne.

La jeune femme inclina la tête.

— Il y a de quoi... Je me pensais complètement détachée de la Bretagne et de Kernadic, mais j'y ai tout de même mes racines ! J'en éprouve de la peine... Et plus encore à savoir qu'il n'y ait pas un Le Braz prêt à s'y opposer : jamais je n'aurais cru que père baisserait ainsi les bras ! Mais toi, Henri... toi ? Tu vas laisser faire ça sans rien dire ?

Il haussa les épaules et détourna son regard de celui de sa sœur.

— Moi, j'ai toujours eu horreur des travaux de la terre, tu le sais bien. Depuis quelques années, père s'est permis de prendre un valet à l'année... Un bon garçon qui s'appelle Allan. J'ai pu constater qu'il me remplaçait au mieux, ce qui m'a ôté tout scrupule. Aussi, lorsque j'ai su par courrier d'un de mes camarades parisiens de captivité que la Société nationale de constructions aéronautiques du Nord recrutait à tour de bras, je n'ai pas hésité : c'est une chance que je ne veux pas laisser passer !

— Ah, oui… remarqua Antoine. La SNCAN ! C'est en bord de Seine, aux Mureaux, à une vingtaine de kilomètres d'ici… Mais les locaux ont été bombardés en mars de l'année dernière, et tous les dirigeants ont été arrêtés en août pour collaboration !

— Je sais, répondit Henri, mais dans la foulée on a procédé à la remise en état de l'usine en recrutant des centaines et des centaines d'ouvriers. J'y suis allé hier et j'ai été immédiatement embauché ! Pour terminer d'abord la construction d'une grande piste afin d'accueillir les escadrilles de l'aéronautique navale. Ensuite, je pourrai intégrer vraiment les chaînes de fabrication…

— Bien, bien ! Et… pour le logement ?

— Pour le moment, ce sera provisoirement dans des baraquements. Ça me rappellera un peu le stalag, mais en mieux ! Par la suite, avec mes premières paies, on m'assure que je pourrai facilement me trouver un appartement. On construit d'ailleurs nombre d'immeubles et de maisons dans ce but…

— Inutile donc que j'use de mes relations pour essayer de te dénicher un toit, mon garçon ?

— Inutile, en effet… Merci à vous pour cette intention !

— Ce n'est rien. Mais passons à table, voulez-vous ?

— C'est que… je ne sais pas si je dois…

— Te, te, te ! Vous êtes tout de même le frère de notre petite Gwenn…

*

* *

À la suite de cette visite imprévue, la jeune institutrice se montra assez perturbée, ce qui n'échappa ni à Loanne ni à Mme Loiseau, laquelle prit un soir Gwenn à part :

— Vous semblez bien préoccupée, depuis quelques jours ?

— Cela se remarque tellement ?

— Rassurez-vous, cela ne nuit en rien à votre enseignement ! Mais je vois bien que vous êtes moins enthousiaste, plus pensive, que vous êtes plus distante avec les autres maîtresses... Que se passe-t-il, ma petite ?

La jeune femme ne tergiversa que peu avant de se confier. La directrice avait toujours été si amicale avec elle. Baissant le nez, elle murmura :

— J'hésite encore, mais... mais j'envisage assez sérieusement de demander ma mutation...

Le regard d'Agathe Loiseau échappa aux verres de ses lunettes pour fixer Gwenn par-dessus sa monture d'écaille.

— Quelle idée ! Je croyais que vous vous étiez parfaitement adaptée, ici, chez nous... Et vous m'y sembliez heureuse, non ?

— C'est vrai... Mais même si mon père ne veut plus me voir depuis que je suis institutrice laïque, je suis confrontée à un problème de conscience. D'après mon frère, il est prêt à baisser les bras et à céder notre domaine face au rachat des terres pour un projet de barrage qui inondera toute la vallée. Je croyais avoir rompu avec toutes mes racines, mais je m'aperçois aujourd'hui que je suis plus attachée que je ne le pensais à ce que nous ont légué nos ancêtres. Il me semble de mon devoir de lutter par tous les moyens contre ce barrage, puisque mon père renonce à se révolter face à ces mesures arbitraires !

Passant du voussoiement qui lui était habituel au tutoiement, la directrice répondit :

— Je te comprends… Nous sommes tous et toutes plus ou moins attachés au lieu qui nous a vus naître. Ce sera une grande perte pour notre établissement, mais je ne peux t'en vouloir !

— Je n'ai encore rien décidé, vous savez…

— Mais comment vas-tu faire, si ton père t'a vraiment reniée ?

— Je n'ai nul besoin de m'installer dans mon village natal, d'autant plus qu'il est loin d'être certain qu'il offre un poste de disponible ! Là-bas, on confie plutôt les enfants aux écoles de curés ! Mais si je peux être mutée dans un établissement pas trop éloigné de Sizun, je serais déjà plus à même d'agir…

Un long silence suivit. Puis Agathe Loiseau soupira.

— Agir ? Contre les décisions politiques et les rouleaux de l'administration ? C'est un peu don Quichotte voulant se battre contre des moulins, non ?

— Peut-être… Mais je n'ai pas envie de regretter toute ma vie de n'avoir rien tenté !

— Regrets pour regrets, s'il est une chose de sûre, c'est que si vous nous quittez c'est nous qui vous regretterons…

— Moi aussi, madame… Moi aussi !

*

* *

Maintenant qu'elle avait fait part de ses intentions à la directrice de l'école de la rue Fourcroy, elle devait aussi en informer Loanne et Antoine Pasquier, ce qui ne se ferait pas sans un pincement de cœur : ne prendraient-ils pas son possible départ comme une trahison ? Tellement de liens s'étaient tissés entre eux depuis le temps où elle n'était qu'une pauvre gamine bretonne perdue dans un monde qui n'était pas le sien ! Ce soir-là, il lui fallut faire appel à tout son courage pour aborder le sujet à la fin du repas. Tout en reposant son couvert dans son assiette vide, elle annonça maladroitement et de façon plutôt abrupte :

— Je pense que je vais demander à être mutée chez moi, en Bretagne...

Si elle avait cru surprendre le couple, ce fut elle qui fut étonnée de s'entendre répondre par l'avocat :

— Depuis la venue de ton frère dans ces murs, nous ne doutions guère de cette décision.

Le ton du maître de maison n'était même pas amer. Seulement un peu triste... Sa femme essuya discrètement une larme d'émotion au coin de ses paupières avant de murmurer :

— Nous avons fini par te connaître assez bien pour qu'il n'y ait pas besoin de mots, ma petite. Nous avons tout de suite pressenti que tu ne résisterais pas à l'envie de t'élever contre ce projet de barrage qui engloutirait les terres de tes aïeux, et c'est tout à ton honneur ! Même si ton absence aux Capucines nous occasionnera sans nul doute bien des souffrances. Mais comment peux-tu croire te mettre en travers de travaux qui sont certainement qualifiés d'« intérêt public » ?

— Je ne sais pas trop… Ce que je sais, c'est qu'il faut que je rappelle à mon père ce qu'il a toujours clamé haut et fort : « Un Le Braz ne doit jamais reculer devant l'adversité ! »

— Si ton père consent à te revoir, Gwenn… tempéra Antoine Pasquier.

— Qu'il le veuille ou non, je saurai bien me faire entendre !

— Si tu obtiens cette fameuse mutation, ma belle… Ce n'est pas gagné, tu sais ?

— Mes résultats et mes bonnes notations sont tout de même un atout ! répliqua la jeune institutrice. Encore faut-il qu'un poste se libère plus ou moins proche de Kernadic… C'est ma seule incertitude ! Mais, si cela se fait, je vous promets de revenir à Paris aussi souvent que je le pourrai…

Loanne lui retourna un sourire douloureux.

— Si cela se fait, je saurai bien convaincre mon bourru de mari de nous rendre plus fréquemment en Bretagne pour avoir le plaisir de t'y retrouver !

— Rassure-toi, mon amie, répliqua son époux. Le plaisir sera partagé !

XXIV

GWENN TERMINA SON ANNÉE scolaire avec deux uniques préoccupations : le taux de réussite de sa classe à l'examen, comme d'habitude, et l'attente d'une réponse à sa demande de mutation. Une fois de plus, les résultats du certificat d'études furent plus qu'honorables pour la jeune institutrice, avec près de quatre-vingt-cinq pour cent de succès à l'épreuve. Mais ce ne fut que début juillet qu'elle reçut le courrier tant attendu de l'académie. Elle hésita longtemps à l'ouvrir avant de déchiqueter nerveusement l'enveloppe :

— Voyons donc... « Mademoiselle Le Braz Gwenn... et blablabla, et blablabla... Nous avons le plaisir de... et blablabla... vous proposer votre mutation à l'école publique de jeunes filles du Huelgoat, département du Finistère. » Oh ! Le Huelgoat ? Mais ce n'est qu'à une vingtaine de kilomètres de Kernadic ! Je ne pouvais rêver mieux... « Si vous acceptez cette proposition, vous voudrez bien nous en informer par retour du courrier... blablabla... et prendre contact au plus tôt avec la directrice, madame Le Chuiton. Veuillez agréer, mademoiselle, etc., etc. »

Le plaisir de Gwenn se mêlait pourtant à une certaine gêne. Elle s'était tellement habituée à Paris, à cette école où elle s'épanouissait au milieu des élèves, qu'elle envisageait avec une peine profonde l'idée de s'en éloigner définitivement. Et puis la présence quotidienne d'Antoine et Loanne Pasquier allait lui manquer, tout autant que le confort douillet de la villa des Capucines ! Sans parler de l'affection maternelle de Guillermine, de la complicité amicale de Lucien, de la gaieté de la jeune Éolia qui avait repris son service dès la guerre terminée... Oui, rompre avec ce qui était sa vie serait sans doute plus douloureux qu'elle ne l'avait imaginé ! D'autant plus qu'elle ne savait pas ce qui l'attendait en Bretagne, des rapports avec son père à la prise de fonction dans cette nouvelle école dont elle ignorait tout, de son acceptation par les villageois aux luttes qu'elle entendait bien mener contre la construction de ce barrage sur l'Élorn.

— Il ne me manque plus qu'à faire part de ce courrier à Antoine et Loanne...

Elle devinait déjà que ce ne serait pas là le plus facile ! Vaine appréhension, comme elle s'en aperçut dès qu'elle aborda le sujet :

— Je... je voulais dire... dire que...

— Arrête donc de bafouiller, petite Gwenn ! s'exclama Antoine avec un sourire forcé. Nous savons bien ce que tu vas nous annoncer, et nous nous y attendons depuis quelques semaines déjà... Alors, tu t'es enfin décidée ? Tu vas nous laisser comme orphelins de ta présence ?

— Je... je regrette, mais...

— Ne t'excuse pas ainsi, ma belle, intervint Loanne d'une voix malgré tout étranglée. C'est vrai que tu es devenue un peu notre fille comme nous avons essayé d'être un peu tes parents de substitution... Mais il est dans l'ordre des choses que toute fille quitte un jour son nid pour voler de ses propres ailes ! N'oublie pas que tu as largement dépassé tes vingt ans, et qu'il serait temps de te trouver un mari...

— Oh ! Cela n'entre pas dans mes préoccupations actuelles, loin de là ! protesta la jeune femme.

— Tu ne vas tout de même pas rester vieille fille !

— Je ne sais... L'avenir le dira ! Pour le moment, je vais accepter ma nomination au Huelgoat. À bicyclette, ce n'est qu'à moins de trois quarts d'heure de Sizun !

— Le Huelgoat... répéta l'avocat. Un gros village de près de deux mille cinq cents âmes, il me semble. Au cœur d'une des plus belles forêts des monts d'Arrée ! Voilà qui va diablement te changer de la capitale...

— Oui, mais qui va aussi me replonger dans les paysages de mon enfance. Je pense qu'il serait judicieux que je m'y rende au plus tôt. Je dois logiquement bénéficier d'un logement de fonction !

— En ce cas, ne te préoccupe pas des horaires de trains, de cars et de correspondances ! Je trouve la période idéale pour avancer quelque peu notre traditionnel séjour breton.

— C'est vrai ? s'exclama Loanne avec joie. Bien que nous ayons été contraints d'y séjourner à demeure une bonne partie de la guerre, je commençais à me languir de Locronan !

— Je sais : née Bretonne, Bretonne toujours ! Gwenn vient d'ailleurs de nous le prouver... Et j'envisage de prolonger notre voyage là-bas plus que d'ordinaire : ici, à Paris, c'est encore le grand chambardement, et je ne trouve guère d'affaires susceptibles de me motiver. Les procès pour collaboration m'ennuient ! Je n'ai pas pour vocation d'être un avocat politique.

— Tant mieux ! s'enthousiasma sa femme. Ainsi, nous profiterons un peu plus longtemps de notre petite Gwenn...

*
* *

La Citroën était chargée des sièges au plafond, et la place restant pour les passagers n'avait jamais été aussi étriquée. Si Gwenn avait fait l'impasse sur nombre de ses vêtements de ville, elle avait tenu à ne pas se séparer d'une foule de livres auxquels elle était attachée.

— Vous comprenez, cela peut me servir pour mes cours !

Le couple Pasquier avait échangé discrètement un sourire complice : qu'allait bien pouvoir apporter la littérature française à des élèves qui parlaient encore majoritairement le breton ?

— Il faut de la place pour loger quelques bidons d'essence, avait objecté Antoine. Les rares pompes ouvertes peuvent se trouver à sec, et ce ne sont pas mes tickets de rationnement de dix litres chacun qui y changeront quelque chose... Mieux vaut prendre des précautions, car le trajet est long.

Bien que le temps fût un peu gris, la jeune femme appréciait ce voyage, heureuse de rompre avec l'atmosphère confinée de la capitale. En silence, elle laissait son regard courir sur les rivières et les collines, les forêts et les bocages du Perche, les reliefs doux et les vallées encaissées de Mayenne, les étangs et les vergers du pays de Rennes. Pour une fois, Antoine ne s'arrêta pas dans un restaurant renommé d'une grande ville, mais préféra le repas plus simple d'une auberge de village afin de s'attarder le moins possible.

— Où sommes-nous, ici ? s'enquit Loanne en avalant une gorgée de cidre.

— À la moitié du trajet environ. À Cornillé, je crois.

Gwenn se pencha sur son assiette odorante.

— Et c'est quoi, ce plat ?

— De la *frigousse* ! répondit l'aubergiste, à portée d'oreille. C'est une spécialité de chez nous... Panachage de viandes de poulet, pigeon, canard, parfois de bœuf, doré à la poêle avec du beurre salé, et arrosé de cidre avant de mijoter sur le coin du fourneau avec du bouillon, un verre d'eau-de-vie, des marrons, des quartiers de pomme caramélisés au four, des petits lardons et quelques assaisonnements à ma façon. C'est très copieux, vous savez !

— Et succulent ! félicita l'avocat, la bouche pleine.

Il y avait un peu plus de soleil lorsque la Traction reprit son périple, ce qui rendit le panorama aussitôt plus agréable à la vue. Gwenn ne se lassait pas de repérer au fil de la route manoirs et chapelles, croix et calvaires, y reconnaissant déjà l'essence même de l'âme de la Bretagne, mais ce ne fut qu'en abordant le Massif armoricain qu'elle se sentit un peu plus « chez elle ». Après avoir dépassé Carhaix, elle retrouva avec une certaine émotion l'atmosphère particulière des monts d'Arrée et de la Cornouaille. Non, elle n'avait pas oublié ces espaces de bruyères et d'ajoncs qui s'étiraient à perte de vue, ces collines arides et ces landes, ces crêtes rocheuses et ces tourbières, ces chaos de pierres et ces étendues presque désertiques… Bercée par le bruit du moteur et les virages, elle finit pourtant par s'assoupir et fut presque surprise lorsque le véhicule s'arrêta face à la longère de Ty Menez, alors que la nuit estompait les couleurs sanglantes du couchant.

— Déjà ?

— Je ne sais pas ce qu'il te faut ! répliqua Antoine Pasquier en s'extirpant de la voiture et en portant les mains à son dos douloureux. Ces heures et ces heures de route m'ont brisé. C'est bien la dernière fois que je fais ce voyage sans une pause la nuit dans un bon hôtel ! Près de quinze heures de conduite pour plus ou moins six cents kilomètres, ce n'est plus de mon âge…

— Je l'avais bien dit, remarqua Loanne. Mais vous n'en faites qu'à votre tête, comme d'habitude.

Sans répondre, l'avocat s'avança vers la porte devant laquelle la famille de son épouse se rassemblait pour les accueillir.

— Heureux de me retrouver parmi vous !

— Nous aussi, assura la mère de Loanne de sa voix chevrotante. Vous ne serez pas dépaysés : nous vous avons gardé les deux pièces que vous avez occupées durant ces années de guerre…

Les embrassades et les manifestations de joie s'ensuivirent, et Yann Quivennec proposa :

— Mais entrons donc ! Vous devez avoir faim ?

— Hum... Plus sommeil que faim après ce trajet et à l'heure qu'il est. J'ai encore cette *frigousse* de midi sur l'estomac !

— La belle affaire ! Nous vous avons préparé un *kig ha farz*. Il serait dommage de ne pas y goûter...

L'avocat connaissait bien cette spécialité du pays de Léon, une sorte de pot-au-feu breton constitué de farces liées à la farine et cuit dans un sac de tissu dans un bouillon bien aromatisé, et servi arrosé de *lipig*, une sauce au beurre et aux oignons.

— Non, non, pas ce soir... Je suis sûr qu'il sera encore meilleur réchauffé demain ! Nous nous contenterons d'une ou deux crêpes maison...

— Comme vous voudrez. À table, donc !

*
* *

Oui, Gwenn avait éprouvé une sincère émotion à être ainsi accueillie dans cette famille si sympathique où on la considérait comme une véritable parente. Pourtant, dès son réveil le lendemain, elle n'eut qu'une envie : celle de découvrir au plus vite Le Huelgoat et l'école qui serait sienne. Aussi insista-t-elle pour qu'Antoine la conduisît dans la journée jusqu'à ce village qu'elle habiterait bientôt.

— Doucement, ma belle. Il n'y a pas le feu !

— Oui, mais je suis tellement impatiente...

— Je le comprends bien, Gwenn. Nous nous y rendrons dès cet après-midi.

— Merci, Antoine !

— Mais non, c'est bien naturel.

Le temps lui parut pourtant long avant que l'avocat ne prît le volant, Loanne préférant demeurer à Ty Menez avec sa mère et ses frères. Le parcours lui permit de renouer avec des lieux autrefois familiers, et elle se surprit à se demander comment elle avait pu rester si longtemps à Paris sans que ces paysages lui manquent ! Elle se rassura aussitôt en pensant que, sans les Pasquier et la capitale, elle eût végété ici en pauvre domestique de pauvre ferme. Locronan, Cast, Châteaulin, Pleyben, Brasparts, Loqueffret, et enfin Le Huelgoat. Une grosse quarantaine de kilomètres avalés en moins d'une heure…

Le Huelgoat… Un gros bourg niché au creux de collines boisées, dont on découvrait d'abord le clocher de l'église surmontant les toits en ardoise des maisons de granit. La lueur du ciel d'été breton rehaussait le charme de la petite ville, que bordait un lac étincelant de lumière. La jeune femme apprécia aussitôt le calme de ce cadre paisible.

— C'est beau, non ?

— Oui, oui, c'est beau… admit Antoine du bout des lèvres.

L'avocat avait toujours préféré l'animation des grandes cités même si, l'âge avançant, il prisait davantage les charmes champêtres. La place du village, surveillée par la haute stature de l'église Saint-Yves, était un espace presque fermé cerné des principaux commerces de l'agglomération. Tout au bout, l'eau glissait sous le pont Neuf et sur ses arrondis de pierre avant de bouillonner et d'écumer en un doux murmure. Sur les indications d'un habitant, Antoine quitta la place vers le nord et ne tarda pas à dénicher l'école publique de filles, érigée au lieu dit le Pouly. Après une rude montée de quelques mètres, il s'arrêta devant une solide bâtisse enclose derrière ses murs et ses grilles.

— C'est là…

Là, « son » école ? Elle descendit de voiture pour s'en approcher. Un bâtiment à un étage et combles, qu'elle n'imaginait pas aussi grand dans un village si modeste. Relativement neuf, avec en face de l'entrée le corps principal flanqué à droite et à gauche de deux prolongations, et deux ailes en retour à la perpendiculaire qui encadraient une cour délimitée par un préau et une allée bordée de tilleuls. Elle s'exclama :

— Ouah ! Mais combien de classes y a-t-il, ici ?

Moins que tu ne penses, à mon avis, la rassura Antoine. À l'évidence, cet établissement scolaire doit abriter un internat !

— Il n'empêche, cela me semble immense !

Sans répondre, l'avocat s'approcha du portail qu'il poussa dans un grincement de métal.

— Ce n'est pas fermé. Peut-être y a-t-il quelqu'un en ces murs ?

Malgré l'hésitation de sa protégée, il avança dans la cour, suivi à quelques pas par Gwenn. Une fenêtre s'ouvrit presque aussitôt à l'étage, et la silhouette d'une femme s'y encastra. Manifestement alertée par l'ouverture de la grille, elle les interpella tous deux :

— L'école est fermée, comme vous devez bien le savoir… Que désirez-vous ?

Antoine Pasquier répondit :

— Excusez-nous, madame… nous sommes seulement en repérage ! Je vous présente Mlle Le Braz, qui doit prendre son poste ici dès la rentrée…

— Ah ! Bonne nouvelle ! Ne bougez pas, j'arrive !

Il ne fallut pas une minute pour voir apparaître à la porte principale une petite personne énergique aux cheveux sans doute grisonnants avant l'âge. Elle s'avança vivement :

— Je suis madame Le Chuiton, directrice de cette école. Et je suis heureuse de vous accueillir ! Mais le logement alloué à la nouvelle maîtresse n'est pas encore libre…

— Ne vous inquiétez pas ! intervint Gwenn. Je voulais seulement faire connaissance avec les lieux. D'ailleurs, si le portail avait été fermé, jamais nous ne nous serions permis d'entrer dans la cour. En fait, je n'ai nulle intention d'occuper ce logement avant la rentrée. Je vais passer ces vacances d'été en famille, à quelques kilomètres d'ici…

— Rien qu'à votre nom, j'ai su que vous étiez d'origine bretonne ! Mais j'aurais grand plaisir à vous faire visiter notre établissement, si vous n'êtes pas trop pressée.

— J'ai tout mon temps, madame la directrice.

— Madame suffira !

Gwenn et Antoine Pasquier emboîtèrent le pas de la responsable de l'école pour découvrir tout d'abord les salles de classe, dont la surface surprit la jeune femme :

— C'est grand ! laissa-t-elle échapper.

— Cette école accueille plus de trois cents filles, de la maternelle au certificat, ainsi qu'un cours complémentaire pour préparer aux concours administratifs, dont l'école normale, soit six classes au rez-de-chaussée : deux de chaque côté du pavillon central, et deux autres dans une aile en retour. Mon appartement se situe comme vous l'avez vu au-dessus de l'entrée principale, afin d'avoir accès aux dortoirs. Nous avons en effet chaque année environ soixante-dix pensionnaires venant des villages avoisinants. Je vais vous y conduire…

Gwenn découvrit alors les salles et les rangées de lits, puis les lavabos de porcelaine blanche dans une pièce adjacente aux allures de couloir. Elle fit ensuite connaissance avec l'un des appartements réservés aux institutrices.

— Ce n'est pas très grand, car c'est un logement pour célibataire, commenta Mme Le Chuiton, mais assez fonctionnel.

Deux pièces austères, avec un lit, un poêle et un placard dans l'une, une table et un coin cuisine sommaire dans l'autre.

— Cela me conviendra parfaitement !

— Il sera libre à la mi-août, car la maîtresse dont vous prendrez la place n'a pas encore déménagé, comme vous pouvez le constater… Mais passons au sous-sol, qui sur l'autre face donne de plain-pied sur la forêt et le chaos rocheux jusqu'à la rivière. À la belle saison, nous y laissons jouer les élèves, sous bonne surveillance bien sûr… Autrefois, ce niveau en partie basse du bâtiment n'abritait que des caves et une buanderie à l'usage des maîtresses. Aujourd'hui, heureusement, il est équipé d'un réfectoire pour les enfants et les institutrices, ainsi que d'une cuisine !

La directrice conclut ensuite sa visite en vantant les mérites de son établissement :

— Vous savez, mademoiselle Le Braz, je n'ai aucune inquiétude quant à vos compétences, car l'école du Huelgoat a une telle réputation que l'inspection académique de Rennes ne nous envoie que des enseignantes triées sur le volet ! Nous avons en effet la fierté d'avoir implanté ici, au fil des années depuis la création de ce lieu d'enseignement en 1910, un bastion laïc qui s'est forgé une place au sein des établissements religieux jusqu'à supplanter plusieurs écoles privées de la circonscription. Nous avons gagné au Huelgoat la compétition qui nous oppose depuis toujours à l'école des sœurs et des curés ! Chez nous, l'ascension sociale est vraiment possible, quelles que soient l'origine ou la pauvreté de nos élèves. La preuve : chaque année, une dizaine de nos filles en fin d'études réussit le concours d'entrée à l'école normale d'institutrices de Quimper, sans parler de celles qui sont reçues aux Postes ou dans une autre administration !

— J'ignorais tout cela, madame, et je suis d'autant plus fière d'avoir à enseigner dans un tel établissement !

Antoine Pasquier n'avait pas jugé bon jusqu'ici d'intervenir dans ces conversations professionnelles, mais il ne tenait pas à ce qu'elles s'éternisent :

— Excusez-nous, madame Le Chuiton, mais il serait temps que nous reprenions la route. Je pense que vous aurez tout le loisir de reparler de ça à la prise de fonction de notre petite Gwenn…

— « Petite », vous dites ? J'ai eu l'occasion de consulter ses résultats et les notes de ses inspections, ce qui me fait augurer qu'elle est déjà plutôt une « grande » dans le métier ! En tout cas, elle a le profil rêvé pour exercer à l'école du Huelgoat, qui est la meilleure de Bretagne avec celle de Scaër…

XXV

En remontant en voiture, Antoine demanda :
— Alors, ma belle, ça te plaît ?
— Bien sûr ! Mais je ne savais pas que cette école avait une telle réputation.

— Une directrice ne peut que vanter son établissement, non ?

— Peut-être, mais il serait étonnant qu'elle ait menti sur les chiffres qu'elle nous a fournis. Le taux de réussite est impressionnant, surtout dans une région où l'on s'entête majoritairement à placer les enfants dans le privé !

— Il reste à savoir si l'ambiance sera bonne et si l'entente régnera entre les maîtresses…

— Il n'y a aucune raison pour que ça se passe mal ! Et puis je serai à environ vingt-cinq kilomètres de Kernadic, ce qui n'est pas une grande distance avec une bicyclette.

— Il y a pourtant quelques montées qui me semblent fortes pour tes faibles jambes… plaisanta l'avocat.

— J'ai l'habitude de faire du sport, dans le cadre de mon enseignement ! Et puis chaque raidillon se transforme en descente, au retour…

Antoine éclata de rire avant de poursuivre sur un ton plus sérieux :

— Puisque tu parles de Kernadic, peut-être serait-il judicieux de ta part d'essayer de reprendre contact avec ton père, non ?

Gwenn hésita.

— Aujourd'hui ?

— Pourquoi pas ? C'est sur le chemin du retour à Ty Menez. Tu pourras ainsi juger de son humeur, et voir si les choses peuvent encore s'arranger entre vous deux...

— Je doute qu'il apprécie vraiment ma visite : il m'a si rudement interdit de remettre les pieds à Kernadic !

— Les années ont passé, Gwenn... et les temps ont changé ! Ton frère et tes deux sœurs aînées ont quitté le domaine, il n'y reste auprès de lui que la plus jeune de la famille et un valet. Je comprends que la menace de ce barrage le décourage... Toi seule à mon avis peux lui redonner l'énergie de se battre !

— Vous croyez ?

— Je suis loin d'en être sûr, ma belle... Mais cela vaut la peine d'essayer, non ?

Ce fut pourtant sans véritable entrain qu'elle accepta. De toute façon, il faudrait bien qu'un jour elle tentât cette inévitable démarche ! Alors mieux valait se débarrasser au plus vite de cette épreuve qui la hantait.

*
* *

Un certain malaise s'empara pourtant d'elle lorsque la Traction noire d'Antoine Pasquier s'arrêta devant la ferme où elle était née. Gwenn avait si longtemps vécu loin du domaine familial qu'elle pensait l'avoir totalement occulté de sa conscience. Pourquoi alors cette émotion qui l'étreignait avant même qu'elle n'ouvrît la portière pour descendre du véhicule ? Était-ce parce qu'elle savait désormais que Kernadic était sous la menace de la construction de ce maudit barrage ? Parce que Henri et ses sœurs aînées avaient abandonné son père ? Étrangement, en mettant le pied sur le sol fangeux de la cour, elle se sentit subitement plus bretonne et déterminée que jamais : quoi qu'il se passât, elle espérait bien faire entendre son point de vue à son père ! Et qu'importait s'il la considérait toujours comme une enfant perdue…

La première à apparaître à la porte de la fromagerie fut Naïg, qui se précipita vers la Citroën.

— Gwenn ! C'est bien toi ? Oh ! Que je suis contente… je désespérais de te revoir un jour ! Cela fait si longtemps !

La jeune femme se jeta dans ses bras, et Gwenn l'écarta pour mieux l'admirer.

— Ma chère Naïg ! Que tu as changé… En ma mémoire, tu étais toujours une petite fille, alors que tu es devenue une belle plante ! Les gars doivent te tourner autour comme les guêpes auprès d'un pot de miel, non ?

En rougissant, Naïg secoua la tête.

— Pour le moment, je n'ai nulle envie de trouver mari qui veuille m'entraîner loin de Kernadic, et la plupart des garçons de la région ne pensent qu'à filer vers les grandes villes, que ce soit Brest, Quimper, Rennes ou Paris…

Elle hésita un peu avant d'ajouter dans un sanglot réprimé :

— Un peu comme toi, en quelque sorte…

Gwenn la rassura d'un tendre sourire :

— Dès la rentrée prochaine, j'enseignerai à une grosse demi-heure d'ici, avec un bon vélo ! Au Huelgoat…

— C'est vrai ? voulut se faire confirmer Naïg, les yeux brillant d'émotion.

— Oui, c'est vrai…

Leurs retrouvailles furent interrompues par Ludovic Le Braz, qui sortit de l'étable pour s'avancer vers ses visiteurs. Il hésita un peu en reconnaissant Gwenn, puis finit par s'approcher en faisant faussement mine de l'ignorer.

— Ah ! Monsieur Pasquier… Je ne vous attendais pas aussi tôt dans l'année ! Mais… Mme Pasquier n'est pas là ?

Avant que Gwenn ne répondît, Antoine affirma sèchement :

— Il ne s'agit pas de ma femme, mais de votre fille, monsieur Le Braz ! Il serait peut-être temps de mettre fin à votre brouille imbécile et d'écouter ce qu'elle a à vous dire, non ?

Autrefois, Ludovic se fût insurgé contre une attaque si directe. À la surprise de sa fille, il haussa les épaules avec lassitude. Ses yeux pâles et découragés, noyés d'indifférence, trahissaient assez le désarroi qui l'habitait, ce qui incita Gwenn à faire deux pas vers lui.

— Vous m'avez beaucoup manqué, père... réussit-elle à articuler.

D'une voix enrouée, le vieil homme lui répondit, en évitant de croiser son regard :

— Toujours païenne ? De quel droit viens-tu semer le diable chez moi ?

Gwenn hésita entre rire et colère devant une telle absurdité, et elle s'exclama :

— Toujours bretonne ! Et avant tout Le Braz ! Cela te suffit, comme explication ?

C'était la première fois qu'un de ses enfants osait ainsi le tutoyer, ce qui laissa le maître de Kernadic pantois. Sa fille reniée faisait preuve de tellement d'assurance, de tant de force autoritaire qu'il s'en sentit troublé. Secrètement, il devait reconnaître que, sous ses vêtements citadins, elle était devenue un beau bout de femme, et il s'en trouva malgré lui assez fier. Pas question pour autant de baisser les armes ! Avec une dureté de voix qui sonnait faux, il aboya :

— Que me veux-tu ? Je croyais pourtant que nous nous étions tout dit, non ?

Gwenn ne fut pas dupe de sa mauvaise foi évidente, et elle se libéra d'un coup :

— Je veux bien que tu me considères comme une démone de la République, une suppôt de Satan, et te laisser prier des statues de bois ou de granit au nom d'une bigoterie qui permet encore à la *curetaille* de s'engraisser sur le dos des plus pauvres, mais jamais je me résoudrai à ce qu'un Le Braz crache sur les terres de générations de Le Braz !

Piqué au vif, Ludovic redressa la tête, les yeux subitement irisés de reflets de métal.

— Qu'essaies-tu de me dire ?

Il s'était exprimé en breton, un peu impressionné par la harangue de sa fille, et ce fut dans la même langue que Gwenn trouva la force de lui répliquer :

— Que je sais par Henri que tu renonces à te battre contre ce projet imbécile de barrage, que tu es prêt à brader nos terres et nos biens, à vendre le domaine ! Ce n'est pas digne d'un Le Braz, et je suis une Le Braz ! Que tu le veuilles ou non, je suis de ton sang, père... Mais moi, je ne laisserai personne nous déposséder de Kernadic sans me révolter ! C'est pour cela que je suis ici... plus que pour toi d'ailleurs, si tu veux le savoir !

Elle se tut un court silence avant d'ajouter plus doucement :

— Même si j'éprouve beaucoup de plaisir à te revoir, malgré nos différends...

À cet aveu qui lui alla droit au cœur, Ludovic fut tenté de lui ouvrir les bras pour l'étreindre contre lui, geste qu'il ne s'était jamais permis, mais il se retint. Un nœud dans la gorge, il la toisa :

— Et que pourrais-tu faire, toi, une « sans-Dieu », depuis ton Paris maudit ?

— Comme tu dois le savoir, je suis maîtresse d'école, maintenant. Et je viens d'abandonner la capitale pour enseigner près d'ici, à quelques kilomètres. Si j'ai demandé et obtenu cette mutation, ce n'est nullement pour retrouver la Bretagne ou pour assurer ma carrière d'institutrice, mais pour tenter de sauver Kernadic, puisque même toi tu y as renoncé ! Pourquoi ? Parce que malgré mon séjour prolongé à Paris, malgré l'enseignement laïc qui m'a été inculqué, malgré les considérations religieuses qui nous séparent, je conserve cette fierté que vous n'avez plus, père : la fierté de ne pas abdiquer sans combattre devant l'adversité !

Naïg intervint timidement :

— Mais que peux-tu bien essayer de faire contre l'administration ? C'est le pot de terre contre le pot de fer !

Ce fut Antoine Pasquier qui choisit ce moment pour affirmer :

— Qui ne tente rien n'a rien ! Je parle en avocat : il y a toujours des recours, des démarches pour entraver l'avance de ce qui n'est encore qu'un projet. Et Gwenn a raison : si nul ne s'insurge contre ce barrage, vous serez tous indemnisés de façon ridicule des terres inondées, et vos domaines et fermes ne seront plus qu'à vendre une bouchée de pain ! Tous les paysans concernés doivent s'unir, faire des réclamations, s'attacher le soutien de politiques locaux, opposer des dossiers convaincants face à ceux de l'État ou du département… Obtenir des entretiens à la préfecture. Secouer l'opinion par voie de presse. Mandater des études contradictoires… Se battre, quoi !

Ludovic soupira :

— C'est bien beau, tout ça… Mais nous ne ferons jamais le poids !

— À partir perdant, c'est sûr qu'on ne pourra gagner ! rétorqua ironiquement Gwenn.

Son père la considéra un instant, comme interdit : ainsi, la fillette timide qu'il avait laissée fuir pour la capitale il y avait des années était devenue cette femme décidée et sûre d'elle-même ? Une femme plus vaillante et déterminée que les hommes du canton ? Il en éprouva autant de satisfaction que de gêne, mais finit par concéder :

— Bon ! Inutile de nous énerver... entrez donc, que nous en discutions plus avant. Naïg nous trouvera bien de quoi nous préparer un repas de midi improvisé, non ?

— Avec plaisir ! s'empressa la jeune sœur de Gwenn. D'autant plus qu'Allan, notre homme de main à Kernadic, ne va pas tarder à revenir du moulin. Il est parti curer le bief.

— À quoi bon, si tout doit être noyé ? grogna Ludovic.

— Nous n'en sommes pas encore là, si l'on en croit Gwenn et maître Pasquier ! répondit Naïg avec entrain.

— Pff... Il y a loin de l'intention à la réalisation des vœux les plus pieux !

La jeune femme se trouva pourtant un peu perturbée à s'asseoir à la table familiale, en présence de son père et de sa sœur et au côté d'Antoine Pasquier. Quelle situation embarrassante, avec ce silence que nul n'osait rompre de peur de gâcher ces fragiles retrouvailles... Après un grognement indistinct, Ludovic grommela :

— Alors, comme ça, tu es devenue maîtresse d'école ? Une première chez nous pour une fille de paysan ! Mais pourquoi l'école des païens ?

Gwenn s'attendait à ces remarques, et elle se força à le regarder droit dans les yeux :

— Parce que l'enseignement y est gratuit ! Que les plus pauvres et les plus modestes peuvent prétendre y atteindre une position plus enviable que celle de leurs parents, même les filles, à partir du moment où elles sont aptes à étudier de façon sérieuse. Comme moi, père ! Je n'en aurais jamais rien su si M. et Mme Pasquier ne m'avaient incitée à suivre des cours... Parce que l'école de la République inculque le savoir essentiel, bien sûr, mais aussi les valeurs de morale et de civisme sans prendre en compte les opinions religieuses de chacun et de chacune. L'institutrice que je suis ne cherche pas à faire perdre la foi aux chrétiens ni à promouvoir l'athéisme : c'est là une question de conscience personnelle qui ne doit pas interférer avec l'enseignement. Tout à rebours des écoles de sœurs, où l'on passe plus de temps en prières ou à lire les Évangiles qu'à maîtriser l'écriture et les problèmes de calcul ! Non, qu'on se le dise : je n'ai pas honte du métier que j'exerce, bien au contraire...

Presque essoufflée par sa tirade, elle attendit une réponse de son père qui ne vint pas immédiatement. Embarrassé, Ludovic se passa nerveusement la main sur le front et profita de l'ouverture de la porte d'entrée pour échapper à la discussion :

— C'est toi, Allan ? Mais entre donc, que je te présente ma fille ! Elle s'appelle Gwenn. Et lui, c'est Allan. Il m'aide comme valet depuis des années et des années, mais vous n'avez jamais eu l'occasion de vous rencontrer...

— C'est vrai ! confirma le paysan en baissant la tête. Mais j'ai souvent entendu parler de vous...

Gwenn fut surprise. Elle s'attendait à voir un homme de ferme plus âgé, alors qu'Allan était un jeune gaillard, grand pour un Breton, aux épaules larges et à la mine avenante. D'emblée, elle qui ne s'était jamais vraiment intéressée à un garçon éprouva pour lui une véritable sympathie. Il n'était pourtant pas question de laisser transpirer le bref émoi qui l'avait traversée à son entrée.

— Enchantée de vous connaître... dit-elle simplement en breton.

Le valet se contenta d'un vague geste esquissé vers son chapeau pour toute réponse, et il s'installa discrètement en bout de table. Manifestement, il n'était pas très bavard.

Charcuteries, galette de pommes de terre, le repas se déroula dans une ambiance un peu lourde, avec des regards échangés à la hâte et des propos anodins qui ne trompaient personne. Et ce ne fut que devant un bol de café, après le fromage, qu'Antoine frappa la table du plat de la main pour demander :

— Alors ? Allez-vous vous décider à faire la paix, tous les deux ? Si vous voulez vous battre contre ce barrage, il ne faut pas oublier que l'union fait la force et qu'il vaut mieux mettre de côté votre fichu caractère de Bretons têtus !

Sans même relever cette petite pique, Ludovic n'hésita que peu. Baissant la tête, il concéda :

— Vous avez raison, monsieur Pasquier...

— Ah ! Tout de même ! s'écria l'avocat. Alors embrassez-vous et qu'on n'en parle plus...

Si Gwenn s'arracha aussitôt de son banc, son père y mit quelque réticence : ces démonstrations n'étaient pas dans les habitudes de la famille ! Il abdiqua pourtant et se leva à son tour pour accueillir l'effusion de sa fille. Pour ne pas perdre la face, il se força malgré tout à garder les bras ballants et la mine revêche, attitude qui ne dupa personne. En étreignant le corps du vieil homme, la jeune femme ne put empêcher quelques larmes de sourdre à ses paupières et fit tout pour cacher son trouble.

— Bon… articula-t-elle d'une voix rauque. Voilà qui est bien ! Je suis heureuse que nous nous parlions à nouveau, père…

— Ce qui ne veut pas dire que j'oublie ce qui nous sépare, hein ? bougonna encore Ludovic, histoire de juguler l'émotion qui s'était emparée de lui.

— Bien sûr, bien sûr… conclut Gwenn avec un sourire entendu.

XXVI

À PEINE LA TRACTION NOIRE immobilisée dans la cour des Quivennec, Loanne se précipita à la rencontre de son mari et de Gwenn.

— Alors ? Comment cela s'est-il passé ?

— Pour le mieux... assura la jeune femme. L'école du Huelgoat est l'une des plus réputées du Finistère, et la directrice m'y a accueillie de la plus courtoise des façons ! Je pourrai occuper mon logement avant la fin août.

— Je... je voulais dire... à Kernadic ?

— Ah ! Vous étiez donc au courant de cette halte ? Antoine me l'avait cachée jusqu'au dernier moment... Disons que mon père et moi avons conclu une trêve, et que nos relations devraient vite s'améliorer !

— Tant mieux, tant mieux... Cette brouille était vraiment dommage !

Gwenn arbora un large sourire.

— D'ici fin août, j'aurai ainsi de nouveau le toit de Kernadic pour étudier ce que nous pourrons envisager pour contrecarrer ce barrage. Cela évitera de nombreux allers-retours entre ici et Saint-Cadou !

— Tant que je suis là, je peux très bien servir de chauffeur ! proposa l'avocat.

— Ce sera tout de même plus pratique d'être sur place, dans un premier temps. Et puis le car de Douarnenez à Landivisiau et Morlaix s'arrête à Sizun…

— Tu veux encore te débrouiller toute seule, hein ?

— Je ne tiens aucunement à vous mêler à ces embrouilles qui ne vous concernent en rien.

— Tout ce qui te concerne nous concerne aussi ! assura Loanne.

— Je ne manquerai pas de m'en souvenir. Mais pour l'instant, nous n'en sommes pas là. Il me faut d'abord en savoir plus et réunir tous les éléments pour préparer une riposte…

— À ta guise, ma fille… À ta guise !

*

* *

Gwenn se sentait investie d'une mission qu'elle estimait encore un peu en opposition aux positions de son père, et elle savait désormais qu'elle ne pouvait compter que sur elle pour éviter que la propriété de ses ancêtres soit sujette à une expropriation à moindre coût. Envers et contre tout, envers et contre tous, elle était plus que tout déterminée à prendre les armes contre les décisions administratives, qui prétendaient transformer des terres fertiles en un lac qui submergerait des hectares et des hectares de prairies : la seule véritable relative richesse des fermes alentour !

Après deux jours passés à Ty Menez, elle n'y tint plus.

— Dès demain, il faut que je retourne à Kernadic pour en savoir plus sur ce projet de barrage... Il ne me sert à rien de me calfeutrer ici sans avoir pris la mesure de cet ouvrage.

Antoine proposa aussitôt :

— Il n'y a aucune raison pour que je ne te conduise pas à la demeure de ton père.

— Je peux tout aussi bien user des cars sans vous contraindre à ce trajet... proposa à nouveau la jeune femme.

— Crois-tu vraiment m'empêcher de te servir de conducteur ?

— Non, bien sûr, mais...

— Mais quoi ? Il n'y a pas à discuter ! Mon automobile est d'autant plus à ton service que cela me permettra de m'échapper de Locronan. Non que je m'y ennuie, mais j'aime à m'en évader un peu pour vadrouiller sur les routes de la région...

— Comme vous voudrez, Antoine ! Profitons d'abord de ce dimanche, où tout Saint-Cadou se rendra à la messe, pour tenter de savoir ce que la population pense de ce barrage...

*
* *

Ce dimanche ! Un peu par curiosité ou désœuvrement, elle se fit conduire par Antoine jusqu'à Sizun et se laissa aller à arpenter la place de Saint-Cadou à l'heure où une foule de fidèles s'empressait vers l'église. La jeune femme demeura un peu pensive devant cet édifice religieux maintes fois remanié.

Comment avait-elle pu suivre ce rendez-vous hebdomadaire sans se poser de questions, dans ses primes années ? Devait-elle se sentir coupable de considérer ces rites comme autant de manifestations évidentes d'un obscurantisme contre lequel elle s'efforçait de lutter ? Pour elle, désormais, les Évangiles comme la Bible ou les missels ne transmettaient que des traditions guère plus fiables que les légendes et contes de la région ou d'ailleurs. Bien qu'en Bretagne il n'était pas bien vu pour une femme « honnête » d'entrer dans un bistrot, elle prit le parti de braver cet interdit en pénétrant dans les murs d'un des cafés de la place. Aussitôt, elle y repéra les regards des buveurs qui s'attardèrent sur elle : il n'y avait que des dévergondées pour s'afficher ainsi seules dans un cabaret de village ! Quelques anciens se cherchèrent des yeux.

— Ce serait pas une des filles du Ludovic ?

— Celui de Kernadic ?

— Eh oui... Qui d'autre ? Il se disait pourtant qu'elle était fâchée avec son père...

— Et même qu'elle serait devenue maîtresse d'école ! Et d'école républicaine, en plus...

— Une renégate à nos curés, alors ?

— Pff... Peut-être pas plus que nous, Ehouarn : chaque dimanche, notre messe se passe plus dans ce bistrot que sous les voûtes de notre église, non ?

— Ce n'est pas pareil ! Nous sommes tout de même catholiques, et jamais je ne permettrai dans ma famille qu'on confie mes enfants ou mes petits-enfants à une école païenne !

— Cela va de soi, mon vieil ami… Nous avons des valeurs auxquelles il convient de ne pas déroger. Je ne manque pas un pardon.

Gwenn fut bien consciente des commentaires qui accompagnèrent son entrée, même si elle n'en perçut pas une bribe. Elle tenait avant tout à imposer son statut de femme libre et n'hésita pas à commander une bolée de cidre, la boisson préférée des hommes du canton… D'ordinaire plutôt timide et réservée, elle se fit violence pour clamer à haute voix :

— N'êtes-vous tous que des moutons pour ne pas vous révolter contre le barrage qu'on veut construire ici et qui inondera une partie de nos terres et de celles de Commana ?

— Oh, oh ! Doucement, petite… grogna le patron du débit de boissons pour éviter toute altercation. Doucement ! L'arrêté en cours ne concerne pas tout Saint-Cadou. Seulement une dizaine ou une douzaine de propriétaires possédant des surfaces inondables…

Gwenn toisa des yeux le maître des lieux ainsi que les consommateurs, avant d'avaler son bol d'un trait en assenant d'une voix forte :

— Je sais désormais ce que je voulais savoir ! Plus précisément qu'ici on préfère regarder son nombril plutôt que de s'unir pour venir en aide aux familles menacées d'expulsion…

Un des clients soupira en secouant la tête d'un air excédé :

— J'ai vu les plans, gamine, et aucune demeure n'est vraiment concernée par ce projet de lac !

La jeune femme se planta devant lui et haussa encore la voix pour que tout le monde l'entendît :

— Les habitations, peut-être ! Mais les terres dont elles vivent ? Nos meilleurs seigles poussent près de la rivière, comme le prouvent plusieurs moulins voués à être engloutis. Tout comme l'herbe y est plus verte et drue pour nos troupeaux ! Enfin, je m'aperçois que je parle pour les fermiers qui risquent de voir leurs prairies inondées, parce que les autres, comme vous, n'en ont rien à faire, hein ? Bravo, la solidarité bretonne !

Sur ses mots, elle haussa le menton pour sortir de l'établissement d'un pas vif. Au moins, on saurait ici de quel camp elle était !

*
* *

La jeune femme s'accorda encore deux jours de détente en compagnie d'Antoine et Loanne Pasquier avant de regagner Kernadic. Le temps de se replonger au cœur des paysages bretons et d'en découvrir de nouveaux trésors, aussi bien historiques qu'archéologiques, botaniques ou géologiques. Il lui fallait s'imprégner de tout ce que ce territoire, qu'elle croyait pourtant connaître, pouvait lui apprendre de ce substrat scientifique dont elle ignorait l'essentiel. Pour ses cours, il lui était essentiel de bien connaître le patrimoine local ! Ce mercredi enfin, elle se décida à rejoindre le domaine des Le Braz par le car, en refusant énergiquement d'y être conduite par Antoine Pasquier :

— Il faut bien que je m'habitue à user des transports en commun, car vous ne serez pas toujours là, Antoine.

— Comme tu voudras, ma belle. Ton enthousiasme fait plaisir à voir ! Mais rien ne m'empêchera de te soutenir dans ton combat, dans la mesure de mes moyens.

— Et je vous en remercie du fond du cœur, Antoine. Dans un premier temps, je vais m'attacher à réunir toutes les informations nécessaires pour établir un dossier solide.

— C'est en effet la première chose à faire ! Tout à fait comme les affaires que je plaide. Tu aurais pu faire une bonne avocate ! ajouta-t-il en plaisantant. Laisse-moi tout de même te conduire jusqu'à l'arrêt du car à Quimper. C'est la ligne de Morlaix, qui passe par Carhaix avec entre autres étapes celle de Commana ou celle de Brasparts. Il n'y a pas mieux pour rejoindre Sizun ou Saint-Cadou, puisque tu dédaignes ma brave Citroën !

— Je veux bien, et merci encore... Je n'ai rien contre un voyage en voiture, mais je préfère une certaine indépendance pour commencer mes recherches !

— Je te comprends, et je n'insisterai donc pas...

Le car se révéla poussif et infiniment moins rapide que l'automobile d'Antoine Pasquier, mais Gwenn s'en estima plutôt satisfaite. Étant installée plus haut par rapport au niveau de la route, la jeune femme, collée à la vitre, put mieux profiter des régions qu'elle traversait. Des fermes cachées par les haies de bocage, des prairies et des forêts, des troupeaux de vaches, des marécages, des étangs et des tourbières, des landes et des vallées qui alternaient avec des espaces plus dénudés et escarpés. L'antique véhicule de transport en commun mit plusieurs heures à aborder les monts d'Arrée, au grand plaisir de la jeune femme qui eut l'impression de mieux respirer à la vue de ces paysages familiers. Les montées, les descentes, les virages au sein de bois touffus ou d'espaces arides parsemés de roches acérées comme des crocs minéraux voulant mordre les nuages… Comment avait-elle pu se passer de cet environnement durant tant d'années à croupir entre les rues et les avenues de Paris ? Elle avait décidé de descendre à Brasparts, qui ne se situait qu'à six ou sept kilomètres de la maison natale, et sans doute moins en usant des chemins de traverse… Il était au moins midi et demi lorsqu'elle sortit de l'autobus, et elle préféra se restaurer un peu avant de poursuivre sa route. Elle n'eut aucune peine à trouver une auberge modeste place Sainte-Barbe, dans laquelle elle s'attabla non sans attirer l'attention des clients et clientes du lieu : une femme seule dans un établissement de boissons ou de restauration était le plus souvent suspecte de « mauvaises mœurs » ! Alors qu'elle terminait son repas, un homme râblé au chapeau enfoncé sur les yeux l'aborda en breton d'une voix gutturale :

— Eh ! Tu serais pas une fille du Le Braz de Kernadic ? Si c'est bien toi, je t'ai connue petite, puis comme une grande jeune fille, il y a quelques années…

Gwenn, toujours méfiante envers les hommes, se contenta d'une brève réponse :

— Je suis bien celle que vous dites, monsieur.

— Tu ne me reconnais pas, hein ? Je suis Yohan Parazer, du hameau de Kerféos… À moins de trois kilomètres du domaine de notre Ludovic.

— Ah oui… je me souviens, maintenant !

— Si vous rentrez chez vous, j'ai une place dans ma carriole. Cela vous évitera d'user vos semelles !

La fille de Kernadic n'hésita que peu :

— C'est si gentil que je ne saurais refuser !

— Ce sera un plaisir pour moi, mademoiselle…

Si Gwenn restait toujours prudente face aux propositions d'hommes qu'elle ne connaissait pas vraiment, elle savait pouvoir faire confiance à ce voisin qui était un ami de son père.

— Eh bien, allons-y !

*
* *

Elle avait pris soin de se vêtir de la plus sobre manière, afin d'éviter que son père, ainsi que les autres habitants qu'elle serait amenée à croiser, ne la considérât comme une Parisienne citadine ayant définitivement renié ses racines. Quelle impression étrange à enfiler de nouveau cette *brozh*[1] noire traditionnelle pour les filles de ferme ! À son arrivée, Ludovic la toisa d'un œil plus sévère que ne l'étaient ses sentiments.

— Tu nous reviens donc sous le toit de tes aïeux ?

— Oui, concéda-t-elle. Mais, contrairement à toi, pour tenter que ce toit demeure encore longtemps la propriété des Le Braz !

---

1. Jupe.

Elle avait insisté sur le tutoiement pour bien montrer qu'elle n'était plus une gosse soumise aux directives paternelles. Ludovic s'en sentit aussi contrarié qu'admiratif devant le caractère affirmé de sa fille. À la découvrir ainsi combattante, il se reprit à espérer un peu face à la menace des eaux qui guettait ses terres les plus fertiles. Néanmoins sceptique, il secoua la tête.

— Crois-tu vraiment être de taille à pouvoir faire barrage à… à ce barrage ?

— Je ne sais… Mais je n'abdiquerai pas avant d'avoir tout tenté contre ce projet !

— Bon courage, ma fille… Je te soutiens, mais du bout des lèvres, car je ne crois guère à la réussite quant à faire obstacle à des décisions administratives qui nous dépassent !

— L'avenir le dira, père… L'avenir seul !

— Que veux-tu que je te dise, Gwenn, sinon bonne chance !

La jeune femme n'avait pas oublié la timide attirance qu'avait suscitée en elle le valet de Kernadic, même si elle n'avait pas encore échangé un seul mot avec lui. Le souvenir de ce colosse tranquille aux yeux doux, si calme et réservé, la hantait depuis son retour au domaine ! Amoureuse ? Secrètement, elle s'en défendait avec ardeur : mais s'en faire un ami, pourquoi pas ? Avoir un allié dans la place ne serait sans doute pas négligeable…

— Allan n'est pas là ?

— Pourquoi ? s'étonna Ludovic. Qu'a-t-il à voir dans nos affaires ? Il s'occupe de la remise en état de notre moulin.

— Ben… Je voulais seulement savoir s'il pouvait me conduire jusqu'à Sizun, où j'aimerais bien avoir un entretien avec le maire.

— Le maire ? Qu'a-t-il à faire de nous, à Saint-Cadou ? Je te rappelle que du temps de mon grand-père notre village aspirait à se voir constitué en commune indépendante, mais le ministère de l'Intérieur l'a refusé, nous laissant sous la coupe de Sizun ! Si nous conservons notre propre liste électorale, notre bureau de vote et nos registres d'état civil, tout se décide à sept kilomètres de notre bourg, à Sizun, où nos voix n'ont guère plus de poids qu'une chiure de mouche…

— Qu'importe ! Le premier magistrat de la commune ne peut me refuser d'avoir accès au dossier d'un projet dans lequel est inscrit le sort de nos propriétés !

— Bon, bon… Je vais faire appeler Allan par Naïg. Mais vous ne partirez pas, lui et toi, sans avoir partagé notre repas de midi !

— C'est vrai, admit Gwenn. Il serait inconvenant de déranger notre élu entre poire et fromage !

XXVII

Si Gwenn ne pouvait nier le bien-être qu'elle éprouvait à être assise auprès du valet qui menait Kadarn et le cabriolet, Allan restait obstinément muré dans un mutisme qu'elle ressentait presque comme hostile. Silencieuse elle aussi, la jeune femme l'observait à la dérobée : beau garçon, costaud, mais doux dans ses gestes et discret dans ses attitudes. Rien à voir avec les séducteurs des grandes villes ! Sans envisager le moins du monde pouvoir faire un jour ménage avec lui, elle ressentait néanmoins une attirance qu'elle ne pouvait s'expliquer. Jamais elle n'avait connu une véritable amitié masculine, et elle souhaita soudain que ce simple employé de ferme fût le premier. Un ami... Oui, son premier ami ! Après avoir parcouru de virage en virage des espaces boisés et vallonnés parsemés d'anciennes ardoisières, elle osa les premiers mots, en breton :

— Je peux vous poser une question, Allan ?

S'il parut contrarié d'entamer une conversation, il répondit :

— Bien sûr, demoiselle. Mais vous pouvez parler *galleg* : j'ai mon certificat d'études !

— Ah ? Tout cela pour être domestique de ferme ?

— Ce n'est pas parce que je suis allé à l'école que je ne suis plus paysan, m'selle… L'élevage, le lait, le fromage, la culture, c'est ce que j'ai toujours voulu faire ! Et je le fais, à Kernadic.

— Vous ne pouviez donc le faire chez vous ?

— Pff… Chez moi ? Mon père taillait des ardoises et nous n'avions ni terres ni maison à nous ! C'est un peu par hasard que j'ai été embauché chez les Le Braz, où l'on me payait mieux que partout ailleurs… à cause, je pense, de la rente que vos protecteurs allouent annuellement à votre père. Si j'ai bien compris, toutefois…

— C'est sans doute une déduction logique ! accorda la jeune femme. Mais ne pensez pas non plus que parce que je suis devenue institutrice je renie mes racines paysannes et le domaine de mes aïeux. C'est même pour cela que je suis revenue ici. Pour tenter de me mettre en travers de ce projet de barrage qui inonderait une grande partie de nos biens.

— Je veux bien vous croire, m'selle… Mais avez-vous la moindre chance d'y parvenir ?

Il n'attendait pas de véritable réponse, et Gwenn renonça à poursuivre plus avant la discussion. Elle se contenta pour conclure de demander :

— Et vous nous venez d'où, Allan ?

— Pas bien loin d'ici… de Lopérec.

L'œil sombre, il se renferma sur lui-même, et Gwenn jugea qu'il valait mieux ne plus lui poser de questions. L'envie ne lui en manquait pas, pourtant : ce grand lourdaud lui semblait tellement sympathique ! Pourquoi ? Elle ne le savait pas vraiment.

Depuis son départ de Kernadic, obnubilée par ses études d'abord puis par son enseignement ensuite, elle n'avait jamais eu l'occasion de nouer des relations amicales avec un garçon. Et celui-ci était plutôt à son goût, bien qu'il fût issu d'un milieu modeste.

— Nous arrivons, m'selle Gwenn. Je vous attendrai au café de la place.

*
* *

La mairie de Sizun… « Bon, un peu de courage ! » Elle grimpa les quelques marches, poussa la porte et hésita un instant dans le couloir.

— Vous désirez, mademoiselle ?

Elle sursauta, se retourna pour faire face à un homme déjà âgé qui la fixa par-dessus ses lunettes derrière une pile de documents.

— Excusez-moi, je ne vous avais pas vu. Je voudrais rencontrer M. le maire…

— M. Mazé est occupé… Vous n'aviez pas rendez-vous ?

— Non, mais j'attendrai.

— Il ne devrait pas en avoir pour bien longtemps. Il est en communication téléphonique avec le député.

Le premier magistrat de la commune ne tarda en effet pas à apparaître, et il invita la jeune femme à le suivre dans son bureau. Un homme moustachu, assez grand, de cinquante à soixante ans et à la mine émaciée.

— Je n'ai pas l'honneur de vous connaître, madame…

— Mademoiselle, rectifia-t-elle. Je m'appelle Gwenn, et je suis une des filles de Ludovic Le Braz.

— Ah ! De Saint-Cadou ?

— Oui, de Kernadic.

— Et que puis-je pour vous ?

Le maire semblait intrigué par cette fille de paysan qui s'exprimait avec élégance et paraissait dotée d'une certaine culture. Gwenn le renseigna aussitôt :

— J'étais institutrice à Paris, et je viens d'être nommée au Huelgoat, à quelques kilomètres d'ici. Si je me permets d'user de votre temps, c'est pour m'informer sur cette histoire de barrage sur l'Élorn et le Mougau qui, si j'ai bien compris, devrait noyer une grande partie des terres de mon père…

— Ah ! Ce fameux barrage… Il y a bien vingt ou trente ans qu'on en parle, et que ce projet émerge pour couler ensuite ! Il a réapparu sous Pétain, et le gouvernement provisoire l'a entériné suite à la quasi-destruction de Brest par les bombardements : une telle retenue d'eau serait, dit-on, indispensable pour alimenter la ville. De plus, elle pourrait fournir l'énergie nécessaire pour l'électricité dont nombre de nos villages sont encore privés.

— Est-ce que cela justifie de saisir à moindre coût par expropriations les terres et les biens de familles vivant ici depuis la nuit des temps ?

— Ne prêchez pas un convaincu, chère demoiselle… Comme conseiller général du canton, je suis moi-même plutôt opposé à ce barrage. Mais la majorité des terres inondées le serait sur le territoire de Commana, dont le maire est par ailleurs assez favorable à son édification. Rassurez-vous tout de même, nous n'en sommes encore qu'aux enquêtes publiques.

— Je sais. On m'a même dit qu'aucune habitation n'était concernée par le futur lac.

— Ce qui est faux ! affirma le premier magistrat. Deux hameaux doivent pratiquement être éradiqués : le Drennec et son moulin à Saint-Cadou, donc sur ma commune, ainsi que Stamoizac'h, sur celle de Commana où principalement deux fermes sont menacées de disparition totale !

— Vous devez avoir en votre possession les plans et études relatifs à ce projet. J'aimerais avoir l'autorisation de les consulter, afin d'en savoir plus.

— Ce sera volontiers, demoiselle. Même si j'estime malheureusement que l'administration ne pliera pas si facilement ! Pour ma part, j'espère seulement que l'édification de ce barrage tombera vite aux oubliettes, comme cela fut déjà le cas à plusieurs reprises dans le passé. Je vais demander à mon secrétaire de vous présenter ces dossiers. Mais ils ne doivent pas sortir de la mairie, hein ?

— Je me suis munie d'un cahier et d'un crayon pour noter ce qui me semblera justifié de conserver.

— Bon courage, mademoiselle. Et au plaisir de vous revoir en ces murs !

— Le plaisir sera pour moi, monsieur le maire.

Durant plus de deux heures, la jeune femme se plongea dans les documents qu'on lui avait fournis, en couvrant les pages de son carnet d'une écriture fine et serrée.

— Hum... mademoiselle ?

Elle sursauta au doigt discret que le secrétaire de mairie posa sur son épaule.

— Oui ?

— Vous voudrez bien m'excuser, mais les portes vont fermer entre midi et deux…

— Déjà midi ? s'étonna-t-elle. Je suis désolée… Il me faudra peut-être revenir, à l'occasion.

— Je serai toujours à votre disposition, croyez-le bien ! Je vous signale aussi qu'à Saint-Cadou vous pouvez contacter M. Crenn, qui est adjoint spécial pour cet écart.

— Merci… Merci beaucoup !

Une pensée la traversa : et Allan ? Le jeune homme avait eu tout le temps de s'enivrer au sein de l'un ou l'autre des cafés du village ! Au sortir de la mairie, elle fila aussitôt vers l'établissement de boissons qui trônait juste en face, de l'autre côté de la place. Elle y retrouva le valet de Kernadic tranquillement assis en terrasse devant un verre de limonade. Elle s'étonna :

— Vous buvez ça, vous ?

— Je tiens à garder la tête froide quand je mène la carriole. Il y a de plus en plus d'automobiles qui roulent dangereusement, vous savez… Je ne crache pas sur une bonne bouteille de vin ou de cidre, mais seulement lorsque je n'ai pas d'ouvrage, et jamais au point de me soûler ! C'est ma façon de vivre et de voir les choses.

— Et c'est tout à votre honneur, Allan ! Mais il est un peu tard pour rejoindre Kernadic avant l'heure du repas de midi, non ? Quelle est la meilleure auberge où se restaurer, ici ?

— L'*Hôtel des Voyageurs*, bien sûr ! Tout au bout de la place, près de l'église et de l'enclos paroissial. Vous y trouverez bonne chère, à ce qu'on dit.

— Te, te, te... Vous viendrez bien manger avec moi, non ?

Le valet rougit.

— C'est que... que je me suis préparé un casse-croûte, à tout hasard...

— Il n'en est pas question ! Je vous offre une place à ma table.

— Jamais je ne me permettrais, mademoiselle !

— Quelle timidité, Allan ! Pour ma part, je n'ai que faire de ces civilités imbéciles : j'ai beau avoir décroché le droit d'enseigner, je n'en reste pas moins fille de paysan, ce que je ne renie nullement. Aussi, assez de « mademoiselle ». Appelez-moi donc Gwenn, comme tout le monde...

— Vous croyez ?

— Puisque je vous le dis !

Durant le repas, la jeune femme fut heureuse de voir son compagnon de table se détendre un peu. Plus elle y pensait, plus elle estimait ce garçon digne de son intérêt : effacé, paisible, sûr de sa force tranquille, et avant tout respectueux ! Un peu trop taciturne, peut-être ? Mais tellement attachant... Bien qu'elle s'efforçât de repousser tout sentiment se rapprochant d'un amour naissant, elle trouvait Allan assez attendrissant dans sa gaucherie. Elle attendit le dessert pour lui sourire.

— Si vous me parliez un peu de vous, maintenant ?

— Il n'y a pas grand-chose à en dire, mademoiselle...

— Gwenn ! rectifia-t-elle en riant.

— Oui... Gwenn... Pas grand-chose, je vous assure ! Je n'ai pas connu ma mère, morte à ma naissance, et mon père, comme je vous l'ai dit, était ardoisier à Lopérec. Ma grand-mère maternelle avait fait des études, et elle a contraint mon père à m'envoyer à l'école.

— Chez les sœurs ou les curés, bien sûr !

— Bien sûr ! Quoi d'autre ? Si j'ai décroché mon certificat, les prières et les leçons de catéchisme tout comme les lectures des Évangiles ou de la Bible n'ont eu comme résultat que de me dégoûter de l'église ! Je n'y mets plus les pieds, ce qui m'a valu les foudres de mon père. Au point que j'ai fini par fuir la maison…

— Nous avons donc un point commun, Allan ! La même raison m'a amenée à ne plus retourner à Kernadic durant des années.

— J'ai ensuite donné un coup de main à la ferme de mon grand-père, avant de me louer comme valet sur divers domaines. Je n'ai jamais envisagé autre chose que le travail de la terre. Le soin des troupeaux, le labour, les fenaisons, l'affinage du beurre ou du fromage… Loin de moi l'idée de me racornir derrière un bureau ou une machine d'usine, même pour un bon salaire ! Je suis un homme de plein air, moi.

Jamais sans doute ne s'était-il autant épanché sur sa vie privée, et il en eut subitement assez conscience pour se taire.

— Je ne sais d'ailleurs pourquoi je vous dis tout ça… ajouta-t-il pourtant.

Gwenn jugea inutile d'insister, et elle préféra demander :

— Si vous voulez bien me conduire à Commana, maintenant. J'ai bien envie de rencontrer le nouveau maire, M. Manac'h…

— Si vous y tenez, mad… Gwenn, pardon…

*
* *

Commana… Un gros bourg de plus de mille cinq cents habitants perché sur sa colline, longtemps réputé pour ses foires et ses marchés. La jeune femme connaissait bien ce village, le plus proche de Sizun et de Saint-Cadou.

— Vous ne voyez pas d'inconvénient à ce que je vous tutoie, Allan ?

— Si vous le voulez ainsi…

— À condition que vous… que tu fasses de même avec moi !

— Oh, non ! Sans vous vexer, c'est… c'est un peu prématuré, pour moi.

— Dis plutôt que c'est parce que je suis une fille du maître de Kernadic !

Allan préféra ne pas répondre, et Gwenn poursuivit :

— Quand je pense qu'ici il ne reste que moins d'une demi-douzaine d'exploitations d'ardoise ou de granit ! Ce qui était le métier de ton père… Le mien m'a dit autrefois qu'il y avait sur la commune, avant la Première Guerre, plus de cent cinquante de ces carrières qui employaient au moins quatre cents ouvriers.

Le jeune paysan haussa les épaules.

— C'était un métier de forçat ! Pour ma part, je préfère rester cultivateur…

Gwenn n'insista pas et prit une mine faussement contrite.

— Je vais encore te laisser à m'attendre ici en t'ennuyant, le temps que je fasse une petite visite à la mairie !

— Oh ! Je ne m'ennuie jamais, mademoiselle. Je réfléchis ! Aux travaux à venir, à la meilleure façon d'avoir les meilleurs rendements sur telle ou telle parcelle et tout un tas de choses de ce genre.

— Mon père a bien de la chance de t'avoir, alors ! Même s'il estime que la partie est déjà perdue et que les trois quarts du domaine seront inondés, ce qui l'amènera à vendre Kernadic.

— Nous n'en sommes pas là ! Et vous semblez tellement décidée à vous battre que cela donne un peu d'espoir...

— Assez peu, honnêtement ! Ce n'est pas seule que je pourrai faire bouger les choses... Surtout contre l'administration.

— C'est tout de même bien, de ne pas partir vaincue...

Tournant le dos, elle se dirigea vers le parvis de la mairie, comme galvanisée par ce compliment. Elle parvenait à la porte lorsqu'un homme arrivé en même temps qu'elle lui tint ouvert le battant :

— Je vous en prie, mademoiselle.

— Merci ! Je souhaiterais rencontrer M. François Manac'h, le maire...

— Vous tombez bien, c'est moi-même depuis avril dernier ! Et que lui voulez-vous, à monsieur le maire ?

— L'entretenir du barrage qui est susceptible d'engloutir une partie de sa commune...

— N'exagérons rien ! Environ une centaine d'hectares seulement... Mais à qui ai-je l'honneur ?

— Gwenn Le Braz, monsieur le maire. Institutrice récemment mutée au Huelgoat, et fille de Ludovic Le Braz qui exploite le domaine de Kernadic, sur Saint-Cadou, lequel domaine serait grandement impacté par la réalisation d'une telle retenue.

— Je vois, je vois. Suivez-moi que nous puissions consulter ensemble le plan du projet.

Sur les pas du maire, elle pénétra dans une vaste salle aux multiples rayonnages emplis de dossiers. Sur une sorte de pupitre trônaient les feuilles cartonnées du cadastre.

— Il ne vous servira à rien, Kernadic faisant partie de la commune de Sizun ! Mais j'ai l'essentiel de l'aménagement prévu dans cette chemise. Voyez : une fois construit, le mur du barrage aura une hauteur d'environ vingt à vingt-cinq mètres, selon diverses propositions. Le lac formé aura la forme approximative d'une étoile. Il devrait en effet noyer cent dix hectares, principalement sur Commana. Il est vrai pourtant que quelques moulins et maisons de Saint-Cadou devront être rasés chez nos voisins de Sizun, particulièrement au hameau du Drennec.

— C'est bien ce que regrette le maire de Sizun, M. Mazé…

— Lui ? Je pense parfois qu'il s'oppose à toute modernité !

— Mais quelle modernité y a-t-il à ruiner tant d'exploitations agricoles ?

— Par la nécessité d'alimenter en eau nombre de villages, mais surtout l'agglomération de Brest ! D'autant plus que là-bas tout est à reconstruire après les bombardements alliés. Autant en profiter pour assurer une adduction correcte ! D'où l'intérêt d'envisager plusieurs barrages, dont celui-ci...

— Ce n'est pas si simple. Souvenez-vous des oppositions, avant guerre, lors de la création du réservoir Saint-Michel, à seulement quelques kilomètres d'ici ! Toutes ces manifestations, et un tollé général.

— Ah ! Le lac de Brennilis... Le tribunal de Châteaulin a débouté les plaignants, qui pour la plupart n'exploitaient les marais que pour en extraire la tourbe et y faire pacager le bétail. Il a été mis en eau en 1937.

— À croire que, de barrage en retenue, on tient à noyer toute la région, non ?

— Toujours cette même exagération, jeune dame... Plus personne ne se plaint désormais de ce lac, à Brennilis.

— Je ne peux néanmoins m'empêcher d'imaginer la misère qu'il a sans doute générée pour les personnes lésées, car les indemnisations d'État ne sont jamais très grasses.

— Allons ! Ce n'étaient que des terrains de faible valeur vénale.

— Ce qui n'est pas le cas des vallées de l'Élorn et du Mougau ! Avec des terres fertiles, des prairies bien drues, des moulins, et une bonne partie de deux hameaux qui risque de disparaître au Drennec et à Stamoizac'h.

— De toute façon, rien n'est fait ! Comme vous le savez, ce barrage a plusieurs fois été envisagé, et tout autant de fois finalement repoussé.

— Je sais, je sais... Puis-je consulter tout de même ces documents, afin de me faire une idée plus précise ?

— Autant que vous voudrez, mademoiselle ! Et je suis à votre disposition pour tout renseignement complémentaire.

XXVIII

Bien qu'elle ne s'y sentît pas encore vraiment à l'aise, Gwenn appréciait de retrouver le toit de Kernadic, depuis que son père avait mis son mouchoir par-dessus leurs différends. Et puis pouvait-elle ignorer le fait qu'elle trouvait l'ambiance plus supportable en la présence d'Allan, lequel ne semblait pas s'apercevoir de l'intérêt qu'il suscitait dans les émois de la fille de son patron. Comme souvent, ce soir-là, Ludovic Le Braz attendit le moment du fromage pour entamer une conversation plus sérieuse que les contingences quotidiennes de la ferme :

— Alors, la guerrière du lac… Qu'en est-il de tes démarches du jour ?

La jeune femme soupira :

— Rien n'est encore arrêté, heureusement ! Et si le maire de Sizun affirme être contre ce foutu barrage, celui de Commana y est plutôt favorable. Il ne faut pas oublier que l'étendue du plan d'eau occupera majoritairement sa commune, mais il considère que les intérêts d'une grande ville comme Brest passent avant ceux des campagnes, et ce au nom du redressement national.

— Cela, nous le savons depuis longtemps !

— Contrairement à ce que j'avais entendu ici ou là, ce barrage ne noiera pas que des terres ou des moulins, mais aussi des habitations ! Sont concernées plusieurs maisons de Stamoizac'h, sur Commana, ainsi que d'autres à Saint-Cadou, tout près de chez nous, au village du Drennec.

— C'est bien ce que je prétendais ! s'énerva Ludovic. Mais beaucoup ne m'ont pas cru. Faut dire que ceux qui ne sont pas menacés par les expropriations ne sont guère portés à s'inquiéter... Mais il nous a été impossible d'avoir le détail du projet ! Il faut attendre le plan définitif, et les études ne sont pas terminées, qu'ils disent.

— Pour ma part, j'ai pu recopier des épreuves, ainsi que les terres et bâtiments en péril, sans oublier les propriétaires concernés...

— Mais comment as-tu fait ? Quant à nous, nous n'avons pu avoir aucune précision !

— Je crois qu'une femme passe mieux auprès des élus qu'un paysan bourru et en colère, non ? Et puis le fait que je sois institutrice laïque me donne un certain statut... et peut-être même une certaine influence...

— Sans oublier le charme et la beauté ! marmonna Allan à l'autre bout de la table.

Gwenn se surprit à rougir, car c'étaient là les seuls mots prononcés par le valet depuis le début du repas. Naïg étouffa une mimique amusée en découvrant l'intérêt évident que se portaient les jeunes gens sans même vouloir se l'avouer. « Le temps fera bien son œuvre... » pensa-t-elle, plutôt heureuse de voir son aînée enfin sensible à la présence d'un homme de son âge.

— Bon ! s'agaça Ludovic. Qu'en est-il, alors ?

— Je vais vous dire, père... Je me suis d'abord attachée à définir le plus précisément possible les surfaces dont Kernadic serait éventuellement amputé. Une catastrophe : près de soixante-dix pour cent de notre propriété ! Principalement nos terres de Roz an Drell et de Kreac'h ar Hoël, ce qui signifie aussi notre moulin du pont et notre grange dans la vallée.

— La ruine, quoi ! Comment pourrions-nous vivre sur ce qui restera ? Ce ne sont pas les indemnités qui compenseront le fait que Kernadic ne sera plus qu'un domaine de misère...

— Ce n'est pas une raison pour vendre, père ! s'énerva Gwenn. D'abord parce que pas un particulier n'achètera devant la menace du barrage, sinon pour récupérer les terres restantes à vil prix, ensuite parce que la contrepartie proposée par l'État pour les expropriations sera loin de te permettre d'envisager d'acquérir une autre propriété ailleurs... Éventualité à laquelle je me refuse, d'ailleurs : Kernadic doit rester le fief des Le Braz ! Il nous faut nous battre, père, et ne pas céder !

Ludovic soupira, subitement très las :

— À quoi bon ? Henri a quitté la ferme pour jouer les ouvriers dans une usine parisienne. Pauvre imbécile ! Et tes deux sœurs aînées ont préféré se trouver un mari qui ne soit pas paysan, Gaëlle à Morlaix, Soizic à Brest, ou tout au moins ce qui subsiste de Brest... Il ne me reste que Naïg au logis. Comment veux-tu que je m'en sorte ?

— Je suis là, aussi ! intervint Allan.

— Et je t'en remercie, même si la seule chose que je te reproche est de ne pas aller à la messe... Mais voyons, Gwenn : si par miracle le domaine échappait aux eaux, s'en occuper au mieux serait au-dessus de la force de deux hommes !

— Allons, père... reprit Gwenn. Allan est costaud, et la rente des Pasquier te permettrait facilement de louer quelques bras supplémentaires !

— Sans la menace du barrage, peut-être... Mais ce n'est pas le cas ! Car les choses vont plus vite qu'on a bien voulu te le dire : il n'y a pas de jour sans que l'on ne voie sur nos domaines quelques géomètres avec leurs drôles d'appareils, leurs cartes d'état-major, leurs plans et leurs carnets ! À mon avis, il ne passera guère de temps avant qu'on ne nous envoie magistrats ou huissiers pour établir ce qu'ils appellent un « protocole de rachat des terres ». En d'autres termes, rien de moins qu'une pure et simple expropriation !

— Raison de plus pour réagir ! Dès demain, j'essaierai de convaincre les personnes concernées de s'unir pour tenter de faire barrage... à ce barrage !

— Si tu aimes les causes perdues, que veux-tu que je te dise ? Bon courage, ma fille...

*
* *

Gwenn se leva assez tôt, en même temps que son père et Allan, alors que Naïg dormait encore. Ludovic la considéra d'un œil un peu narquois :

— Alors, toujours décidée ?

— Plus que jamais ! répondit-elle en mordant dans une belle tranche de pain beurré.

L'employé de ferme proposa :

— Faudra-t-il vous accompagner, mademoiselle ?

— Inutile ! Nos voisins concernés par le futur lac sont tous à portée de jambes ! Et arrête donc de me donner du « mademoiselle », ça m'énerve !

— Excusez-moi, Gwenn… J'avais oublié !

Le maître de Kernadic leva un sourcil intrigué. Si Allan restait de marbre et égal à lui-même, l'intérêt que semblait lui porter sa fille ne passait pas tout à fait inaperçu ! « Que peut-elle bien lui trouver, elle, une maîtresse d'école ? Enfin, je me fais peut-être des idées… »

— Bon… Et que comptes-tu retirer de ces visites ?

— Quelle question ! Que nous nous unissions pour avoir un poids assez important afin de faire plier l'administration.

— Bel idéal, ma fille, mais vaut mieux que je te laisse rêver plutôt que de nous disputer à nouveau ! râla une fois de plus Ludovic.

En haussant les épaules, Gwenn endossa un ciré pour faire face à la bruine qui régnait à l'extérieur, puis elle s'échappa de la pièce en affirmant :

— Au moins, si nous sommes perdants, on ne pourra dire que nous n'avons rien fait contre le diktat que représente ce projet !

Sans plus attendre, elle sortit de la longère pour prendre le chemin menant au hameau du Drennec. En consultant sa liste, elle opta pour se diriger d'abord vers la ferme des Le Saint. Tout au long du parcours, elle prit plaisir malgré le temps maussade à contempler le cours de l'Élorn, en essayant d'occulter la pensée qu'elle ne le verrait peut-être plus jamais… Elle aimait tant ces méandres qui serpentaient entre les collines verdoyantes, le paysage plus lointain des crêtes des monts d'Arrée, les vaches broutant au sein des prairies, les zones plus marécageuses d'où l'on tirait la tourbe. Comment imaginer que tout cela pouvait disparaître ? Bien qu'elle eût faibli le pas pour profiter au mieux de cet environnement dont elle se sentait un peu propriétaire, elle parvint plus vite qu'elle ne l'avait prévu en face des quelques bâtisses émergeant des brouillards diffus qu'éveillait l'humidité ambiante. Les chiens du domaine aboyèrent d'une férocité que la jeune femme jugea plutôt feinte, et elle ne ralentit pas l'allure pour aller frapper à la porte. Laquelle s'ouvrit sur la mine peu avenante d'une matrone d'une quarantaine d'années.

— Qu'est-ce vous voulez, à c't'heure ?

— Veuillez m'excuser, madame Le Saint… En fait, je ne viens qu'en voisine : je suis une des filles des Le Braz, à Kernadic !

Se radoucissant aussitôt, la fermière s'exclama :

— Ah ! La Parisienne ? Celle qui est devenue maîtresse d'école ? Ça, personne ne l'aurait cru, à l'époque ! Mais… qu'est-ce que vous nous voulez, de si bon matin ?

— Ben… Je pense qu'il serait plus opportun que nous en parlions en présence de votre mari… sans vous obliger, madame…

Un peu intriguée, la brave femme finit par répondre :

— Mon mari ? Bon, bon... je vais le faire chercher ! Il doit être à la traite des vaches, en ce moment... Mais pourquoi ?

— Je crois que vous avez le même problème que nous, à Kernadic, mais en plus grave : si j'ai bien compris, si la retenue d'eau devait voir le jour, ces bâtiments seront engloutis sous des mètres de flotte, non ?

— Arrêtez donc de parler de ça, mademoiselle. Cela me ronge les sangs !

— Autant vous le dire tout de suite, la chose n'est pas inéluctable, à mon avis. Mais pour avoir un certain poids sur les négociations, il faut nous unir ! Entamer des recours, asticoter les élus, contester les décisions départementales et cantonales, et même peut-être faire entreprendre des études environnementales et énergétiques capables de démontrer l'inutilité d'un tel barrage !

— Pff ! Pff... C'est pas des choses à me causer à moi, ma p'tite dame... Mais mon homme arrive ! Nous savons tous que nous devrons déménager, au risque de vivre chez nous comme des poissons, et cela ne nous met pas vraiment en joie. Ne vous étonnez pas s'il se fout en colère en entendant parler de ce maudit barrage !

Cette entrée en matière ne pouvait que conforter la jeune institutrice dans son combat : la première personne qu'elle contactait s'avérait déjà hostile au projet ! Mais comment convaincre de s'y opposer par voies légales ?

— Ah ! Monsieur Le Saint... Désolée de vous interrompre dans vos obligations fermières, mais il fallait absolument que je vous parle !

— Je me méfie toujours des gens que je ne connais pas ! rétorqua le paysan d'un ton hargneux. Et plus encore d'une femme…

— Vous ne me reconnaissez donc pas, Evan ? J'ai pourtant assez joué avec vos garçons ! Je suis Gwenn… une des filles du Ludovic de Kernadic.

— Toi ? La petite Gwenn ? Non, je ne t'aurais pas reconnue… J'ai seulement su que ton père ne désirait plus entendre parler de toi, mais il n'est pas dans mes habitudes de me mêler des affaires des voisins !

— Je le sais, monsieur Le Saint. Non seulement mon père m'en voulait que mes employeurs à Paris m'aient dirigée vers les études plutôt que dans la domesticité, mais encore il n'a pas supporté que je sois devenue maîtresse d'école…

— Une belle envolée, pourtant, pour une fille de paysan !

— Sans doute… mais dans cet enseignement laïc qu'il juge diabolique ! Mais nous nous sommes récemment réconciliés, même s'il campe toujours sur ses convictions…

— Je dois admettre moi-même que mes enfants ont été instruits à l'école privée. Mais je ne nourris pas pour autant d'aigreur envers les classes de la République.

— Ce point de divergence étant entendu, insista Gwenn, pouvons-nous discuter de l'engloutissement de votre ferme ?

— Mais… en quoi cela vous regarde-t-il ?

— En cela que si les bâtisses de Kernadic seront sans doute épargnées, il n'en va pas de même des terres qui font vivre notre domaine ! Et que si nous devons nous défendre contre ce que l'on veut nous imposer, il est essentiel que nous soyons tous solidaires…

— Pourquoi ? Y a-t-il encore quelque chose à faire, pour entraver une décision qui nous tombe de haut ?

— Honnêtement, je ne sais pas. Mais ce que je sais, c'est que si nous ne faisons rien, nous discuterons ici d'ici deux à trois ans sous dix mètres d'eau ! Il nous faut nous unir, monsieur Le Saint, et signer une même réclamation entre tous les gens du Drennec, ceux de Stamoizac'h, et tous ceux qui comme nous n'auront plus de terres à exploiter si le barrage doit s'édifier.

Après quelques instants de réflexion, le paysan concéda :

— Quant à moi, je veux bien… À condition que tu nous apportes des certitudes sur le fait que la situation actuelle peut éventuellement être réétudiée. Même si je pense que rien ne changera, car nos gouvernants en ont déjà décidé autrement, à ce que je sache…

— Ce n'est pas la première fois que ce projet serait abandonné, vous le savez bien… Pourquoi en serait-il différemment aujourd'hui ?

— Parce que le gouvernement n'a d'autre idée que de reconstruire la France ! Et qu'en Bretagne nous sommes en retard de tout, de voies ferroviaires, de routes praticables, d'eau à l'évier, et d'électricité… D'où l'intérêt de barrages pour nous assurer l'eau courante et l'ampoule électrique au-dessus de la table !

— Présenté ainsi, ce ne sont que des avantages, mais qui profiteront avant tout aux citadins, car l'eau retenue par le barrage ignorera nos éviers et ne nous fournira pas l'éclairage de sitôt.

— Je sais bien que nos villages reculés ne sont pas une priorité pour l'État et le préfet...

— J'entends bien ! Mais de là à vous laisser déposséder de votre maison familiale et des terres de vos ancêtres, il y a un large fossé que je ne suis pas sûre de vous voir heureux de franchir...

— C'est vrai qu'il y a sans doute d'autres endroits plus propices à créer une retenue d'eau sans nuire autant à nos domaines.

— Nous sommes donc bien en accord ! Je repasserai vous voir si je réussis à mettre les choses en place pour nous opposer à cette injustice.

— Je n'y crois pas vraiment, mais merci de t'en occuper, p'tite Gwenn... En tout cas, je reconnais bien là le caractère des Le Braz !

— Peut-être... Bien que mon propre père semble avoir renoncé à se rebeller, lui...

*
* *

La jeune femme eut à peu près le même discours dans les fermes environnantes avec à peu près les mêmes réflexions. Les Kervalla, les Andouard, les Le Guilloux, les Le Faou... Tous ne se décideraient vraiment à aller en son sens qu'après qu'elle eut présenté un dossier solide estampillé du soutien d'élus prêts à la soutenir dans son combat. Une fois de plus, on lui avait fait comprendre que sa lutte ne pouvait être que perdue d'avance, mais il n'était pas question qu'elle abdiquât ! Le manque d'enthousiasme qu'elle ressentait pour son initiative la désolait, mais Gwenn n'envisageait nullement d'arrêter ses investigations. Elle avait, lui semblait-il, le soutien des propriétaires qu'elle avait rencontrés, mais aucun ne désirait s'engager à l'aveuglette dans un bras de fer contre le laminoir administratif.

— Qu'importe ! marmonna-t-elle à haute voix en s'éloignant du hameau. S'ils ne veulent pas se bouger la panse, c'est moi qui mettrai des coups de pied dans la fourmilière de tous ces fonctionnaires qui décident de tout sans avoir posé un pied sur le terrain ! Y en a-t-il un seul qui sache de quoi il parle, à ne gribouiller que plans et statistiques, en expropriant des gens sans les connaître ? Et n'ont-ils pas honte, le soir, de rejoindre leur petit logement sans crainte aucune de le voir menacé d'anéantissement ?

Au fur et à mesure de ses entretiens avec des paysans résignés, sa hargne ne faisait que croître. Resterait-elle à jamais la seule à s'élever contre ce barrage ? Ô, bien sûr, on avait opiné en son sens… Ô, bien sûr, on avait assuré qu'elle avait raison… Mais nul ne s'était offert à se trouver à ses côtés pour interpeller les élus et « secouer le cocotier de l'administration » ! Seule… Il lui fallait se résoudre à être seule dans ce combat qu'elle voulait entamer !

Le soir même, elle refusa de s'en ouvrir à son père, Naïg ou Allan, trop contrariée pour en débattre. Elle préféra garder bouche close et s'adonner à la traite des vaches, activité qu'elle n'avait plus pratiquée depuis l'enfance. Ce ne fut qu'alors qu'elle prit la mesure de la constance, du labeur et du temps qu'il fallait pour, à partir de quelques litres de lait, aboutir à du beurre ou du fromage… Naturellement, elle l'avait toujours su pour y avoir participé en ses jeunes années, mais elle se devait d'admettre que, depuis qu'elle avait déserté Kernadic, elle avait presque tout oublié des travaux du domaine ! Comment défendre un mode de vie qui n'était plus le sien depuis si longtemps ?

— M'selle Gwenn ?

— Oui, Allan…

— Je voulais vous dire que, même si je l'ai caché, je suis tout à fait prêt à vous épauler pour tenter de sauver Kernadic, bien que je n'y sois pas né. Je ne songe qu'à vous aider dans la lutte que vous menez, même si elle n'a que peu de chances d'aboutir.

— Je t'en remercie beaucoup, Allan… Dès que nous nous sommes vus pour la première fois, j'ai su que je pourrais compter sur toi !

Mieux valait en rester à ces quelques mots. Comment admettre, et surtout lui dire qu'elle le considérait plus séduisant que tous les garçons qu'elle avait jusqu'ici côtoyés ?

XXIX

Ce jour-là, ce ne fut pas vraiment une surprise de recevoir à Kernadic une lettre recommandée : chacun s'y attendait ! Nul besoin de déchiqueter l'enveloppe pour déduire qu'il s'agissait là des premiers courriers concernant les terres destinées à être englouties sous des milliers de mètres cubes d'eau... À peine Ludovic Le Braz y eut-il jeté un coup d'œil qu'il la rejeta en bout de table.

— Nous font *kac'hat*[1], ces fonctionnaires de merde !

Gwenn préféra ne pas récupérer sur-le-champ l'envoi postal, attendant que son père eût quitté la pièce pour en prendre connaissance. Une « injonction d'entente préalable avant procédure d'expropriation » ! Gwenn passa presque toute la soirée à analyser en long et en large les moindres lignes de ce courrier, avant de décider :

— Dès demain, il faut que je retourne à Locronan. Antoine saura me conseiller, lui !

Oui, c'était le moment ou jamais ! Avant qu'il ne repartît à Paris, peut-être pourrait-il lui montrer la

---

1. *Chier.*

marche à suivre pour contrecarrer ces décisions préfectorales ? Oui, mieux valait lui mettre ces documents sous les yeux pour pouvoir envisager une riposte ! Après tout, Antoine Pasquier était encore un juriste réputé auquel s'adressaient les plus hautes personnalités de la capitale ! Entre le moment où Gwenn devrait emménager dans son logement de maîtresse à l'école du Huelgoat et celui où l'avocat rejoindrait son cabinet, il ne lui restait que peu de temps ! Pièces en main, elle avait tellement besoin de conseils... Après ces quelques jours passés à Kernadic, elle devait absolument discuter avec lui de ce qui se tramait. Bien qu'elle eût voulu ne déranger personne, il lui fallut bien faire appel à Allan pour la conduire jusqu'au car. Elle ne s'en désola pourtant pas, tant elle appréciait la compagnie de ce jeune homme. Mais pourquoi restait-il insensible à tous les tendres mots ou sourires qu'elle lui adressait ? La jeune femme en était secrètement contrariée. Non qu'elle se découvrît réellement amoureuse, il était trop tôt pour l'affirmer, mais parce qu'elle souhaitait dans un premier temps nouer avec lui des liens vraiment amicaux. Le garçon de ferme parut néanmoins heureux d'atteler Kadarn et de conduire la fille de son patron jusqu'à Brasparts. « Trop timide, sans doute », pensa Gwenn pour se rassurer. À tel point qu'au moment de descendre du cabriolet elle lui sourit :

— Merci pour tout, Allan ! J'espère revenir à Kernadic au plus vite, car tu me manqueras beaucoup...

— Moi aussi, madem... Gwenn, pardon. Mais pourquoi ?

Elle rougit :

— Parce que… que j'apprécie beaucoup les rares instants que nous passons ensemble.

À peine eut-elle prononcé ces quelques mots qu'elle s'enfuit vivement en se reprochant de n'avoir pas osé un baiser furtif. Ce n'était pas dans les mœurs d'une honnête femme de faire le premier pas, et peut-être était-ce d'ailleurs encore un peu prématuré.

*

* *

La jeune femme se trouva un peu désemparée à la descente du car en arrivant à Locronan. Comment rejoindre Ty Menez ? Quelques kilomètres seulement, mais difficiles à parcourir avec son bagage ! Et les lignes téléphoniques n'étaient pas près d'atteindre les hameaux isolés… Un taxi ? Non, il ne fallait pas se croire en ville ! Résignée, elle allait se mettre en route, son sac à l'épaule, lorsqu'elle s'aperçut que la place devant l'église abritait le marché hebdomadaire. Elle y trouverait bien quelqu'un pouvant l'approcher ! Un peu au hasard, elle déambula entre les étals, en appréciant l'ambiance des marchés de province. Quelle différence avec la vie parisienne ! Ici, les gens prenaient leur temps, discutaient, tâtaient les fruits, plaisantaient…

— Gwenn ! Mais que fais-tu là ?

La jeune femme se retourna sur le marchand qui l'interpellait et s'exclama :

— Loïc ?

Loïc Quivennec, l'un des frères de Loanne…

— Loïc ? Je ne savais pas que vous teniez commerce sur les marchés !

— Seulement des légumes, du beurre et du fromage… Mais je pensais que tu étais dans ta famille. Personne n'aurait pensé te voir de retour aujourd'hui !

— Je ne me suis décidée qu'hier, et je n'avais aucun moyen de vous prévenir ! Mais j'ai de la chance de vous trouver ici : cela m'évitera de chercher quelqu'un pouvant me rapprocher de Ty Menez.

— Bien… Voilà qui est fait, alors ! Mais il te faudra patienter jusqu'aux douze coups de midi avant que je remballe !

— En attendant, je veux bien prendre place derrière l'étal pour aider à la vente.

— Pourquoi pas ? Une jolie femme ne peut qu'attirer le chaland ! Même si ta tenue n'a rien de très paysan… Ne tiens pas trop compte des tickets de rationnement, car ici nous ne manquons guère de produits de la ferme ! Beaucoup de citadins font d'ailleurs des kilomètres pour s'approvisionner sur nos étals, à bien moindre coût qu'au marché noir.

Gwenn prit un plaisir certain à jouer les marchandes, tant et si bien que le temps passa fort vite. Après avoir rechargé la carriole aux brancards de laquelle piaffait un cheval nerveux, Loïc tint encore à étancher sa soif dans un café de la place.

— Il ne faut jamais faillir aux traditions, et les libations des jours de marché en sont une ! Tu boiras bien quelque chose avec nous, commerçants, marchands et producteurs ? Une limonade ou un sirop, peut-être ?

— Je ne sais si ce sera bien vu, mais je préfère une bolée de cidre…

— Ah ! Que voilà de la bonne trempe de Bretonne !

*

* *

Ni Antoine ni Loanne ne s'attendaient à voir Gwenn descendre de charrette pour ce repas de midi, et ils l'accueillirent chaleureusement, tout autant que les Quivennec :

— Et voilà la plus belle qui nous revient !

— C'est vrai qu'elle est des nôtres, maintenant… affirma la mère de Loanne de sa voix trébuchante. Et j'aime avoir une grande famille autour de moi !

Yann ajouta :

— Et nous sommes tous fiers de la compter comme une institutrice des plus douées !

Que d'embrassades et de compliments ! Même les neveux de Loanne ne cachaient pas leur joie. Étant plus âgée qu'eux, Gwenn ne leur avait jusqu'ici accordé que peu d'attention, mais les adolescents l'admiraient, tant pour sa gentillesse que pour sa réussite dans les études. Oui, elle se sentait vraiment chez elle, ici ! Sans doute aucun, plus qu'à Kernadic…

— Si nous avions su, nous aurions préparé un repas de fête !

— Non, non… protesta la jeune femme. Pour tout dire, je préfère la simplicité. D'autant plus que Morgain et Janig sont de merveilleuses cuisinières !

Antoine Pasquier brûlait de l'envie de savoir ce qu'il en était de ses investigations, mais il était contraint de patienter jusqu'au fromage et au dessert pour aborder le sujet. Curiosité aidant, il ne prit pas le temps de mastiquer sa dernière bouchée pour s'enquérir :

— Alors… Qu'en est-il de ce fameux barrage ?

— Cette fois, j'ai l'impression qu'il ne s'agit pas d'une idée en l'air ! assura Gwenn. Le projet est assez avancé, et géologues et géomètres sont déjà sur le terrain. Deux villages, plus exactement de gros hameaux, devraient être grandement amputés de plusieurs fermes, l'un sur la commune de Sizun, à Saint-Cadou, l'autre sur celle de Commana. Quant à notre propriété familiale à Kernadic, il n'en resterait que trois à quatre hectares sur douze !

— Heureusement, les actes d'expropriation ne sont pas encore prononcés…

— Oui, mais ça ne saurait tarder ! Les procédures d'entente préalable sont déjà en cours : nous avons reçu hier une lettre recommandée.

— Ce n'est pas bon signe ! D'ordinaire, le processus administratif est beaucoup plus lent.

— Ce qui m'inquiète le plus, c'est que le maire de Commana, dont la commune sera le plus gravement impactée par la surface du lac, est plutôt favorable au projet, contrairement au premier élu de Sizun. Mais à mon avis, ce dernier n'a pas trop envie de se battre pour Saint-Cadou, qui n'est pour lui qu'une excroissance de sa municipalité éloignée de plusieurs kilomètres du bourg principal ! De plus, il m'a semblé en assez mauvaise santé… Enfin, je sais que les Sizuniens n'ont jamais vraiment digéré que Saint-Cadou ait voulu devenir commune indépendante, même si cela date du siècle dernier !

— Bien, bien…

— Il y a un autre problème : les habitants menacés par le barrage m'ont paru plutôt résignés. Ils ne se décideront à s'unir que si les démarches leur donnent quelque espoir, mais j'ai l'impression qu'ils ne comptent que sur moi pour les entreprendre…

— C'est souvent le cas lorsqu'il s'agit de se mettre en travers des décisions d'État ! On va devoir maintenant tenter d'avoir le soutien d'un certain nombre d'élus. Complication, car il ne faut pas oublier que des élections cantonales doivent avoir lieu fin septembre, ce qui ne nous simplifiera pas la vie. Pas plus que les législatives l'année prochaine ! Combien de députés vont-ils céder leur siège à de nouveaux venus ? Le bouleversement politique actuel d'après-guerre ne fait que corser le problème…

— Ce n'est pas une raison pour s'avouer vaincus ! s'emporta la jeune femme.

— Non, non, bien au contraire… Si les cartes politiques sont rebattues, cela peut s'avérer plus favorable pour nous.

— Ou bien le contraire !

— Qui peut bien le savoir ?

— Comment faut-il procéder, alors ?

— Tout d'abord, tenter de rencontrer ces élus, puis essayer d'avoir tous les éléments en main du projet auprès de la préfecture, car la décision viendra de là. Si nous intentons un recours, il faudra que tous les habitants susceptibles d'être lésés fassent front commun pour que nous puissions monter un dossier solide à présenter ensuite devant le tribunal administratif.

— Tout cela me paraît beaucoup plus ardu que je ne l'avais pensé !

— Que veux-tu ! L'administration, l'administration… Mais ne t'inquiète pas pour l'instant : avant que tu ne prennes ton poste au Huelgoat, je te servirai de chauffeur et tenterai de t'épauler au mieux dans ces démarches.

— Je n'en demande pas tant ! protesta Gwenn.

— Allons, allons, ma Traction s'ennuie… Te rends-tu seulement compte de la difficulté qu'il y aurait à te déplacer en car, en train, à pied ou en voiture à cheval, pour rejoindre Quimper, Rennes, Landivisiau ou tout autre lieu ? De plus, bien que tu enseignes l'écriture, j'ai plus l'habitude que toi de rédiger des courriers administratifs. Si nous n'avons pas encore téléphone et électricité à Ty Menez, je pourrai toujours téléphoner de Locronan pour obtenir les rendez-vous nécessaires…

— Merci, Antoine ! Que ferais-je, sans vous ?

— C'est bien normal, Gwenn ! Tu nous as donné tellement de satisfactions depuis notre première rencontre…

* * *

De plus en plus, à force de le côtoyer du matin au soir, la jeune institutrice se découvrait des affinités certaines avec l'avocat. Même si elle ne parvenait toujours pas à le tutoyer comme elle le faisait depuis longtemps avec Loanne Pasquier, elle était touchée par l'attitude paternelle qu'il affichait avec elle. Si elle n'avait été autant préoccupée par cette lutte contre le barrage, elle eût volontiers considéré les déplacements en Citroën comme des excursions touristiques ! La sous-préfecture de Morlaix, tout d'abord, dont dépendait le canton de Sizun.

— Tu comprends, Gwenn… Nous irons plus tard à la préfecture, à Quimper, où tout sera entériné, d'autant plus que le but principal de cette retenue d'eau demeure l'alimentation de Brest. Mais il vaut mieux procéder par étapes, et essayer par la même occasion de nous rallier les élus et décisionnaires susceptibles de s'opposer au barrage. Et plus ces derniers sont géographiquement proches de Sizun et Commana, plus ils s'estimeront directement concernés !

La jeune femme fut intriguée par la situation géographique de Morlaix, une ville pittoresquement encaissée au fond d'une vallée profonde dont les quartiers s'étiraient sur les pentes abruptes de ses versants. Un viaduc monumental barrait cette entaille tranchée dans le paysage et dominait le centre de l'agglomération de toute sa hauteur.

— Ce pont est vraiment impressionnant !

— Deux étages, comme tu le vois, neuf arches en bas et quatorze en haut, répondit Antoine. Près de trois cents mètres de long, si je me souviens bien, pour une soixantaine à son point le plus haut. Regarde le clocher de l'église Saint-Melaine. Il n'atteint pas la hauteur des arches. C'est tout près d'elle que se trouve la sous-préfecture !

Un bâtiment austère bardé de fenêtres que bordait une rue étroite coincée entre ses trottoirs, à quelques pas des piles cyclopéennes du viaduc. L'intérieur, comme dans toutes les administrations visitées, sentait le bois lustré et le papier rance.

L'allée centrale était encombrée d'une foule déjà considérable, mais en habitué de ce genre de lieux l'avocat se dirigea d'emblée vers le bureau d'accueil, suivi comme son ombre par Gwenn. On l'orienta vite vers l'étage, où il repéra le numéro de porte qu'on lui avait indiqué. Deux employés s'y trouvaient, chacun occupé à consulter des dossiers, et ils furent presque intrigués de voir quelqu'un pénétrer dans leur repaire : leur service était loin d'être le plus fréquenté par le public ! Peut-être encore une erreur ?

— Madame, monsieur ? Vous désirez ?

Antoine Pasquier répondit à la place de la jeune femme :

— Avoir les renseignements les plus précis sur l'avancement du projet de barrage à Sizun et Commana…

— Ah ! Le barrage du Drennec ? s'exclama le plus âgé des gratte-papier. Il n'en est encore qu'à un stade d'élaboration et d'étude. Je ne pourrai vous fournir beaucoup de détails…

— Je suis avocat spécialement venu de Paris pour œuvrer à la défense des intérêts des propriétaires risquant d'être lésés par l'inondation de leurs terres, maisons ou dépendances, mentit Antoine, qui eut la surprise de voir le visage de son interlocuteur s'illuminer.

— En ce cas, je veux bien vous permettre de consulter l'avant-projet, dit-il. Mais pas plus ! Suivez-moi dans la pièce adjacente.

Une salle emplie de tables sur lesquelles s'empilaient des monceaux de cartes, une salle entourée d'étagères regorgeant de dossiers : des piles de documents étaient entassées dans tous les espaces libres à tel point qu'il était difficile de s'y frayer un passage. L'employé referma la porte derrière lui avant de confier à voix basse :

— Cela ne concerne en rien mon collègue, mais il faut que vous sachiez que je suis personnellement contrarié par l'éventuelle construction de ce barrage. Mon grand-père maternel résidait à Brézéhant, un hameau de Commana proche des surfaces qui doivent être ennoyées...

— Brézéhant ? s'exclama Gwenn. Ce n'est pas loin de chez moi ! J'habite... enfin j'habitais Kernadic.

— Je vois, je vois... Gamin, je jouais avec des garnements du Drennec, et j'ai peine à envisager que ces souvenirs puissent disparaître sous les eaux. Alors, monsieur, si vous pouvez faire quelque chose, je suis de votre côté !

— Merci de votre soutien... Mais je suppose qu'il ne nous sera pas permis d'emporter cartes et documents ?

Le brave homme esquissa un clin d'œil malicieux.

— Actuellement, le projet entre dans sa phase de négociation en vue des expropriations envisagées.

— Oui, certains propriétaires ont déjà reçu l'injonction d'entente préliminaire !

— Avant l'intervention d'huissiers en cas de désaccord, ce sont des fonctionnaires qui entreprendront les premières discussions, comme celui que vous avez vu dans la pièce à côté... Aussi avons-nous ici à leur disposition plusieurs copies des plans et documents en rapport avec chaque famille concernée. Vous y trouverez la surface exacte des terres, bâtiments, structures et autres, enfin tout ce qui serait amené à être couvert par les eaux du lac. Ainsi que les premières estimations en vue des indemnisations ! Nul n'est censé savoir le nombre d'exemplaires qui ont été tirés, ce qui fait que...

— Que ?

— Que rien n'est plus facile pour moi de vous en détourner un de chaque... en toute discrétion, bien sûr !

— Vous feriez ça pour nous ?

— Pour vous, et en souvenir de mon grand-père... Il n'aurait sans doute pas été d'accord avec l'édification de ce barrage, qui profitera peut-être à bien des gens, mais certes pas à ceux des communes de Sizun et de Commana...

— Merci, mon brave ! Vous me faciliterez ainsi grandement les choses.

— C'est bien normal ! Mais vous ne pouvez sortir avec ces dossiers sous le bras : je ne tiens pas à ce que quelqu'un sache un jour que je vous les ai fournis, et surtout pas la fouine que l'on m'a imposée dans le bureau d'à côté. Il s'appelle Pierre Magnan, et c'est un vrai cerbère : règlement, règlement, si vous voyez ce que je veux dire ! Ce serait une faute professionnelle, vous comprenez ? Aussi, si vous le voulez bien, je vous apporterai cela durant la pause de midi. Au *Café du Commerce*, par exemple. Place Souvestre, près de la mairie.

— Excellente idée, dont je vous suis déjà reconnaissant ! Et qui sera le prétexte à vous offrir un bon repas...

— Ce n'est pas utile, vous savez. Même hors des règles et hors légalité, j'ai l'impression de ne faire que mon devoir !

— J'y tiens ! Et cela nous donnera l'occasion de mieux nous connaître, monsieur… monsieur ?

— Je m'appelle Émile Kernévez.

— Alors à tout à l'heure, Émile… Et merci encore !

XXX

De retour à Ty Menez, le mari de Loanne et la jeune femme s'isolèrent pour se plonger dans les documents fournis par cet employé serviable, mais peu scrupuleux des règles de son administration.

— Une chance pour nous ! commenta Antoine.

— Il n'est pas facile d'oublier ses racines, surtout lorsqu'elles sont menacées ! Je suis sûr qu'il ne se sent nullement coupable...

— Bien au contraire, à mon avis ! surenchérit l'avocat. Et tant mieux... Mais regardons plutôt ces plans avant d'éplucher le dossier de chaque famille.

— D'autant plus, ajouta Gwenn, que ce bon Émile nous a prévenus que les géologues vont procéder dès la semaine prochaine à des forages pour sonder le sous-sol, afin de trouver le lieu le plus favorable pour que les fondations de l'édifice s'ancrent sur un granit stable et de qualité...

— Bien... Commençons par l'endroit où s'élèvera sans doute le mur du barrage. En aval du domaine des Le Saint.

— Ah ! Les Le Saint ? Tout comme mon père, ils semblent déjà résignés à l'inéluctable, même si cette perspective les désespère…

— Jusqu'à ce que nous leur donnions les éléments susceptibles de leur redonner le courage de se battre à nos côtés.

Décidément, il prenait cette affaire beaucoup plus à cœur que ne l'avait tout d'abord pensé Gwenn ! À la lumière d'une lampe à pétrole, il resta d'ailleurs jusqu'à une heure avancée de la nuit à compulser toutes ces données, en couchant régulièrement des notes sur un cahier étrenné pour l'occasion.

— Nous allons faire du bon travail, je crois !

— Espérons seulement que ce ne sera pas en vain…

— Il ne faut jamais partir vaincu, ma belle ! Sinon le combat n'a plus aucun sens…

— C'est bien ce que j'ai prêché aux gens que j'ai rencontrés.

— Dès demain, nous retournerons les voir, avec cette fois-ci une base de discussion concrète en main.

— Retourner déjà à Saint-Cadou et Commana ? N'est-ce pas un peu prématuré ?

— Tout au contraire ! Il nous faut à tout prix prendre de vitesse les larbins de l'administration qui vont présenter le protocole d'entente aux propriétaires. Car je ne doute pas qu'ils vont tout faire, en profitant du désarroi de leurs interlocuteurs, pour leur faire signer au plus vite l'accord préalable d'indemnisation.

— Le plus sûr moyen de se faire gruger, alors ?

— J'en ai bien peur… Mais allons nous coucher, maintenant ! Il est fort tard.

— Bonne nuit, Antoine.

— Bonne nuit !

*
* *

Gwenn fut réveillée plus tôt qu'elle ne l'avait prévu par un étrange remue-ménage provenant de la grande salle commune servant aussi de cuisine. Renonçant à refermer les yeux, elle se débarbouilla sommairement au-dessus de la cuvette de fer émaillé avant de rejoindre ses hôtes.

— Déjà debout ? s'esclaffa Yann Quivennec. Sans doute à cause de nous ?

— Non, non, pas du tout ! mentit-elle.

Morgain, la femme de Loïc, expliqua :

— Aujourd'hui, c'est journée pain !

— Depuis le début des restrictions, nous avons remis à neuf l'ancien four ! précisa Janig, l'épouse de Yann. Nous pensions à la Libération pouvoir nous en passer puisque la carte pour le pain a été supprimée, mais il y a toujours autant de difficultés à se procurer une tourte ou une miche à la boulangerie. Alors nous continuons les fournées…

— M'étonnerait pas qu'ils la rétablissent, cette carte de rationnement pour le pain ! maugréa Loïc. Comme beaucoup d'autres, d'ailleurs… La guerre est finie, mais on manque encore de tout dans les magasins.

— Heureusement, à la campagne, on arrive toujours à se débrouiller… conclut Hoelenn, la grand-mère. Et puis notre pain vaut bien celui du boulanger !

— À Kernadic, mon père cuit aussi le sien, remarqua la jeune femme. Mais en bien plus modeste quantité : en temps ordinaire, il n'a plus auprès de lui que ma petite sœur et un valet de ferme.

— Assez discuté ! clama Antoine Pasquier en apparaissant à son tour. Rappelle-toi, nous avons beaucoup à faire, aujourd'hui. Mais allons donc croquer un morceau.

— Sans Loanne ?

— Elle est encore au lit, et je crois qu'elle y restera un bon moment. Elle aime à se reposer plus que de raison, quand elle dort à Ty Menez... Mais dépêchons-nous, avant que de nous mettre en route, car il nous faudra encore faire le détour par Douarnenez pour me ravitailler en essence : il y a cinq fois moins de pompes opérationnelles qu'avant guerre, mais j'ai encore quelques tickets de rationnement de dix litres.

— C'est assez peu, non ?

— Je ne m'inquiète pas trop... Entre résistants et paysans, il s'est récupéré dans la région des milliers de jerricans de carburant laissés par l'armée américaine, et ce avant tout contrôle de l'État ! Je connais quelques points d'approvisionnement où l'essence ne se vend sous le manteau pas plus cher que sur le marché officiel...

— C'est pas beau de frauder, pour un avocat qui reste tout de même un homme de loi... plaisanta Loïc.

— Allons ! répliqua Antoine. Je n'ai pas envie de transformer ma Citroën au gazogène ! Et ne me fais pas croire que tu n'as pas toi aussi quelques combines pour contourner les restrictions. En ces temps de pénurie, chacun se dépatouille comme il peut, non ?

*
* *

— Nous voici enfin en vue de Saint-Cadou ! annonça Antoine. Par où débutons-nous ? Par Kernadic et ton père ?

Gwenn fronça les sourcils.

— Je crois qu'il ne vaut mieux pas... Il ne se décidera éventuellement à bouger que si d'autres voisins le font ! Commençons plutôt par le Drennec.

— Comme tu veux... Chez qui ?

— Au premier domaine concerné : celui des Andouard.

— Allons-y, alors.

Dans une campagne reculée perdue au cœur de la Bretagne aux contreforts des monts d'Arrée, les véhicules à moteur étaient rares, et plus rares encore depuis la guerre et les restrictions. Aussi l'arrivée d'une automobile dans l'enclos d'une ferme ne passait pas inaperçue et s'avérait même inquiétante. À peine l'avocat eut-il garé sa Traction à l'entrée de la propriété que tous les occupants se précipitèrent dans la cour, les uns sortant de l'habitation, les autres de l'étable, du cellier ou de la grange. De loin, le paysan hurla en breton :

— Que venez-vous faire ici ? Je vous préviens : si vous êtes un huissier pour le barrage, décision d'État ou pas, je m'en vais vous faire déguerpir à coups de fusil !

Les mains sur les hanches, dans l'encadrement de la porte de sa cuisine, son épouse le calma aussitôt :

— Mais non, Ronan ! Regarde la petite, tu ne la reconnais pas ? Elle est venue nous voir l'autre jour...

— Ah ! Oui, Tiphaine... C'est bien la petite au Ludovic. Gwenn, c'est bien ça ? L'institutrice ? Qu'est-ce qu'elle nous veut, encore ?

Gwenn s'approcha sans prendre garde à la boue qui collait à ses chaussures.

— Ne vous énervez pas ainsi, je ne désire que votre bien, croyez-le.

— Alors qui c'est, lui, avec ses allures de Parigot ?

— C'est vrai qu'il est parisien ! admit-elle en étouffant un petit rire. M. Pasquier est un avocat réputé, et il a quitté Paris pour venir nous aider à tenir tête à l'administration pour ce qui est de ce barrage.

Un peu désarçonné et encore incrédule, Ronan Andouard bougonna :

— Un avocat de la capitale ? Pour nous ! Faut tout de même que vous ayez le bras long pour une toute jeune maîtresse d'école !

Plus terre à terre, son épouse susurra :

— Et combien ça va nous coûter, ça ?

Antoine fit quelques pas pour la rassurer :

— Ne vous inquiétez pas pour cela, mes prestations se feront à titre gracieux !

— Ce qui veut dire ?

Gwenn saisit la brave femme par le bras en souriant.

— Ce qui veut dire que ça ne vous coûtera rien ! Tout comme seront gratuits les mêmes services auprès de toutes les personnes concernées par le projet.

Perplexe malgré tout, le paysan prit les devants pour passer le seuil de sa demeure.

— Entrez donc, en ce cas ! Mais en quel honneur nous ferait-il des faveurs, alors qu'il ne nous connaît pas ? Y doit bien y avoir anguille sous roche ?

— Non, non, je vous le garantis ! protesta Gwenn.

Aussitôt interrompue par l'avocat, qui assura :

— Ce que la « petite » oublie de vous dire, c'est que depuis ses douze ans je la considère, tout comme ma femme, comme notre propre fille ! Et comme elle porte tout de même le nom de Le Braz et qu'elle est originaire de Kernadic, j'estime normal de l'épauler puisqu'elle s'élève contre ce barrage qui inonderait les terres de ses ancêtres. Tout comme j'espère que vous ne vous laisserez pas plus faire qu'elle !

— C'est à voir ! bougonna Ronan en s'asseyant à table. Si vous en veniez au fait, avec toutes les paperasses que vous tenez sous le bras ?

— J'y viens, j'y viens... répondit Antoine en s'installant à son tour auprès de Gwenn.

*

* *

En sortant de la petite exploitation avec force poignées de main, Antoine Pasquier et Gwenn avaient le sourire, d'autant plus que Tiphaine Andouard avoua timidement :

— Je ne sais si nous avons la moindre chance, mais merci tout de même de nous avoir rendu un peu d'espoir.

— Merci aussi à vous ! Vous êtes les premiers à signer cette pétition, ainsi qu'à accepter que nous entreprenions toutes les démarches pour nous opposer à ce barrage. Nous espérons qu'il y en aura beaucoup d'autres…

— Nous aussi, maître Pasquier.

— Oubliez donc le « maître » ! « Monsieur » suffira…

En regagnant leur véhicule, Antoine et Gwenn se félicitèrent du succès de cette première visite. Tout se passait bien mieux qu'ils ne l'avaient pensé ! Restait à savoir si les autres propriétaires suivraient… Au Drennec, à part chez les Le Saint qui s'empressèrent d'emblée de montrer leur enthousiasme, la méfiance fut d'abord de rigueur. Bien sûr, Gwenn avait déjà préparé le terrain lors de ses premières visites, mais l'arrivée dans l'affaire d'un notable parisien inquiétait. Bien vite, pourtant, l'atmosphère se détendait : qu'un célèbre avocat de la capitale voulût s'occuper bénévolement de défendre des terres et des biens de cultivateurs et éleveurs dans des trous aussi perdus que le Drennec ou Stamoizac'h ne pouvait que mettre en confiance ! Après de longues discussions, parfois courtoises, ou parfois plus âpres et animées, un certain consensus se dessinait pour former peu à peu un front commun. L'âme bretonne se prêtait mal à laisser de côté un individualisme atavique, bien que la mécanisation agricole amenât progressivement les paysans à se regrouper pour les labours, les fenaisons ou les moissons. D'autant plus que la pénurie d'hommes durant la guerre avait contraint à une entraide nécessaire, chaque hameau unissant ses forces pour les gros travaux, à tour de rôle pour chaque ferme.

Finalement, de domaine en domaine, on s'accordait plutôt à soutenir l'entreprise de Gwenn, dont le sourire se faisait de plus en plus éclatant.

— Tout se passe pour le mieux, jusqu'à présent ! Nous avons convaincu les familles Kervalla, Andouard, Le Saint, Brinic, Le Faou et Le Guilloux... Rien que sur Saint-Cadou. Il nous reste à poursuivre cette moisson à Stamoizac'h.

— Doucement, doucement... Il ne se fait pas de se présenter à l'heure du repas de midi, et il est sans doute temps pour nous aussi de penser à manger !

— Pas de souci pour cela : il y aura bien deux assiettes pour nous chez mon père !

— Tu es sûre ? À l'improviste, comme ça ?

— Nous en profiterons pour le rallier à notre cause, ce qui fera d'une pierre deux coups !

— Nous verrons bien... Ton Ludovic de père est un foutu têtu !

— Bof... Même s'il râle toujours et qu'il ne le montre pas, je le crois heureux de me voir fréquenter à nouveau Kernadic !

*
* *

Gwenn n'avait pas eu tort. Tout en conservant ses attitudes bourrues, Ludovic Le Braz s'était montré moins revêche que d'habitude, et Naïg s'était surpassée pour concocter en quelques minutes un repas plus qu'honorable, ce dont la félicita l'avocat :

— Il ne fallait pas vous décarcasser ainsi, jeune dame ! Un casse-croûte sur le pouce aurait largement suffi.

— Non, non ! C'est toujours un plaisir pour moi, je vous assure.

— C'est vrai qu'elle cuisine bien ! confirma son père. Et elle aime ça...

Il était d'ordinaire plutôt avare de compliments, et sa remarque surprit ses deux filles. Ludovic se montrait exceptionnellement aimable, ce jour-ci ! Peut-être en raison de la présence d'Antoine Pasquier qui continuait, par générosité et par égard pour sa protégée pourtant majeure, à le doter d'une rente plus qu'avantageuse ? Il n'y eut d'ailleurs besoin que de peu d'arguments pour le convaincre de rejoindre le clan de la révolte. Il signa vite les documents présentés, non sans hausser les épaules.

— Après tout, ça ne m'engage pas à grand-chose... Pour ce que ça va servir !

— Pourquoi dites-vous ça, monsieur Le Braz ?

— Parce que je pense que toutes ces paperasses finiront dans la corbeille des bureaucrates sans même avoir été lues ! Nous sommes des « petits » et, comme depuis la nuit des temps, nous n'aurons aucun poids face aux « grands ». Cela a toujours été et ce sera toujours ainsi !

— C'est vous qui le dites ! Quant à moi, je prétends que qui ne tente rien n'a rien...

— Bien, bien ! Bonne chance, monsieur Pasquier...

Qu'importaient à Gwenn ces commentaires défaitistes ! Son père avait accepté d'entrer dans le jeu, et seul cela comptait !

— Bon ! décida-t-elle. Nous avons encore à nous occuper des propriétés de la commune de Commana...

Antoine eût aimé s'attarder un peu plus devant l'eau-de-vie offerte en digestif par le maître de maison, mais il céda dans un sourire :

— Allons-y, alors...

Si la première entrevue se déroula pour le mieux à la ferme de Melgven, chez Eliaz et Brendana Daoulas, il n'en fut pas de même au domaine de Tangi Énan, qui se braqua dès les premiers mots :

— Je ne veux rien entendre ! Toutes vos démarches ne m'intéressent pas !

— Pourtant, s'emporta Gwenn, si ce barrage se fait, c'est à peine si les eaux épargneront la maison d'habitation dans laquelle nous sommes ! La presque totalité de vos terres sera inondée, comme vous pouvez le voir sur ce plan.

— Et alors ? répliqua le paysan d'un ton hargneux.

— Vous ne tenez donc pas à conserver le domaine de votre famille ?

— Pff ! Le domaine ? Pour moi, ce barrage est l'occasion inespérée de m'en débarrasser ! Je suis veuf depuis six ans, mon fils est tombé sous les balles des Boches aux tout premiers jours de la guerre... Je suis seul sur des terres trop grandes pour moi sans avoir les moyens de m'offrir les services d'un valet. Que voulez-vous que je fasse ? Kervégen n'est plus qu'une propriété ruinée, et l'argent qu'on m'en donnera sera le bienvenu !

L'avocat objecta :

— Vous avez dû recevoir les propositions d'indemnisation, je pense ? Elles sont ridicules ! Vous ne tirerez qu'une misère de vos huit hectares...

— Misère pour misère, c'est tout de même une somme qui me permettra de me désendetter ! Et ce d'autant plus que l'administration est prête à me dédommager de cette bâtisse qui sera trop proche du plan d'eau.

— Tiens, tiens... Je n'avais pas cette information dans les documents que je détiens.

— On estime sans doute que la ferme de Kervégen n'aura plus raison d'être sans terres à cultiver. Peu m'importe que ce soit ou non en deçà de la valeur réelle de la propriété, mais c'est toujours de l'argent bon à prendre ! Et qui me sortira une foutue épine du pied !

Antoine et Gwenn eurent beau insister, le bonhomme campa sur ses positions :

— Je n'en démordrai pas ! La construction de ce barrage est une chance pour mes vieux jours... Maintenant, sortez de ma maison et n'y revenez pas ! Si j'ai un jour à me battre, ce sera contre vos initiatives de nantis Parisiens. Je suis pour ce barrage ! Vous entendez : pour ! Et je souhaite de tout cœur que vous ne parveniez pas à faire reculer l'administration... Foutez le camp, je vous ai assez vus !

Cruellement déçus, la jeune femme et Antoine obtempérèrent. Heureusement, dans les autres domaines à visiter, les propriétaires furent plus conciliants et finirent par se ranger à leur avis. Ainsi, à Stamoizac'h, s'ajouta le soutien des familles Briac, Logivic, Le Lannec et Pleybedern...

— Presque un sans-faute ! commenta l'avocat. À part ce grincheux de père Énan, nous avons fait carton plein…

XXXI

— BON... Et maintenant, que faire ? C'est un bon début, mais ce n'est qu'un début !

— Mieux vaut attendre un peu. Pour ma part, je vais étudier dans le détail, et cas par cas tous les dossiers qu'a fournis ce brave employé, à Morlaix. Je dois évaluer si les taux d'indemnisation en cas d'expropriation sont raisonnables ou non. Le peu que j'en ai vu ne m'évoque qu'une compensation dérisoire ! À tel point que, si nous ne pouvions à la fin nous opposer au barrage, je me fais fort de contester les sommes annoncées pour les faire revoir sérieusement à la hausse.

Le visage de Gwenn s'assombrit aussitôt.

— Ce qui veut dire que vous aussi ne croyez pas vraiment à la réussite de notre action ?

— Mais non ! Pourquoi dis-tu cela ?

— Parce que vous pensez déjà à la façon d'agir si le projet n'était pas retiré ! Il y a de quoi me sentir découragée, Antoine...

— Il n'y a pas de quoi, je t'assure ! Si je ne croyais pas au plus profond de moi arriver à faire reculer l'administration, jamais je ne me serais lancé dans cette aventure. Je voulais seulement dire que, dans toute stratégie, il faut toujours envisager le pire et comment y répliquer.

— Cela ne m'avance guère, marmonna la jeune femme. Comment continuer ce combat, maintenant ?

— À mon sens, il vaut mieux agir pour un temps chacun de notre côté : tandis que grâce à certaines relations je m'efforcerai d'obtenir le ralliement d'un certain nombre d'élus, tu pourrais essayer de faire signer notre pétition par les villageois de Sizun et de Commana, non ?

Elle hésita :

— Je devrai donc rester à Kernadic ?

Malgré les liens qui s'étaient établis entre elle et son père, elle savait bien que nombre de divergences subsistaient, et se retrouver pour quelques jours encore dans la maison familiale semblait la contrarier. Antoine insista :

— Si j'ai bien compris ton père, il est plus préoccupé par le battage que par le barrage ! Les parcelles autour de Saint-Cadou ont déjà été moissonnées. Je sais que la batteuse passe de jour en jour de ferme en ferme, et que tous les habitants d'un domaine ou de l'autre viennent se donner un coup de main au fur et à mesure que l'engin change de lieu… Ne serait-il pas opportun de t'y mêler, au nom des Le Braz, afin de nouer quelques contacts auprès de gens susceptibles de s'élever contre le barrage ?

Gwenn baissa la tête. Après réflexion, elle murmura :

— Peut-être, après tout…

Devait-elle avouer que, plus que le combat qu'elle menait contre ce futur mur de béton, c'était la perspective de passer plus de temps auprès de sa petite sœur qui l'avait décidée ? Naïg lui portait une véritable vénération, et elle était en outre la seule enfant de Ludovic Le Braz à être encore attachée de cœur à la demeure familiale. La seule à n'avoir pas suivi la voie de ses aînées, alors qu'elle aussi était d'âge à se marier. La seule pour laquelle Gwenn éprouvait une réelle affection. Et puis la perspective de participer activement à ces moissons ne lui déplaisait pas : enfant, elle n'avait eu que le droit de rester à l'écart de ce spectacle, et l'envie de renouer avec ses racines paysannes persistait en son cœur : histoire peut-être de se persuader que ses années parisiennes et ses études ne l'avaient pas complètement coupée du monde rural auquel elle avait toujours le sentiment d'appartenir ?

*
* *

Gwenn se réveilla alors qu'une agitation inhabituelle secouait les échos de la maison. Son père comme Naïg et Allan étaient déjà debout ? À 5 heures du matin, même pas, lui confirma le réveil. Ah ! Oui, la batteuse… Pas à Kernadic, mais chez Loeiz Couennec, leur voisin de Rozoutreff. Dès demain, ce serait le tour du domaine des Le Saint, puis de celui des Le Braz. Pour les maîtres de ferme qui s'alliaient pour réduire les frais de location de l'engin et de celui qui le menait, il convenait d'unir toutes les forces des différentes fermes afin que le battage fût accompli le plus rapidement possible. Par bonheur, les nuages gris et humides qui imposaient si fréquemment leur chape sur la région s'étaient déchirés sur un ciel plus serein. Malgré le vent d'ouest, un bleu profond se battait vaillamment contre les dernières mèches cotonneuses qui filaient vers les monts d'Arrée. Impensable de rester au lit et de passer pour une fainéante citadine ! Sans prendre le moindre soin de sa toilette, elle revêtit ses habits les plus sommaires pour participer elle aussi à cet épisode annuel si important dans toute la France rurale. Sa venue matinale dans la salle commune ne put que surprendre son père qui, sans se l'avouer vraiment, parut heureux de la voir se joindre aux travaux du jour :

— Quel effet cela te fait de redevenir paysanne ?

Elle pouffa :

— Je ne sais... On m'a retirée du *pen ti* alors que j'étais encore gamine ! En fait, je ne connais de la moisson et de la batteuse que ce que j'en ai vu de mes yeux d'enfant. Ce qui ne m'empêche nullement de vouloir mettre la main à la pâte...

— Bien ! s'exclama Ludovic avec ce sourire rayonnant qui était si rare sur ses lèvres. Bien ! Alors taille-toi un solide casse-croûte, car ce n'est pas de tout repos, crois-moi...

— Je saurai me montrer forte, père !

— Et encore, tu as échappé à la moissonneuse-lieuse que nous avons tous louée à tour de rôle, et que Kadarn a chez nous si vaillamment tirée. Le plus dur a été comme d'habitude de rassembler les bottes pour les élever en gerbes et les faire sécher. Dans deux jours, la batteuse sera sur nos terres, et là tu seras avec ta sœur plus efficace au fourneau que dans les champs, car il y aura beaucoup de monde à table ! Il ne faut pas oublier que, si c'est une rude journée de labeur, c'est aussi une journée de fête, dans chaque ferme.

— Je saurai me rendre utile là où il le faudra ! promit la jeune femme.

— En attendant, Naïg s'occupera à la maison pour préparer le repas d'après-demain. Elle n'a pas assez de muscles pour porter les gerbes ou les sacs de grain !

— Et de plus il n'y a pas plus fine cuisinière, complimenta Gwenn en lançant un clin d'œil à sa sœur.

Ludovic Le Braz se tourna alors vers Allan :

— Kadarn est attelé ?

— Oui, bien sûr ! Je m'en suis occupé à peine éveillé...

*
* *

Une timide lueur irisée commençait à peine à friser l'horizon, mais une ambiance inhabituelle s'emparait de chacun. En arrivant à Rozoutreff, Ludovic, Allan et Gwenn purent constater qu'une vingtaine d'hommes et de femmes issus du voisinage étaient déjà regroupés dans la cour des Couennec. Le maître des lieux les accueillit avec le sourire :

— Un café, une bolée de cidre, un verre de vin ?

— Plutôt du cidre ! accepta Ludovic, tandis qu'Allan déclinait l'offre. Le café, ce n'est pas pour les rudes travaux !

Loeiz Couennec s'exclama alors :

— Tiens ! Même notre institutrice va mettre la main à la pâte ? Je la pensais plus à l'aise devant un tableau et la craie entre les doigts.

— Il ne faut pas croire que c'est moins pénible, Loeiz ! répliqua la jeune femme. Ce n'est pas si facile de tenir une classe de filles, et encore moins d'arriver à leur inculquer un minimum de savoir dans le crâne…

— Je n'en doute pas, ma belle. Mais tu verras que dans les champs on a vite les muscles douloureux, quand on n'a pas l'habitude !

— Je sais, je sais, mais les exercices physiques ne m'ont jamais rebutée.

Elle n'ignorait pas qu'avec sa petite taille et son apparente fragilité elle ne pouvait que s'attendre à des regards narquois, mais elle n'en avait cure : elle saurait bien montrer de quoi elle était capable !

*
* *

En bordure de champ à une centaine de mètres de là, les halètements rythmiques de la locomobile se faisaient plus puissants, et on commençait à en distinguer les volutes de vapeur qui perturbaient les couleurs sanglantes de l'aube naissante. Le chauffeur et ses aides s'y activaient sans doute depuis deux à trois heures, et il semblait que la machine était enfin prête à se mettre en marche.

— On y va ! décréta Loeiz Couennec.

Quel spectacle à contempler cette file d'hommes, de femmes et d'animaux tirant des charrettes pour se déplacer en contre-jour en bordure du champ moissonné ! Gwenn fut surprise de voir l'engin à vapeur bien moins imposant qu'elle ne l'avait imaginé. Dans ses souvenirs, la locomobile lui apparaissait immense ! Il fallait dire qu'alors elle avait moins de dix ans... Elle découvrit ainsi cette machine fumante qui ressemblait à une locomotive ferroviaire en miniature, montée sur des roues métalliques de charrue, avec une cheminée disproportionnée. Bien qu'elle eût été récemment repeinte en noir, les boursouflures des cerclages montraient bien qu'elle n'était pas de première jeunesse ! Une mécanique lourde malgré sa taille, car il avait fallu deux bœufs pour l'acheminer jusque-là. Un peu plus loin se trouvait la batteuse, qui avait sans doute nécessité un attelage identique. Une énorme caisse en bois aux roues cerclées, avec ses volants de bronze, ses barres de mécanisme, ses pièces mobiles.

— Vous pouvez y aller, les gars !

Aussitôt, les paysans les plus costauds orientèrent plus précisément la mécanique pour que le chauffeur et deux hommes pussent positionner bien en ligne la longue et large courroie de cuir entre la poulie de la machine à vapeur et celles de la locomobile. Une fois tout bien ancré au sol, le mécanicien libéra un jet fusant dans un sifflement suraigu qui fit sursauter tout le monde. Tandis que tout se mettait en branle dans un concert de grincements et de couinements, de vibrations et de tremblements bruyants scandés par le souffle asthmatique de la chaudière, quelques courageux grimpèrent sur la charrette accolée à la batteuse. Sans plus attendre, à larges coups de fourche, ils entreprirent de lancer une à une sur le plancher les gerbes entassées dans ce premier chargement. Dans le vacarme des fléaux, deux autres jeunes hommes perchés alimentaient le ventre de la machine secouée d'à-coups, le poste le plus dangereux qui pouvait vous amputer d'une main ou d'un bras... Gwenn avait été affectée à la réception des grains et maintenait les grands sacs de jute bien ouverts sous les déversoirs, tandis que son père et Allan s'occupaient d'emplir auprès d'une meule voisine un nouveau chariot qu'acheminerait ensuite vers la batteuse le vaillant Kadarn. La jeune femme toussa dans la poussière et les impuretés crachées par la machine, mais elle était bien déterminée à ne céder sa place à quiconque, malgré les fumées et les vapeurs s'échappant de la chaudière. Chaque sac d'une cinquantaine de kilos était ensuite pris en charge par les plus costauds qui les hissaient à l'échelle jusqu'au grenier, tandis que d'autres acheminaient la paille qui serait stockée sous le hangar attenant à la longère.

De temps à autre, Naïg et les femmes des hameaux proches se précipitaient pour proposer vin ou cidre aux hommes s'échinant à la tâche. Un effort incessant que n'interrompit qu'un bref casse-croûte aux environs de midi, sans que pour autant le travail cessât. Ce ne fut qu'à tour de rôle que les paysans en sueur se permirent de croquer un morceau : il n'était pas question de mettre la chaudière au repos ! Gwenn n'avait nullement effectué les tâches les plus pénibles, mais elle avait du mal à respirer tant les volutes de la balle vomies par la batteuse encrassaient les poumons. Les aides-mécaniciens ne cessaient de graisser les axes et les engrenages de la mécanique, dont les odeurs de fumée et d'huile surchauffée devenaient écœurantes. Sans arrêt, un gamin rechargeait le foyer à grand renfort de bûches... La jeune femme soupira : malgré sa volonté, elle savait que durant toute la semaine le même scénario se déroulerait dans tous les domaines alentour... Avec, le soir, l'inévitable fête accompagnée d'un festin sans pareil pendant lequel les hommes s'enivraient allègrement, tout en étant certains d'être de nouveau en forme pour recommencer semblable calvaire sur les terres d'une autre propriété dès le lendemain. C'était cela, l'entraide !

Gwenn n'entendait pas se défiler à la tâche, mais elle voulait vraiment intéresser les propriétaires du secteur qui n'étaient pas menacés d'expulsion à soutenir leurs voisins qui l'étaient. Ce qui n'était guère facile ! D'abord, les fermiers ne pouvaient qu'écouter d'une oreille distraite les propos sortant de la bouche d'une femme, ensuite beaucoup d'entre eux ne se sentaient nullement concernés par ce problème. L'alcool embrumant de plus en plus rapidement l'esprit des participants à cette beuverie générale, elle dut vite renoncer à essayer de les convaincre...

*
* *

Bien qu'elle n'eût pas participé aux libations excessives et aux repas débridés de chaque soir, après une semaine d'efforts la jeune femme se trouva épuisée au terme des battages effectués dans tous les domaines voisins. « Encore heureux que les céréales ne sont pas notre principale culture, ici ! » Elle savait combien il était aussi pénible de ramasser les choux et choux-fleurs, les épinards, les pommes de terre et autres produits maraîchers. À quoi il fallait ajouter l'élevage des porcs, les troupeaux de vaches, la traite et la confection des fromages. Le labourage et la fertilisation des terres, le fourrage et la récolte des pommes à consommer ou à finir en cidre... Tout cela pour à peine survivre ! Ce ne fut qu'alors qu'elle mesura l'écart qu'il y avait entre citadins de villes cossues et paysans de régions en totale autarcie. « Sans oublier la misère des ouvriers d'usine ou des mineurs de charbon... » rectifia-t-elle mentalement.

En ce premier matin où aucune participation au battage des moissons environnantes n'engageait Kernadic, Gwenn s'accorda un séjour prolongé au lit avant de rejoindre la salle commune, ce qui entraîna naturellement un regard moqueur de son père.

— Alors, ma fille ? Les travaux des champs sont tout de même plus rudes qu'être devant un tableau de classe, non ?

La jeune femme releva le menton d'un mouvement volontaire.

— Plus fatigants pour les muscles, c'est vrai ! Mais pour la cervelle, c'est autre chose...

D'un ton qu'il voulait plaisantin, mais qui trahissait peut-être un fond de conviction, Ludovic ajouta :

— Pour autant que femme puisse avoir cervelle, non ?

Gwenn préféra ne pas répliquer à cette petite pique. D'autres questions se bousculaient en sa tête : comment convaincre les habitants dont les terres n'étaient pas menacées par le barrage de s'opposer à celui-ci en solidarité avec leurs voisins ? Nombre de ceux qu'elle avait rencontrés ne lui avaient répondu que par un sourire condescendant. Cela ne les concernait pas directement ! Tout au plus n'avait-elle eu comme réponse que des propos désabusés qui ne signifiaient ni plus ni moins que « à chacun son cul, à chacun sa merde » !

XXXII

GWENN S'APERÇUT VITE QUE, si elle avait obtenu, hormis celui de Tangi Énan, le soutien de tous les propriétaires susceptibles d'être lésés par le barrage, plus elle s'éloignait des rives du futur lac, plus elle avait affaire à une indifférence à peine masquée. Que n'avait-elle entendu comme arguments ?

— C'est bien malheureux pour ceux qui sont dans la vallée, mais cela ne nous regarde en rien !

— Même si je les plains, cela ne me concerne pas ! Pourquoi irais-je m'en mêler ?

— On ne tient pas à avoir des problèmes avec l'administration ! Elle ne sait que se venger en augmentant les impôts…

La jeune institutrice s'emportait parfois :

— Et la solidarité bretonne ? Et la tradition que nous avons toujours de pouvoir nous révolter pour la bonne cause ? Qu'en faites-vous ?

— J'en fais que je regarde mon horloge sans me préoccuper de l'heure de la montre des autres ! Avec la situation de ces lendemains de guerre, j'ai bien d'autres choses à me soucier…

— Allons… Avec ce que produisent nos cultures, ce ne sont pas les restrictions qui nous accablent ! Bien au contraire, il n'y a pas un paysan qui n'en profite pour vendre ses récoltes à prix fort dans les villes les plus proches… Le marché noir, bien sûr !

— Mêle-toi de ce qui te regarde, gamine ! Avant que je ne m'énerve pour de bon.

Plus elle s'affichait au centre de Saint-Cadou, de Commana ou de Sizun, plus les propos à son égard s'avéraient virulents :

— Non, demoiselle ! Vous ne franchirez pas ma porte avec vos sales papiers ! Jamais une athée n'a mis un seul pied chez moi, et certes pas une maîtresse de l'école des « rouges » ! Passez votre chemin avant que je ne vous chasse à coups de sabot là où je pense !

Certains, plus diplomates, expliquaient que le barrage ne pouvait être qu'une chance pour tous :

— Quel plus beau réservoir à truites ? Qui, avec le tourisme, nous ramènera plus de revenus que les pauvres terres sacrifiées… Sans compter l'eau qu'il amènera à Brest et l'électricité qu'il produira.

— Qu'il produira pour qui ? Pour Brest. En asséchant nos propres cultures. Et le courant électrique, pour qui ? Les citadins encore, en nous laissant chaque soir devant notre lampe à pétrole. Et ce en jetant à la rue des familles entières.

— Pff… Chaque expropriation est compensée par une indemnisation, non ?

— Peut-être, argumentait Gwenn, mais pour une bouchée de pain !

— Alors plutôt que de vous battre contre le barrage, mieux vaudrait consacrer votre énergie pour faire revaloriser ces compensations ! Parce que jamais l'État ne cédera, croyez-moi...

Peu à peu, elle s'apercevait que, dans ces villages ancrés aux traditions bretonnes, les sentiments religieux restaient tellement forts que son statut laïc entravait grandement sa recherche de soutiens. Mais pouvait-elle faire oublier qu'elle était maîtresse de l'école de la République, alors que son parcours inhabituel de fille de paysan à institutrice estimée avait fait jaser à des kilomètres à la ronde depuis des années et des années ? La majeure partie des habitants ne confiait fils et filles qu'à l'enseignement privé ! « Un nid de futurs bigots ! » ne pouvait-elle s'empêcher d'amèrement songer. Il n'en demeurait pas moins qu'elle s'avouait assez déçue de ses démarches. Finalement, les gens se désintéressaient plus ou moins du sort de la vallée, dès lors qu'ils ne l'habitaient pas. Essayant d'oublier sa première tentative sur les mêmes lieux, Gwenn se donna pourtant une nouvelle fois sa chance à Saint-Cadou, à l'heure de la messe, car elle savait trouver aux cafés du bourg nombre de chefs de famille. Bien que pratiquants et en « habits du dimanche », les hommes délaissaient volontiers les bancs de l'église pour le cabaret, laissant à leur épouse et aux enfants le soin d'avaler l'hostie dominicale et d'écouter le prêche du curé ! Pour eux, le jour du Seigneur était l'occasion de se retrouver entre paysans, de colporter les derniers potins, de parler du temps et des récoltes autour d'un pot de vin ou d'une bolée de cidre...

Aux regards qu'elle suscita en se présentant pour la deuxième fois à la terrasse du *Café de la Place*, elle devina l'hostilité latente que l'on nourrissait d'emblée contre elle : une femme de bonnes mœurs ne s'affichait pas ainsi dans les débits de boissons ! Et puis une maîtresse de l'école publique n'était qu'une « rouge », une « sans-Dieu » qui ne pouvait mener la jeunesse que sur les voies de Satan ! Malgré l'ambiance peu chaleureuse qui lui fut réservée, elle s'arma de tout son courage pour affronter les premiers consommateurs :

— Je ne voudrais aucunement vous déranger, messieurs ! Seulement vous parler de ce projet de barrage qui menace nos terres...

L'un des buveurs se retourna, pantalon de velours, bottes lacées, chemise à faux col, gilet boutonné avec montre à gousset, et le large chapeau vissé sur la tête.

— Nos terres ? clama-t-il d'une voix forte. Pas les miennes, en tout cas !

— Ni les miennes... ajouta son voisin de table. Et je n'ai nulle intention de me mêler des affaires des autres !

— Et que viens-tu faire ici ? beugla un autre. Je sais qui tu es ! Une renégate à ton domaine, qui s'est pervertie à Paris jusqu'à en perdre la foi de nos pères et enseigner des idées impies dans la tête de nos gosses.

— Allons ! tempéra un vieil homme. Il ne faut pas juger ainsi sans savoir... Pour ma part, j'ai toujours pêché dans les eaux de l'Élorn et j'en aime la vallée, les prairies, les coteaux. Je n'ai nulle envie de voir un lac remplacer des paysages que je parcours depuis l'enfance !

— Barrage ou pas, moi, je n'en ai rien à faire ! reprit le premier interlocuteur de Gwenn.

La fille de Ludovic Le Braz osa insister :

— Je sais que beaucoup ne m'apprécient guère parce que membre de l'école laïque ! Mais ce qui m'amène auprès de vous n'a rien à voir ! J'estime que les habitants de Saint-Cadou devraient rester solidaires dans cette affaire, ne serait-ce que pour rabattre le caquet des gens de Sizun qui considèrent depuis toujours notre bourg comme part négligeable de la commune…

L'argument sembla porter. Malgré des décennies et des décennies, personne n'avait oublié le refus de l'administration de voir s'élever Saint-Cadou en commune autonome, et on en gardait une rancune diffuse contre Sizun !

— Les décisions tombées d'en haut nous ont déjà fait courber la tête ! martela la jeune femme. Doit-on encore la courber devant ce barrage imaginé sur plans dans des bureaux par des fonctionnaires et des élus n'ayant jamais mis les pieds ici ?

— Pire que je ne pensais ! éructa un grincheux qui venait à peine de s'installer. Des propos d'anarchiste que tout cela !

— Tais-toi donc, Denez ! Tu râles toujours contre tout, mais la petite a raison : si je suis sizunien par la loi, je reste Saint-Cadou de cœur, et tout ce qu'on pourra dire n'y changera rien ! Moi, je vais le signer, ce papier contre le barrage.

Le premier, il se présenta devant Gwenn, qui l'accueillit avec un sourire :

— Merci, monsieur Creisker.

— Tu te souviens donc de moi, « petite » ?

— Je suis tout de même née ici, même si les hasards de la vie m'ont conduite jusqu'à la capitale… Mais je reviens au pays, maintenant : à ma demande, je suis fraîchement nommée au Huelgoat !

— Encore une école de païens, mais ça ne fait rien ! Donne-moi de quoi signer…

L'homme était respecté, et sa décision entraîna quelques paysans à suivre son exemple, tandis que d'autres se levèrent de table et désertèrent les lieux pour bien marquer leur désaccord sans pour autant faire d'esclandre. En quittant la terrasse, elle se sentit réconfortée d'avoir engrangé plusieurs noms supplémentaires à la liste de sa pétition, et elle repartait en traversant la place lorsqu'une voix la fit sursauter :

— Tout s'est passé mieux qu'on ne le craignait, hein ?

Elle se retourna et s'exclama :

— Allan ? Tu m'as fait peur… Mais que fais-tu ici ?

— Je vous surveillais derrière le tronc de cet arbre, demoiselle… J'étais un peu inquiet de la réaction de certains de ces piliers de café !

— Me surveiller ? s'étonna-t-elle.

— Ben… oui, bredouilla Allan. Et je vous jure que pas un n'aurait fait le poids, si jamais on avait osé s'en prendre à vous !

Gwenn fixa un moment dans les yeux ce colosse tranquille qui, sans que nul le lui demandât, se donnait mission de la protéger.

— Que veux-tu que je te dise, sinon que je t'en suis fort reconnaissante ?

— C'est bien normal… Vous êtes une fille de Kernadic, non ?

Sans ajouter un mot, il s'écarta gauchement puis hâta l'allure pour s'éloigner, laissant la jeune femme déconcertée. « Ainsi, il s'intéresse autant à moi ? Et il ne veut pas se l'avouer ? Ou peut-être me l'avouer ? Ce n'est pourtant pas le rôle d'une femme que de faire le premier pas ! » Décidément, ce gars lui plaisait de plus en plus, et paradoxalement à cause de sa timidité : elle le devinait plus sensible que sa carrure ne le laissait supposer, et sa droiture envers le maître de Kernadic demeurait sans faille. Pouvait-on trouver dans tout le canton valet plus honnête et fidèle ? « Pourquoi se montre-t-il si distant, alors ? » Cette question la tourmenta jusque dans son lit, le soir, en cherchant un sommeil qui ne venait pas.

*
* *

Ce fut dans l'ombre d'Allan qu'elle poursuivit ses démarches à Sizun et Commana pour obtenir le plus possible l'appui de la population, sans réussir vraiment à rassembler une opinion unanime contre le barrage. Elle glana pourtant un certain nombre de signatures propres à étoffer le dossier à présenter à la préfecture. Résultat insuffisant à son avis, mais c'était quand même mieux que rien ! Que ce fût sur Commana ou Sizun, plus elle s'adressait à des propriétaires éloignés des zones menacées, plus elle affrontait une indifférente notoire. En ces lieux non impactés par le projet, seules les convictions politiques lui apportaient quelques voix, mais elle se doutait bien que cela ne suffirait pas : elle avait besoin de volontaires plus attachés au patrimoine de la région, à la survie des paysages et des fermes qui avaient toujours fait vivre ce pays... Oui, elle avait fait ce qu'elle avait pu, mais estimait déjà que c'était trop peu pour inciter les élus à abroger ce décret. Oui, dès la fin de la semaine, elle irait rejoindre Antoine Pasquier afin de lui soumettre sa pétition, qui ne s'avérait nullement une volonté générale, mais plutôt l'avis d'une population assez divisée sur le sujet.

Le repas du soir s'était effectué pour une fois sans discussion acerbe, et la jeune femme en profita pour solliciter son père :

— Est-ce que je pourrais demander à Allan de me conduire demain à Locronan ? Histoire de m'éviter la corvée des cars...

Ludovic Le Braz n'hésita que peu :

— Si cela te fait plaisir, pourquoi pas ? La moisson est faite, maintenant ! Bien que je craigne que ce soit la dernière... la dernière avant l'engloutissement de ce qui nous fait vivre !

— Nous n'avons pas encore baissé les armes, père ! Et je ne les remiserai jamais avant de voir les eaux envahir nos terres.

— Si tu as envie de te battre contre des moulins à vent, libre à toi, ma fille... Pour ce qui me concerne, Kernadic est un domaine condamné et, quoi que tu puisses croire ou penser, nous n'avons plus aucun avenir ici...

— Permets-moi d'avoir un avis contraire ! Car tu m'as toujours appris qu'il ne faut pas abdiquer avant même de se battre.

— Peut-être... admit Ludovic. Mais contre l'Administration avec un grand « A », c'est un combat perdu d'avance… Nous ne sommes pas de taille à lutter contre des décrets politiques !

— Surtout quand on se replie avant la bataille ! répliqua sèchement Gwenn.

— Bon, bon… Va donc guerroyer comme une hussarde que tu es ! Avec Allan comme écuyer, et notre bon Kadarn pour tirer le cabriolet. Je ne pense pas avoir besoin du cheval pendant quelques jours. Quant à Allan, je m'en suis passé durant tellement de temps que j'estime pouvoir me débrouiller sans lui !

*

* *

En arrivant à proximité de Locronan, la jeune femme rompit le silence qui s'était établi entre elle et le valet qui menait Kadarn et la charrette :

— Inutile de filer jusqu'au village, Allan ! Le premier chemin à gauche nous conduira à Ty Menez.

— Bien, demoiselle.

— Mais arrête donc de t'adresser à moi avec ces « demoiselle » et « mademoiselle » ! Je m'appelle Gwenn, si tu ne t'en souviens pas !

Allan ne se voulait qu'employé de ferme, et il objecta :

— Je sais, vous me l'avez déjà dit, mais…

— Parce que je suis fille du maître d'un domaine qui risque de disparaître ? s'insurgea Gwenn.

Le valet arrêta Kadarn, fit mordre les roues de la charrette en bordure du fossé, puis bafouilla :

— Non… non, bien sûr… mais… mais je ne suis qu'un pauvre saisonnier ! Alors que… que vous êtes institutrice et que… que nous ne sommes pas du même monde, quoi…

Elle pouffa, plus pour cacher ses émois que pour le détromper.

— Nous en avons déjà parlé, non ? Quel monde ? Je suis née à Kernadic, j'y ai soigné porcs et volailles en paysanne, j'y ai donné de l'avoine à Kadarn et du foin aux vaches, j'ai raclé les sols de l'étable et baratté la crème pour la transformer en beurre, ainsi que participé à toutes les tâches auxquelles je pouvais aider en mon jeune âge !

Allan rougit.

— Oui, je sais… Mais vous avez fait des études que je n'ai pas ! Nous n'avons donc rien en commun…

Gwenn parut soulagée de cet aveu. Ainsi, ce n'étaient que ces scrupules de « caste » qui le rendaient si froid ? Elle éclata de rire.

— Je ne te croyais pas si coincé par des traditions imbéciles, Allan ! D'autant plus que, bien qu'étant simple employé agricole, tu sais lire et écrire et fais preuve d'une certaine culture. Je te considère beaucoup plus qu'un pauvre manœuvre de ferme, tu sais ?

Embarrassé, le jeune homme secoua la tête.

— Oui, oui, mais…

— Mais quoi ? s'emballa Gwenn. Tu as honte de toi, ou de moi parce que je suis enseignante ?

— Ce… ce n'est pas ça, mais…

— Mais, mais, mais ! Tu ne sais donc dire que ça ?

Allan soupira, avec dans l'œil ce même éclat que celui d'un gibier acculé.

— Non, non, mais…

— Encore mais ? ironisa Gwenn, avant de recourir à tout son courage pour accepter de dévoiler des sentiments qui la hantaient depuis sa première rencontre avec ce garçon qui l'intriguait autant qu'il la troublait :

— Mais quoi ? ajouta-t-elle. Tu attends peut-être que ce soit moi qui te dise que tu me plais, que je t'admire pour ta modestie et ta fidélité à un domaine qui n'est pas le tien, que tu as une culture que tu tiens à masquer pour te consacrer au mieux aux travaux des champs, et surtout que tu t'attaches à chacun de mes pas à l'insu de mon père pour t'assurer qu'il ne m'arrive rien ?

Cramoisi, Allan ne trouva qu'à bredouiller :

— Je ne sais quoi répondre, mad… Gwenn… Vous… vous me faites trop d'honneur, et…

— Et quoi ? l'interrompit la jeune femme. Faut-il que je te supplie de te montrer plus naturel envers moi ? Pour ma part, si tu tiens à le savoir, jamais je ne me suis sentie si troublée par un homme, sinon toi ! C'est d'ailleurs la première fois que cela m'arrive… Voilà qui est dit : à toi d'en tirer les conclusions que tu veux, car jamais plus je ne m'abaisserai à livrer ainsi mes sentiments devant toi ! J'en ai même déjà honte…

— Mais non, je…

— Non ! s'énerva Gwenn. Dépose-moi à Ty Menez et retourne à Kernadic si je t'ai choqué… Sinon accepte tout d'abord de me considérer comme une égale, et non comme une fille Le Braz !

Allan laissa échapper un long soupir de soulagement avant d'admettre, d'une petite voix brisée qui s'assortissait mal avec sa carrure :

— Excusez-m... Non, excuse-moi, Gwenn. Tu viens de trouver les mots que je ne trouvais ni n'osais dire ! Pour la première fois depuis que je trime avec ton père, je ne songe plus au domaine, mais seulement à te protéger dans la croisade que tu mènes... Je ne pense qu'à toi à longueur de jour et de nuit, mais sans espérance aucune : a-t-on jamais vu une maîtresse d'école réputée se prendre de passion pour un simple ouvrier agricole ? Et même si cela était, il y a loin de s'unir avec lui pour fonder un foyer, et je ne suis pas rêveur à ce point ! Sans te vexer, tu peux peut-être l'admettre : il n'y a rien de possible entre nous, et je l'ai tout de suite compris, bien que je le regrette tant tu m'entres de jour en jour un peu plus dans le cœur. Ceci étant dit, mieux vaut oublier ce que tu m'as incité à avouer et me laisser retourner à Kernadic...

La jeune femme ferma les yeux, bouleversée par cet aveu qu'elle avait pourtant suscité. Ainsi, ce gaillard partageait avec elle les mêmes élans, et seule leur divergence de statut social expliquait son manque de tentatives séductrices. Ces avances d'ordinaire réservées au sexe masculin et qu'elle espérait de lui depuis le premier regard qu'ils s'étaient tous deux échangé !

— Grand nigaud ! s'esclaffa-t-elle. Arrête donc de débiter des bêtises, et embrasse-moi plutôt... J'attends ce moment depuis que je t'ai vu !

— Vraiment ? s'assura-t-il, encore interdit par la tirade de la fille de son patron. Vraiment ?

— Vraiment ! confirma Gwenn en lui offrant ses lèvres pour le premier baiser de sa vie qu'elle accordait à un garçon...

XXXIII

APRÈS DEUX JOURS DE PLUIE, Antoine Pasquier astiquait sa précieuse Traction Citroën avec ardeur lorsque le cabriolet franchit le porche de la cour de Ty Menez.

— Gwenn, ma chérie ! s'écria-t-il avec une émotion sincère. J'étais sur le point de me rendre à Kernadic pour m'enquérir de toi et de tes recherches !

— Nous en parlerons plus tard ! décréta la jeune femme. Allan est prêt à rester quelques jours ici… J'espère qu'il y a de quoi le loger ?

— Avec plaisir ! s'exclama Loïc Quivennec en sortant comme un diable d'un hangar attenant. Il y a toujours de la place chez nous pour les amis de nos amis…

— Allan est le valet attitré du père de Gwenn à Kernadic, corrigea l'avocat.

— Ce qui ne l'empêche pas d'être mon ami, et le plus fidèle que j'ai jamais connu ! clama en écho sa fille de cœur.

Elle avait mis une telle ferveur dans sa réponse qu'Antoine s'en étonna : c'était bien la première fois que Gwenn s'affichait avec un garçon en revendiquant aussi ouvertement des liens qu'il soupçonnait devoir rester plus discrets. Bien qu'il s'en estimât un peu perplexe, avec le léger soupçon que ce pauvre valet eût usé de son influence et de ses charmes pour améliorer son sort, il se trouvait néanmoins heureux de voir Gwenn complimenter enfin les qualités d'un gars d'à peu près son âge. Après tout, comme son épouse et lui avaient su le prouver, peu importait pour eux l'origine sociale des personnes auxquelles ils avaient accordé des largesses, pourvu que la sincérité de cœur en eût été la source ! Aussi accueillit-il le jeune homme avec une bonhomie non feinte :

— Heureux de vous revoir, Allan. Et merci de nous avoir conduit ici notre belle et tendre Gwenn !

— Je ne veux en aucun cas déranger les gens de ce domaine ! se défendit l'ouvrier agricole. J'ai largement le temps de rentrer à Kernadic auprès du maître, car j'ai encore beaucoup d'ouvrage dans les champs…

— Aucune inquiétude, mon ami. Le sieur Le Braz m'est tellement redevable qu'il ne saurait vous en vouloir de cette absence ! Et, puisque Gwenn semble vous tenir particulièrement en affection, je ne puis que vous inciter à continuer à en prendre le plus grand soin, jeune homme.

— Cela va de soi, monsieur…

— Au diable ces politesses d'un autre temps ! Appelez-moi donc Antoine, comme tout le monde ici…

Allan en resta interdit. Était-ce bien ce personnage sympathique et avenant que l'avocat renommé de la capitale ? D'un abord si simple et si direct ? En toute sincérité, il ne l'aurait jamais cru !

Une fois que Gwenn eut embrassé Loanne et salué toute la famille Quivennec, sachant bien ce qui amenait sa protégée à le rejoindre, Antoine Pasquier tint à s'enquérir au plus tôt des initiatives de la jeune femme :

— Alors, qu'en est-il de cette pétition et de nos soutiens ?

Elle haussa les épaules.

— Du bon et du moins bon… J'espérais plus, mais j'ai toutefois obtenu quelques signatures de propriétaires dont le barrage ne menace nullement les terres.

— Voilà qui est bien ! C'est toujours mieux que rien… Beaucoup plus, même !

— Oui, mais je me demande si je n'aurais pas mieux fait d'envoyer ma sœur pour cette quête : il m'a semblé que le seul fait que je sois institutrice laïque m'a interdit bien des soutiens !

— Je ne m'en étonne guère et je m'y attendais, ma belle… La Bretagne profonde reste profondément ancrée dans les traditions catholiques, et elle se braque systématiquement contre toute initiative qui ne soit approuvée par les curés !

— Il est vrai que je ne suis pas allée les rencontrer… regretta Gwenn.

— Avec ta réputation d'exilée de Saint-Cadou et de Sizun, de gamine pervertie par l'existence parisienne, de maîtresse d'école publique et païenne, il valait mieux ne pas trop asticoter la curetaille, à mon avis. Oui, tu as bien fait de ne pas insister en cette voie ! Mais pour te consoler, pour ma part j'ai également obtenu quelques résultats.

— Ah ! Lesquels ?

— Nous en parlerons plus tard, veux-tu ? Tout le monde à Ty Menez entend profiter de ton retour !

— Oui, mais Allan... Jamais il n'osera !

Antoine lui adressa une œillade aussi empreinte de tendresse que d'ironie.

— Ce garçon semble te tenir particulièrement à cœur, non ? Mais ici, tu le sais bien, il sera accueilli comme étant de la famille, même si cela doit le gêner. Ne t'inquiète pas pour lui, il ne faudra pas dix minutes pour qu'il se sente à l'aise. Tu connais l'hospitalité des frères de Loanne, non ?

— C'est vrai, admit la jeune femme.

— Allons, Gwenn ! Ne rougis pas ainsi... J'ai tout de suite vu que ce garçon ne te laissait pas insensible !

Elle baissa la tête comme une gamine prise en faute avant de marmonner :

— C'est vrai... Mais c'est à penser que c'est le seul à ne pas s'en apercevoir !

— Mets-toi seulement une seconde à sa place, veux-tu ? Il est tellement respectueux qu'il croit ne rien pouvoir espérer de toi, simple valet qu'il est face à une belle femme maîtresse d'école, et de plus fille de son employeur ! Comment réagirais-tu, si tu étais dans sa peau ?

Après un moment de réflexion, elle murmura :

— Peut-être un peu comme lui, sans doute...

Ce bref entretien sur ses sentiments les plus intimes eut le don de la ravigoter, et ce fut plus souriante qu'elle se leva de son banc.

— Mais je n'ai toujours pas vu *mamm-gozh*[1] Hoelenn.

— Elle ne va pas tarder... Malgré son âge, il faut encore qu'elle s'occupe sans cesse à droite ou à gauche, tu le sais bien !

*
* *

Gwenn avait regardé avec une contrariété certaine Allan prendre le chemin du retour à Kernadic. Elle fixa longuement le virage où venait de disparaître la charrette, en regrettant de n'avoir pu obtenir du valet un nouveau baiser. Elle gardait un souvenir si délicieux du premier ! Mais comment se laisser aller à un tel élan sous les yeux de toute la famille Quivennec réunie ? Aussi, pour chasser son trouble, elle préféra d'emblée se replonger dans l'affaire du barrage. Si elle jugeait plutôt mitigés les résultats de ses quêtes de soutien, Antoine Pasquier la rassura aussitôt :

— Honnêtement, je m'attendais à pire ! Plus les gens sont éloignés d'un problème, moins ils ne s'en estiment concernés... Et c'est bien naturel !

— J'ai surtout subi le fait d'être institutrice d'une école publique, rétorqua la jeune femme. Tout le monde le savait, et j'étais systématiquement rejetée par beaucoup avant même de prendre la parole. Pour un peu, on aurait pu croire qu'à seulement me côtoyer tous les esprits du mal prenaient possession des enfants qui m'étaient confiés ! De quoi discréditer tout ce que je pouvais dire...

1. *Grand-mère.*

— C'est bien ce que je craignais, assura maître Pasquier. Les gens d'ici restent viscéralement attachés aux valeurs catholiques. Il m'étonne même que tu aies pu réunir autant de signatures. Pour ma part, j'ai obtenu aussi quelques soutiens notoires, grâce à ma notoriété et l'appui de quelques amis qui m'ont orienté vers des personnes influentes.

— Ce qui veut dire ?

— Que si le préfet n'a voulu se prononcer, arguant du fait qu'il se référerait aux études en cours, j'ai pu rallier plusieurs conseillers généraux à notre cause. Et j'ai même réussi à rencontrer par relations le ministre de l'Agriculture, M. Tanguy-Prigent, élu à l'Assemblée nationale constituante. Socialiste convaincu et issu d'une famille de petits paysans de la région de Morlaix, il a été assez sensible à mes arguments. Il faut avouer que j'avais déjà eu à diverses reprises des contacts avec lui, avant la guerre...

— Et alors ?

— Bien qu'il ait dit abonder en mon sens, il attend un dossier plus étoffé que le projet d'ensemble. Pour lui, la reconstruction de Brest reste une priorité et un symbole fort de la République, et l'alimentation en eau de la ville demeure primordiale.

— Ce qui signifie un couperet qui coupera la gorge à tous nos espoirs ? s'indigna Gwenn.

— Non, pas forcément. Il y a d'autres projets que celui du barrage du Drennec ! Mais, comme tu dois t'en douter, ils suscitent les mêmes oppositions que celles que nous avançons... La partie est loin d'être gagnée !

— Ce qui veut dire que c'est foutu, n'est-ce pas ?

— Mais non… Comme j'ai mis en sommeil mes activités durant toute la guerre, personne ne peut me ranger parmi les « collabos », même si je ne me suis pas engagé dans la Résistance à cause de mon âge. Ce qui fait que je suis encore assez bien reçu auprès des membres influents du gouvernement provisoire. J'en connais plus d'un qui peut éventuellement nous servir de levier !

Ces propos ne suffisaient certes pas à rassurer Gwenn. Les préoccupations d'un ministre, fût-il breton, ne pouvaient se focaliser sur un territoire aussi restreint et oublié que Saint-Cadou, un véritable village qui n'avait jamais été reconnu comme tel, et Commana, dont le maire était plutôt favorable au projet.

— Et alors ?

— Alors j'ai pu convaincre un certain nombre d'élus de soutenir notre cause, même si je me doute que les élections et autres mandats à venir pourront leur faire retourner leur veste s'ils y voient un intérêt personnel…

— C'est ignoble !

— Non, ma fille, c'est seulement politique !

« Ma fille » ! C'était la première fois que le mari de Loanne l'appelait aussi directement ainsi, et Gwenn s'en sentit émue au point d'en avoir la larme à l'œil. Oui, au fil des ans, Antoine Pasquier était devenu pour elle un vrai père, plus cher en son cœur que son véritable géniteur ! Ce qui n'empêchait nullement son attachement à Kernadic.

— Et maintenant ?

— Nul besoin de bousculer la lente marche du temps et des choses… Il nous faut attendre la suite des événements… Si j'en crois ce que m'ont assuré le préfet et autres responsables politiques, rien n'est fait : ce projet n'en est qu'au stade d'étude, et rien ne dit qu'il sera définitivement retenu !

— Si je comprends bien, nul besoin d'insister à outrance tant que rien n'est officiellement ratifié ?

— Ce qui n'empêche pas de rester vigilants ! En ce domaine, trop de choses se trament dans notre dos avant de nous mettre devant le fait accompli.

— Attendre, attendre… C'est bien beau ! Mais n'y a-t-il rien d'autre à faire ?

— Pour l'instant, non, à mon avis, ma petite Gwenn… Oui, il faut attendre ! Sans pour autant relâcher la pression. Mais il me semble désormais plus important de t'occuper de la rentrée de ton école : tu dois pouvoir t'installer à demeure au Huelgoat, non ?

— C'est vrai, admit la jeune femme. Ce qui ne m'empêchera pas de suivre de près la suite de ce dossier !

— Moi aussi, crois-moi, même si je dois retourner à Paris !

Que dire de plus ? D'autant plus que la voix chevrotante de Hoelenn Quivennec les interrompit :

— Alors ! Vous allez finir par vous mettre à table, tous les deux ?

— Nous arrivons, m'ma ! répondit Antoine en riant.

*

* *

Bien sûr, elle avait passé quelques jours auprès de la famille de Loanne, qui la considérait depuis longtemps comme faisant partie du clan Quivennec. Bien sûr, elle s'était amusée avec les désormais adolescents des deux couples, comme une vraie *moereb*[1]. Mais le sort de Kernadic ainsi que celui de son intégration en sa nouvelle école la préoccupait. Elle s'efforça néanmoins de faire bonne figure au sein de la famille Quivennec. Pourtant, même si elle n'en voulait rien faire transparaître, elle brûlait de rejoindre Kernadic, non tant pour se rapprocher un peu plus de sa sœur et de son père, mais surtout pour se retrouver en présence d'Allan. Oui, ce garçon lui plaisait vraiment ! Par sa gentillesse… ses attentions discrètes… cette vigilance qu'il exerçait sans cesse auprès d'elle. Et cette retenue à admettre qu'elle était pour lui plus que « la fille de Ludovic Le Braz »… Plus elle y songeait, plus elle se convainquait qu'il s'intéressait autant à elle qu'elle à lui, et que seul son statut de maîtresse d'école l'empêchait de se montrer plus entreprenant. Et pourtant, aurait-elle pu se montrer plus proche de ses racines paysannes qu'en participant aux moissons auprès de lui ? À croire qu'il ne s'en était même pas aperçu ! Trop timide ? Gwenn ne le pensait pas. Mais plutôt trop respectueux d'une différence de classe dont elle n'avait rien à faire, mais qu'Allan n'osait franchir.

— Quel gentil crétin ! avait-elle marmonné plus d'une fois. Comme s'il ne savait pas que je suis née sur le fumier de Kernadic avant d'être reconnue comme une bonne institutrice ! Et ce grâce aux Pasquier… Comment n'arrive-t-il pas à s'apercevoir

1. *Tante.*

qu'il est bien plus pour moi qu'un simple valet ? Que m'importe d'où il vient et qui il est ! Je ne sais peut-être pas ce que c'est qu'aimer, mais je crois bien que je l'aime…

À peine cette pensée fusa-t-elle en son esprit qu'une autre interrogation s'imposa sous ses paupières fermées : Allan cachait-il lui-même les mêmes sentiments ? Ce fut avec toutes ces questions lui tourbillonnant sous le crâne qu'elle finit ce soir-là par s'endormir sans pouvoir vraiment y répondre. Pour mettre fin à ses tourments, elle décida de rejoindre dès le lendemain sa longère familiale.

— Au moins, j'aurai là-bas le loisir d'y réfléchir à tête reposée…

*

* *

Depuis quelques jours déjà, elle essayait tant bien que mal de s'occuper des tâches du domaine paternel sous l'œil éternellement critique de son père. Même si les corvées de la ferme ne la passionnaient pas, elle y découvrait un plaisir particulier, surtout lorsqu'elle se trouvait en présence d'Allan, lequel restait pourtant toujours aussi distant. Avait-il vraiment oublié le seul baiser qu'ils avaient échangé ? Entre deux passages pluvieux durant lesquels les paysages eux-mêmes semblaient s'embuer de tristesse, ce fut sous un soleil timide que surgit ce jour-là dans la cour la Traction d'Antoine Pasquier. Sans pouvoir contrôler son élan, elle se jeta à son cou.

— Oh ! Antoine… Que je suis heureuse de vous revoir ! Mais… votre femme me manque beaucoup !

— Loanne ? répliqua l'avocat. Mais elle n'est pas restée à Ty Menez ! Elle est là pour toi... Laisse-la donc descendre de voiture !

Loanne ! Qui l'étreignait contre elle de toute la force de ses bras...

— Ma petite... ma petite... Depuis que nous sommes arrivés en Bretagne, nous nous sommes que peu vues, toutes les deux ! Et voilà que tu dois déjà rejoindre Le Huelgoat ?

— Ce n'est pas si loin, tout de même !

— Pas très loin de Locronan, c'est vrai, mais si loin de Paris où il faut que nous retournions dès la semaine prochaine...

Gwenn s'en attrista aussitôt, mais tenta néanmoins de remonter le moral de celle qui avait toujours été pour elle la seule mère qu'elle eût jamais connue :

— Antoine m'a promis de revenir le plus souvent possible ! lâcha-t-elle en s'imposant un sourire.

Pour elle aussi, cette séparation s'annonçait cruelle, même si elle s'évertuait à ce que cela ne transparût pas ! Alerté par le bruit de moteur, Ludovic ne tarda pas à se montrer.

— Ah ! C'est vous ? C'est vrai qu'à part votre voiture il y a peu de véhicules à moteur à s'arrêter dans cette cour ! Mais que me vaut l'honneur ?

— Simplement un au revoir, monsieur Le Braz ! répondit Antoine. C'est bien beau de m'éterniser ici, mais le devoir m'appelle à Paris...

— Pff... Paris...

— Excusez-moi, mais c'est principalement là que je gagne ma vie !

Le père de Gwenn accepta de se fendre d'un pauvre sourire condescendant.

— Je plaisantais, voyons... N'empêche que même si je dois perdre Kernadic, je préfère vivre ici en pleines landes qu'au sein des murs de votre capitale !

— Bien raison vous avez ! s'esclaffa l'avocat. Et croyez bien que, si la mort ne m'en empêche prématurément, je compte bien finir mes jours dans votre région plutôt qu'à Paris !

— C'est vrai, mon chéri ? s'enthousiasma Loanne.

— Tout ce qu'il y a de plus vrai, ma mie. Mais nous n'en sommes pas encore là !

— Dommage... Je serais bien restée quelques mois de plus en compagnie de ma mère et de mes frères !

— Ne t'inquiète donc pas, j'ai l'intention de revenir bien plus fréquemment à Ty Menez !

— Pour me faire plaisir ou pour revoir notre petite Gwenn ? minauda la brave femme.

— Les deux ! assura son mari. Mais faisons en sorte de ne pas nous éterniser ici... D'autant plus qu'il me semble opportun d'en profiter pour conduire notre institutrice jusqu'à son école.

— Je comptais prendre le car demain ! Inutile de vous déranger pour moi...

— Cela ne fait pas un grand détour, tu sais... Et puis ça nous ferait tellement plaisir !

— Bien. Si vous insistez tous les deux, je vais aller préparer mon bagage !

XXXIV

Il lui aurait été difficile de nier qu'elle avait eu le cœur déchiré lorsque Loanne et Antoine étaient remontés dans leur véhicule en la laissant seule dans la cour de l'école du Pouly. Mais, bizarrement, ses pensées cherchaient plutôt à se relier mentalement à celles d'Allan, qui se refusait toujours à avouer des sentiments qu'il voulait secrets, mais dont personne n'était dupe. Naïg la première s'en était aperçue avant même la principale concernée ! Pourquoi restait-il si réservé, alors que tout laissait deviner qu'il était attaché à Gwenn bien plus que par des devoirs de servitude au sein des murs de Kernadic ? Trop timide, peut-être ? La jeune femme en doutait, se souvenant que le valet avait été prêt à se battre pour elle, si les choses avaient dégénéré lorsqu'elle présentait sa pétition à des paysans se montrant particulièrement hostiles… Elle gardait toujours le souvenir délicieux du seul baiser qu'ils avaient échangé et ne comprenait pas qu'Allan, depuis, semblât faire en sorte de l'éviter le plus possible. N'était-elle pas à son goût ? Cachait-il un amour secret envers une fille d'un autre village, peut-être même de son hameau local à Lopérec ? Elle n'eut guère le temps d'y réfléchir, car la directrice l'interpella depuis la fenêtre de son logement :

— Alors, mademoiselle... Votre prise de possession des lieux se déroule bien ?

— Pour le mieux, madame Le Chuiton ! Mais il m'étonne d'être la seule à occuper ainsi un appartement de fonction...

— Les autres institutrices sont toutes comme vous célibataires, et elles passent leurs vacances en famille. Il y a peu de chance que vous fassiez leur connaissance avant le jour de la rentrée ! Mais je vous rassure : elles sont toutes fort aimables et sympathiques. Je suis certaine que vous vous entendrez bien avec elles.

— Je n'en doute pas.

— Si vous en avez besoin, je peux toujours faire appeler notre homme à tout faire pour vous donner un coup de main.

— Merci, madame, mais ce sera inutile.

— À votre guise. Mais lorsque vous en aurez terminé, faites-moi donc la joie de venir boire un thé ou un café en mon logement, afin de mieux nous connaître...

— Ce sera volontiers, madame.

Bien sûr, les lieux étaient plus austères et étriqués que la surface dont elle disposait dans la villa des Pasquier, mais Gwenn prit un plaisir particulier à s'y organiser au mieux : pour la première fois de sa vie, elle avait un vrai « chez-soi » ! Deux pièces seulement, mais suffisantes pour elle, avec un fourneau pour la cuisine et le chauffage, une table, quelques placards et étagères, un lit plutôt confortable et une table de chevet. Une fois ses vêtements soigneusement rangés, elle n'eut rien de plus pressé que d'aligner ses livres sur les rayonnages prévus à cet effet, avant de se décider à rejoindre le logement de la directrice, qui l'accueillit de la plus charmante des façons :

— Entrez, mademoiselle. Je nous ai préparé une passe de bon café, à moins que vous ne préfériez du thé ?

— Non, non, le café sera parfait !

— Bien, je m'en doutais : le vrai sang breton ne saurait mentir ! Allez, installez-vous et parlez-moi un peu de vous...

— Il n'y a pas grand-chose à en dire, vous savez...

— Je n'en crois pas un mot, demoiselle. Le parcours d'une petite paysanne bretonne qui arrive à se distinguer en devenant l'institutrice la mieux notée de sa promotion, voilà qui est assez étonnant !

Gwenn fut donc contrainte d'expliquer comment elle avait été amenée à quitter la demeure familiale pour faire ses premiers pas de domestique à Paris, chez un célèbre avocat. Puis la générosité des Pasquier lorsqu'ils avaient détecté son goût pour les études.

— Je leur dois tout ! L'école primaire, le certificat et le brevet, puis l'école normale et l'obtention de mon diplôme d'institutrice.

— C'est assez peu commun ! jugea la directrice.

— C'est vrai. Ils me considèrent tous deux un peu comme leur propre fille ! Ils n'ont jamais pu avoir d'enfants.

— Ceci explique cela… Mais comment se fait-il que vous ayez demandé votre mutation en Bretagne, alors qu'une carrière plus valorisante vous attendait sans doute à Paris ? Le mal du pays, peut-être ?

Gwenn sourit.

— Pas vraiment. Je me suis rapprochée de la ferme de mon père, c'est vrai, mais pour engager une croisade contre l'administration !

— Oh, oh ! Quel combat ! Vous m'en direz tant…

— Notre domaine familial doit prochainement être envahi par les eaux d'un barrage sur l'Élorn, et je compte bien entamer toutes les actions nécessaires pour faire opposition à ce projet !

— Vaste programme ! commenta Mme Le Chuiton. Malgré tout, bon courage, ma petite… J'espère seulement que ces démarches ne viendront pas perturber le bon déroulement de votre enseignement.

— Soyez-en sûre !

— Vous aurez en charge la classe des grandes pour les préparer au certificat. Si vous obtenez d'aussi excellents résultats que vous en avez eu jusqu'ici, peut-être que je vous transférerai l'année prochaine au cours complémentaire, afin de permettre aux plus douées de se présenter au concours de l'école normale !

— Ce sera avec plaisir, madame.

— En tout cas, votre jeunesse et votre sourire remettront un peu de joie dans ces murs…

— Ils en avaient donc tellement besoin ?

Le regard de la directrice s'embua d'une tristesse infinie.

— Dans ce village, la libération par les Américains, il y a un peu plus d'un an, s'est traduite par un drame qui a tué quatorze habitants du Huelgoat. Une poignée de soldats nazis est entrée à l'*Hôtel de France*, où ils ont mitraillé toutes les personnes qu'ils y ont trouvées. Puis ils ont descendu la rue des Cendres, pénétrant dans plusieurs maisons pour y commettre semblables crimes. Douze des nôtres y ont laissé la vie, dont Marie Le Boulch qui était institutrice dans cet établissement et qui s'occupait du cours préparatoire.

— Mais c'est horrible ! s'écria Gwenn, très émue par ce bref récit.

Son interlocutrice ne put qu'approuver de la tête, et les deux femmes s'enfermèrent dans un silence respectueux.

Gwenn était encore choquée de ce qu'elle venait d'apprendre en regagnant son logis au-dessus des salles de classe. Elle devait pourtant se préparer à la rentrée, car d'ici une quinzaine de jours retentiraient dans la cour les cris et les rires des jeunes filles…

*
* *

À l'idée de retrouver des élèves inconnues dans une nouvelle école, Gwenn exultait. D'autant plus que la région allait sans doute lui permettre de réaliser son rêve d'enseignante : s'appuyer sur le patrimoine local pour asseoir ses cours sur des exemples concrets, ce qui lui était pratiquement impossible à Paris, sinon évoquer Notre-Dame, la tour Eiffel ou les vieux quartiers historiques…

Ici, à l'orée de la forêt de Brocéliande, elle pourrait détailler les différentes sortes d'arbres, les plantes des bois, la formation des massifs granitiques. Elle savait encore que les environs regorgeaient d'une foule de minéraux souvent rares, et plusieurs monuments mégalithiques lui donneraient l'occasion d'approfondir le passé antique de la Bretagne. Des vestiges gaulois et romains se trouvaient aussi sur le territoire de la commune. « Un véritable trésor de culture dans les domaines les plus variés ! » Pour cela, il lui fallait d'abord connaître sur le bout des doigts toutes ces richesses, et elle s'en ouvrit à Mme Le Chuiton :

— Comment me documenter au mieux en tous ces domaines ? Il n'existe à ma connaissance aucune monographie susceptible de me renseigner.

— Mais pourquoi ne pas vous en tenir aux programmes établis ? suggéra la directrice. Les particularités locales sont souvent bien éloignées de ce que l'on exige comme savoir pour se présenter aux examens !

— Peut-être, admit la nouvelle institutrice. Mais j'estime essentiel, lorsque cela est possible, de baser l'apprentissage de ces notions en m'appuyant sur des choses concrètes plutôt que de me contenter de la pure théorie ! Une fois l'intérêt éveillé dans ces jeunes cervelles, il est plus facile, à mon avis, d'approfondir chaque sujet qui restera alors davantage ancré dans les mémoires.

— Aucune de nos maîtresses ne s'est aventurée à appliquer une telle pédagogie, mais si vous y croyez vraiment, je ne saurais m'y opposer. Aussi, je veux bien vous indiquer le nom de M. Corentin

Guiziou, un vieil érudit du village qui connaît mieux que quiconque les moindres particularités de la commune ainsi que son histoire ! Il a sa maison près de l'église, et il sera facile à trouver : tout le monde le respecte, au Huelgoat, et chacun sait où il habite…

— Merci beaucoup, madame !

— J'espère que cette initiative portera des fruits féconds ?

— Pour ma part, je n'en doute nullement…

*
* *

Corentin Guiziou… Maigre, élancé, de taille moyenne, un peu voûté, le cheveu rare et blanc, lunettes cerclées sur le nez avec des yeux pâles qui regardaient par-dessus la monture, l'homme ne paraissait pas son âge tant il pétillait de vitalité. Il sembla très heureux de faire la connaissance de cette nouvelle institutrice et se révéla vite peu avare de son savoir. Oubliant pour un temps les soucis liés au projet du barrage, Gwenn ne se priva pas de le solliciter pour entreprendre chaque jour des balades dans les environs.

— Si je vous ai amené sur ce plateau désert planté d'énormes blocs de granit qui dominent le village, ce n'est pas pour vous vanter la vue sur les alentours, même si elle vaut le coup d'œil, ma petite dame… Nous sommes ici sur un oppidum gaulois qu'on appelle le camp d'Artus. Une référence populaire à la légende du roi Arthur ! Les fouilles entreprises avant guerre par un Anglais ont permis d'affirmer que ce site de trente-cinq hectares, bordé d'une muraille à parement de pierre de deux kilomètres six cent, englobait des habitations, des ateliers artisanaux, des tours depuis longtemps disparues.

— Avec la végétation, j'avoue que je n'aurais rien remarqué ! confessa la jeune femme. Sinon les restes de ce mur de fortification.

— En fait, à l'époque des Osismes, le peuple gaulois occupant le territoire qui correspond à peu près à notre département du Finistère, il y avait ici une véritable petite ville. On y a retrouvé des céramiques, des monnaies, des objets métalliques…

— C'est passionnant, dites-moi !

— Je vous montrerai quelques pièces archéologiques provenant d'ici. Comme beaucoup d'autres en Gaule, cet oppidum a été déserté au lendemain de la conquête romaine.

— J'ai hâte d'en apprendre plus, monsieur Guiziou.

— J'apprécie d'autant plus votre curiosité que les cohortes d'enfants ayant joué dans ces bois ignorent tout de cette histoire attachée à leur village. Et aucun enseignant tant laïc que privé n'a jugé bon d'y intéresser les élèves…

— J'entends bien faire partager ce savoir aux jeunes filles qui seront dans ma classe ! Tout comme je tiens à les amener à connaître les diverses richesses de leur environnement, les pierres et minéraux, les arbres de la forêt, les plantes des landes des monts d'Arrée, les animaux sauvages et les insectes de la région, et bien d'autres choses encore…

— Belle ambition ! Qui j'espère portera ses fruits... Mais j'aimerais vous faire découvrir quelque chose, à moins que quelques minutes de marche vous effraient ?

— Certes non ! À moins âge, ce serait plutôt inquiétant...

Tournant le dos au village, tous deux descendirent à travers bois le flanc de la colline.

— En attendant de vous montrer au cours des jours qui viennent quelques menhirs ou dolmens de la région, je vous conduis jusqu'à l'ancienne mine de plomb argentifère. Il se dit qu'elle était déjà exploitée par les Celtes et les Romains, mais c'est surtout aux XVIe, XVIIIe, et XIXe siècles qu'elle a connu le plus d'activité. Elle a été arrêtée en 1860 et quelques, je crois... Oh ! On a bien essayé de reprendre plusieurs fois l'exploitation, dont la dernière il y a une douzaine d'années, mais sans succès. Elle fait désormais définitivement partie du passé !

Sous les ramures des grands arbres et le couvert moussu du sol, la promenade s'avérait plutôt agréable, bien que le soleil fût fréquemment occulté par des nuages taquins. Gwenn ne put s'empêcher de penser que ces forêts devaient sembler sinistres par mauvais temps !

— Tenez, voici un des canaux d'amenée des eaux de la mine. Celui-ci serpente sur plusieurs kilomètres... Ensemble, ils fournissaient le courant nécessaire à faire tourner les moulins qui actionnaient les pompes drainant les tunnels. Ici, certains fronts de taille ont été creusés jusqu'à trois cents mètres de profondeur ! Mais voici l'accès de la galerie de l'aqueduc. Mieux vaut ne pas s'y aventurer, non seulement par risque d'éboulements, mais aussi à cause de gaz dangereux : plus rien n'est ventilé, maintenant…

Une visite étrange. Avec ces entrées de tunnels, des ruines d'installations ou d'habitations d'ingénieurs, la gueule rocheuse de laquelle on évacuait autrefois les chariots emplis de minerai ou de déblais. La jeune femme en retint les couleurs vertes des lichens humides et les oxydes tranchant sur la pierre rougeâtre, l'eau stagnante constellée de plaques flottantes d'un jaune soufré :

— Ce n'est pas très appétissant ! commenta Gwenn.

— C'est le moins qu'on puisse dire… confirma son guide.

*
* *

Mettant à profit les quelques jours précédant la rentrée scolaire, Gwenn fut surprise par la variété et la richesse du patrimoine de la commune et de ses environs : une mine de connaissances et de découvertes pour asseoir ses cours sur des exemples concrets à proximité de son école. En partant de la géologie, elle pourrait expliquer plus facilement les schistes et granits, les minéralisations de sulfure d'argent, de plomb et autres métaux ayant conduit aux exploitations minières. Cette extraordinaire diversité faisait qu'elle s'attachait déjà à récolter des échantillons de cristaux, pyromorphite, cérusite, quartz calcédonieux, plumbogummite ou laumontite… Les quelques carrières où travaillaient encore nombre d'habitants du village facilitaient ses recherches, et elle se demanda pourquoi aucune enseignante avant elle n'avait songé à enrichir l'école d'une collection minéralogique. Les arbres de la forêt, ses champignons, sa faune, les richesses végétales de la lande, les oiseaux et leurs chants, les menhirs de Kerampeulven et de Kerelcun... La jeune institutrice était convaincue que la meilleure pédagogie ne résidait pas dans des notions inculquées de force par la sévérité et la contrainte, mais dans l'éveil de la curiosité des enfants, et la matière première pour y parvenir ne manquait pas, au Huelgoat !

— Vous n'envisagez tout de même pas de faire sortir les élèves en balade ? s'était inquiétée la directrice.

— Je ne sais... Les filles habitant le village pourraient se rendre d'elles-mêmes sur certains lieux pour en déduire ce qu'elles pourront les jours où il n'y a pas cours ! Se constituer un herbier ou récolter des minéraux, par exemple. Quant aux pensionnaires de ma classe, je ne suis pas contre le fait de les accompagner en promenade pour en faire autant, le jeudi ou le dimanche !

— Bien que je ne sois pas très chaude pour ce genre d'initiatives, disons... peu conventionnelles, je ne saurais m'y opposer, concéda Mme Le Chuiton. Mais il me semble que vous prenez votre mission pédagogique trop à cœur ! N'oubliez pas que cela reste un métier, pas un sacerdoce...

— Et pourquoi pas les deux ? avait répliqué Gwenn dans un sourire.

*
* *

Quelques jours avant la rentrée, la jeune femme eut une surprise en entendant de bon matin la directrice la héler depuis la cour :

— Mademoiselle Le Braz ! Mademoiselle Le Braz !

Elle ouvrit aussitôt sa fenêtre.

— Oui, madame ?

— Un livreur vient d'apporter en camionnette un gros colis à votre intention !

— Un colis ? Qu'est-ce que ça peut bien être ?

— Du diable si je le sais !

La jeune femme descendit au plus vite, intriguée... Pour elle ? Elle n'attendait pourtant rien ! À la forme de l'emballage, elle devina sans trop y croire de quoi il s'agissait. Comme une gamine, elle déchiqueta le carton avec frénésie, ce qui conforta sa première impression : oui, un vélo ! Une belle bicyclette toute neuve, dont le métal étincelait derrière les déchirures de l'empaquetage... À l'évidence, cet envoi ne pouvait que provenir de Loanne et Antoine Pasquier ! Une carte accrochée au cadre le lui confirma : *Pour notre belle Gwenn, afin qu'elle puisse se rendre à Kernadic, et bien d'autres lieux encore ! Très affectueusement... Nous deux.*

Quel cadeau ! Les larmes aux yeux, la jeune femme finit de déballer cette mécanique dont elle rêvait depuis longtemps. Avant même de l'enfourcher afin de l'étrenner, elle s'attendrit sur la signature du bref message accompagnant cette livraison : *Nous deux...* Ni l'avocat ni son épouse n'avaient osé écrire « notre fille » ou « notre petite » à cause de sa fragile réconciliation avec Ludovic Le Braz ! Il n'empêchait qu'au plus profond de son cœur elle les considérait depuis longtemps tous deux comme ses vrais parents…

XXXV

La veille du jour tant attendu, Gwenn put faire la connaissance de ses collègues institutrices, arrivées au terme ultime de leurs vacances. Plus préoccupée qu'elles par l'échéance du lendemain, elle eut du mal à se souvenir de leurs noms et prénoms, mais les trouva plutôt enjouées. « Je crois que je m'entendrai bien avec elles ! » S'ensuivit pourtant une nuit sans sommeil, même si pour Gwenn, qui exerçait depuis quelques années, la rentrée des classes n'était déjà plus impressionnante. Mais qu'elle était différente de celles de la capitale ! Ici, une majorité d'élèves était issue du village même ou des hameaux proches, et elles se connaissaient toutes comme elles connaissaient les lieux. Les plus remuées par ce jour de rentrée restaient les nouvelles pensionnaires, souvent brutalement détachées du domaine familial pour échouer dans un dortoir sans âme qui leur paraissait déjà hostile... Ce furent ces dernières que la directrice tint à rassurer en premier :

— Pour celles qui vont dormir ici, je sais que ce sera une déchirure d'être séparées de vos familles et de vous soumettre à la discipline du pensionnat !

Mais il n'y a pas de brutes parmi nous, contrairement à ce que vous craignez peut-être... Dans cet établissement, il n'y a qu'une seule volonté : que vous réussissiez toutes dans vos études ! Aussi, si vous êtes ici ce matin, c'est assurément dans le même but. Il vous faudra autant de pugnacité pour apprendre qu'en mettront vos maîtresses pour enseigner. C'est seulement ainsi que nous avons la réputation d'être considérée comme une des meilleures écoles de Bretagne, et que grâce à vous nous tenons à le rester ! Que cette année scolaire soit bénéfique à vous toutes... comme à nous.

Il s'ensuivit la traditionnelle répartition par classe, et Gwenn put enfin faire mieux connaissance de ses collègues. Entre autres, Mme Priser, plus spécialisée en sciences et en mathématiques, Mlle Masson, qui enseignait le français, et Mlle David. Bien que moins âgée, Gwenn estima que leur ouverture d'esprit lui permettrait vite de s'en faire des amies. La cloche signifia alors à toutes de rejoindre l'intérieur de l'établissement. Dès que les filles furent réunies dans sa salle de classe, la jeune institutrice voulut mettre les points sur les i :

— Je sais que vous ne m'avez jamais vue, tout comme je ne vous ai jamais vues, et je tiens à ce que nous travaillions main dans la main ! Mais qu'on ne s'y trompe pas, je suis votre maîtresse, et non une copine ! Je suis tenue comme les autres maîtresses de faire respecter les règles de cet établissement, et vous le connaissez toutes puisque pour la plupart vous êtes en dernière année d'études ici. Si j'ai des méthodes différentes de celles des enseignantes que vous avez eues jusqu'ici, cela ne veut pas dire que je tolérerai moins de rigueur ! Mais si vous faites l'effort de vous plier à ma façon d'apprendre, je vous fais le pari que vous serez reçues au certificat en ayant étudié ce qu'il faut pour l'obtenir comme si ce n'était qu'un simple jeu.

Un silence consterné accompagna son propos : que voulait bien leur faire entendre cette « nouvelle » ?

— Avec moi, vous allez aborder le programme scolaire qui vous est alloué en vous écartant pour une part de leçons théoriques qui sont aussi ennuyeuses pour vous que pour moi ! C'est en nous amusant, vous comme moi, que je compte vous apprendre bien plus que les notions que l'on vous demande de maîtriser au moment de l'examen. Si vous en êtes d'accord avec moi, nous le prouverons par le taux de réussite au certificat qui, j'espère, dépassera tout ce que cette école a pu afficher, même si elle a déjà les meilleurs résultats à des dizaines et des dizaines de kilomètres à la ronde.

Si les jeunes élèves n'osèrent faire aucun commentaire, Gwenn comprit à leur expression qu'elle avait réussi à les intriguer sans vraiment les rassurer : pour elles, un tel discours était tellement inhabituel qu'elles ne savaient trop à quoi s'attendre !

— Bien ! Nous verrons cela au fur et à mesure que nous aborderons tel ou tel sujet… Pour l'instant, faisons plutôt connaissance ! Tout d'abord, on me nomme « maîtresse » ou « mademoiselle ». C'est bien entendu ? Mais commençons par vous : je vais faire l'appel, et chacune va me donner son nom, son prénom, et si elle le veut me parler un peu d'elle, je suis à l'écoute… Vous êtes prêtes ?

— Oui, mademoiselle… répondit la classe à l'unisson.

Une fois de plus, ce premier contact se déroulait au mieux, contrairement à ce que redoutait Gwenn.

*
* *

Bien sûr, avant de mettre en avant les méthodes qu'elle avait préconisées, la jeune femme devait tout d'abord juger du niveau de chaque élève, ce qui pouvait prendre deux à trois semaines… Aussi, rien ne la pressait plus que ce premier jeudi pour enfourcher la bicyclette luxueuse et confortable que lui avaient envoyée de Paris Antoine et Loanne. Ce matin-là, le ciel se montra gris et chargé de nuages, mais seule une légère bruine se permettait d'à peine humidifier les brins d'herbe des prairies. Pas de quoi rebuter une Bretonne ! Gwenn pédala donc avec entrain au fil des routes mal bitumées, en usant des conseils qu'on lui avait donnés pour éviter descentes, côtes et virages, en coupant par des chemins de traverse le long des champs ou sous le couvert des bois. Quel plaisir à circuler ainsi librement, les cheveux au vent, avec l'impression que tous les muscles de son corps renaissaient, que l'air qu'elle respirait était plus pur ! Bizarrement, elle était plus impatiente de revoir le valet de ferme que son père et sa sœur… Fière d'elle et de son parcours, elle ne mit pied à terre que dans la cour de Kernadic, mais ne découvrit que des locaux déserts.

— Où peuvent-ils bien être ? Ah ! Oui… Sans doute occupés au labour ! La parcelle du moulin, peut-être ?

C'était, traditionnellement celle qui subissait la première le soc de la charrue. Abandonnant son vélo, elle décida de s'y rendre à pied. Ce faisant, elle prit plaisir à redécouvrir les lieux qui avaient accompagné son enfance. Le doux vallonnement des collines bordées de coteaux boisés, le vert des prairies où paissaient les vaches, les champs rasés de leurs céréales, et la rivière tranquille qui coulait tout en bas entre deux rangées de peupliers. Comment imaginer que cet endroit calme et charmant dût un jour disparaître au profit d'une vaste étendue d'eau ? « Jamais je ne m'y résoudrai ! » se jura-t-elle, même si au fond d'elle elle estimait minces les chances de voir abandonner ce projet de barrage. Alors qu'elle approchait du pont de pierre traversant l'Élorn, elle repéra vite, de loin, le lopin où Kadarn tirait la charrue guidée par Ludovic Le Braz. En bordure du pré voisin, Allan consolidait les pieux d'une clôture à coups de masse qui résonnaient sur la pente. Quant à Naïg, piochon à la main et courbée en lisière du champ, elle semblait occupée à curer un fossé d'écoulement. Ce fut elle qui aperçut la première sa sœur, et elle laissa tomber son outil pour courir à ses devants.

— Gwenn ! Ainsi te voilà ? C'est vrai que c'est jeudi… Ta rentrée des classes s'est bien passée ?

Tout en serrant son aînée contre elle, elle continua à la presser d'un flot de questions. Son père et Allan interrompirent leur labeur pour s'approcher à leur tour.

— Allons, ma fille… Tu retournes donc à la terre ?

Gauchement, toujours avare quand il s'agissait de dévoiler ses sentiments, le vieil homme la gratifia d'une brève accolade. Allan était resté un peu à l'écart et contemplait placidement la scène. Malgré la froideur polie qu'il affichait, Gwenn crut pourtant déceler un éclat plus tendre dans ses yeux lorsque leurs regards se croisèrent. Une fois de plus, ce fut elle qui fit les quelques pas qui les séparaient. Désarçonné, le garçon lui tendit maladroitement la main. Elle s'en saisit avec ferveur en accentuant la pression de ses doigts.

— Bonjour, Allan !

— B... bonjour, mad... Bonjour, Gwenn...

Elle regretta qu'ils ne fussent point seuls. Sûr qu'elle se serait jetée sans retenue dans ses bras ! N'était-ce pas essentiellement pour lui qu'elle avait fait le trajet ?

— Tu viens peut-être nous donner un coup de main ? supposa Ludovic.

— Pourquoi pas ? répondit-elle.

— Mais non, je plaisantais... Tes paumes d'institutrice ne sont plus faites pour tenir le manche !

— On parie ? rétorqua-t-elle.

— Têtue comme une bourrique que tu es, je m'en garderai bien ! Mais inutile de salir ta robe et de t'abîmer les doigts... Cette terre peut bien attendre un peu ! Car je suppose qu'il faut que tu sois dès demain matin dans ta classe de païens ?

Ignorant l'allusion, Gwenn acquiesça du menton. Naïg en profita pour s'étonner :

— Mais comment se fait-il que tu sois là si tôt ? Le car n'a pas encore desservi Brasparts ou Commana, et te voici devant nous fraîche comme une fleur !

— Fraîche, peut-être, mais tout de même en sueur ! Je suis venue à vélo !

— À vélo ? reprit son père. Ce qui explique cette robe impudique qui dévoile tes jambes !

— Allons… La mode n'est plus depuis longtemps aux tenues de ma grand-mère ! Toutes les femmes en portent aujourd'hui, même bien plus âgées que moi. Et puis, à bicyclette, un vêtement plus long pourrait être dangereux, si l'un des pans se prenait dans le pédalier ou les rayons de la roue…

— La bicyclette ? C'est vrai qu'une maîtresse, ça gagne bien !

— Moins que vous ne croyez, père, et moins qu'une enseignante d'école privée !

Inutile de préciser que c'était là un cadeau des Pasquier : cela n'aurait fait qu'enrichir le terreau de la discorde à de nouvelles réflexions plus ou moins amènes…

— Allons ! décida Ludovic Le Braz. Rentrons donc chez nous…

— Oui ! s'enthousiasma la jeune Naïg. Histoire que je mijote un bon repas !

— Oh ! Pas la peine de mettre les petits plats dans les grands… protesta Gwenn. Tu sais bien que je mange comme un oiseau.

— Oui, mais père et Allan ont besoin de bien se caler l'estomac, avec les travaux des champs !

— M. Pasquier a pourtant dit que l'argent qu'il alloue généreusement pour le domaine suffirait largement à ce que Kernadic puisse s'offrir des bras supplémentaires, non ?

— La belle affaire ! ironisa son père. À quoi bon embaucher des bouches de plus à nourrir, si presque toutes nos terres sont amenées à être inondées ?

— Rien n'est fait ! Et si cela devait malgré tout arriver un jour, ce ne sera pas demain, mais dans deux ans, voire trois si nous faisons traîner les choses !

— Bon, bon… N'en parlons plus !

*
* *

Bien sûr, Ludovic Le Braz s'était montré bourru, comme à son habitude. Bien sûr, il avait profité de chaque discussion pour placer quelques propos acerbes. Bien sûr, il s'était abstenu de toute attitude un tant soit peu amicale, mais Gwenn n'en avait ressenti nulle amertume. Elle savait bien que, par fierté, son père ne pouvait renier ses opinions, mais elle devinait aussi la joie secrète qu'il éprouvait à chacune de ses visites. Et elle-même avait apprécié ces quelques heures passées à Kernadic ! D'autant plus qu'Allan avait insisté pour la ramener au Huelgoat.

— J'ai ma bicyclette toute neuve ! avait-elle fait mine d'objecter.

— Si venir à Saint-Cadou offre plus de descentes que de montées, c'est plutôt le contraire pour rentrer à votre école, non ?

— En ce cas, j'accepte… avait-elle cédé dans un sourire, le cœur bondissant.

Après une partie du trajet durant lequel le jeune homme n'avait que peu participé à la conversation que se forçait d'entretenir Gwenn, cette dernière s'était décidée à lui déclarer ouvertement ses sentiments :

— Une fois pour toutes, Allan, vas-tu me dire à quoi tu joues avec moi ?

Bredouillant, il avait répondu :

— Je ne joue pas, je vous jure... Surtout avec vous !

— Parce que si je ne suis rien pour toi, inutile de me faire souffrir en me laissant dans le doute... Tu es toujours aux petits soins pour moi, et pour autant tu évites soigneusement de te retrouver seul avec moi ! Sauf quand tu mènes la charrette, bien sûr...

— Ce n'est pas que... que je vous évite, mais... c'est que... que...

— Que tu regrettes ce baiser, le seul que tu m'as accordé ?

— Non, mais... Bien au contraire ! Mais c'est vous qui... qui...

— Moi qui t'ai embrassé ? Oui, sans doute... Et, depuis, j'attends avec impatience que ce soit toi qui le fasses ! À moins que tu ne ressentes pas les mêmes élans que moi et que je ne sois pour toi qu'une fille parmi les autres ?

— Oh, non ! Mais... si le maître l'apprenait ?

— Et alors ? Nous sommes tous deux majeurs, non ? Et tu ne m'auras ni forcée ni violée !

Mutine, elle se renversa en arrière sur le dossier de la banquette de bois, les lèvres tendues.

— J'attends...

Hésitant, cramoisi, le jeune homme se pencha enfin sur elle pour s'emparer doucement de sa bouche. Gwenn eut l'impression de fondre et de se dissoudre au contact du souffle d'Allan. Un moment rêvé, un moment sacré, avec cette saveur étrange d'une salive autre que la sienne, sa langue qui s'endiablait à affoler cette autre langue, la respiration courte qui s'emballait au même rythme que celui de son cœur… L'esprit en charpie, des tourbillons d'étincelles sous les paupières, elle s'écarta, hors d'haleine, avec l'impression que ce bref instant se parait soudain de l'insondable de l'éternité ! Son émoi se brisa d'un coup lorsque Allan la repoussa brusquement, comme honteux d'un élan qu'il n'avait pu maîtriser.

— Non ! Il ne faut pas, il faut m'excuser, Gwenn !

— T'excuser de quoi ? C'est bien moi qui t'ai incité à ce baiser inoubliable, non ?

— Oui… non… je ne sais… Mais vous êtes si belle, si cultivée, si fragile ! Comment voudriez-vous me faire croire que nous sommes faits l'un pour l'autre ? C'est vrai, j'en rêve toutes les nuits, mais je sais bien que c'est impossible, et je m'en suis fait une raison…

— Serais-tu si coincé par les façons de faire d'autrefois, Allan ? Car moi aussi je ne rêve que de toi ! Si seulement tu oses prétendre que je ne t'attire en aucune manière, je ferai mon deuil des sentiments que j'éprouve pour toi… Mais jamais je ne céderai aux ragots et aux mauvaises langues que provoquerait le fait que nous nous aimions ! Aussi, si je ne suis pas la compagne que tu voudrais pour femme, mieux vaut me le dire tout de suite !

Face à cette attaque directe, le garçon se sentit plus dépourvu qu'au cœur d'une bagarre de bal. Il baissa la tête et avoua :

— C'est vrai que j'ai de forts sentiments pour toi, Gwenn… mais des sentiments que je préfère oublier, car étant sans espoir aucun : moi, un *mevel*, avec la fille du maître, ce serait déjà presque impossible ! Alors avec une institutrice...

Comme si elle ne s'était pas aperçue de ce premier tutoiement, Gwenn eut l'art de le faire rougir plus encore en se fendant d'un rire volontairement moqueur.

— Toujours la même rengaine, hein ? Je te croyais de notre siècle, Allan, et non tributaire d'interdits religieux ou sociaux qui ne sont plus de notre temps ! S'il nous faut nous battre contre les préjugés, nous nous battrons, à moins que tu ne le veuilles point. Sinon, avec toi à mes côtés, je suis prête à affronter le monde entier !

L'homme à tout faire de Kernadic sentit se fissurer toutes ses armures, et il abdiqua dans un sourire :

— Je t'aime depuis la première fois que je t'ai vue... se força-t-il à articuler, la gorge étreinte par l'émotion. Mais...

— Et moi depuis notre premier regard ! affirma péremptoirement la jeune femme en l'interrompant. Et je ne veux rien entendre du « mais... » que tu étais en train d'émettre. Par décence, je veux bien attendre le temps qu'il faudra pour que chacun l'admette. À condition que tu me dises déjà « oui » dès aujourd'hui, bien avant ces « oui » que j'espère qu'un jour nous prononcerons à la mairie : Allan Ligovec, acceptez-vous de me prendre pour épouse dès que nous le déciderons ensemble ?

À la limite de l'apoplexie, le jeune homme eut la force de s'écrier :

— Oui, plus que tout !

— Alors, je te réponds moi aussi « oui » de tout mon cœur ! En attendant, je ne veux plus que tu aies peur de ce que nous ressentons tous deux, même si cela doit mal passer aux yeux des gens du pays, et ce simplement parce que je t'aime depuis la première heure…

— Je t'aime aussi ! répondit-il en prenant pour la première fois l'initiative de s'emparer encore de ses lèvres.

Ivre de bonheur, Gwenn s'abandonna à la fièvre de ce nouveau baiser tout en essayant d'ignorer le tourbillon embrasé qui lui bouleversait le bas-ventre : ainsi, c'était cela, le véritable amour ? Sans expérience aucune de la chose, elle se convainquit que oui…

XXXVI

TOUJOURS AUCUNE RÉPONSE de l'administration quant aux divers courriers qu'elle et Antoine Pasquier avaient envoyés, tant à la préfecture qu'aux services concernés ! N'ignorant pas les lenteurs du fonctionnariat et la pesanteur des bureaucrates, elle ne s'impatientait pas pour autant. Aucun accord n'avait été trouvé avec les propriétaires des terrains et domaines inondables, et nul n'avait encore vu une mécanique quelconque entamer les travaux ! Aussi se consacrait-elle sans arrière-pensées à sa mission éducative. À l'aube de l'adolescence, quelques-unes de ses élèves s'étaient tout d'abord montrées plutôt dissipées, mais Gwenn avait su y mettre de l'ordre. Elle avait un moment craint que ces gamines négligent alors leur attention aux cours, mais sa méthode d'enseignement avait su raviver leur intérêt.

— Alors ? interrogea la jeune institutrice. Cette chasse au trésor ? Quelles plantes et fleurs que vous ne connaissez pas m'avez-vous apportées ?

Énora, la plus délurée de la classe, leva aussitôt le doigt.

— Moi, maîtresse ! J'en ai trouvé deux que je n'avais jamais vues ! Même mon père et ma mère ne savent pas ce que c'est...

— Allons, montre-moi... Hum ! Ça commence à flétrir, tout ça. Il faudra les mettre sous presse entre deux feuilles de papier buvard à changer tous les jours, puis dans du papier journal jusqu'à séchage complet. Mais voyons déjà ceci...

La jeune femme se pencha sur ce que lui montrait son élève.

— Tiens, je parie que tu as trouvé celle-ci dans les tourbières ! C'est un *drosera rotundifolia*...

— Une quoi ?

— Un *drosera*... C'est une plante carnivore !

— Qui mange de la viande ? s'exclamèrent plusieurs gamines.

— Presque ! Disons qu'elle se nourrit d'insectes... Vous voyez, ces feuilles rondes sont couvertes sur le dessus de poils gluants de teinte rougeâtre. Cela attire les petits insectes qui s'y collent. Des moucherons ou des fourmis, par exemple.

— Et elle les mange ?

— Pas exactement. Ces poils possèdent des sucs qui digèrent peu à peu les proies qui s'y sont laissé piéger, ce qui amène à la plante les éléments nutritifs qui lui sont nécessaires. Quant à cette autre plante à fleurs blanches, c'est une stellaire... Je vais la prendre pour exemple afin de vous expliquer au tableau les pétales, les sépales, les styles et les étamines, ainsi que les valves de ses capsules.

Gwenn se félicita d'avoir arpenté la région son livre de botanique à la main, ainsi que d'avoir écouté tout ce que le père Guiziou lui avait appris sur la flore régionale : ce vieux Corentin était un puits de science ! Souvent, à l'heure de la récréation, elle descendait avec sa classe au sein du chaos rocheux qui dévalait la pente jusqu'à la rivière, juste en contrebas de l'école. Elle pouvait ainsi détailler la formation par érosion de ces formes étranges, mais aussi parler des spores des fougères et la reproduction de ces végétaux, expliquer en quoi les carrières de granit étaient encore une activité essentielle pour le village, et faire rechercher les traces discrètes laissées par la faune de la forêt. Avec les internes, le soir, en passant outre le règlement imposant aux élèves d'être au lit à une heure décente, elle prenait parfois l'initiative de leur faire découvrir le ciel et les constellations, ainsi que les conséquences visuelles sur la carte céleste de la rotation de la Terre autour du Soleil, les phases de la Lune ou le mouvement des planètes. Elle eut plus de mal à faire admettre que les étoiles filantes n'étaient que de vulgaires « cailloux » qui s'embrasaient au contact de l'atmosphère pour se dissoudre en poussières : trop de légendes étaient encore ancrées dans les esprits, des pierres de lune aux traînées de fées ! Si Mme Le Chuiton avait tout d'abord été contrariée par ces manquements à la discipline de l'école, elle finissait par en constater les bienfaits.

— Mademoiselle Le Braz, même si vous vous êtes permis quelques libertés quant aux directives de cet établissement, je dois reconnaître qu'elles sont plutôt bénéfiques pour votre classe ! Jamais je n'ai vu élèves plus assidues à vos cours et accumuler tant de notions les plus diverses avec un réel plaisir !

— À mon arrivée, je leur ai promis que l'on pouvait apprendre comme en s'amusant, madame. Et je m'efforce d'enseigner sans susciter un ennui qui ruine tout progrès chez la plupart des filles que l'on nous confie... Même les rébarbatives règles de mathématiques : il est tellement plus ludique d'aborder les fractions en effeuillant les pétales d'une marguerite qu'en dessinant des quartiers de fractions au tableau !

— Ce n'est guère dans les usages, mais je vous incite à continuer. Le seul juge de votre efficacité demeure pour moi le taux de réussite qu'obtiendra votre classe à l'examen final de cette année scolaire !

— Je peux donc poursuivre avec la règle que j'essaie de m'imposer ? Celle à laquelle je suis attachée : vouloir faire apprendre sous la rigueur n'est rien par rapport à donner l'envie d'apprendre ! C'est ainsi que j'estime arriver, dans une certaine mesure, à ce que mes élèves s'instruisent elles-mêmes en dehors des cours, ces derniers ne servant qu'à affiner et solidifier des connaissances acquises librement, tout en en corrigeant parfois les erreurs d'interprétation...

— Une méthode peu orthodoxe, mais qui me semble avoir déjà des résultats plutôt positifs. Si j'en demeure encore assez sceptique, libre à vous de continuer à emprunter cette voie. Mais je vous préviens : si elle se traduit par une baisse du taux de réussite au certificat, il vous faudra changer de politique dès l'année prochaine, sinon je serais amenée à me séparer de vous !

L'ultimatum était donné, mais cela n'effraya nullement la jeune institutrice : elle restait persuadée que sa stratégie pédagogique ne pouvait que s'avérer la meilleure !

*
* *

Au fur et à mesure que les semaines passaient, même si elle se donnait à âme perdue dans l'enseignement qu'elle estimait le plus propice à l'éthique qu'elle s'était fixée, elle attendait avec une impatience toujours renouvelée les jours où elle pouvait s'échapper du Huelgoat pour rejoindre Kernadic. Non par affinités familiales, mais à cause de cet intérêt qu'elle portait de plus en plus à Allan. Qu'importait qu'il fût un modeste employé agricole ! Elle le devinait si tendre, si droit, si honnête, et cultivé bien plus que ne le laissait supposer sa condition de valet de ferme ! Sa seule préoccupation restait de lui faire accepter, contre tous les préjugés du gaillard, qu'une belle idylle pouvait naître entre eux à condition de ne point se soucier des jugements des autres ni de la différence sociale : « Après tout, malgré les années passées dans la capitale, je me sens aujourd'hui plus paysanne qu'enseignante ! » Ce n'était pas pour autant qu'elle négligeait ses élèves, mais cette situation ambiguë la contrariait : elle n'était pas sans se rendre compte que le jeune homme partageait secrètement la même attirance, mais ne savait comment vaincre les réticences qu'il avait à l'admettre…

— Il faudra bien qu'il me l'avoue un jour ou l'autre autrement que par un baiser ! se convainquit-elle à voix basse.

Bien sûr, sur son insistance, il avait accepté l'éventualité d'un mariage possible, mais ne se décidait pas ostensiblement à en assumer le poids. Gwenn comprenait de mieux en mieux les scrupules de celui qu'elle aimait déjà et en finissait par détester la fausse auréole que lui conférait son statut d'institutrice. Elle ressassait sans arrêt ces pensées qui lui brassaient la cervelle en déferlant une fois de plus en direction de la ferme familiale. « Même si nous n'avons échangé que quelques baisers, cela a toujours été à mon initiative, ou presque. Mais c'est parce qu'il n'ose pas… oui, parce qu'il n'ose pas ! » Par le diable, elle saurait bien l'amener à se libérer de ses scrupules, car cela ne faisait aucun doute pour elle : il l'aimait tout autant qu'elle l'aimait. En appuyant alternativement avec férocité sur les pédales de sa bicyclette, Gwenn n'en démordait pas : elle saurait bien lui faire avouer devant son père ses sentiments ! Enfin, les freins couinèrent et les roues crissèrent sur les graviers avant qu'elle ne mît pied à terre face à la demeure familiale. Son arrivée brutale ne surprit personne : il en était ainsi chaque jeudi, et parfois même le dimanche !

— Gwenn ! s'écria d'emblée Naïg en sortant de la laiterie. Nous t'espérions tous avec impatience, mais pas si tôt !

La jeune femme lâcha son vélo sans prendre peine de le caler contre un des murs de la ferme.

— Où est Allan ? glapit-elle sans embrasser sa sœur.

Elle ne s'attendait certes pas à voir son père sortir de la porte du logis pour s'esclaffer :

— Et que lui veux-tu, à ce drôlet ? Ah, oui ! Tu ne sais pas qu'il s'est enfui d'ici sans même dire un mot ?

Les jambes de Gwenn lui semblèrent soudain se liquéfier sous elle, et son expression d'ahurissement eut le don de faire rire plus encore Ludovic, qui finit par la rassurer en la prenant pour la première fois paternellement dans ses bras.

— Mais non, ma fille ! Je plaisantais seulement un peu à tes dépens... Ton Allan est en train de remettre en état un des murs de la longère, de l'autre côté du bâtiment.

Loin de la rassurer, cet aveu alluma en elle les flammes de la colère.

— Comment cela, une plaisanterie ? C'est ignoble de m'avoir fait croire que...

— Allons ! l'interrompit le maître de Kernadic. Allons ! Tu crois peut-être que je suis aveugle au point de ne pas deviner les sentiments qui vous lient, même si ce bêta s'en défend ?

— Co... comment ? Vous le saviez donc ? balbutia Gwenn.

— Ma pauvre fille ! Cela se voit depuis le début comme le nez au milieu de la figure. C'est vrai, j'en ai été tout d'abord un peu contrarié, car tu mérites mieux qu'un misérable valet. Mais enfin, si c'est ton choix... Cela ne me surprend guère d'ailleurs : ce garnement ne met jamais les pieds à l'église ! Quoi de plus naturel qu'il s'approche de ma sans-Dieu de fille ?

Éberluée par une acceptation aussi facile de cet état de fait par un père qu'elle savait autrement à cheval sur les principes, elle reprit un peu ses esprits pour s'étonner :

— Et… pour une fois, vous n'y trouvez rien à redire, père ?

— À quoi bon ? rétorqua Ludovic. Il y a bien longtemps que je sais que tu n'en fais toujours qu'à ta tête ! À tel point qu'il est inutile que je m'échine à aller contre tes volontés…

— C'est vrai ? Vous accepteriez donc que… qu'Allan et moi… enfin, que nous…

— Moi ? soupira Ludovic Le Braz. Là n'est pas le problème… Ce serait plutôt à lui de se poser la question, parce que le bougre croit que nul ne s'aperçoit qu'il ne pense qu'à toi du matin au soir, et sans doute encore plus la nuit ! Il y a si longtemps que votre manège ne trompe plus personne, ici…

Écarlate, la jeune femme ne sut que répondre, et sa sœur lui sauta au cou :

— Ne t'étonne pas, Gwenn. Dès le jour où tu as remis les pieds ici, j'ai su que vous vous plaisiez déjà au premier coup d'œil !

— Mais… il se reproche tant de n'être qu'un valet, alors que je suis maîtresse d'école que…

— Que quoi ? fit mine de s'emporter Ludovic. Crois-tu que cela m'emballe, de voir l'institutrice que tu es avoir envie de fricoter avec un domestique de ferme ?

Le ton contredisait tellement le propos que Gwenn releva le nez.

— C'est vrai, père ? Vous ne vous opposeriez pas contre le fait que… que lui et moi… nous. Enfin, nous…

— M'opposer, moi ? bougonna le vieil homme. Je te le répète, tu ferais mieux d'aller lui demander à lui, non ?

Sans plus attendre, Gwenn se précipita et courut afin de rejoindre celui qui occupait ses pensées depuis trop longtemps de l'autre côté du *pen ti*.

— Allan ! Allan ! Mais où es-tu ? J'arrive ! Allan ?

Allan… Suant et soufflant, avec une pierre sur l'épaule, surpris avec les pieds à mi-hauteur de l'échelle par les appels de la jeune femme. Sans hésiter, il laissa retomber au sol son chargement pour redescendre et se précipiter.

— Gwenn ? Déjà ? Je ne vous attendais pas si tôt, demoiselle !

Elle simula une colère qui ne l'animait nullement :

— Comment ça, « vous » ? Comment ça, « demoiselle » ? As-tu oublié notre engagement à nous tutoyer ?

— Mais… mais vous… je…

— Allez, pas tant de manières… Embrasse-moi donc !

Il hésita, s'approcha, s'arrêta net.

— Non, attention, ton père !

— Mon père est derrière moi ? Je le sais bien ! Est-ce que tu le prends pour plus bête qu'il n'est ? Et crois-tu qu'il ne s'est pas aperçu que nous nous plaisons… et même plus ?

— C'est vrai ! tonna Ludovic Le Braz. À quoi bon se masquer la face ? Vous avez beau vous cacher le mieux du monde, il éclate aux yeux de tous que vous vous aimez, vous deux ! À mon grand regret, d'ailleurs…

Encore incrédule, Allan n'osa pas encore accorder à Gwenn le baiser qu'elle lui avait quémandé. Non, pas devant son père et sa sœur ! Il se contenta de se coller contre elle et de chercher discrètement le contact de sa main. Ludovic en profita pour accentuer son malaise en insistant :

— Bon ! Ce n'est pas de gaieté de cœur que j'imagine une union contre nature entre ma petite et un *mevel*, alors qu'elle est devenue autant parisienne que notable parce que maîtresse d'école… Mais ce n'est pas pire que ce que m'ont fait ses aînées et leur frère en s'enfuyant du domaine pour convoler ailleurs !

Heureuse de l'évolution de la conversation, Gwenn se tourna vers le garçon encore indécis :

— Allons, mon grand nigaud… embrasse-moi, maintenant !

Hésitant tout de même, Allan la gratifia d'un bref contact humide sur les lèvres, ce qui fit sourire la jeune femme : son bel amour serait-il toujours aussi prude et pudique ? Le maître de Kernadic n'entendait pas pour autant passer pour plus tendre qu'il n'était, et il ajouta :

— Doucement, vous deux… Ce n'est pas parce que j'accepte à contrecœur que vous vous fréquentiez qu'il vous faut mettre la charrue avant les bœufs ! J'espère bien que vous attendrez le mariage, si vous souhaitez vraiment vivre ensemble…

Gwenn releva un menton volontaire.

— Mariage, oui ! répondit-elle. Mais à la mairie… certes pas à l'église !

Son père se rembrunit aussitôt. Il tourna nerveusement le dos et s'éloigna en pestant :

— Il fallait bien que tu gâches tout, encore ! Imagine ce que diront les gens avec un mariage civil ! Et imagine ma honte… Bon sang de bon sang, qui m'a foutu des enfants aussi rebelles ? Et dire que je t'ai élevée dans la foi de Dieu ! Ah ! C'est bien là le résultat de l'enseignement des « rouges » : l'école du diable ! Oui, l'école du diable…

La jeune femme s'était attendue à bien plus de réticences de la part de son père. Malgré les bougonnements de ce dernier, elle s'estimait plutôt satisfaite du déroulement des choses. Ludovic Le Braz avait tellement changé ! Comme si, après avoir déjà abdiqué devant la menace du barrage, après avoir été abandonné à Kernadic par ses filles aînées, puis par son fils, il renonçait à se battre et acceptait plus facilement ce à quoi il se serait farouchement opposé quelques années plut tôt… Si cette attitude défaitiste arrangeait agréablement les affaires sentimentales de Gwenn, cette dernière regrettait sa passivité en ce qui concernait la défense du domaine et la lutte contre l'édification du barrage. « J'espère qu'il reprendra du poil de la bête si nous arrivons à faire reculer l'administration. »

XXXVII

COMME IL ÉTAIT FRÉQUENT en Bretagne, l'hiver ne se montra pas trop rude. Un temps souvent gris, avec des averses qui rythmaient des jours encore trop courts. Cette année-là, il ne gela pas une seule fois, et Gwenn apprécia cette différence avec le climat parisien. Elle avait désormais sa classe bien en main, et ses élèves l'adoraient à tel point qu'elles en rendaient jalouses celles des autres sections de l'établissement. Qui n'aurait rêvé d'une maîtresse si gentille, même si elle savait se faire respecter lorsqu'il le fallait, une maîtresse qui avait l'art d'enseigner sans avoir recours à une sévérité excessive ni à des punitions à répétition, une maîtresse auprès de qui on avait envie d'apprendre et avec laquelle on s'instruisait avec un réel plaisir et sans même s'en rendre compte ? D'abord méfiantes sur les méthodes qu'elle employait, les autres enseignantes ne pouvaient que reconnaître que cet enseignement atypique semblait porter ses fruits : contrairement à bien des élèves, les jeunes filles de Mlle Le Braz se montraient épanouies et heureuses d'entrer en cours ! Après la classe, elles s'adonnaient volontiers comme par jeu à confectionner chacune leur herbier personnel, leur collection de minéraux. En guise de rédaction française, elles présentaient par écrit les histoires anciennes et les contes qu'elles récoltaient de la bouche de leurs grands-parents. Elles rapportaient des champignons que l'on étudiait sur le bureau de la maîtresse et qu'on classait ensuite comme toxiques ou comestibles. Pour les exercices de mémoire, pas question de ces récitations sans relief qu'on débitait sur l'estrade d'une voix sans âme et les mains dans le dos ! Gwenn préférait ces petites saynètes théâtrales où chaque élève se mettait dans la peau d'un personnage pour interpréter son texte...

Ce jeudi-là, alors que la jeune institutrice s'apprêtait à enjamber son vélo pour rejoindre Kernadic, la directrice l'interpella :

— Mademoiselle Le Braz ! Nous avons reçu un courrier pour vous...

— J'arrive, madame.

— Non, non ! Je descends...

Mme Le Chuiton, comme chaque fois qu'elle s'adressait à Gwenn, affichait un sourire rayonnant qui, d'avis général, ne lui était guère coutumier tant elle avait une réputation de rectitude et de sévérité.

— Vous vous rendez sans doute en famille ? supposa-t-elle. J'ai remarqué le jeune homme qui vous ramène souvent en voiture à cheval pour économiser vos jambes... Peut-être votre frère ?

Gwenn rougit.

— Non... un simple ami ! En fait, l'ouvrier agricole du domaine de mon père...

— Un simple ami, hein ? reprit la directrice d'un ton légèrement ironique.

Avait-elle surpris derrière sa fenêtre la façon dont Allan prenait congé d'elle à grand renfort de baisers langoureux ? Coupant court à l'embarras et aux interrogations de la jeune maîtresse, elle changea abruptement de sujet :

— Une fois encore, toutes mes félicitations pour votre classe, mademoiselle. Vos élèves ont tellement l'air d'apprécier votre manière d'enseigner qu'on a presque l'impression qu'elles sont déçues d'entendre la cloche annonçant la fin des cours !

— Ce sont de braves petites qui ne ménagent pas leurs efforts pour apprendre.

— Apprendre, sans doute... Mais pour vous faire plaisir, sûrement ! Jamais encore je n'ai vu telle complicité entre une institutrice et sa classe. Mais cela s'avère de toute évidence plutôt efficace !

— Je fais ce que je peux pour cela, madame. Le seul juge pédagogique en sera pour nous comme pour elles le taux de réussite au certificat !

— Un taux qu'à mon avis vous semblez bien proche de faire exploser, et je m'en félicite !

Gwenn se montrait toujours mal à l'aise face à des compliments appuyés, et elle préféra s'emparer de la lettre en bafouillant :

— Merci de votre confiance, madame la directrice.

Ce courrier, comme elle s'y attendait, émanait d'Antoine Pasquier. Qui d'autre que lui pouvait bien lui écrire ? Sans plus tergiverser, et alors que Mme Le Chuiton regagnait ses appartements, elle déchira l'enveloppe.

Ma chère enfant,

Comme tu dois bien t'en douter, j'ai poursuivi les démarches pour déposer plusieurs réclamations, recours et oppositions face au projet du barrage. S'ils ne représentent pas la majorité des personnes décisionnaires, quelques élus me semblaient néanmoins enclins à écouter nos doléances, mais il s'est passé un fait imprévu. Bien que tu ne sois pas énormément intéressée par la politique, tu as dû savoir que le général de Gaulle a présenté sa démission le 20 janvier dernier, ce qui entraîne de nouvelles élections qui risquent de changer la donne, car beaucoup de responsables politiques vont être remplacés par d'autres, ce qui nous obligera peut-être à tout reprendre à zéro. Référendum sur la future Constitution en mai, élections législatives en juin, et sans doute d'autres encore avant la fin de l'année... Ces bouleversements seront-ils bénéfiques ou non à notre cause ? Nul ne peut le dire, mais ce n'est pas une raison pour baisser les bras. Il nous faut continuer à convaincre ! Et si possible vaincre...

Mais j'arrête là ces considérations pour te demander comment se passe ton installation au Huelgoat. Es-tu satisfaite d'avoir quitté la capitale ? Tes élèves ne sont pas trop rebelles à ton goût ? Tes rapports avec tes collègues et la direction se déroulent-ils pour le mieux ? Loanne et moi-même attendons avec impatience ta réponse, et plus impatiemment encore les vacances afin de nous revoir...

Très paternellement,

Antoine.

Ce ne fut pas sans émotion qu'elle remisa la lettre dans la poche de son manteau : si Paris ne lui manquait nullement, il n'en allait pas de même pour le couple de la villa des Capucines ! Souvent, elle repensait aussi à Lucien, sa fausse mine bourrue et ses répliques ironiques, mais surtout à Guillermine et à sa gentillesse de vieille femme dévouée... Un peu nostalgique, elle enfourcha sa bicyclette et s'éloigna de l'école du Pouly en pesant sur les pédales. L'air était plus frais que froid, mais une bruine désagréable picotait les joues et les yeux. Qu'importait ! Déjà, elle ne pensait qu'aux quelques heures qu'elle allait passer en compagnie d'Allan !

*
* *

À Kernadic, sa visite hebdomadaire ne surprenait plus d'autant plus qu'elle était souvent doublée de celle de certains dimanches. Si Naïg et Allan ne cachaient pas leur joie lorsqu'elle mettait pied à terre, ce jeudi-là son père se montra plus distant :

— Ah ! Te voilà, toi ? grogna-t-il seulement lorsqu'elle franchit le seuil de la pièce commune.

— La bonne humeur n'a pas l'air de vous étouffer, père. Que se passe-t-il encore ?

Ludovic soupira, indiquant ainsi qu'il n'avait pas trop envie d'en parler. Sous le regard insistant de sa fille, il marmonna pourtant :

— J'ai bien fait de ne pas écouter ton avis et de ne pas embaucher de nouveaux bras pour nos terres !

— Ah ! Et puis-je savoir pourquoi ?

— Parce que toutes tes foutues paperasses n'ont servi à rien ! Des machines ont déjà attaqué à creuser, au Drennec ! On les entend presque d'ici...

— Comment ? Les travaux ont commencé ? s'indigna la jeune femme. Ce n'est pas normal : aucun accord n'a encore été signé avec les propriétaires, malgré les démarches des fonctionnaires et des huissiers !

— Oh ! Ils ne parlent que de sondages et études préliminaires, comme ils disent... Mais tu sais, une fois ces premiers coups de pelle donnés, je crois que plus rien ne pourra arrêter la suite des événements !

Gwenn s'emporta :

— C'est bien ce que nous allons voir ! Jamais nous n'avons eu plus de raisons de nous battre ! Il nous faut absolument nous regrouper pour entraver ce chantier. Il faut à tout prix que je rencontre nos amis du comité de défense que nous avons mis en place.

— Ce qui veut dire que tu vas encore non seulement délaisser Kernadic, mais de plus me priver de l'aide de « ton » Allan ?

— Et alors ? Nous ne sommes pas des moutons et nous n'allons tout de même pas nous laisser tondre la laine sur le dos sans réagir ! Il faut défendre nos domaines...

— Pff... Balivernes que tout cela ! Nous ne sommes que de modestes paysans... Nous ne sommes pas de force à nous élever sur ce qui a été décidé en haut lieu, ma pauvre petite. Et rien ne sert de rêver...

— Rien ne sert non plus de baisser la tête et les bras ! rétorqua-t-elle en sortant du logis.

— Quoi qu'en dise le maître, je t'accompagne ! proposa aussitôt Allan.

— Je peux très bien utiliser mon vélo, tu sais...

— Non, non ! Il y a trop de boue. Et puis ma place est auprès de toi !

Gwenn sourit discrètement : ainsi, celui qu'elle aimait prenait enfin un peu d'assurance face à l'autorité de Ludovic ? Une fois Kadarn attelé à la voiture, elle n'eut rien de plus pressé que de constater sur le terrain ce qu'il en était de ces travaux intempestifs. Les hommes politiques en place mettaient-ils les bouchées doubles avant les élections que lui avait annoncées Antoine ? En approchant du hameau du Drennec, elle ne fut pas longue à repérer le chantier, tant le vacarme des engins s'entendait de loin. Allan s'arrêta à hauteur d'une monstrueuse pelleteuse, et la jeune femme sauta à terre, aussitôt interpellée par un ouvrier casqué :

— C'est interdit au public, mademoiselle ! hurla l'homme pour couvrir le bruit des moteurs.

— Je n'en ai rien à faire ! s'égosilla Gwenn à son tour. Les terres de ma famille sont menacées d'inondation par ce que vous êtes en train de construire, et j'estime donc que je suis concernée au premier chef, tout autant que les autres propriétaires que ce projet s'apprête à léser !

— C'est bien malheureux pour vous, mais comme chef de chantier ce n'est pas mon problème !

— Pas votre problème ? s'énerva-t-elle. Mais ça le sera bientôt, car nous ne nous laisserons pas faire, je vous préviens ! Quitte à nous coucher devant les roues de vos engins, nous saurons bien vous faire plier...

L'ouvrier s'agaça et s'empara du bras de l'importune.

— Cela suffit, maintenant ! Et passez votre chemin avant que je ne m'énerve vraiment…

Allan sauta d'un bond du cabriolet et crocheta le col du chef de chantier d'un poing rageur.

— Lâchez-la ! rugit-il d'une voix que Gwenn ne lui connaissait pas. Lâchez-la ou je vous démolis la figure !

Blanc comme un linge face à la carrure et la détermination de celui qui le colletait ainsi, l'homme bafouilla :

— Je… je n'y suis pour rien, moi… Mais… mais j'ai des ordres et… et…

— Faites-en ce que vous voulez, de vos ordres, mais ne vous avisez plus de porter de nouveau la main sur elle ou…

La fin de sa phrase était lourde de tant de menaces que l'ouvrier se dégagea et recula en hâte. Tandis que Gwenn et son ami remontaient dans leur carriole, il glapit quand même en pointant le doigt sur eux :

— En tout cas, je me plaindrai, et ça ne se passera pas comme ça, croyez-moi !

Indifférent à ces vociférations et à ces gesticulations, Allan claqua des rênes le dos de Kadarn.

— Allez, hue ! En route, mon brave !

Secrètement, la jeune femme se sentit fière de la réaction de son amoureux. Ainsi, il était sorti de sa réserve et elle lui en était reconnaissante. Oui, elle savait désormais qu'elle pouvait compter sur lui et sur sa force. Honnêtement, elle n'en avait jamais douté…

*
* *

La jeune femme, de retour au Pouly, eut beaucoup de mal à s'endormir. Elle avait de nouveau rencontré tous les propriétaires concernés qui, hormis le père Énan à Kervégen, s'étaient montrés plutôt prêts à résister, mais Gwenn restait sur l'impression qu'ils attendaient tout d'elle sans prendre eux-mêmes la moindre initiative... Mais comment pouvait-elle agir à distance, ici, au Huelgoat, sans nuire à son enseignement ? Il était impensable qu'elle s'absentât hors des vacances scolaires, et ses heures de liberté du jeudi et du dimanche lui semblaient bien insuffisantes pour mener des actions d'envergure ! Quant à rédiger encore et encore de nouveaux courriers aux administrations, elle se doutait bien que c'était une démarche vouée à l'échec...

« La presse quotidienne ! » pensa-t-elle soudain. Oui, la presse... Antoine Pasquier avait noué plusieurs contacts avec des journalistes lors de ses déplacements dans la région, et il avait noté leurs coordonnées dans le volumineux dossier qu'il avait confié à Gwenn. Sans plus attendre, malgré la fraîcheur de la chambre, elle se leva en chemise de nuit pour farfouiller dans les papiers.

— Oui... *Ouest France,* bien sûr... À Rennes. Et *Le Télégramme,* de Morlaix. Ce sont les seuls journaux que je peux contacter, car il est impensable de faire les grands titres de la presse nationale pour une affaire aussi locale !

Comment agir ? Il était improbable qu'un reporter vienne sur place pour enquêter, tant était insignifiant le petit village de Saint-Cadou ! Tout comme serait insignifiante la petite étendue d'eau concernée, si jamais le barrage voyait le jour… Non, mieux valait peut-être écrire elle-même les articles, en espérant qu'on ne refuserait pas de les publier… La jeune femme était pourtant consciente qu'un simple reportage, si marquant fût-il, serait vite oublié des lecteurs et n'interpellerait guère les autorités ! Un coup d'épée dans l'eau… Et puis, soudain, l'idée fut là :

— Oui, créer une sorte de rubrique ! Pour chaque famille, chaque domaine, un papier bien écrit, à l'aide des dossiers de chacun si agréablement détournés par l'employé de la sous-préfecture… Un chaque jour, ou tous les deux jours, ça titillera l'attention ! Et cela finira peut-être par interpeller les politiques, et même gêner ceux qui sont à l'origine du projet…

Plus elle y pensait, plus elle se persuadait que cela avait une chance de réussir. Inutile de demander l'avis d'Antoine Pasquier ! Elle se contenterait donc de s'ouvrir de cette action à Mme Le Chuiton : la directrice était toujours de bon conseil… Déjà, elle l'entendait conclure : « Pourvu que cela ne nuise pas à votre travail… »

XXXVIII

Dès le lendemain, avec la permission de la directrice, elle s'était accordé une demi-heure pour se rendre au bureau de poste et joindre par téléphone les journalistes dont elle avait les coordonnées. Était-ce à cause du charme de sa voix féminine ? Ou bien à cause de la curiosité qu'il y avait pour des professionnels de lire ce que pouvait bien écrire cette petite institutrice de campagne dans ce trou perdu ? Toujours est-il que l'on acceptât assez facilement qu'elle envoyât ses articles, sans pour autant lui donner l'assurance qu'ils seraient publiés. Quelques jours après son premier envoi, elle reçut les réponses tant attendues : plutôt positives ! Avec bien sûr quelques remarques, du genre *la forme reste assez conventionnelle et plutôt scolaire,* ou *ne pourriez-vous faire en sorte d'oublier un peu des envolées emphatiques qui n'apportent rien à votre propos ?* Après avoir envisagé de réécrire ses articles, les rédacteurs en chef des deux journaux avaient préféré les laisser en l'état, avec pour titres racoleurs : « Pour ou contre le futur barrage du Drennec ? Une jeune femme concernée témoigne... » et « Le combat d'une institutrice contre le barrage du Drennec ! » Deux parutions par semaine en alternance entre *Ouest France* et *Le Télégramme.*

Soir après soir, la jeune institutrice s'attachait donc à rédiger quelques pages d'une calligraphie soignée en usant d'un style simple et direct. Elle avait commencé par la famille Le Guilloux, puis celles des Kervalla, des Le Faou, des Andouard et quelques autres sur le secteur de Saint-Cadou avant de s'attaquer à celles situées sur la commune de Commana. Pour chaque domaine, elle détaillait de manière sans doute un peu exagérée les attraits de la propriété, la beauté des paysages, une vie quotidienne presque idyllique, avant d'évoquer la détresse des paysans et les dégâts que provoquerait le barrage. Dithyrambique, elle descendait ensuite en flammes tous les arguments de ceux qui défendaient le projet… À l'école du Pouly, l'événement fit vite le tour des classes, et les maîtresses comme les élèves les plus grandes s'arrachaient régulièrement l'un ou l'autre des deux quotidiens régionaux. Gwenn aurait bien souhaité plus de discrétion, mais se consolait en jugeant de l'intérêt qu'elle suscitait. En était-il de même à Sizun ou Commana ? En attendant, il ne lui fallait pas oublier sa mission première, et elle émergea de ses réflexions :

— Vous êtes prêtes pour la dictée ? Je sais, ce n'est pas le plus amusant, mais avec celle d'orthographe, c'est une épreuve essentielle du certificat ! Un texte tiré de *Filles et Garçons*, d'Anatole France.

Anatole France… Voilà qui lui rappelait sa propre scolarité : le nom même de sa première école !

— « En promenade… En pro… me… na… de ». Point, à la ligne ! Ouvrez les guillemets. « Amie chérie » virgule. Je répète : « Amie chérie » virgule, « s'écrie Catherine » virgule, « je vais te faire une belle couronne, je vais… te faire, te faire, une belle couronne. Une be… lle cou… ronne… et tu seras pareil à un petit roi. À un petit roi ». Point, fermez les guillemets. « Et la voilà qui tresse… Et… la… voilà… qui tre… sse des fleurs »…

Tout en jetant un œil par-dessus les épaules des élèves, elle continua à ahaner les quelques lignes qu'elle avait choisies, et se félicita du silence et de l'assiduité que les jeunes filles mettaient à cet exercice.

« À croire qu'elles ne font tant d'efforts que pour me faire plaisir ! »

*
* *

Tant à Sizun qu'à Commana, les articles qui se succédaient de jour en jour alimentaient toutes les conversations, et Gwenn s'en rendit compte dès le jeudi suivant les premières parutions de ses écrits dans *Ouest France* et *Le Télégramme*. Tout d'abord à l'accueil que lui fit son père à sa descente de vélo :

— Ah ! Te voilà, toi… Il fallait bien que tu fasses encore des tiennes ! Tout le monde ne cause que de tes frasques dans les journaux !

— Tu pourrais me dire « bonjour » plutôt que me sauter dessus comme un chien sur son os ! répliqua-t-elle sèchement.

— Tu peux parler ! s'énerva encore Ludovic. C'est tout de même moi qui supporte les commentaires sur ces articles, et tous ne sont pas élogieux, crois-moi !

— Cela met toujours le débat sur le tapis, et c'est tout ce que je recherchais…

— Tu aurais pu au moins ne pas les signer !

— On s'est contenté de mes initiales : G.L.B…

— La belle affaire ! Après ton passage dans les fermes et les démarches que tu as faites un peu partout, ce ne sont pas ces initiales qui vont tromper les gens… G.L.B. : Gwenn Le Braz ! Avec dans chaque titre « Une jeune femme concernée témoigne… ». Toute la honte est pour moi, tu comprends ?

— Quelle honte ? Tu devrais plutôt être fier que quelqu'un de ta famille s'élève publiquement contre la réalisation de ce barrage qui va détruire tout ce qui a été notre monde depuis des générations et des générations de Le Braz…

Alerté par les cris, Allan sortit de la maison et s'approcha pour la saisir par la taille.

— Calme-toi, voyons… Si ton père s'emporte ainsi, c'est peut-être parce que ce n'est pas lui qui conduit cette bagarre.

Ludovic secoua la tête d'un air désolé, et il tourna le dos pour réintégrer sa demeure en soupirant :

— N'importe quoi !

— Ouf ! soupira à son tour Gwenn avant de tendre ses lèvres à Allan. J'ai cru qu'il ne nous laisserait pas le temps de nous embrasser…

Une étreinte qu'elle eût souhaitée plus sensuelle encore, tant ces moments intimes éveillaient en elle des pulsions inconnues ! Obnubilée par ses années d'études et le sacerdoce de son enseignement, elle était restée trop sage par rapport aux filles de son âge et ne s'était que peu intéressée à plus… jusqu'à ce qu'elle rencontrât Allan ! Qu'importait la morale bien-pensante ! Elle avait de plus en plus envie de brûler les étapes sans se soucier de la date du mariage qu'ils s'étaient tous deux promis ! Pourtant, entre l'école et les problèmes du barrage, elle avait autre chose à penser.

— C'est bien beau, ces articles… Mais il nous faut malgré tout envisager des actions plus concrètes ! Pour cela, il va nous falloir de nouveau faire le tour de nos amis.

— Je crois que ce ne sera pas utile ! rétorqua Allan. Tout le monde sait désormais que tu te rends chaque jeudi à Kernadic. Avec le bruit qu'a fait dans la région ton action dans la presse, je sais que les paysans que nous avons déjà rencontrés, et quelques autres encore, ont manifesté l'intention de venir te voir ici même aujourd'hui…

— Hum ! Je m'attends au pire, alors ! Peut-être ont-ils mal pris cette initiative dont je n'avais parlé à personne ?

— Bien au contraire, si j'en crois les échos que j'ai glanés au dernier marché : on y saluait plutôt le culot dont tu as fait preuve en usant des journaux pour faire entendre la voix de tous ceux qui seront lésés par cette retenue d'eau !

— Nous n'avons plus qu'à attendre, alors ?

— Oui… Et je gage que le temps ne me semblera pas long, en ta compagnie, assura le garçon en osant pour la première fois passer une main aventureuse sur la poitrine de Gwenn, qui ne songea nullement à le repousser.

« Enfin ! pensa-t-elle. Sa timidité commençait vraiment à me décevoir... »

Ils n'eurent pourtant que peu le loisir de savourer ce bien-être communié à deux. Un premier paysan à cheval se présenta bientôt dans la cour, qu'ils reconnurent tout de suite comme étant celui qui s'était montré le plus volontaire aux suggestions de la jeune institutrice : Evan Le Saint...

— Bonjour, Evan ! Ça me fait plaisir que vous vous soyez déplacé.

— C'est bien normal, petite ! Ça nous a tellement interpellés, ces articles des journaux. Oui, tu as frappé un grand coup ! Et tu manies bien la plume, tu sais ?

— Le contraire serait assez mal venu, pour une maîtresse d'école ! remarqua Allan en riant. Mais voici quelqu'un d'autre qui nous arrive à pied du chemin de Commana. Eliaz Daoulas, je crois... De la ferme de Melgven. Bonjour, Eliaz !

— Bonjour, mon gars ! Mais laisse-moi saluer la môme Le Braz... répliqua l'homme en s'approchant pour serrer virilement contre lui le corps fragile de Gwenn. Merci, ma belle ! Je ne sais lire que peu, mais je n'ai pas raté une ligne de tes articles... Au début, j'étais plutôt moqueur mais, à entendre ce qu'en disent les gens, cela m'a redonné un espoir que je n'avais plus !

La jeune femme s'écarta et sourit :

— Nous n'en resterons pas là, croyez-moi. Et si nous sommes assez nombreux, nous ferons bouger les choses !

Elle n'avait pas imaginé un tel succès ! À penser que tout le monde s'était donné le mot : devant la ferme de Kernadic s'était regroupée une foule que jamais Gwenn n'eût osé espérer si dense... Elle s'aperçut vite que la presse avait interpellé toute une partie de la population de Sizun, de Commana, de Saint-Cadou, mais aussi d'habitants plus éloignés originaires de Saint-Rivoal, de Brasparts, de Loqueffret, et même aussi de Landerneau ou de Plounéour-Ménez : bien qu'ils ne fussent nullement concernés par l'édification de ce barrage, mais informés par les quotidiens, tous voulaient se montrer solidaires des opposants au mur de cette retenue ! Un peu impressionnée par cette affluence, et poussée par les uns et les autres, Gwenn se vit contrainte de prendre la parole :

— Merci, mes amis ! Jamais je n'aurais cru qu'un événement somme toute local puisse avoir un tel impact dans l'opinion...

Elle s'éclaircit la gorge avant de continuer :

— Mais ce n'est qu'une première étape, car l'engouement de nos quotidiens retombera vite, à mon avis, à moins que nous n'entreprenions des actions plus percutantes... Je n'y ai pas trop réfléchi, parce que je ne m'attendais pas à un tel soutien ! Mais, étant donné la foule qui est devant moi, j'estime que nous pourrions tous nous regrouper face aux engins qui ont déjà commencé des travaux avant même qu'une seule acceptation des indemnités proposées ne soit acceptée par les propriétaires menacés. Jamais un conducteur de ces mécaniques n'osera nous écraser sous les chenilles des pelleteuses ou de ces « bulldozers » venus tout droit d'Amérique et qui arasent nos terres ! Si nos héros de la guerre ont fait de la résistance active, nous ferons de la résistance passive... Si vous en êtes d'accord, je propose que nous nous opposions à l'avidité de ces montres de métal qui s'acharnent à grignoter ce qui nous reste de nos paysages et de nos traditions ! Comment ? En faisant tous ensemble un mur humain pour entraver l'avance des travaux...

Gwenn s'était lancée là dans une envolée verbale qui l'étonnait elle-même, mais qui galvanisa l'assemblée.

— Oui, oui ! hurlèrent aussitôt les hommes et les quelques femmes qui s'étaient réunis dans la cour de Kernadic. Oui, allons-y !

L'institutrice se hissa sur la charrette abandonnée le long d'un mur pour tempérer l'enthousiasme :

— Non, non... Écoutez-moi ! Comme vous le savez tous, je suis maîtresse d'école, et je ne peux me libérer que les jeudis et les dimanches, le dimanche ne servant à rien pour notre cause car les ouvriers sont en repos... Pour maintenir une pression efficace, il faudrait que vous vous relayiez jour après jour pour continuer à faire obstruction à l'avance du chantier !

— Tous les jours ? s'inquiétèrent quelques-uns.

— Tous les jours ouvrés, oui, mais à tour de rôle... expliqua Gwenn. Histoire de perturber les travaux ! Je ne vous cache pas que les gendarmes interviendront sans doute assez rapidement pour mettre fin à ce mouvement, mais il est hors de question de nous insurger contre eux, qui ne feront qu'appliquer des ordres venus d'en haut ! Sachant qu'ils ne pourront jamais rester en permanence sur les lieux, à peine auront-ils tourné les talons de leurs bottes qu'il suffira de reprendre le siège. Une opération inutile, pourriez-vous penser... Vous auriez sans doute raison si je ne me sentais en mesure d'envoyer sur le terrain les journalistes des quotidiens qui m'ont fait confiance. Oui, notre petite révolte villageoise pourra vite faire la « une » des journaux sinon nationaux, tout au moins régionaux !

— Allons-y, allons-y ! s'égosilla la piètre assemblée. Allons-y !

— Doucement ! tempéra la jeune oratrice. Je ne promets nullement le succès, car rien ne découlera jamais de moi ni de nous, mais des instances dites supérieures qui prétendent imposer des directives à nos dépens. L'essentiel, c'est de faire entendre nos doléances jusqu'à déboucher leurs oreilles sourdes ! Je vous le dis : ce n'est pas à la signature du bec du stylo à plume d'un élu qui n'a jamais posé un sabot dans la bouse que nous nous résignerons : ce ne serait pas connaître l'âme bretonne, et plus que jamais il nous faut nous montrer bretons !

Essoufflée, elle rougit à l'ovation qui lui était faite et se demanda un instant ce qui l'avait poussée à se retrouver à la tête d'un tel mouvement de révolte locale.

— Bien ! ajouta-t-elle en descendant de son perchoir grâce à l'aide du bras d'Allan. Bien... Allons donc tous faire barrière aux crocs des pelles et aux pics de leurs engins de malheur !

Galvanisés par le discours de la rebelle Le Braz, tous les opposants prirent sa suite en s'éloignant de Kernadic pour emprunter la vallée en direction du Drennec. Ludovic, bien que contrarié par le remue-ménage provoqué par sa fille, ne voulait pas passer pour timoré aux yeux de ses voisins et des habitants de Saint-Cadou. Aussi se sentit-il obligé, un peu à contrecœur, de suivre le cortège. Et ce fut une longue colonne qui aborda en milieu de matinée le site des travaux. Intrigué, le contremaître signifia d'un geste à ses ouvriers de cesser le vacarme ambiant, puis il s'avança au-devant du groupe.

— Halte-là ! Le chantier est interdit au public !

Échappant à la vigilance de Gwenn, qui tenait à des attitudes pacifiques, un paysan fit deux pas en avant.

— Interdit, vous dites ? Alors que vous êtes sur mes terres, et que je ne les ai encore vendues à personne ! Je suis chez moi : moi, Ronan Andouard, et ces engins n'ont rien à y faire...

Face à ce ton agressif, et conscient que plus d'une vingtaine de gaillards semblaient soutenir son interlocuteur, le chef de chantier préféra reculer.

— Doucement ! Je n'y suis pour rien, moi... On m'a délégué sur cette parcelle, et j'ai pour mission d'entreprendre des forages pour savoir si le socle de granit est assez résistant pour le mur du futur barrage !

— Quel barrage ? osa intervenir Gwenn d'une voix forte. Il n'est pour l'instant qu'un projet au stade de l'étude, et rien n'est décidé !

— Ben... Justement, les sondages que nous effectuons entrent dans le cadre de cette étude préliminaire, d'après ce que j'en sais !

— Admettons ! répliqua la jeune femme. Il n'empêche que vous creusez sur des terrains qui n'ont pas été officiellement réquisitionnés, et qui appartiennent de fait à M. Andouard, ici présent...

Ce qui lui donne le droit de vous faire déguerpir de chez lui !

— Certes pas ! protesta l'homme casqué. L'ordre de mission que j'ai a été contresigné non seulement par la sous-préfecture, mais encore par la préfecture...

— La préfecture n'a qu'à faire défoncer son sous-sol, puisqu'il lui appartient, mais pas celui-ci pour lequel aucun accord n'a été trouvé et qui reste bel et bien inclus dans les limites du domaine de M. Andouard ! rétorqua Gwenn.

Le contremaître objecta encore qu'il avait dans ses documents un ordre de réquisition en cas d'opposition d'un propriétaire, et la jeune femme éclata d'un rire presque masculin qui la surprit elle-même.

— Ce n'est que cela ? Comme le temps reste plutôt beau pour cette fin d'hiver, il se trouve que M. Ronan Andouard vient de nous inviter à fêter mon retour dans la région, et ce justement sur ces terres que vous martyrisez ! C'est d'ailleurs pourquoi j'ai réuni tous nos amis...

— Ne me prenez pas pour plus bête que je ne suis, mademoiselle ! Je comprends bien que vous êtes l'empêcheuse de tourner en rond qui fait la une des journaux pour ce qui concerne le barrage du Drennec...

— Quel malheureux hasard ! ironisa aussitôt Gwenn. Car nous allons avaler notre casse-croûte ici même... D'ailleurs, le cul de vos pelleteuses nous fera des bancs confortables, non ? Et je vous rappelle que le moindre mouvement de ces engins pourrait blesser ou tuer l'un de nous, ce qui mettrait en jeu votre seule responsabilité !

— Mais... comment osez-vous ? protesta le contremaître.

Toujours en verve et portée par une énergie qu'elle ne se connaissait pas, la jeune femme ajouta :

— D'ailleurs, le lieu me semble tellement idyllique qu'il n'est pas impossible que mes amis ne l'adoptent pas chaque jour pour s'y réunir et y passer un bon moment...

— C'est une menace, mademoiselle ?

— Non... Une simple suggestion que suivront sans doute bien des gens parmi ceux que vous voyez devant vous.

— Je vous préviens : si vous continuez à entraver ces travaux, je ferai intervenir la gendarmerie !

— Libre à vous, mon brave ! Et vous faites bien de m'en informer : mes amis journalistes se feront un plaisir d'être en première ligne pour faire part à la population des méthodes policières dont on use pour spolier de pauvres paysans de leurs biens !

Sans plus attendre et sans souci de sa robe, elle s'installa vivement dans le godet boueux de l'un des engins et interpella les manifestants médusés :

— Alors, les gars ! Personne n'a pensé à apporter quelques bouteilles ?

Devant la volonté affirmée du groupe auquel il faisait face, le chef de chantier abdiqua. Levant la main, il intima à ses ouvriers :

— Allons... La journée est terminée pour aujourd'hui ! J'en référerai à la direction, et je ne doute aucunement que l'on saura prendre les mesures qu'il faudra pour poursuivre les travaux...

XXXIX

IL SE PASSA ALORS un phénomène que Gwenn n'avait pas imaginé. L'occupation ponctuelle du chantier qu'elle avait lancée se transforma dès le jour suivant en siège permanent qui amena des sympathisants venus depuis des kilomètres à la ronde. Sous la pression de la jeune femme, les journalistes se précipitèrent dès le vendredi au Drennec pour tenir les lecteurs informés de cette forme originale de résistance. À tel point que celle qu'on appelait désormais « la fille Le Braz » en vint à regretter de n'être pas tous les jours sur le terrain : sa mission éducatrice passait avant tout ! Elle s'était contentée d'éplucher les journaux de la veille, mais brûlait d'en savoir plus. Aussi, durant cette fin de semaine, le temps lui sembla long malgré la passion qu'elle mettait à accompagner ses élèves sur la voie de l'examen. Et elle n'eut rien de plus pressé que d'aller aux nouvelles en partant à l'aube du dimanche de la cour de l'école pour filer au plus vite à Kernadic et y retrouver Allan, qui avait délibérément pris son parti face aux hésitations du vieux Ludovic. Lequel Ludovic fut le premier à sortir des murs pour se planter devant elle, les poings sur les hanches.

— Eh bien… Tu peux te vanter d'avoir semé un sacré bordel, toi !

Gwenn ne put s'empêcher de rire à cette marque de mauvaise foi.

— Il me semble bien que c'était là le but recherché, non ?

Elle se doutait bien que, secrètement, son père était fier d'elle ! Mais de là à ce qu'il l'avouât, il y avait un pas qu'il n'était pas près de franchir… La jeune femme n'eut pas le temps d'entamer une polémique inutile qu'Allan fut là pour la serrer dans une étreinte fougueuse.

— Si tu savais combien tu m'as manqué !

— À moi aussi…

Quelle transformation ! Qu'il était loin le garçon timide et effacé qui n'osait presque pas lui adresser la parole ! Bien que Ludovic Le Braz eût fini par accepter les sentiments qui unissaient sa fille à ce valet de ferme, il n'appréciait guère les manifestations de tendresse que ces deux-là se permettaient devant des tiers. De son temps, il était d'usage de se montrer plus discret ! Avec un grognement inaudible, il tourna le dos pour s'éloigner vers l'étable, au bout du bâtiment, pour s'occuper des vaches. De toute façon, en employé consciencieux, Allan ne tarderait pas à le rejoindre pour la traite quotidienne. Naïg n'avait pas les mêmes pudeurs que son père, et le baiser que s'échangèrent les jeunes amoureux ne l'empêcha pas de courir vers sa sœur.

— Ah ! Que je suis contente de te voir ! Il s'est passé tant de choses depuis que les gens se mobilisent contre le barrage !

— C'est bien ce que j'ai lu dans la presse…

— Les journaux d'hier n'ont rapporté qu'un aperçu de ce qui s'est déroulé. Il fallait voir l'ambiance de la foule qui s'était réunie ! Pas moins de cinquante personnes, je crois. Le chef de chantier était dans une colère noire, mais il ne pouvait rien faire contre tous ces gens qui s'opposaient à l'avance des travaux !

— C'est vrai, confirma Allan. Et ses ouvriers ne l'ont soutenu que du bout des lèvres : pour eux, l'obstruction faite à la mise en œuvre de leurs engins représentait un repos forcé qui n'avait pas l'air de leur déplaire !

— Toujours est-il que le contremaître a fini par décider de suspendre les travaux pour référer de la situation à l'entreprise Lemeneur, chargée des travaux. Il a menacé de porter plainte et d'avoir recours à la gendarmerie, mais s'est vu contraint d'abandonner le chantier avec ses hommes sous les huées des manifestants ! Nous verrons bien ce qui se passera demain.

— Je ne pourrai malheureusement être là… regretta Gwenn.

— Les gens ont promis de revenir et de se mobiliser plus nombreux encore ! s'enthousiasma Naïg. On dirait qu'ils prennent ça pour un jeu…

La jeune institutrice se rendit seulement vraiment compte d'être à l'origine de ce mouvement, et elle sentit soudain le poids de la responsabilité qui pesait sur ses épaules.

— Ce qui m'inquiète le plus, ce n'est pas l'intervention des gendarmes : ils n'iront pas jusqu'à tirer sur la foule. Mais j'ai peur que cette mobilisation contre le barrage n'en entraîne une autre : celle de ceux qui sont favorables à sa construction... Entre deux groupes opposés, une bagarre est toujours possible !

— Nous n'en sommes pas là, la rassura Allan. Et pour le moment, grâce à toi, la presse locale est plutôt de notre côté. À tel point que, si la révolte gagne encore de l'ampleur, il n'est pas impossible qu'elle attire l'attention de journalistes appartenant aux quotidiens nationaux !

— Tu crois ?

— Je ne sais, mais étant donné la tournure que prennent les choses, ce n'est pas exclu...

— Bon, comme dit ma sœur, nous verrons bien ! En attendant, Allan, mieux vaut que tu retrouves mon père auprès des vaches avant qu'il ne soit vraiment de mauvaise humeur. Quant à moi, je vais sonder un peu la « température » du village en ce qui concerne cette affaire... Le jour de messe est propice aux conversations, et je ne doute pas que la polémique autour du barrage en sera le principal sujet !

— Prends bien garde à toi, alors... Tout le monde te connaît, maintenant, et tout le monde sait que c'est toi qui portes le combat ! Je n'aimerais pas que les esprits s'échauffent et qu'on s'en prenne à toi !

— Rassure-toi : je ne crois pas que quiconque tienne à retrouver son nom dans le journal pour voies de fait et brutalité publique sur une femme !

*
* *

Comme la jeune institutrice l'avait pressenti, à Saint-Cadou, toutes les discussions se focalisaient sur les derniers événements. Son arrivée fut d'ailleurs immédiatement remarquée, et elle se retrouva vite entourée d'hommes et de femmes, la plupart porteurs de commentaires admiratifs :

— Tiens ! Voilà notre rebelle !

— Notre héroïne, tu veux dire... qui est bien du sang de son père ! C'est qu'il ne se laisse pas marcher sur les pieds, le Ludovic !

— On ne l'a pourtant pas trop entendu sur le sujet.

— Qu'importe, puisque sa fille prend le relais !

Tout le monde n'était pas de cet avis, et un paysan grommela :

— Celle-là, elle aurait sans doute mieux fait de se taire... Ça ne fait que semer la zizanie, tout ça ! On en parle jusqu'à Brest, Carhaix ou Morlaix !

— Oh ! Toi, le Gustave, t'es toujours contre tout ! À mon idée, plus on en parlera, mieux ce sera...

— Tu oublies qu'il y a aussi des gens qui envisagent d'un bon œil l'intérêt général de ce barrage.

— Bien sûr, tant qu'on n'est pas concerné et menacé de se voir accaparer tous ses biens, c'est facile d'ouvrir la bouche ! Qu'est-ce que tu dirais, toi, si on t'annonçait qu'on doit démolir ta maison ?

— C'est pas demain la veille que l'eau montera la colline pour m'inonder !

— C'est bien ce que je disais. Mais tu causerais autrement si tu habitais dans la vallée, égoïste que tu es ! Moi, je crois qu'on doit se montrer solidaires, entre habitants du même village.

— Du calme ! intervint Gwenn, se forçant à trouver une intonation plus ferme que ne l'était sa propre assurance. Loin de moi la volonté d'engendrer des disputes ! Même si l'on comprend bien que je suis opposée à ce mur de béton qui va défigurer la vallée pour les causes que l'on sait, je respecte le fait qu'on puisse avoir une idée contraire. Ce n'est pas une raison pour que les tenants des deux opinions entrent en conflit ! Je tiens à une solution pacifique et administrative…

Le patron de l'auberge du bourg s'avança à son tour :

— Il n'empêche que, si dommageable que puisse être ce barrage pour une infime partie de la population, il présenterait néanmoins certains avantages…

— Et peut-on savoir lesquels ? s'enquit brusquement Ronan Andouard en se levant de sa chaise de bistrot pour se mêler à l'attroupement.

— Un plan d'eau, c'est très appréciable pour attirer les touristes ! C'est aussi le paradis des pêcheurs et l'assurance d'avoir du poisson à moindre coût.

— Tu prêches pour ta paroisse ! rétorqua Ronan. Tu espères déjà voir ton hôtel complet à longueur d'année, servir des repas du matin au soir et faire le larbin devant ces messieurs de la ville qui au fond d'eux-mêmes nous méprisent… Et moi et tous ceux qui sont dans mon cas, tu n'en as rien à faire, hein ? Comme celle des Le Braz, ma demeure ne sera pas touchée, mais mon domaine, oui. Comment cultiver, sans mes terres ? Comment faire paître mes vaches, sans mes prairies ?

— Toute expropriation donne droit à des indemnités de compensation, non ?

— Une escroquerie, oui ! Une misère qui ne correspond nullement à la perte que nous subirons ! Une aumône pour nous mettre à la rue et faire en sorte que nous soyons réduits à la mendicité…

— N'exagérons rien !

— Je voudrais bien te voir à ma place ! Tu tiendrais sans doute un autre discours…

Un adjoint du maire de Sizun se mêla au débat :

— La situation est bien triste pour ceux qui en pâtiront, c'est vrai… Mais personne ne parle ici de l'intérêt général ! Ce barrage n'est pas un caprice d'élus. Il répond à un besoin réel d'alimentation en eau de la ville de Brest, laquelle est d'ores et déjà en pleine reconstruction. Sans parler qu'il permettra l'électrification de nos campagnes…

— C'est faux ! s'insurgea Gwenn. Nous avons pu nous procurer les détails du projet, et il n'y est prévu aucun aménagement de turbines susceptible d'alimenter nos villages. Ah ! Pour la grande ville, c'est peut-être différent, mais au détriment de qui ? De nous ! De plus, M. Pasquier a commandité sur ses propres fonds une étude de la part de géomètres indépendants qui en sont arrivés à la conclusion qu'il est des secteurs bien plus propices à l'élaboration d'un barrage sans pour autant noyer des zones habitées et des terres agricoles !

— Cela suffit ! s'agaça Ronan Andouard. J'en ai assez entendu pour aujourd'hui. Tu veux profiter de ma carriole et y charger ton vélo, Gwenn ? Je te déposerai au passage à Kernadic…

— Volontiers, monsieur Andouard, accepta la jeune femme.

* * *

Comme il en avait pris l'habitude, Allan reconduisit le soir Gwenn à l'école du Pouly. Pour une fois, ils restèrent étrangement silencieux tout au long du trajet, préoccupés qu'ils étaient par la suite des événements. Chacun était conscient que deux clans se dessinaient nettement, sans espoir aucun de trouver un point d'entente. Sans se le dire, ils craignaient qu'il se produisît à un moment ou à un autre un affrontement généralisé que nul ne souhaitait. Et ni l'un ni l'autre ne voyaient comment l'empêcher, si le pire devait arriver... Ce fut seulement en parvenant à destination qu'Allan décida :

— Bon... Essayons de penser à autre chose !

— À quoi, par exemple ? demanda Gwenn avec une moue mutine.

— À nous ! répondit le jeune homme en l'attirant contre lui.

Il n'était pas question que cette affaire de barrage pût se mettre en travers de leurs sentiments plus que jamais réciproques ! Ils restèrent une longue minute accolés, à échanger en murmurant mots doux et promesses d'avenir, et il fallut que Gwenn se fît violence pour réagir :

— Ce n'est pas le moment de prendre froid, Allan ! La nuit est tombée depuis longtemps déjà et je commence à avoir des frissons. De toute façon, je serai jeudi à Kernadic dès la première heure.

Un baiser encore, puis deux, et elle s'enfuit sur la pointe des pieds. Inutile de réveiller ses collègues ou la directrice !

Lundi, mardi, mercredi… Trois jours qu'elle trouva interminables ! L'esprit englué par ce qui était susceptible de se passer au Drennec, elle eut même du mal à rédiger quelques autres ébauches d'articles à envoyer aux deux quotidiens auxquels elle avait été amenée à collaborer. Ce fut tout de même grâce à eux qu'elle apprit le mercredi que la menace du contremaître avait été mise à exécution : d'après ces journaux, une demi-douzaine de gendarmes à cheval avaient été déplacés sur les lieux, mais leur action n'avait rien changé à la donne. Malgré des injonctions répétées, les occupants du chantier s'étaient agglutinés autour des engins mécaniques pour leur imposer une immobilisation forcée. N'ayant reçu aucun ordre d'agir par la force, le brigadier commandant la petite escouade militaire avait vite été débordé par les événements ! Impuissants face à cette révolte passive, ses hommes n'avaient eu d'autre choix que celui de demeurer spectateurs de la scène, à la grande fureur des ingénieurs délégués sur place qui leur intimaient d'avoir recours à la violence pour déloger ces « empêcheurs de tourner en rond ». *Peut-être aussi*, suggérait l'article, *la présence de journalistes sur le terrain a-t-elle tempéré toute initiative plus brutale ?*

— Cela ne présage rien de bon pour aujourd'hui… ne cessait de se répéter la jeune femme en pédalant en direction de Kernadic.

Lorsqu'elle y parvint, cinq ou six voisins étaient déjà dans la cour à l'attendre. Naïg allait de l'un à l'autre avec sa cafetière, mais Gwenn refusa le bol offert. Encore essoufflée par sa course, elle confia :

— Non, j'ai tellement soif que je vais boire une grande rasade d'eau… coupée de vin, ça me donnera du courage !

Ludovic Le Braz s'approcha d'elle, lui posa seulement une main sur l'épaule en guise de « bonjour », puis précisa :

— Tous les gens ne se réunissent plus chez nous… Beaucoup se rendent désormais directement sur le chantier ! Rassure-toi, nous serons sans doute au moins une cinquantaine.

— Comment cela, « nous » ?

— Oui, confessa le maître de Kernadic. Je vais me joindre à vous, et Naïg et le fils du Loeiz Couennec s'occuperont des bêtes. Allan a fini par me convaincre !

Allan ! Pour la première fois, ses pensées ne s'étaient pas focalisées sur lui dès son arrivée… Elle le chercha des yeux, et son père lui lança un regard ironique.

— Ton godelureau ? Il est déjà au Drennec afin de préparer la confrontation qui s'annonce.

— Alors, en route ! décida-t-elle.

Elle était tellement impatiente de le sentir à ses côtés dans cette épreuve !

XL

Après avoir franchi l'Élorn et dépassé le dernier moulin, le petit groupe arriva en vue des déblais accumulés par les premiers jours de travaux. L'attroupement y était déjà important, et un certain nombre de gens s'apprêtaient à venir le grossir depuis les chemins alentour. Alors qu'elle s'avançait avec ses amis, Gwenn s'aperçut, comme elle le craignait, qu'une vingtaine de gendarmes avaient formé un cordon pour interdire l'approche des engins de chantier. Aussitôt, Allan se précipita pour la prendre par la main, comme pour prouver qu'elle pouvait compter sur lui. Pas question d'étaler des effusions plus explicites aux yeux de tous !

— Ils ont doublé les effectifs, on dirait, se contenta-t-il de constater.

Naturellement, le groupe se constitua derrière le jeune couple, qui se retrouva en première ligne. Le brigadier-chef commandant le peloton de gendarmes fit un pas en avant.

— Mademoiselle Le Braz, je suppose ?

Gwenn s'éclaircit la gorge pour répondre d'une voix qu'elle eût souhaitée moins étranglée :

— Elle-même !

— Mademoiselle, reprit l'officier, je vous somme de mettre un terme immédiatement à ce rassemblement illégal. Je suis mandaté par le préfet pour mettre fin aux débordements que vous avez initiés. Vous êtes sous le coup d'incitation à l'émeute et de trouble à l'ordre public, ainsi que d'obstruction à une décision d'État !

Alors que Gwenn allait répliquer, Allan lui coupa la parole pour clamer :

— En ce cas, ce n'est pas à elle de vous adresser, mais à nous tous !

— Je ne fais qu'exécuter les directives, jeune homme ! Et nul n'ignore que mademoiselle est la première responsable des désordres inadmissibles qui se sont produits ici.

Dans la foule agglutinée se trouvaient quelques anciens résistants qui s'échangèrent un regard, prêts à en découdre. L'un d'eux hurla, agressif :

— Si vous cherchez la bagarre, vous allez l'avoir ! On a viré les Boches, et ce ne sont pas des pandores qui vont nous faire peur !

Gwenn s'affola. Il ne fallait absolument pas qu'elle se laissât déborder par la violence.

— Non ! s'écria-t-elle. Les gendarmes sont là, tant mieux ! Autant nous en faire des complices. Ils font cercle autour de ces foutues mécaniques, faisons cercle autour d'eux, puisque nous sommes plus nombreux ! La barrière n'en sera que renforcée, et les engins resteront là où ils sont...

Tandis que cette stratégie commençait à se mettre en place, le chef des gendarmes s'insurgea :

— Je vous interdis !

— Interdire quoi ? se moqua la jeune femme. Et surtout comment ? Vous voulez user de vos armes et de vos matraques ? Ne vous gênez surtout pas. Je reconnais à quelque distance deux ou trois journalistes qui se feront un régal de relater et d'amplifier l'incident…

Après quelques instants de silence, l'officier soupira :

— Vous avez tout de suite su trouver notre point faible, mademoiselle, et je le regrette pour vous. J'ai en effet reçu comme consigne impérative d'éviter tout recours à la force ! Mais je vous préviens que vous vous exposez ainsi à des mesures de rétorsion autrement graves : entre autres à des poursuites judiciaires loin d'être anodines… Aussi, je vous conjure de bien réfléchir aux conséquences de vos actes.

— Merci du conseil ! répliqua Gwenn, enhardie par la présence d'Allan à ses côtés. Mais c'est une éventualité à laquelle je me suis préparée depuis le début ! mentit-elle. Nous maintenons ce blocus…

— Libre à vous, mademoiselle, j'en prends bonne note. Mais je dois envoyer un de mes gendarmes à cheval en informer la préfecture.

— Nous ne nous opposerons pas à son passage ! rétorqua la jeune femme. Car c'est bien au préfet que nous nous adressons par le biais des actions que nous menons.

Une fois le messager parti, s'installa un *statu quo* entre les manifestants et les hommes armés. La foule se répartit tout autour, et on commença à sortir des paniers les victuailles et les bouteilles. Certains osèrent même proposer un verre à boire aux militaires, qui refusèrent d'un mouvement de tête bien que l'envie ne leur en manquât pas ! Une ambiance bon enfant s'installa, ponctuée de plaisanteries, de rires et de chants. On en profita pour mieux faire connaissance avec ces gens venus d'ailleurs pour s'opposer au barrage, et Gwenn se servit de ces instants pour discuter avec les uns et les autres et tenter de se faire une idée de la façon dont elle pouvait continuer l'action dans les jours et semaines qui s'annonçaient. De suggestion en suggestion, un accord commença à poindre avec le projet d'une grande manifestation devant la préfecture, à Quimper.

— Mademoiselle ?

La jeune femme se retourna sur un homme portant un complet veston à la dernière mode de Paris, une option vestimentaire plutôt inadéquate pour se mouvoir sur un terrain aussi bourbeux.

— Oui ?

— Je suis Jean-Louis Plougen, journaliste ! C'est moi que vous avez contacté à *Ouest France* au tout début de cette affaire dont les épisodes passionnent de plus en plus nos abonnés.

— Heureuse de vous rencontrer, Jean-Louis.

— Moi aussi, mademoiselle Le Braz. D'autant plus que ce succès est dû pour une part à l'originalité de vos articles, qui ont pour qualité de ne pas être empreints du style journalistique qui est le nôtre. Le lecteur y est sensible, car il y sent la sincérité non feinte, et une implication profonde que nous ne saurions professionnellement traduire : il faut être directement concerné, comme vous, pour trouver les mots percutants qui engendrent l'émotion.

— Merci de ces compliments, monsieur ! Et que puis-je pour vous ?

— J'ai entendu quelques bribes de vos conversations, et j'aimerais en savoir plus, avec votre accord bien sûr, afin de pouvoir répondre à la curiosité de ceux qui suivent avec intérêt les tribulations de ce chantier.

— Bien, bien... Nous envisageons un grand rassemblement pacifique devant la préfecture jeudi prochain ! En espérant y voir participer le maximum de gens...

— Faites-moi confiance : annoncé par mes soins et voie de presse, cet événement va ameuter plus de peuple que vous ne le pensez ! Ceux qui s'opposent par principe à ce barrage, ceux qui sont émus par les conséquences pour les riverains de l'Élorn que vous évoquez régulièrement dans vos chroniques, mais encore tous ceux qui vont y trouver une occasion, par conviction politique, de se mettre en travers d'une décision de M. Aldéric...

— Qui ?

— Aldéric Lecomte, le préfet ! Malgré l'adhésion que lui apporte son passé de résistant, il a contre lui des opinions partisanes différentes... Il y aura foule, croyez-moi !

— Je vous remercie d'avance de votre soutien, Jean-Louis.

— Vous savez, honnêtement, je ne pourrais définir si je suis pour ou contre ce barrage ! Mais votre démarche m'a ému, tout autant que votre relation des drames que provoquent de telles structures au sein de familles habitant depuis toujours un cadre de vie susceptible d'être détruit.

La conversation fut interrompue par un bruit de moteur. Une automobile noire se profilait au bout du chemin en cahotant dans les ornières creusées par les roues des engins de chantier.

— Ah, ah ! s'exclama le journaliste. Sans doute la venue d'officiels... Voilà qui va me donner du grain à moudre pour ce reportage sur le terrain !

Un chauffeur en tenue descendit du véhicule pour ouvrir la portière arrière, d'où sortit un homme court sur pattes et ventripotent. Long imperméable noir, costume impeccable, il hésita quelques instants avant de souiller ses souliers de boue, puis se décida à s'approcher de l'attroupement massé autour des engins. Des commentaires se chuchotèrent aussitôt de bouche à oreille :

— Avec son espèce de gabardine de deuil, on le dirait droit sorti de la Gestapo !

Le nouvel arrivant semblait tenir à en finir au plus vite, et il se dirigea à travers la foule directement vers le brigadier-chef.

— Je suis attaché auprès du sous-préfet de Morlaix, qui m'a chargé de vous transmettre les informations suivantes : suite à un appel téléphonique de M. Lecomte, préfet de ce département, ce dernier a décidé, en raison de la fièvre et des tensions actuelles autour de ce projet, de suspendre provisoirement les travaux.

Une ovation joyeuse accompagna cette nouvelle, qui représentait une première victoire face à l'administration. L'émissaire attendit patiemment que le tumulte se calmât, puis il poursuivit :

— M. le préfet consent à rencontrer une délégation des opposants au barrage du Drennec avant de donner une suite en réponse à ce conflit. Faute de l'avoir reçue dans un délai d'une quinzaine de jours, il prendra les décisions nécessaires pour faire appliquer la loi, par tout moyen à sa disposition.

Sans prononcer un mot de plus, il retourna à sa voiture sous les huées de la foule. Le chef des gendarmes s'égosilla aussitôt :

— Vous avez entendu, vous tous ? Il n'y a plus de raison de tenir le siège ! Il serait donc opportun de vous disperser sans plus attendre.

— Doucement, brigadier ! protesta Gwenn, pourtant fort heureuse de la tournure que prenaient les choses. Doucement… Le directeur de chantier et ses ouvriers n'ont plus rien à faire ici jusqu'à nouvel ordre, c'est entendu. Vous n'avez donc plus de raison non plus de rester avec vos gendarmes plantés ici comme des poireaux ! Mieux vaut que vous leviez vous aussi le camp pour éviter de nouveaux débordements. Quant à nous, nous avons encore à discuter des propositions du préfet, ce qui devrait se passer dans le calme.

— De toute façon, admit l'officier, ce qui vient d'être signifié met fin à notre mission, mademoiselle Le Braz. Veuillez donc faire ouvrir l'encerclement auquel nous sommes soumis afin que nous puissions rejoindre notre casernement.

— Mais bien volontiers ! Nous n'en attendions pas moins de votre part…

Si quelques manifestants quittèrent les lieux dès que les gendarmes eurent disparu, la plupart d'entre eux se groupèrent autour de la jeune femme.

— Et maintenant ?

— Oui, intervint Jean-Louis Plougen, le journaliste de *Ouest France*. Il faut que je sache, afin de ne pas écrire de fausses informations : pensez-vous malgré tout maintenir le rassemblement devant la préfecture que vous avez évoqué pour jeudi prochain ?

Après un bref moment de réflexion, Gwenn répondit :

— Si mes amis en sont d'accord, je crois qu'il nous faut accentuer la pression en n'annulant pas cette manifestation. Comme je ne veux pas nuire à la réussite de mes élèves et que l'enseignement qui m'est confié est pour moi une mission prioritaire, le jeudi est le seul jour de semaine où je peux me rendre à l'invitation de M. le préfet ! Ce qui nous permettra d'accentuer notre pression : la foule devant la préfecture durant notre entretien lui fera peut-être comprendre que nous ne renonçons pas... Si rien n'est joué, rien n'est perdu non plus !

Chacun applaudit à sa déclaration, et la jeune femme poursuivit :

— Il ne nous reste qu'à choisir ceux qui m'accompagneront au sein de cette délégation pour nous représenter tous. Je pense qu'il serait judicieux qu'elle soit avant tout composée de personnes dont l'exploitation ou la ferme est menacée par le barrage...

— Tu peux compter sur moi ! approuva aussitôt Ronan Andouard.

— Sur moi aussi ! se proposa le père Le Saint.

— Moi, je ne pourrai pas... confia avec regret Loïc Kervalla. J'ai un rendez-vous chez le notaire pour estimer la valeur réelle de mes biens. Ce que m'en offre l'État, ce n'est que du vol manifeste !

— Espérons que ce sera une démarche inutile, Loïc ! s'exclama Allan. Et que ce maudit barrage ne verra pas le jour !

— Quant à moi, je veux bien faire partie de l'aventure ! se décida Loeiz Couennec.

— Merci, Loeiz.

— Moi aussi ! annonça une voix qu'elle connaissait bien.

Elle se tourna vers son père, sincèrement surprise.

— Vous ?

— Je n'y croyais guère, mais ceux qui veulent nous voir disparaître au profit des poissons viennent de faire un pas en arrière. Il n'y a pas de raison pour qu'ils n'en fassent pas d'autres !

Heureuse de ce revirement d'opinion, Gwenn s'opposa à de nouvelles offres :

— J'estime que nous serons assez nombreux comme cela ! Inutile d'encombrer le cabinet du préfet, cela ne nous ferait pas avancer mieux pour autant… Mais pour aujourd'hui, je crois qu'il ne sert à rien de nous attarder. Je gage que nous avons tous mieux à faire chez nous. Aussi, à jeudi prochain, les amis !

Elle avait tellement envie de partager quelques instants sereins en compagnie d'Allan !

*
* *

À l'école du Pouly, les maîtresses tout autant que les élèves les plus âgées surveillaient chaque matin la parution des quotidiens, dans lesquels la place laissée au combat de « la fille Le Braz » augmentait de jour en jour. Mme Le Chuiton fermait charitablement les yeux sur le temps volé aux études et consacré à la lecture des articles du jour.

— Vous êtes en train de devenir une véritable célébrité, mademoiselle !

— Il ne faut rien exagérer, madame !

— Te, te, te… Chacun ne parle au Huelgoat que de la croisade de l'institutrice. Cela doit être bien pire encore chez vous, à Commana ou Sizun ?

— C'est vrai que les esprits s'y échauffent plus qu'ailleurs et que les événements du barrage alimentent bien des conversations, reconnut Gwenn.

— En tout cas, je reste admirative devant la façon dont vous arrivez à concilier le métier qui est le nôtre et tous les problèmes que vous affrontez dans ce face-à-face avec les instances administratives et politiques.

— Je m'attache surtout à ce que les élèves n'en pâtissent pas…

— Je m'en aperçois et c'est très bien ! Je tiens d'ailleurs à vous féliciter de toujours prendre soin de faire remarquer aux journalistes que, malgré le tourbillon médiatique dans lequel vous êtes entraînée, l'essentiel pour vous demeure votre vocation d'enseignante. C'est tout à votre honneur… et au nôtre !

— Je me pose parfois la question de savoir si cette attitude de révoltée est un bon exemple pour les élèves.

La directrice sourit.

— J'avoue qu'une telle interrogation m'a aussi traversé la tête ! Mais j'en suis arrivée à la conclusion inverse. Il est utile de montrer que l'avenir d'une femme n'est pas de rester soumise, comme il en était autrefois et comme il en est encore trop souvent aujourd'hui. Il est essentiel aussi de leur apprendre à s'élever contre les injustices, même si pour cela il faut affronter l'ordre établi !

— Vous croyez ?

— J'en suis sûre ! Et bon courage pour la suite ! Nous sommes de tout cœur avec vous, ici.

— Merci, madame. Merci pour tous ces encouragements ! Ils me seront précieux.

XLI

AU FUR ET À MESURE que s'approchait l'échéance de cet entretien, Gwenn sentait se nouer son estomac ainsi que se torsader les pensées qui se bousculaient en elle. Pour la première fois, elle ne consacra pas toute son énergie à s'investir dans sa classe, bien qu'elle continuât à poursuivre son programme au mieux… Comment allait se passer cette convocation officielle ? Malgré la façon dont elle avait conduit la fronde contre l'établissement du barrage, elle ne se découvrait pas une âme de meneuse, et cette confrontation dans le bureau d'une haute autorité de l'État l'effrayait. Comment se comporter, comment oser contredire, argumenter, défendre un point de vue qu'elle n'était pas la seule à partager ? La jeune femme prenait peu à peu pleinement conscience de la responsabilité qui pesait sur ses épaules, et cela la préoccupait plus que les menaces de procès qui lui avaient été faites… Elle n'en bâcla pas pour autant les heures de cours qu'elle avait à assumer, mais son esprit vagabondait sans cesse ailleurs : l'approche de ce jeudi l'angoissait plus qu'elle ne l'avait supposé ! Jusqu'à ce mardi soir, au moment où la cloche libérait les élèves, quand elle aperçut face au portail de l'école Kadarn attelé au cabriolet de Kernadic. Devançant les fillettes excitées par la fin d'une journée studieuse, elle se précipita.

— Allan ? Mais que fais-tu là ? Quelque chose de nouveau ?

Son amoureux tint à descendre de son banc pour l'enlacer avant de répondre :

— C'est pour nous rendre à Quimper après-demain ! Plus de souci à nous faire : il se trouve qu'à la lecture de la presse le patron d'une entreprise de cars à qui l'administration a refusé l'exploitation de plusieurs trajets se propose, en guise de protestation, de nous assurer gracieusement le transport à partir de Sizun et Commana. Depuis nos villages, nous allons donc pouvoir nous rendre en masse devant la préfecture sans nous casser la tête pour les déplacements.

— Mais c'est merveilleux, Allan ! Je me triturais justement la cervelle pour…

— C'est désormais une chose de réglée, et je tenais à t'en prévenir au plus vite.

— Mais pourquoi n'es-tu pas venu frapper à la porte de ma classe ? Ce n'est pas pour quelques mots que la directrice m'en aurait voulu !

— J'ai préféré attendre… Histoire de pouvoir passer plus de temps avec toi !

— Très bonne idée, admit Gwenn en cherchant ses lèvres.

Elle se sentait tellement plus forte et déterminée, en présence du jeune homme ! Lequel proposa :

— Et si nous allions boire un verre au village, face au lac, histoire de profiter l'un de l'autre et du beau soleil ?

— Pourquoi pas ? accepta-t-elle.

Chaque minute volée passée auprès de lui l'emplissait d'une joie sereine qui l'habitait ensuite durant des jours… Elle allait monter dans la voiture à cheval lorsqu'une voix l'interpella :

— Mademoiselle Le Braz !

— Oui, madame Le Chuiton ?

— J'oubliais… Vous avez reçu ce matin une lettre de Paris !

— J'arrive, madame.

Paris ? Ce ne pouvait être qu'un courrier des Pasquier, à qui elle envoyait régulièrement les articles parus dans *Le Télégramme* et *Ouest France*, accompagnés de ses commentaires et des dernières nouvelles. Elle attendit d'être en compagnie d'Allan, attablée au bord du plan d'eau à siroter une limonade, pour ouvrir l'enveloppe. Après une brève lecture, elle s'adressa au jeune homme en souriant :

— Antoine m'annonce qu'il suit toujours avec attention les événements du Drennec et que même la presse nationale s'en est fait l'écho : on a évoqué notre combat dans *L'Humanité* et le nouveau journal *Le Monde* ! De plus, les Pasquier ont fait installer le téléphone aux Capucines, et Antoine ne s'est pas privé d'en user pour contacter les hommes politiques qu'il connaît, et qui pour certains ont le bras long. Quelques-uns sont même ministres, tu te rends compte ?

— Ce n'est pas pour cela qu'ils nous soutiendront forcément, répliqua Allan. La reconstruction de

Brest est un symbole national, et son alimentation en eau en fait partie…

— Sans doute, mais les études qu'Antoine a fait réaliser par des géomètres indépendants tendent à prouver qu'il est des sites bien plus propices que le barrage sur l'Élorn !

Allan haussa les épaules.

— En politique, il y a toujours des intérêts personnels qui dépassent l'intérêt général ! Pour ma part, je reste toujours sceptique quant aux promesses d'élus…

— Nous verrons bien ! En attendant, parlons plutôt de nous deux, tu veux ?

*
* *

L'autobus de la société Drouin fut pris d'assaut, et ce fut bondé qu'il prit la route pour Quimper. Ludovic était fier d'occuper la première banquette en compagnie de sa fille et de son valet de ferme. Il avait même revêtu le costume noir qu'il n'avait plus ressorti de ses armoires depuis la mort de son épouse ! Le trajet se déroula dans une ambiance détendue, accompagné de chants bretons conquérants et de discussions sonores, et le car pénétra dans les faubourgs de Quimper sans que nul n'ait eu conscience du temps écoulé depuis le départ de Sizun. Le véhicule aborda la ville par le nord et descendit la rue Royale en passant devant la cathédrale. « Un magnifique monument de style gothique ! » apprécia Gwenn. Elle ne s'attarda pourtant pas à cette première impression, anxieuse qu'elle était de l'entretien officiel qui l'attendait.

L'autobus s'arrêta rue du Parc, sur les bords de l'Odet, ne pouvant progresser plus près de la préfecture à cause de la foule qui s'y était déjà rassemblée. La jeune femme n'en crut pas ses yeux. Ainsi, la presse avait ameuté autant de gens ? Elle s'en sentit aussi fière qu'effrayée : cela donnait tellement plus d'importance à ce qu'elle pourrait dire durant sa convocation ! Saurait-elle trouver les mots qu'il fallait ? Bien que sa photo n'eût pas été publiée dans les journaux, tout le monde la reconnut aussitôt comme « la fille Le Braz », et on lui fit une haie d'honneur jusqu'au parvis de la préfecture, un bel édifice plutôt moderne d'un style gothique flamboyant. Les jambes peu assurées, elle grimpa les marches sous les applaudissements, suivie par son père, Allan, Ronan Andouard, Evan Le Saint et Loeiz Couennec. La salle dans laquelle les conduisit un fonctionnaire avec la pompeuse morgue d'un maître d'hôtel la troubla : ce tapis épais où s'enfonçaient ses talons, ces tentures, ces tableaux aux murs, ces meubles cirés… « Tout est fait pour nous impressionner, supposa-t-elle. Pas question que cela nous fasse hésiter ! » Sans doute était-ce dans le même but qu'on les fit attendre plus d'un quart d'heure ? Enfin, un homme glabre à la mine impénétrable s'avança depuis une porte discrète, l'air sévère derrière ses lunettes à monture d'écaille. Il avait pris soin d'arborer sur la veste de son complet la Légion d'honneur, pour bien rappeler à tous qu'il était un héros de la Résistance… Après avoir lancé un regard scrutateur sur ses interlocuteurs, il rejoignit sans un mot son bureau, puis invita Gwenn et ses compagnons à s'asseoir.

— Je préfère rester debout ! lui signifia la jeune femme.

— Libre à vous ! Vous êtes sans doute mademoiselle Le Braz ?

— Elle-même, affirma-t-elle.

— C'est donc à vous que l'on doit ces émeutes contre le projet d'intérêt général que représente l'édification de ce barrage ?

— Peut-être... Mais nous contestons cette appellation d'intérêt général, qui se traduit pour nous par spoliation générale ! Alors que la retenue d'eau pourrait être installée en d'autres lieux bien plus propices et sans nuire aucunement à des propriétés agricoles. Je peux vous le démontrer, monsieur le préfet. J'ai apporté avec moi les études le prouvant.

— J'ai déjà consulté ces documents, que vous m'avez fait parvenir à plusieurs reprises ! Mais je n'en demeure pas moins convaincu que le meilleur emplacement reste le site du Drennec...

— Les dossiers que je vous ai soumis tendent à affirmer le contraire !

— Mademoiselle, je suis Aldéric Lecomte, et vous semblez ignorer qu'avant d'occuper le poste qui est le mien j'étais ingénieur des Ponts et Chaussées ! Je suis donc qualifié pour juger de ce qui est le mieux pour notre département...

Avant que Gwenn eût pu répliquer, Allan se leva de son siège pour s'indigner :

— Qualifié à cause de vos diplômes ? À toujours avoir décidé de tout dans vos bureaux d'études sans jamais avoir mis un pied sur le terrain ? Pour vous, nous ne sommes que des références en haut de pages de dossiers, et vous ignorez tout des drames humains que représentent vos signatures au bas de ce qui n'est pour vous que paperasses !

— Un simple trait de plume pour détruire la vie de familles entières et les réduire à la misère ! gronda à son tour Ludovic Le Braz, à la grande surprise de sa fille, qui s'estimait déjà ragaillardie par l'intervention de son amoureux.

— Avez-vous jeté un coup d'œil par la fenêtre ? reprit la jeune femme. Nous sommes désormais loin d'être une ridicule poignée de paysans en détresse !

— Je veux bien faire preuve d'une certaine tolérance, mademoiselle… Je ne sais comment vous avez fait, mais j'ai reçu contre mon opinion des injonctions en ce sens de la part du député et ministre de l'Agriculture, M. Tanguy-Prigent !

Un ministre ? Sans doute encore une intervention discrète d'Antoine Pasquier ?

— Et c'est à regret, poursuivit le préfet, que je me vois contraint de vous annoncer la décision qui m'est sinon imposée, du moins fortement conseillée : celle de la suspension provisoire des travaux, je dis bien provisoire ! Et ce le temps seulement de réaliser de nouvelles études sur le terrain… Cela vous satisfait-il ?

Gwenn se tourna vers son père et ses amis, qui approuvèrent d'un battement de paupières.

— D'accord, affirma-t-elle. Mais je tiens à ce que cette mesure soit écrite noir sur blanc ainsi que dûment signée et tamponnée du sceau de la préfecture !

— Si vous insistez, il en sera fait ainsi.

— J'insiste donc, monsieur le préfet, et je vais attendre dans cette pièce aussi longtemps qu'il faudra !

Aldéric Lecomte soupira :

— Le document sera établi d'ici quelques minutes, et paraphé par mes soins.

— Merci, monsieur le préfet. Je vais annoncer cela à tous ceux qui nous soutiennent… Et en prévenir la presse !

L'élu tourna le dos en haussant les épaules et en soupirant :

— Ah ! La presse… encore !

*
* *

Quelle victoire ! Provisoire peut-être, mais victoire quand même… Longtemps, la jeune institutrice se souviendrait de cette journée sans pareille, les cris de la foule, les questions pressantes des journalistes, la liesse générale et l'émotion de ses proches. Bien sûr, ce n'était sans doute là qu'un sursis, le combat étant loin d'être gagné, mais c'était mieux que rien… Elle allait enfin pouvoir se concentrer sans arrière-pensées à l'accompagnement de ses élèves vers l'examen final ! Se livrer aussi aux bras tendres et rassurants d'Allan, qui se montrait de plus en plus entreprenant envers elle : oui, c'était bien là l'homme dont elle rêvait depuis toujours. Elle se moquait bien qu'il n'eût ni fortune ni position sociale élevée. Sa prévenance et ses qualités humaines lui paraissaient tellement plus importantes ! Durant la période qui suivit la manifestation de Quimper, Gwenn se partagea entre l'école du Pouly la semaine et Kernadic chaque jeudi et chaque dimanche. De temps à autre, elle rédigeait de nouveaux pamphlets contre le barrage, pour éviter que la mobilisation générale ne retombât. Le journaliste Jean-Louis Plougen n'avait d'ailleurs de cesse de l'inciter à ces articles, et son insistance finissait par irriter Allan, au grand amusement de la jeune femme : « Serait-il déjà jaloux ? » Une constatation qui l'emplissait de ravissement... Bien que l'école eût été récemment munie d'une ligne téléphonique, Gwenn répugnait à en user, préférant se rendre au bureau de poste afin de ne rien devoir à personne. Régulièrement, elle prenait contact avec Loanne ou Antoine pour prendre de leurs nouvelles et les informer des tribulations du projet de barrage.

— Allô, Antoine ?

— Oui ! Oui, ma belle... Il y avait quelques jours que je n'avais eu le plaisir d'entendre le son de ta voix !

— C'est vrai... Avec une triste nouvelle : notre maire est décédé la semaine dernière. Avec lui, nous perdons un soutien, car il se disait volontiers opposé aux travaux du Drennec ! Il a été remplacé par M. François-Louis Fagot, mais je ne sais pratiquement rien de lui.

— Dommage... Mais en parlant des autorités, avec l'instabilité politique actuelle qui provoque changement de gouvernement sur changement de gouvernement, on ne sait plus sur qui compter ! Le seul avantage, c'est que cela fait traîner les choses quant à une décision définitive en ce qui concerne ton fameux barrage... Ce qui ne m'empêche pas d'évoquer le problème chaque fois que je le peux, lorsque je côtoie des élus pouvant avoir une certaine influence !

— Merci encore, Antoine !

— C'est bien normal, ma fille ! Avec Loanne, j'attends avec impatience de retourner en Bretagne dès la fin de l'année scolaire, car tu nous manques beaucoup.

— Vous me manquez tous deux aussi…

Un coup de téléphone parmi d'autres, mais ces appels avaient l'art de lui redonner du courage et la rendaient plus optimiste.

*

* *

Les deux mois qui suivirent filèrent en la conscience de Gwenn à la vitesse d'une comète dans le ciel de ses préoccupations. En attendant de nouvelles directives de la préfecture, elle pouvait s'accorder une pause dans son combat et se consacrer uniquement à la réussite de ses élèves au certificat si proche. Sur les trente-six jeunes filles de sa classe de fin d'études primaires, si seize étaient appelées à s'acquitter d'une première année avant celle qui les confronterait au certificat, il en restait une vingtaine qui devraient se soumettre à l'épreuve finale ! Malgré ses efforts incessants tout au long de l'année scolaire, seules deux ou trois gamines l'inquiétaient, car elle ne les jugeait pas aptes à passer avec succès cet ultime palier de fin d'études primaires. Durant les dernières semaines précédant l'échéance fatidique, elle se consacra donc, après les heures légales, à tenter de leur faire rattraper leur retard. Avec une certaine réussite d'ailleurs, car ces élèves semblaient faire bien plus de progrès en petit comité. Gwenn devina vite qu'elles ne se montraient aussi assidues que pour lui faire personnellement plaisir : d'où l'intérêt pour une maîtresse de se montrer davantage amie que fouettarde...

Le jour de l'examen, la jeune institutrice se trouva pourtant avoir l'estomac aussi noué que celui des candidates : elle se devait de prouver que sa méthode d'enseignement pouvait porter des fruits plus mûrs que ceux de pratiques plus orthodoxes ! Attendre... Attendre encore la sortie des élèves au terme de leurs épreuves... Attendre, et ne pouvoir leur sortir de la bouche si elles s'estimaient satisfaites ou non de leur prestation. Attendre... Sans le sentiment d'une fierté personnelle, mais avec la conviction d'avoir fait le maximum pour ces « petites » ! Bien sûr, le taux de réussite serait l'unique juge de son enseignement, mais la jeune femme n'en faisait pas un challenge : seul lui importait l'épanouissement de ses élèves, que ce fût ou non avec l'obtention de ce précieux diplôme... Attendre...

Ce fut le lendemain, peu avant midi, que Mme Le Chuiton la convoqua. Gwenn remarqua aussitôt sa mine souriante, et cette première constatation la rassura. Les résultats n'étaient sans doute pas susceptibles de la décevoir.

— Ma chère mademoiselle Gwenn, entama la directrice, je tiendrais vraiment à ce que vous vous asseyiez avant d'entendre ce que j'ai à vous dire...

Très pâle, la jeune maîtresse s'exécuta, le cœur battant.

— Pour votre premier exercice d'une année scolaire dans cet établissement, vous venez de nous offrir la plus grande fierté de l'école du Pouly !

Hésitant à comprendre, Gwenn balbutia :

— Ce qui veut dire ?

— Ce qui veut dire que sur toutes les élèves présentées à l'épreuve du certificat, c'est-à-dire vingt et une, toutes ont été reçues, quelques-unes à la limite des connaissances requises, mais à l'écrasante majorité avec les félicitations du jury ! Malgré la réputation de notre école depuis des décennies, cela ne s'est jamais vu. Croyez-moi, ce taux de réussite va faire le tour de la France entière dans les milieux pédagogiques !

Confuse, la jeune femme avoua :

— J'ai fait de mon mieux, c'est vrai, mais je ne m'attendais nullement à un tel résultat. Ce n'est pas moi que vous devriez féliciter, mais plutôt les élèves…

— Ce que je ne vais tarder à faire ! rétorqua la directrice. Il n'empêche que, sans votre manière peu protocolaire d'enseigner, nous n'en serions pas là. C'est bien grâce à votre méthode que vous avez réussi à faire décrocher ce diplôme à toutes celles qui ont été soumises à cette sélection réputée impitoyable ! Ne soyez pas étonnée si vous recevez les honneurs de l'académie…

— Les honneurs ? C'est bien le moindre de mes soucis ! Je me réjouis plutôt du bonheur de ces petites…

— Allons, ma chère Gwenn, il ne sert à rien d'ignorer les mérites que l'on vous accorde. D'autant plus qu'ils retombent sur la notoriété de l'enseignement public de notre école du Pouly...

XLII

DEPUIS MOINS D'UNE SEMAINE, la jeune femme appréciait le calme revenu, bien que l'ambiance de la cour de récréation ou du préau lui manquât. Tout était tellement paisible depuis la fin des cours ! Sauf peut-être l'éloge qui lui avait été fait dans la presse sur le taux de réussite exceptionnel de sa classe au certificat d'études primaires : cent pour cent ! Sur tout le territoire de la France, seules deux institutrices pouvaient cette année-là se vanter du même résultat ! Les félicitations de ses collègues, des parents d'élèves, de la directrice, du maire et des élus, de l'inspecteur d'académie, tout cela lui était allé droit au cœur, mais Gwenn n'aspirait à rien d'autre qu'à ce qu'on la laissât tranquille : entre sa lutte contre le barrage et son investissement dans cette école nouvelle pour elle, l'année avait été éprouvante ! En attendant la venue imminente d'Antoine et Loanne Pasquier en Bretagne, elle s'apprêtait à rejoindre Kernadic dès le début de la semaine à venir, lorsque la directrice vint frapper à sa porte, la mine grave.

— Mademoiselle Le Braz, je suis désolée, mais deux gendarmes vous demandent dans la cour…

— Moi ? Mais que se passe-t-il ? Un drame dans la famille ?

— Non, je ne pense pas... Plutôt l'affaire de votre barrage, je suppose.

— Je ne comprends pas : les travaux sont toujours au point mort, et aucune décision n'a encore été définitivement prise au niveau de la préfecture.

— Je ne peux vous en dire plus, ma pauvre... Mais ces messieurs vous attendent.

Intriguée et accompagnée par Mme Le Chuiton, la jeune femme descendit jusqu'à la porte de l'établissement devant laquelle patientaient les deux représentants de la loi. Tenue stricte, vareuse boutonnée avec revers, chemise et cravate, ceinturon avec baudrier... Le plus âgé fit un pas dans sa direction.

— Mademoiselle Le Braz, Gwenn de son prénom ?

— Moi-même...

— Vous voudrez bien nous suivre, nous avons des questions à vous poser !

— Mais... pourquoi ?

— Je ne suis pas habilité à vous répondre, mademoiselle. Contentez-vous d'obtempérer !

— Puisque vous insistez, je ne vois aucune raison pour me défiler à... à cette invitation ! répliqua-t-elle avec une feinte désinvolture.

En son for intérieur, elle était bien moins confiante qu'elle ne voulait le laisser paraître... Finalement, ce fut assez peu assurée qu'elle s'inséra à l'arrière de la Juvaquatre noire et sévère qui l'attendait face au portail de l'école. Elle n'arriva pas à décrocher un mot des deux gendarmes, sinon qu'ils l'amenaient à leur casernement de Sizun sur ordre de leur chef. Le trajet lui fut plus rude que dans la confortable Traction d'Antoine, mais elle ne s'en plaignit pas, impatiente de savoir ce qu'on lui voulait. Étroitement encadrée par les deux militaires, elle fut conduite aussitôt dans les locaux de la gendarmerie, où elle fut accueillie de façon assez autoritaire par le maréchal des logis :

— Ainsi, « la fille Le Braz », comme on vous appelle dans la presse, a encore trouvé l'occasion de faire parler d'elle ?

— Je... je ne comprends pas, bafouilla Gwenn. Vous évoquez sans doute le fait que l'on me reconnaît comme une institutrice méritante, ainsi que l'ont rapporté les journaux ?

— N'essayez pas de détourner la conversation, mademoiselle ! La gendarmerie n'a que faire de vos résultats scolaires, qu'ils soient bons ou mauvais... Je préférerais vous entendre sur le fait des déprédations faites la nuit dernière sur les engins de chantier restés en place au Drennec depuis la suspension des travaux !

La jeune femme, éberluée, se laissa tomber sur le siège qu'elle avait derrière elle.

— Dé... déprédations ? Je ne suis pas au courant !

— Ni de cette excavatrice volontairement incendiée ?

— Certes non ! Et puis, de toute façon, je n'y suis pour rien...

— Vous êtes tout de même à la tête du mouvement de protestation contre la construction de ce barrage, ce qui m'amène à vous considérer comme responsable de ce sabotage volontaire, qu'il soit de votre initiative ou de celle d'un ou de plusieurs de vos émules…

— Moi, responsable ? Mais de quoi ? Je n'ai jamais prôné la violence, bien au contraire, et j'ignore totalement ce qui s'est passé hier !

— Pour relancer le débat, vous auriez tout aussi bien pu commanditer ces regrettables incidents, mademoiselle. Ou bien encore prendre sur vous-même de flanquer le feu à ces engins contre lesquels vous luttez depuis des mois ?

— Moi ? Mais j'étais chez moi, à l'école du Huelgoat où vous m'avez fait chercher…

— Pff… Même de nuit, à bicyclette, ce n'est pas un exploit avec la pleine lune que de faire l'aller-retour !

— C'est ridicule ! s'énerva Gwenn. D'autant plus que ce ne serait que discréditer notre action contre le barrage, surtout que nous ne savons toujours pas si ce projet sera ou non réalisé. Il nous faut pour cela attendre le résultat des études complémentaires ordonnées par le préfet…

— Une manière de lui forcer la main, peut-être ? Ou de refaire parler de ce barrage avant que tout le remue-ménage que vous avez fait ne retombe dans l'oubli ?

— Non, non, c'est insensé !

Elle se réfugia un instant dans le silence, avant de relever la tête.

— Concrètement, vous pensez me mettre en cellule ?

— Mais non… Je ne voulais qu'entendre votre version des faits… pour l'instant ! Car l'enquête ne fait que commencer ! Je vous demanderai seulement de ne pas quitter le département et de rester à la disposition de la justice.

— Croyez bien que je n'ai nulle intention de me soustraire aux institutions, monsieur le gendarme ! Mais j'exige qu'on me ramène à mon domicile au Huelgoat, car vos hommes n'ont pas chargé mon vélo pour que je puisse rentrer chez moi.

— C'est une évidence, mademoiselle. Je vais donner des ordres en ce sens.

— Si vous avez besoin de m'entendre à nouveau, je tiens à préciser que, durant les vacances scolaires, je logerai soit chez mon père, à Kernadic, soit à Locronan chez la famille Quivennec, à la ferme de Ty Menez.

— C'est bien noté, mademoiselle Le Braz, car je crois que nous serons amenés à nous revoir !

*

* *

Gwenn n'avait nulle intention d'attendre et, dès le lendemain, elle emprunta sa bicyclette pour rejoindre au plus vite Kernadic afin d'en savoir plus sur cette action de sabotage dont on la rendait déjà responsable. Elle y arriva fort tôt, avant même qu'Allan, Naïg et son père se fussent occupés de la traite des vaches et du soin des bêtes. En entrant dans la grande pièce, elle eut la surprise d'y trouver assis à la table commune Paol Couennec, le fils de leur voisin de Rozoutreff. Surprenant son regard, le jeune homme expliqua aussitôt :

— Lorsque le labeur du domaine me le permet, je viens donner un coup de main pour épauler Allan...

Gwenn capta au vol le sourire discret et un peu ironique de son père, et elle comprit mieux pourquoi Paol se faisait de plus en plus présent chez les Le Braz depuis qu'il avait été amené à s'occuper des travaux de la ferme avec Naïg, lorsque Ludovic et Allan avaient perdu leur journée en manifestant au pied du futur barrage, ainsi que quand ils s'étaient rendus à Quimper pour l'entrevue avec le préfet. Comment n'avait-elle pas remarqué l'empressement du garçon auprès de Naïg ? Naïg, qui rougit soudain sous le regard de sa sœur, témoignant ainsi qu'elle était loin d'être insensible à l'intérêt que lui portait le jeune Couennec. Une idylle était-elle en train de naître ? Voilà qui devait ravir le maître de maison : enfin une de ses filles susceptible de se marier selon son rang sans renier ses origines paysannes ! Et avec un jeune du coin, en plus... La jeune femme fit mine de ne s'être aperçue de rien, et elle s'installa au bout d'un banc.

— Alors, vous avez su, bien sûr ?

— La nouvelle s'est répandue comme un trait de poudre, répondit Ludovic. Et cela nous a valu la visite des gendarmes... Impossible de te prévenir, car ils sont partis aussitôt au Huelgoat, et avec leur automobile ils ne pouvaient qu'arriver avant nous !

— Ils sont bien venus me chercher pour m'interroger ! admit Gwenn. De toute façon, il n'était pas question que je tente de les éviter, je tiens à rester dans la légalité...

— Tout le monde ne doit pas penser comme toi, et ce sabotage nocturne en est la preuve.

— Mais je n'y suis pour rien !

— Je n'en doute pas, ma fille...

— Je suis venue plus tôt que prévu pour me rendre compte par moi-même des dégâts.

— C'est bien ce que je supposais ! s'exclama Allan. Et nous nous rendrons au Drennec dès que j'en aurai fini avec la traite.

Le jeune Paol intervint :

— Non, je suis là, aujourd'hui ! Je m'en occuperai avec Naïg ! Tu peux aller avec Gwenn, Allan.

Le valet chercha seulement l'accord de Ludovic Le Braz, qui ne lui répondit que par un mouvement de paupières affirmatif. Gwenn n'en attendait pas tant : elle avala d'un trait le bol de café que lui avait servi sa sœur, impatiente de se retrouver seule avec le garçon. Elle négligea les tartines de beurre salé et se leva du siège.

— Alors, on y va ?

*

* *

La jeune femme avait beau avoir l'impatience de se retrouver face aux déprédations dont on l'accusait, elle prit plaisir à ralentir le pas pour profiter au mieux du bras d'Allan enroulé sur sa hanche, et de ces moments précieux où ils s'arrêtaient tous deux pour partager des instants de tendresse infinie. À peine s'aperçurent-ils d'avoir passé le pont et déambulé sans le remarquer devant l'ultime moulin appelé à disparaître sous des flots que ni l'un ni l'autre ne souhaitaient voir envahir ces lieux si familiers. Ils se retrouvèrent soudain devant le spectacle de ces engins dont l'un surtout portait les traces des flammes.

— Mais qui a bien pu faire cela ? s'interrogea Gwenn. Il n'y avait rien de plus inutile tant que la commission d'études n'a pas fourni son rapport !

— C'est bien ce que je me suis dit, grommela Allan. C'est incompréhensible... sauf...

— Sauf quoi ?

— Sauf si ce n'est que pour discréditer notre action ! Il est vite fait d'amener les opinions à se retourner, grâce à la presse, et de faire passer notre opposition pour un repaire d'anarchistes...

— Je ne crois pas le pouvoir en place capable d'une telle ignominie, quand il a tellement de choses plus importantes à résoudre dans ce climat d'après-guerre !

— Mais qui oserait se mettre en travers de notre lutte ? Il faudrait qu'il ait tout à y gagner, alors que nous avons tous tout à y perdre ?

— Je ne sais... Peut-être les hôtels, cafés ou restaurants qui ne voient dans le plan d'eau à venir que l'occasion d'accroître l'affluence des touristes et des vacanciers ? Ce n'est pas impossible !

Ils s'approchèrent des gigantesques mécaniques aux dents d'acier et se rendirent compte de l'extrême violence du sabotage. Si l'incendie de la pelleteuse sautait aux yeux, les dégâts sur les autres engins n'en étaient pas moins considérables.

— Regarde ces capots soulevés ! Les moteurs en ont été défoncés à coups de masse, les durites sectionnées, les réservoirs percés... Ce n'est pas demain qu'un seul piston pourra faire de nouveau pétarader ces mécaniques !

À mille lieues de s'en réjouir, la jeune femme en éprouva au contraire une profonde tristesse. Ce n'était nullement ce qu'elle avait voulu, et cette initiative, loin de servir ses objectifs, ne faisait que jeter l'opprobre sur tout ce qu'elle pourrait désormais entreprendre... Elle réfléchit quelques instants, puis décida :

— Il faut absolument que je contacte Jean-Louis Plougen, afin de crier haut et fort mon indignation contre cet acte que nul de nos amis ne pourra cautionner !

— C'est sans doute ce qu'il convient de faire, ma douce... Mais je ne sais si tu arriveras à convaincre l'opinion. À mon avis, tu resteras pour tous la coupable idéale.

— Dès cet après-midi, je vais téléphoner à Antoine Pasquier. Il m'a toujours été du meilleur conseil qui soit.

— Tu as raison. Je ne le connais que peu, mais je sais qu'on peut lui faire confiance.

Tout en tournant le dos au chantier, Gwenn soupira :

— Mais pourquoi ont-ils laissé tous ces monstres de ferraille sur place, alors qu'ils pouvaient servir ailleurs ?

— Peut-être parce qu'ils espéraient une rapide reprise des travaux, supposa Allan.

Sans ajouter un mot, la jeune femme reprit lentement le chemin conduisant à Kernadic, assez désemparée par la tournure des événements. Qu'avait-elle à se confronter encore à de nouveaux problèmes ?

— Bon ! s'exclama son amoureux. Mieux vaut oublier tout cela et nous occuper un peu de nous, non ?

Avec au fond des yeux la brillance du diamant, elle se laissa aller entre ses bras, totalement abandonnée. Elle adorait tant se sentir couvée par l'épaule rassurante d'Allan ! Sous le beau soleil de ce début d'été, elle fut prise de l'envie irrépressible d'être femme vraiment, de céder à l'appel de ses sens, de braver les conventions et de se livrer sans retenue aucune au bonheur de se donner enfin à cet homme qu'elle aimait... De toute façon, elle se moquait depuis des années de la bénédiction de l'Église et n'avait que faire de l'accord officiel d'un maire ou de son adjoint ! Mais non, ce n'était vraiment pas le moment... Elle se contenta de s'agripper à son bras pour reprendre la direction de la ferme où elle était née, mais déchanta aussitôt en apercevant dans la cour la Juvaquatre de la gendarmerie.

— Que veulent-ils encore ?

Allan la retint par le cou.

— Est-ce bien prudent d'aller à leur rencontre ?

Elle le défia du regard.

— Je ne suis pas du genre à fuir ! Mieux vaut savoir ce qui les amène...

La confrontation avec les forces de l'ordre se révéla plus sèche qu'elle ne l'avait pensé. À peine eut-elle mis les pieds à l'intérieur de l'enceinte de Kernadic qu'elle fut encerclée par deux gendarmes. Le maréchal des logis-chef à qui elle avait été confrontée la veille l'accueillit avec une mine sévère.

— Fini de jouer, la donzelle ! Vous avez sans doute sous-estimé les conclusions de notre enquête...

— Ce qui veut dire ?

— Ce qui veut dire que nous avons retrouvé la mèche qui a servi de brûlot pour mettre le feu au réservoir de l'excavatrice du chantier... Il en est resté un lambeau qui, d'après certains témoignages, appartient à une écharpe que l'on vous a vue souvent porter. Il est d'autant plus facile de vous l'attribuer que c'est un modèle qui se vend surtout à Paris, et pratiquement pas chez nous, en Bretagne !

— Une écharpe ? s'étonna Gwenn. En plein été !

Elle fronça les sourcils et se rappela :

— Ah, oui ! Peut-être... Je l'ai utilisée durant les dernières moissons pour me protéger des poussières de la batteuse ! Mais du diable si je me souviens ce qu'elle est devenue...

— Nous le savons, nous ! répliqua le gendarme en lui brandissant sous les yeux les restes à demi carbonisés du ruban de laine. Et c'est ce qui nous amène à vous considérer comme principale suspecte des déprédations que nous avons évoquées hier !

La jeune femme baissa le nez, quelque peu désemparée, avant de se rebeller :

— Je n'en suis nullement responsable ! se défendit-elle.

— Que vous dites, petite dame... Mais c'est tout de même une preuve, non ?

— Ce qui signifie que vous allez me conduire au poste et me faire passer la nuit au « violon » ?

Devant une question si directe, le maréchal des logis hésita :

— Pas forcément, à condition que vous restiez à notre disposition ! Mais la procédure suit son cours, et les soupçons qui pèsent contre vous ne plaident pas en votre faveur...

— Je proteste et vous dis les yeux dans les yeux que je suis totalement innocente de ce dont vous m'accusez !

— Je n'accuse pas, mademoiselle Le Braz ! J'enquête…

Gwenn mit un moment à réaliser qu'elle n'était pas encore contrainte à se retrouver en geôle, et elle exhala un long soupir dès que les pétarades du véhicule des gendarmes se furent éloignées de la ferme…

— Ouf ! Pour une fois, je crois que je l'ai échappé belle !

XLIII

Les gendarmes étaient partis, mais la menace subsistait… Aussi prit-elle la direction de Saint-Cadou afin d'user d'un téléphone : le bureau de poste étant fermé, elle dut avoir recours à l'hôtel faisant également office de café, ce qui fit que son passage ne passa pas inaperçu. Alors que les ragots et les jugements hâtifs commençaient à se répandre autour d'elle, Gwenn n'eut d'autre but que celui d'entrer en contact avec Antoine Pasquier pour le tenir au courant des derniers rebondissements de l'affaire… Après une dizaine de minutes de communication, elle ne se souvint que d'une chose, la promesse de celui qu'elle considérait comme plus père que son propre père : « Ne t'inquiète pas, petite, nous arrivons, et je vais m'occuper de ce cas ! De toute façon, cela ne décalera notre venue que de quelques jours, car Loanne avait déjà commencé à préparer les bagages ! » Pour passer le temps, au grand plaisir de son vrai père, elle oublia son statut d'institutrice pour se consacrer comme sa sœur aux contraintes de la ferme. Elle ne s'attendait pourtant pas à un trajet si rapide de la part des Parisiens, et elle n'en crut pas ses yeux lorsque le surlendemain la Traction Citroën s'arrêta dans les flaques boueuses de la cour de Kernadic.

— Vous ? Déjà ici ?

— Nous sommes arrivés à Ty Menez hier soir à nuit tombée, expliqua Antoine en mettant pied à terre.

Gwenn lâcha les manches de sa brouette pour se précipiter sur la femme de l'avocat, laquelle s'était à peine extirpée du véhicule.

— Ah ! M'man Loanne... Si tu savais combien tu m'as manqué !

— Pas plus que toi, ma petite... Mais nous avons été tellement fiers de toi, lorsque même les journaux de Paris ont salué ta réussite exceptionnelle ! Cent pour cent d'élèves d'une classe de campagne à avoir décroché le certificat, ce n'est pas anodin ! Viens, que je t'embrasse à nouveau.

— C'est vrai, et j'en ai été fière moi aussi, reconnut la jeune institutrice. Mais ce ne sont pas là mes principales préoccupations !

Antoine Pasquier interrompit ces retrouvailles en affirmant d'un ton décidé :

— Oui, et il est important que nous en parlions sans plus tarder ! On doit réagir vite pour se mettre en travers de la justice, surtout lorsqu'elle se montre injuste... Il faut que tu m'expliques tout, Gwenn, afin d'intenter les recours nécessaires en vue d'un procès d'assises toujours possible.

— Plus tard, Antoine... Plus tard ! Vous venez à peine de descendre de voiture...

— Bien... Mais ça presse ! Avant demain, il faut que je sache tout des tenants et aboutissants de cette affaire.

— D'accord. Avant demain ? Nous avons donc un peu temps... Venez plutôt tous deux vous rafraîchir ! Et me donner des nouvelles de ma chère Guillermine...

— Elle se porte pour le mieux ! la rassura Loanne.

Gwenn devait-elle avouer qu'elle pensait souvent à cette gouvernante bretonne qui l'avait couvée de toute sa sévérité, mais encore plus de toute sa tendresse maternelle ?

— Je me languis de la revoir, soupira-t-elle seulement.

— Elle aussi, je crois ! affirma Antoine Pasquier. Mais elle tient absolument à gérer les Capucines en notre absence.

Ludovic Le Braz, Allan, Paol et Naïg ne tardèrent pas à se masser autour du véhicule pour participer aux retrouvailles, et le père de Gwenn se montra particulièrement chaleureux, ce qui ne fut pas sans étonner les visiteurs. Leur était-il tardivement reconnaissant d'avoir assuré l'enseignement de Gwenn au point de la propulser parmi les meilleures institutrices de l'académie ? Ou alors pour remercier l'avocat de ses efforts pour sauver Kernadic et la vallée de l'Élorn du barrage ? Toujours est-il qu'il fit preuve d'une courtoisie qu'on ne lui connaissait que peu... Légèrement gêné, Paol Couennec s'éclaircit la gorge :

— Bon... Je crois qu'il vaut mieux que je vous laisse en famille !

— Non, non ! protesta Ludovic. Tu fais déjà un peu partie des nôtres, comme fils d'un proche voisin d'abord, comme prétendant à la main de ma petite Naïg ensuite...

Le jeune homme devint écarlate.

— Mais… je n'ai pas encore fait ma déclaration et…

— C'est tout comme, mon gars ! Faudrait pas croire le vieux Le Braz aveugle, et ça crève les yeux que vous vous plaisez bien, tous les deux.

— Vous… vous seriez donc… donc d'accord, si Naïg et moi nous…

— Pourquoi pas ? Si ton père n'y voit pas d'objection ?

Naïg intervint :

— Je suppose que Loeiz n'est pas plus aveugle que vous, père, et qu'il a lui aussi deviné depuis longtemps ce qu'il en est !

— Tout est donc pour le mieux dans le meilleur des mondes ! s'exclama Antoine Pasquier.

— Allons ! Fêtons cela devant une bolée de cidre ! décida le maître de maison en incitant ses hôtes à se diriger vers la porte de Kernadic.

L'avocat parisien ne tenait pas à s'attarder plus que de raison.

— Je vous enlève Gwenn pour un moment ! Le temps d'en savoir plus auprès de la gendarmerie de Sizun…

— Vous aviez dit ne pas vous en occuper avant demain ?

— Peut-être, mais le plus tôt sera le mieux !

*

* *

Une fois de plus, en passant devant l'église du village, Antoine ne put s'empêcher de ralentir :

— Bien qu'étant athée et fier de l'être, je ne peux nier la beauté et l'élégance des monuments religieux de la région, en particulier la flèche élancée de ce clocher et la finesse de l'ornementation de cet enclos paroissial et de son arc de triomphe…

— Lorsque j'étais petite, on a failli détruire ces trois arches pour construire la route de Carhaix à Brest… expliqua Gwenn. On l'appelle *Porz ar Maro*.

— Ce qui veut dire « porte des Morts », si je me souviens bien du peu de breton que je connais… Mais arrêtons-nous ici, nous sommes à deux pas de la gendarmerie.

Dès son entrée, Antoine exigea de rencontrer le chef de brigade, lequel ouvrit la porte de son bureau.

— Ah ! Mademoiselle Le Braz… Peut-être avez-vous jugé plus raisonnable de passer aux aveux, ce qui expliquerait votre venue ?

— Certes non, répondit Antoine à sa place. Je suis maître Pasquier, avocat au barreau de Paris, et je tiens à connaître les éléments qui vous conduisent à soupçonner mademoiselle…

— Un avocat ? Tiens, tiens… Et de Paris, en plus ! Il faut sans doute n'avoir guère la conscience tranquille pour avoir recours à une telle défense avant même une éventuelle mise en examen…

— Détrompez-vous ! Gwenn Le Braz est un peu ma fille de cœur, car elle a vécu avec ma femme et moi des années durant à Paris. Il est normal que je sois à ses côtés face aux accusations portées sur elles.

— Pas accusations… rectifia le maréchal des logis-chef. Suspicions seulement ! Asseyez-vous, je vous prie. Mais avant d'aller plus loin, il convient que je vous informe des dernières évolutions de ce dossier : à la suite des récents incidents ayant amené aux déprédations que l'on sait, l'entreprise Lemeneur, propriétaire des engins sabotés, avait décidé de les retirer du chantier après avoir porté plainte. Or il s'avère qu'en voulant procéder hier matin à la traction des véhicules concernés l'équipe a constaté que tous les pneus avaient été lacérés pour empêcher le remorquage !

— C'est fort dommageable, je le conçois, reconnut l'avocat. Mais en quoi cela regarde-t-il Gwenn ? Je dis Gwenn, car jamais je ne pourrais la considérer comme cliente !

— À ce stade de l'enquête, il faut admettre que, bien que nous n'ayons aucune preuve formelle, notre attention se porte naturellement sur Mlle Le Braz. D'abord parce qu'elle est à l'origine des remous créés autour de ce chantier, ensuite parce que le premier sabotage s'est produit juste après la fin de l'année scolaire : un peu comme si l'institutrice consciencieuse qu'elle est ne pouvait mener de front son combat et la conduite de sa classe...

— Pures supputations sans aucun fondement ! rétorqua Antoine.

— Sinon que mademoiselle a reconnu que la mèche employée pour mettre le feu à l'un des engins était bien une écharpe lui appartenant !

— La croyez-vous assez bête, au cas où ce serait bien elle, pour laisser derrière elle un tel indice ?

— Savez-vous comment s'enflamme un réservoir d'essence ? La prudence incite à s'en écarter au plus vite à cause du risque d'explosion ! De plus, il fallait une certaine malchance de la part de l'incendiaire pour qu'il subsiste un lambeau identifiable de cette torche improvisée…

— Gwenn a fort bien pu perdre ce cache-col durant les moissons, comme elle vous l'a dit, à moins que l'on ne s'en soit volontairement emparé dans le but que l'on sait…

— Suppositions, suppositions ! s'irrita le maréchal des logis. Je vois bien là les manœuvres d'un avocat pour noyer le poisson. Ce que vous ne savez pas, c'est que les empreintes relevées sur le terrain hier indiquent que ceux qui ont crevé les pneus étaient deux : les marques des sabots d'un homme de bonne stature, mais aussi celles de sabots plus petits, vraisemblablement appartenant à une personne de sexe féminin assez menue ! Ce qui correspondrait assez au profil de votre protégée accompagnée d'un complice, peut-être son amoureux…

— Des sabots ? s'indigna la jeune femme. Des *botoù koad* ? Je n'en porte plus depuis l'enfance ! Pour les champs, j'use de bottines…

— Une manière de détourner les soupçons, non ?

— N'importe quoi ! Votre acharnement est ridicule…

Antoine Pasquier abonda dans son sens :

— Vous ne pouvez vous appuyer sur des pseudo-indices aussi ténus pour incarcérer mademoiselle ?

— C'est bien pourquoi elle reste en liberté… mais pour l'instant ! Autant vous dire que j'ai envoyé peu avant votre arrivée une équipe de mes hommes mener des fouilles à la ferme de Kernadic. Une perquisition qui amènera peut-être des éléments plus probants ?

— J'espère bien que non ! assena l'avocat en se levant de son siège. Quoi qu'il en soit, sachez que je ne lâcherai pas l'affaire !

— C'est votre droit et votre rôle, monsieur. Le mien est de faire mon devoir et d'enquêter.

— Il n'empêche que vous agissez comme si votre conviction était déjà faite ! conclut Antoine avant de sortir du bureau en incitant d'un mouvement de menton Gwenn à en faire autant.

Tout en redémarrant sa Traction, il pesta :

— Il est puant de suffisance, celui-là ! Un roquet qu'il ne sera pas facile de faire démordre de sa proie… Mais inutile de nous prendre la tête pour cela, allons plutôt voir sur place ce qu'il en est.

Guidé par la jeune femme, le magistrat redescendit vers Saint-Cadou, contourna le hameau du Drennec, puis emprunta la piste tourmentée menant au chantier.

— Heureusement, ils n'ont pas encore évacué leurs engins à cause des crevaisons ! Nous allons peut-être nous rendre compte par nous-mêmes de ce qu'a prétendu le gendarme ?

— Si ces imbéciles n'ont pas tout piétiné avec leurs bottes ! tempéra Gwenn.

Il était vrai que nombre de traces se chevauchaient dans la terre humide, mais qu'autour des véhicules sabotés l'espace avait été préservé, et on y voyait nettement les empreintes telles que décrites par le maréchal des logis. Certaines gardaient des bavures de plâtre dues sans doute aux moulages qui en avaient été faits…

— Oui, commenta Antoine. Ce sont nettement celles d'un homme costaud et d'une femme plus fluette… Et elles se répètent autour de toutes les roues crevées.

Gwenn s'attarda au spectacle, le sourcil froncé.

— Oui, mais… si les gros sabots témoignent sans ambiguïté des traces laissées par un homme, il me semble que les empreintes que l'on veut m'attribuer n'ont aucune cohérence ! Certaines plus appuyées, d'autres à peine, et là où l'on peut suivre des enjambées, il n'y en a pas deux avec le même espacement.

— C'est vrai ! admit l'avocat. Sans toi, je ne l'aurais pas remarqué… Ceux qui ont mis le feu ici ont bien dû emprunter un des chemins conduisant au chantier. Après les pluies de ces derniers jours, on devrait y retrouver les traces de leur passage, non ?

— Peut-être… Si tout au moins ils ne sont pas venus en voiture à cheval.

— Ou à dos de monture… Suivons plutôt le sentier menant à Kernadic : si l'on veut à tout prix te mettre ces méfaits sur le dos, c'est bien là qu'ils ont dû laisser des empreintes volontaires, non ?

Sans plus tarder, en prenant garde où ils posaient les pieds, ils progressèrent, les yeux rivés au sol :

— Tiens, regarde ! exulta l'avocat en désignant une ornière. J'avais raison…

Indiscutablement, des marques de sabots qui s'alignaient sur des mètres et des mètres. Une piste à la démarche lourde et décidée, et l'autre plus ténue qui intrigua aussitôt Gwenn.

— Ces traces ne peuvent s'appliquer à une marche normale ! Elles sont ici trop espacées, et là trop peu… Et là en canard… Et cette enjambée ? Plus d'un mètre cinquante !

— Je commence à comprendre... murmura Antoine en se penchant pour observer de plus près. À chaque pas, le sabot gauche le plus grand s'est enfoncé profondément et a plus ou moins oscillé dans la fange. Si je ne me trompe pas, l'homme était seul, et il s'est baissé à chaque avancée pour imprimer dans la terre les empreintes des petits sabots, ce qui explique la démarche maladroite... On a vraiment tout fait pour te faire accuser !

— « On », mais qui ?

— Là est le mystère... Mais on finira bien par trouver le fin mot de l'histoire ! D'ailleurs, ces traces s'arrêtent avant le premier virage : le bonhomme a dû ensuite poursuivre à dos de cheval ou en voiture... Oui, c'est cela : comme traces encore fraîches, on ne discerne que celles d'un cheval ! Retournons donc sans plus attendre à Kernadic, afin de voir si les gendarmes n'ont pas tout mis sens dessus dessous...

*
* *

À peine la Citroën fut-elle immobilisée devant la ferme que le conducteur et sa passagère entendirent résonner la voix furibonde de Ludovic Le Braz, qui hurlait contre les représentants de la loi :

— De quel droit avoir foutu le désordre dans la chambre de ma fille ? Et de quel droit aller fouiner partout chez moi ? Nous ne sommes pas des criminels, que diable !

— Calmez-vous ! Nous exécutons les ordres, c'est tout... Et le retour de votre fille tombe bien, car il nous faut la conduire à la brigade.

— Encore ? s'indigna Antoine Pasquier en s'approchant des gendarmes. Nous en sortons, justement !

— Peut-être, répliqua un brigadier, mais je me vois dans l'obligation de prier mademoiselle de nous suivre à nouveau.

— Puis-je savoir ce qui motive cette décision ? tenta de s'informer l'avocat d'un ton sec.

— Je n'ai pas à vous répondre, monsieur... D'ailleurs, qui êtes-vous ?

— Je m'appelle Antoine Pasquier, avocat à Paris de mon état, et je représente ici les intérêts de Mlle Le Braz !

— Cela ne change rien, maître Pasquier.

— Permettez-moi alors de la conduire moi-même à Sizun, car je tiens à assister à cet interrogatoire.

— Certes pas ! Ce ne serait pas la première fois qu'un avocat aide un suspect à s'enfuir ! Mademoiselle, montez donc dans notre véhicule avant que je ne vous y contraigne par la force...

Tandis que Gwenn s'exécutait, Antoine insista :

— Puisque c'est ainsi, je vous suis !

XLIV

Après une longue attente sous la surveillance des hommes en uniforme, l'accueil du maréchal des logis fut plutôt froid et sec :

— Nous revoici donc face à face, mademoiselle ! Et je vous assure que vous allez moins faire la fière…

Antoine Pasquier s'interposa entre le gendarme et la jeune femme :

— J'aimerais savoir pourquoi ? Cette convocation musclée ne correspond à rien de ce que nous avons conclu cet après-midi…

— D'une part nous n'avons rien conclu, d'autre part nous avons des éléments nouveaux, et je ne suis pas tenu de vous tolérer durant cet entretien avec la suspecte !

— Permettez-moi d'insister, car nous avons nous aussi des éléments nouveaux qui, soit dit entre nous, n'auraient pas dû échapper à la sagacité de vos hommes…

— Bien… Mais je vous prierai de ne point intervenir et de vous en tenir à un simple rôle d'observateur.

Une fois Gwenn et l'avocat assis devant le bureau surchargé de paperasses, le gendarme ouvrit une boîte en carton. Sans un mot, il sortit d'un tiroir plusieurs amas blanchâtres.

— Nous avons fait un contre-moulage en plâtre de ces prises d'empreintes, poursuivit-il. Il me reste à vérifier si les sabots maculés de boue saisis chez vous correspondent bien…

— Mais… quels sabots ? s'écria Gwenn.

— Ceux que nous avons trouvés dans un recoin de votre écurie ! Tout comme un poinçon portant des résidus de caoutchouc, répondit le maréchal des logis en présentant la première chaussure de bois et en l'engageant dans le moulage. Voilà, la correspondance est parfaite ! Que dites-vous de ça ?

— Rien, sinon que c'est un traquenard dans lequel on veut me faire plonger… Je n'ai jamais vu ces *botoù koad* de ma vie !

— Je précise qu'ils ne correspondent pas à la pointure de votre sœur, qui est à part vous la seule fille de cette maison.

— Et qui vous dit qu'ils correspondent à la mienne ?

— C'est ce que nous allons voir, mademoiselle, si vous voulez bien ôter vos bottines…

La jeune femme grimaça en insérant ses pieds dans les sabots. Les orteils recroquevillés, elle gémit :

— Vous constatez bien que jamais je ne pourrais marcher avec ça ?

— Pff ! En se forçant un peu et pour quelques piétinements seulement, ce devrait être faisable, non ? Et le poinçon, alors ?

La patience d'Antoine Pasquier avait des limites, et il s'exclama :

— Cette pantomime a assez duré ! Ce poinçon bien mis en évidence, de façon à ce que vous soyez sûr de le trouver, je suppose ? Comme si un vrai coupable n'aurait pas eu l'intelligence de s'en débarrasser ailleurs ! Allez-vous enfin écouter ce que nous avons à vous dire, plutôt que de vous fourvoyer aussi grossièrement ? Sinon je me ferai un plaisir de transmettre à la presse les preuves de votre incompétence !

— Comment cela, incompétence ? ragea l'officier.

— Suite à vos déclarations, nous nous sommes rendus sur les lieux pour vérifier vos affirmations. Nous avons bien sûr remarqué les traces de sabots dont vous nous avez parlé, mais nous avons eu, contrairement à vos subordonnés, la curiosité d'aller un peu plus loin !

— Nous aussi ! affirma le chef de brigade en claquant son bureau du plat de la main. Et il ne nous a pas échappé que les pistes repérées prenaient la direction de la ferme des Le Braz, ce qui motive la présence de mademoiselle ici !

— Ce qui vous a échappé, en revanche, poursuivit l'avocat sur le même ton, c'est que si la piste de l'homme est bien réelle, celle que vous attribuez faussement à Gwenn est totalement fictive ! Les empreintes des petits sabots ne peuvent s'appliquer à une marche normale : elles ont été imprimées dans le sol sans que nul pied n'occupe ces *botoù koad*, comme on les appelle ici.

— Une simple opinion de votre part que rien ne vient étayer ! objecta le gendarme en chef.

— Prenez seulement la peine de vérifier, et vous admettrez que c'est évident : on voit même clairement que le poids de l'homme, à chaque pas, ne portait pas sur les talons, mais sur l'avant de ses sabots. Il fallait bien qu'il s'accroupisse pour imprimer dans le sol la fausse piste ! Après avoir fabriqué ce leurre, l'individu a poursuivi sa route à cheval. Un cheval dont les sabots, animaux cette fois, ne correspondent nullement à la façon dont est ferré Kadarn, le seul occupant de l'écurie de Kernadic.

Le maréchal des logis resta un instant coi, et Antoine insista :

— Et si vous voulez être convaincu, il n'y a qu'à faire un essai : faites chausser ces sabots étriqués à celle que vous tenez déjà comme coupable probable, conduisez-la à marcher sur le même sol avec la même humidité, et vous verrez que tout cela n'est qu'une vulgaire mise en scène !

Le chef de brigade parut désarçonné devant ces arguments, et il baissa la tête :

— Je vais faire vérifier vos dires… Et croyez-moi, je serais heureux que mademoiselle soit totalement disculpée ! En attendant, elle reste libre à condition de ne pas quitter la région.

Il hésita, puis se décida à ajouter, comme pour se faire pardonner :

— Je ne sais si je devrais vous en informer, mais j'ai appris aujourd'hui qu'à cause des sabotages le préfet s'est tellement encoléré qu'il a prononcé la reprise des travaux dès la semaine prochaine !

— Comment ? s'indigna Gwenn. Alors même que les machines détériorées sont toujours sur place ?

— Je ne peux vous en dire plus… Désolé !

Antoine profita du fait que le gendarme semblait déstabilisé pour exiger :

— J'entends bien que vous rendiez à Mlle Le Braz le dossier dont elle a besoin pour continuer son action contre le barrage, car ces documents ne vous apporteront rien de plus pour votre enquête...

Le maréchal des logis soupira :

— J'y ai jeté un œil, et je préfère ne pas vous demander comment vous avez obtenu certains rapports qui me semblaient plutôt... confidentiels. Mais vous avez raison, je crois qu'ils ne peuvent en rien étayer les investigations qu'il nous reste à mener. Allez, maintenant, disparaissez ! En espérant ne plus avoir à vous revoir, tout au moins dans un tel contexte...

— C'est avec le même espoir que nous vous saluons ! répliqua l'avocat avec un sourire en s'approchant de la porte. Tu viens, Gwenn ?

*
* *

À Kernadic, la plus inquiète à guetter le retour de la Citroën était Loanne Pasquier, qui se précipita dès qu'elle entendit le bruit du moteur. Elle fut soulagée d'en voir descendre Gwenn avant même qu'Antoine n'eût coupé le contact.

— Ma petite ! J'avais tellement peur qu'ils te gardent !

— J'aurais bien voulu voir ça ! brailla Ludovic. Je leur aurais démoli la gendarmerie, à tous ces incapables !

— Pour vous retrouver vous aussi en cabane ? railla la femme de l'avocat.

— Rien ne sert de s'énerver ! affirma Antoine en rejoignant son épouse. Tout s'est provisoirement arrangé… sauf le fait que quelqu'un s'acharne à discréditer l'action de Gwenn en faisant tout pour la faire inculper. Mais qui ? Là est la question…

— Oui ! soupira la jeune institutrice. Pour un peu, j'allais dormir en cellule… Quelle honte pour le métier que j'exerce !

— Il ne faut pas dramatiser, ma petite, même contre l'injustice, lorsqu'on a la conscience tranquille…

À peine installé devant la soupe traditionnelle agrémentée de morceaux de lard, l'avocat commenta les événements du jour, lesquels ne firent qu'inquiéter un peu plus la tablée. En écoutant le détail du récit, Ludovic fronça les sourcils :

— Sur beaucoup de points, je ne suis pas toujours en accord avec Gwenn, loin de là ! Mais qu'on commence à s'en prendre à elle, c'est une chose qu'on ne supporte pas, chez les Le Braz ! Et qu'on ne s'avise pas de lui toucher un cheveu de la tête, sinon je ne réponds pas de moi…

Comme s'il voulait tempérer cette envolée, Allan caressa avec humour la chevelure de sa bien-aimée.

— Tout dépend de qui lui touche les cheveux, et de quelle manière…

— Trêve de plaisanteries ! décréta Antoine en repoussant son assiette. Si j'ai bien compris ce que nous a dit ce gendarme, les sabotages ont incité le préfet à revenir sur sa décision d'avoir suspendu les travaux. L'entreprise Lemeneur doit rapidement évacuer les engins hors d'usage, mais pour les remplacer par d'autres et continuer les creusements, sous bonne garde cette fois.

— Si je peux résumer, intervint Loanne Pasquier, ces actes de vandalisme ont eu l'effet contraire à celui espéré ?

— Pas si sûr… répliqua son époux. Il ne faut pas oublier que quelqu'un a tout fait pour faire porter le chapeau à notre institutrice ! Comme s'il voulait discréditer à jamais le mouvement de protestation contre le barrage qu'elle brandit à bout de bras depuis le début…

— Ainsi, selon vous, s'interrogea Gwenn, ce serait un partisan du projet qui tiendrait à la reprise du chantier ?

— C'est une hypothèse qui me paraît de plus en plus probable.

— Comment agir, alors ?

— Les jours pressent pour porter une contre-attaque, affirma l'avocat. Mais je pense avoir trouvé des armes pour retarder la dernière mesure préfectorale. Dès demain, je me rendrai à Rennes, au tribunal administratif, pour faire valoir nos droits.

— Mais… quels droits ?

— Le préfet Aldéric Lecomte a bien signé sur ton insistance un document officiel dans lequel il s'engageait à arrêter tout terrassement, le temps de procéder à de nouvelles recherches hydrographiques, géographiques et géologiques ?

— Oui, bien sûr…

— Il ne peut juridiquement revenir sur cet engagement puisque ces études ne sont pas achevées, et je me fais fort de convaincre le tribunal d'aller en ce sens. Je me doute bien que ce n'est pas demain que se tiendra une audience pour statuer sur ce conflit, mais le seul fait de porter plainte, avec les arguments du dossier à la clé, aura pour effet de geler la situation. Connaissant les lenteurs de l'administration, ce n'est pas dans l'immédiat qu'on entendra de nouveau le bruit des moteurs au Drennec !

Le père de Gwenn rejeta son chapeau en arrière, l'air sceptique.

— Et si ce M. Lecomte passe outre ? Il est le préfet, tout de même !

— Le préfet n'est pas le roi, monsieur Le Braz ! Il aura les poings liés par les procédures judiciaires dont il a lui-même la responsabilité. De plus, je compte bien contacter une fois encore le cabinet du ministre de l'Agriculture : François Tanguy-Prigent et moi-même étions assez proches dans nos plus jeunes années, lorsque je militais moi aussi pour le socialisme au sein de la SFIO ! Il ne l'a jamais oublié…

— C'est vrai que le préfet, lors de notre rencontre à Quimper, semblait assez contrarié d'avoir subi des pressions de la part du ministère de l'Agriculture ! se remémora Ludovic, qui n'était pas peu fier d'avoir fait partie de la délégation reçue ce jour-là à la préfecture.

Les propos de l'avocat avaient eu l'art de rendre un peu d'espoir à Gwenn, qui commençait à se désoler du tour que prenait la situation. Elle s'écria, revigorée :

— J'irai demain à Rennes avec vous, Antoine !

— Non, non ! Autant nous partager les tâches : il vaudrait mieux que tu t'attaches à savoir qui est l'auteur des mauvais coups dont on veut t'accuser.

— Vous avez raison, comme d'habitude ! Aussi, c'est ce que je ferai, en rencontrant à nouveau tous nos amis.

— N'oublie pas surtout tes ennemis potentiels ! s'amusa Naïg. C'est eux qu'il faut confondre…

*

* *

Le lendemain, Ludovic ne fit aucune réflexion lorsque Gwenn manifesta une fois de plus son intention de ne pas participer aux corvées de la ferme : après tout, elle avait mieux à faire ! Grâce à elle et aux Pasquier, le maître de Kernadic reprenait peu à peu confiance quant aux chances qu'il avait de conserver son domaine. La jeune femme ne s'attarda d'ailleurs que peu avant de remonter sur la selle de son vélo pour se rendre au Drennec. Elle tenait à informer d'abord ses plus fidèles partisans du comité monté contre le barrage : Ronan Andouard et Evan Le Saint. Bien qu'un peu gênée de se présenter à l'heure de la traite, elle pénétra dans l'étable où le paysan et son épouse Tiphaine s'activaient au pis des vaches.

— Bonjour à vous ! s'écria-t-elle. Je peux vous donner un coup de main, tout en discutant ?

Ronan se leva de son tabouret.

— Non, non ! Mais j'ai su que tu avais eu des ennuis avec la gendarmerie, suite aux sabotages ?

— Pas vraiment des ennuis, car on n'a rien retenu contre moi. Mais ce qui est le plus contrariant, c'est que l'auteur des faits a laissé volontairement de faux indices avec comme but évident celui de me désigner comme coupable et me faire inculper.

— C'est incroyable ! s'insurgea Tiphaine en abandonnant elle aussi vache et seau pour s'approcher de la jeune femme. Raconte-nous ça…

Gwenn narra par le menu toutes les péripéties de la veille, et Ronan Andouard resta un moment silencieux avant de remarquer, le front soucieux :

— Que quelqu'un de notre groupe contre le barrage ait commis ces dépravations et cet incendie, ce ne serait déjà pas bien malin, même si on aurait pu le comprendre… Mais qu'il se serve de toi comme bouc émissaire, c'est contre l'intérêt de notre cause !

— C'est donc quelqu'un qui soutient la construction de ce barrage ! conclut son épouse.

— Nous en sommes arrivés au même constat, affirma Gwen.

— Pour ou contre, reprit le paysan, tous ceux du village qui ne sont pas concernés ne prendraient pas le risque de saboter le chantier : après tout, barrage ou pas barrage, cela ne change pas grand-chose pour eux ! Ça ne les dérange pas directement, tu comprends ? Et je vois mal quelqu'un dont le domaine doit être inondé l'envisager avec gaieté de cœur…

— Il y en a tout de même plusieurs qui n'ont pas voulu s'engager à signer notre pétition, répondit la jeune femme.

— Peut-être, mais de là à en arriver à de telles extrémités, je ne le pense pas…

— Mais alors qui ? Ah, Tiphaine… tu as une idée ?

— Peut-être… Qui a le plus intérêt à ce que les travaux reprennent, sinon l'entreprise qui les mène ?

— La société Lemeneur ?

— Oui, d'autant plus que par la même occasion elle se vengerait ainsi des sabotages…

— Ce n'est pas bête du tout ! s'enthousiasma Gwenn. Ni maître Pasquier ni moi-même n'avions envisagé cet aspect de la question… Et ça vaut le coup d'y réfléchir. Mais pour l'instant je vais continuer ma tournée pour informer les gens de notre bord. En premier, les Le Saint.

— Bien que comme voisins nous les voyions matin et soir, tu leur transmettras tout de même le bonjour de notre part.

— Je n'y manquerai pas. Et je vous tiendrai au courant si j'apprends quelque chose de nouveau. Au revoir, Tiphaine… Et à vous aussi, Ronan !

*

* *

Préoccupée par l'hypothèse émise par Tiphaine Andouard, Gwenn poursuivit sa tournée sans même l'évoquer : il fallait tout d'abord qu'elle en parle avec Antoine. Elle eut quand même plaisir à discuter avec les Le Saint, les Brinic, les Le Guilloux, les Kervalla, les Le Faou et quelques autres, mais ne s'attarda que peu. Ce fut malgré tout forte de multiples encouragements qu'elle rejoignit Kernadic, peu avant midi.

XLV

À SA GRANDE SURPRISE, Gwenn vit sa sœur Naïg courir vers elle dès qu'elle aborda le chemin menant au domaine. Manifestement, sa cadette l'attendait avec impatience. « Que se passe-t-il, encore ? »

— Gwenn ! Gwenn ! Si tu savais…

— Doucement, p'tite sœur ! Laisse-moi donc arriver…

Jamais elle n'avait vu la jeune femme si excitée. Encore une nouvelle catastrophe ? D'autant plus que le fils Couennec et Allan se précipitaient à leur tour…

— Gwenn ! reprit Naïg. J'ai raconté à Paol tout ce que tu nous as dit hier au souper, en ce qui concerne ton enquête avec M. Antoine sur le chantier du barrage, et cela lui a rappelé ce qu'il a remarqué avant-hier. Je crois que c'est important.

— Oui, confirma Paol. La nuit était déjà tombée mais, bien que ce ne soit pas la pleine lune, elle éclairait encore assez pour y voir clair. Avant de me coucher, je tournais et resalais les tommes qu'on affine sous la voûte de la fromagerie, lorsque

Ibil[1], notre chien, s'est mis à aboyer. Au son de sa voix, j'ai compris qu'il avait sans doute remarqué quelque chose d'anormal, et je suis sorti pour voir.

— Alors ?

— Alors j'ai distingué, à la limite de la prairie, un homme à cheval que je n'ai pu reconnaître, mais qui prenait le chemin de Kervégen…

— Tangi Énan ! s'exclama Gwenn. Il fait partie des rares propriétaires lésés par le barrage qui accepteraient l'indemnisation d'expropriation.

— Doucement ! Je n'ai pas dit que c'était lui… Je n'ai fait qu'entrevoir ces silhouettes, car elles ont aussitôt disparu derrière les haies du bocage.

— Ce ne peut être que lui, j'en suis sûre ! s'obstina la jeune femme.

— Peut-être, admit Allan. Mais il faudrait des preuves…

— J'ai dit le peu que je sais ! précisa Paol. J'espère seulement que cela sera utile à Kernadic…

— Nous l'espérons tous !

Naïg ajouta :

— Nous n'en avons rien confié à père. Le connaissant, il aurait pu aller casser la gueule au Tangi avant même que nous soyons tout à fait sûrs que c'est lui !

— Vous avez bien fait… Après tout, le père Énan revenait peut-être après s'être plus ou moins enivré au café du village, ou bien de faire des courses à Brest ou Morlaix ? Passer par Rozoutreff est un raccourci appréciable pour rejoindre Kervégen.

1. *Coquin.*

— C'est tout de même bizarre… conclut le jeune Paol.

*
* *

La nouvelle avait enthousiasmé Gwenn, et elle dut faire bien des efforts pour ne point en faire part au maître du domaine : Naïg avait raison, leur père était capable du pire s'il savait les soupçons qui pesaient sur ce voisin solitaire et volontiers taciturne, qui habitait à moins d'un kilomètre de Kernadic ! Elle prit donc son mal en patience et se consacra pour une fois aux travaux de la ferme en attendant avec impatience de rapporter le témoignage du fils Couennec à Antoine. « Combien de temps vont lui prendre ses démarches à Rennes ? » Cette interrogation tournait et retournait sous son crâne, et elle fixait régulièrement le chemin venant de Saint-Cadou ou de Commana dans l'espoir d'y voir apparaître la Traction noire qui lui était désormais familière. Après le repas de midi, alors qu'elle nettoyait la porcherie à grands coups de raclette, Allan l'attira dans la cour, hors de portée des oreilles de Ludovic :

— Il m'est venu une idée… Comme ça, d'un coup ! Le sol n'est plus meuble, maintenant, et on pourrait peut-être, faute d'en faire un moulage, aller découper quelques empreintes du cheval avant qu'une pluie ne les efface ?

— Histoire de les comparer avec l'un des deux chevaux de Kervégen ? Comment n'y ai-je pas pensé plus tôt ? Mais ne crains-tu pas que la boue séchée ne s'effrite ?

— En nous y prenant délicatement et en plaçant nos prélèvements dans des boîtes en carton, cela devrait être possible… Et nous verrons bien la manière dont l'animal qui est passé là la nuit du sabotage était ferré !

— Bien… Allons-y ! décida la jeune femme en se débarrassant du *tavañjer*[1] souillé qu'elle portait.

Alors qu'ils s'éloignaient tous deux, Ludovic Le Braz redressa péniblement le dos en s'appuyant sur le manche de sa bêche.

— Encore en vadrouille, ceux-là ! Et qui est-ce qui s'occupe de retourner cette parcelle de potager ? Toujours le même…

En sueur, il enfonça rageusement la lame d'acier dans la terre, sans pour autant en vouloir à sa fille : au fond de lui, il lui était reconnaissant de tous les efforts qu'elle fournissait pour tenter de sauver le domaine.

Gwenn et Allan marchaient vite, et pour une fois ni l'un ni l'autre ne songèrent à profiter de cette pause pour s'accorder ces quelques élans plus intimes dont ils ne se privaient généralement pas lorsqu'ils se retrouvaient seuls. Oubliés, les mots doux, les baisers, les tendres attouchements ! Seul comptait en cet instant précis le but de leur expédition. Ils parvinrent ainsi rapidement à proximité du chantier, et la jeune femme prévint :

— Doucement ! Jusqu'ici, il n'y avait que de la poussière, mais dans le creux le chemin devient plus humide. On ne devrait pas tarder à remarquer

1. *Tablier.*

les traces que nous avons repérées hier ! Sur le côté gauche, je pense. Tiens, regarde !

— Oui, des marques de sabots ferrés qui n'appartiennent certes pas à des bœufs ! C'est bien la piste que nous cherchons.

— C'est vrai, mais elles ne sont guère nettes. L'ornière plus proche du talus pourrait nous en fournir de plus convaincantes. Là ! Il y en a au moins trois de parfaites… et qui ne correspondent nullement aux fers de Kadarn !

— J'ai apporté une truelle. Je crois que je pourrai détacher ces marques sans les abîmer.

— Heureusement que j'ai pensé à ces vieilles boîtes à chaussures ! Avec le papier journal que tu as pris, elles devraient protéger durant le transport ce que tu auras prélevé…

Après un essai infructueux, Allan réussit à retirer trois morceaux d'argile avec des empreintes bien nettes.

— Voilà qui est fait ! Mais avant de rentrer, montre-moi donc ce qu'il en est de cette histoire de sabots…

Les jeunes gens remontèrent la piste en direction du terrain défoncé par les travaux et s'arrêtèrent bientôt.

— Tu as vu ? s'exclama Gwenn en désignant plus loin des éclaboussures de plâtre mêlées à la terre qui n'y étaient pas la veille. Les « cognes » sont venus vérifier nos dires, et ils ont procédé à des moulages. Voilà qui devrait me disculper…

— Ils peuvent se montrer tellement têtus que ce n'est pas prouvé ! soupira Allan. D'ici qu'ils se rabattent sur moi comme complice, il n'y a pas loin...

— D'autant plus qu'ils en ont soulevé la possibilité lorsqu'ils m'ont interrogée ! s'amusa la jeune femme. Mais rassure-toi : la première chose qu'ils feront sera de confronter leurs empreintes de plâtre avec les sabots de Kadarn. Et le chef de brigade sera bien obligé de s'apercevoir qu'il a fait depuis le début fausse route en me considérant comme principale suspecte.

— Et ensuite ils n'auront plus qu'à comparer avec tous les sabots de chevaux du voisinage pour confondre Tangi Énan ?

— Je ne suis pas aussi sûre que toi qu'ils en auront l'idée ou la constance ! Ils vont plutôt tenter de vérifier d'autres hypothèses, par exemple un autosabotage de la société Lemeneur, comme en avait soulevé l'hypothèse Tiphaine Andouard...

— L'entreprise responsable du chantier ? Mais dans quel intérêt ?

— Celui de faire bouger les choses et d'inciter le préfet à maintenir la reprise des travaux, comme cela est d'ores et déjà prévu, ou bien encore de se rembourser du manque à gagner sur le dos des assurances... Mais les soupçons pourraient tout aussi bien s'orienter vers les hôteliers ou restaurateurs de la région, pour qui un tel plan d'eau serait une manne de touristes.

— Bien... admit le jeune homme. Allons donc voir si maître Pasquier est revenu.

— Oh ! Tu peux l'appeler Antoine, tu sais...

*
* *

Quelle contrariété au retour à Kernadic, en s'apercevant que la voiture de l'avocat n'était pas encore stationnée dans la cour.

— Il ne saurait tarder… espéra Gwenn.

À leur arrivée, Ludovic Le Braz abandonna le carré de terre qu'il retournait pour s'avancer à leur rencontre en cognant du sabot pour en décrotter les semelles de bois.

— Où étiez-vous allés courir, tous les deux ? Parce que durant votre absence, les gendarmes se sont de nouveau pointés chez nous ! Ça va encore faire jaser… Et, Dieu sait pourquoi, ils se sont contentés d'examiner les jambes de Kadarn.

Les jeunes gens échangèrent un coup d'œil entendu, mais s'abstinrent de tout commentaire. Inutile de provoquer la fureur du vieil homme en lui révélant ce qu'ils avaient trouvé.

— Bon ! décida Gwenn. Je vais continuer à racler la soue aux cochons…

— Pas la peine ! Naïg et son petit copain Paol s'en sont chargés…

— Alors je vais vous remplacer au potager ! se proposa Allan. Il y a bien encore la moitié d'une parcelle à bêcher.

— C'est cela… Il me semble que tu en prends un peu trop à ton aise, depuis quelque temps !

Bougonnant de mauvaise foi, Ludovic en profita pour s'éloigner vers l'atelier où l'attendaient des activités moins physiques. Gwenn le suivit du regard, plutôt amusée : depuis que son père ne lui montrait plus aucune animosité, elle n'était pas dupe de ses manèges qui cachaient souvent des élans de tendresse qu'il avait trop de pudeur à étaler. Sans plus attendre, elle monta jusqu'à sa chambre pour mettre à l'abri de tout choc ses précieux cartons à chaussures. Elle rejoignit ensuite sa sœur pour l'aider à cuisiner le traditionnel repas du soir.

— Paol n'est plus là ?

— Non ! Tu sais, les moissons approchent, et il faut bien s'y préparer. Il a beaucoup d'ouvrage à Rozoutreff et passe moins de temps avec nous...

— Avec toi, tu veux dire ? la chamailla son aînée.

Après un rire confus, Naïg changea de sujet :

— Alors ? Qu'en est-il de votre enquête ?

Gwenn jeta un coup d'œil pour s'assurer que leur père ne traînait pas dans les parages, puis répondit à voix basse :

— On a la preuve que notre coupable est bien le vieux Tangi ! Enfin... presque. Il nous faut encore établir que c'est bien l'un de ses deux chevaux qui a signé le sabotage de ses sabots.

— C'est gagné, alors ? Il ne reste qu'à aller voir les gendarmes pour que tu sois totalement blanchie !

— Doucement... Je préfère attendre de discuter de tout cela avec Antoine.

— Tiens, justement, je crois entendre le moteur de sa voiture.

— Oui, c'est lui ! s'écria Gwenn en lâchant la pomme de terre qu'elle épluchait pour se ruer vers la porte.

La Citroën surgit dans la cour plus rapidement que d'ordinaire, et ses roues crissèrent sur les cailloux sous le coup de frein, lequel alerta Allan qui vint aussitôt aux nouvelles. L'avocat n'attendit pas que le moteur eût craché ses derniers hoquets pour descendre en brandissant quelques feuillets.

— Ça y est ! clama-t-il. J'ai obtenu ce que je voulais ! Et ça n'a pas été facile, sans rendez-vous, à me faire trimbaler de bureau en bureau, à convaincre tous ces ronds-de-cuir... Mais enfin, la plainte est déposée, et la procédure va suivre son cours, ce qui invalide automatiquement la décision de reprise des travaux émise par la préfecture. J'ai même tenu à ce que le président du tribunal administratif en informe sur-le-champ le préfet. Et j'ai cru comprendre que M. Aldéric Lecomte a accueilli la nouvelle d'assez mauvaise humeur...

— Bravo, Antoine !

— En fait, pour le moment, cela ne représente qu'un répit : le temps que d'une part les études complémentaires diligentées par le même Lecomte soient terminées, et que d'autre part les dossiers techniques que j'ai déposés comme recours devant le tribunal aient été validés comme argument contradictoire.

— Ce qui veut dire ?

— Ce qui veut dire deux à trois mois. Au moins, car avec les congés payés la lenteur administrative ne fait qu'aggraver les délais... Il ne nous reste qu'à te tirer des griffes de la gendarmerie, dont les représentants à Sizun semblent s'entêter à te considérer comme coupable des sabotages.

— Je crois que ce sera un jeu d'enfant, Antoine ! Car grâce au prince charmant de Naïg et à la perspicacité d'Allan, nous avons nous aussi fait de grands progrès...

— Bien ! Mais dites-moi ça à l'intérieur : j'ai une soif terrible !

Maître Pasquier avala d'un trait une bolée de cidre, s'en servit une autre rasade au pichet, puis il écouta le récit de Gwenn et Allan.

— Félicitations, mes enfants ! C'est du très bon travail.

— Nous en reparlerons plus tard, chuchota la jeune femme. Je crois reconnaître les sabots de mon père, et nous ne lui avons encore rien dit de peur qu'il ne fonce chez Tangi Énan la fourche à la main.

— Vous avez bien fait, approuva Antoine sur le même ton. Contentons-nous de lui annoncer les progrès issus de ma petite virée à Rennes…

— Ah ! s'exclama Ludovic en entrant. Il me semblait bien avoir entendu votre automobile. Et c'est bien gentil à vous de vous occuper de ce problème qui, au fond, ne vous concerne en rien.

— Dans mon métier, il est bien rare que les affaires me concernent personnellement !

— N'empêche qu'à cause de la petite ça doit vous donner bien du tracas ?

— Que ne ferais-je pas pour notre petite Gwenn ? Sa réussite nous a apporté tant de bonheur !

— À moi aussi… reconnut le paysan du bout des lèvres. Et c'est bien grâce à vous ! Mais, dites-moi, qu'en est-il de votre visite ?

— L'occasion de vous informer que le tribunal administratif n'a pu que se prononcer en opposition à la reprise des travaux, le document entériné par le préfet accordant une trêve pour cause d'expertises complémentaires ayant toujours force de loi tant qu'un nouveau rapport géologique n'aura pas été établi. De plus, la plainte que j'ai déposée, accompagnée des dossiers que nous avons réunis, a été prise en compte et poursuivra son cours durant les mois à venir... Cela nous apporte une large bouffée d'oxygène qui nous permettra de consolider notre position et d'affûter nos arguments !

— Tant mieux, tant mieux, et merci encore, monsieur Pasquier !

— Depuis le temps que nous nous connaissons, il serait peut-être temps de m'appeler Antoine, non ?

— Et moi, Ludovic ! accepta le père de Gwenn en échangeant une solide poignée de main. Nous allons bien nous revoir un de ces jours, je suppose ?

— Et même dès demain ! Nous avons encore des détails à régler en compagnie de votre fille et d'Allan, tant avec les gendarmes qu'avec certains de vos voisins...

— Je comprends, je comprends... Mais tout de même, pour Allan, il ne faudrait pas oublier qu'on ne pourra bientôt plus se passer de lui, à Kernadic comme chez nos amis proches, avec les moissons, puis le battage !

— J'en suis tout à fait conscient, Ludovic. Et je vous promets que les jours à venir seront plus tranquilles ! Tout au moins pour ce qui concerne les affaires liées au barrage. Car je sais bien que les travaux des champs vont prendre le relais et qu'ils ne sont pas de tout repos.

— À demain, donc, maît... Antoine, pardon.

— À demain, Ludovic.

Gwenn eût bien aimé en savoir plus sur ce que comptait faire l'avocat des preuves qu'elle et Allan avaient rapportées, mais elle ne pouvait évoquer ouvertement le sujet de Tangi Énan devant son père. Attendre... Une fois de plus, il lui faudrait attendre...

XLVI

QUELLE NUIT AGITÉE, durant laquelle Gwenn eut bien du mal à trouver le sommeil ! Trop de rebondissements s'étaient produits depuis quelques jours, trop d'événements qui avaient de quoi la perturber ! Et puis l'enquête qui allait le lendemain les amener à Kervégen leur apporterait-elle les confirmations qu'ils attendaient ? Et si Tangi Énan n'était pour rien dans ces sabotages ? S'y ajoutait la préoccupation de savoir si le préfet se plierait sans rechigner aux injonctions du tribunal… La jeune femme se leva d'ailleurs tôt, les traits tirés et les yeux cernés, mais l'eau fraîche de ses ablutions matinales lui redonna vite un peu d'allant. La première collation de la journée avalée, elle se proposa pour aider à la traite des vaches, une tâche quotidienne qui rythmait matins et soirs à des horaires immuables.

— Cela me permettra de tuer le temps en attendant Antoine ! confia-t-elle à Allan.

— Locronan n'est pas la porte à côté, et ton avocat ne se lève pas aux aurores, je suppose ?

— Oh ! Il n'est pas du genre à traîner au lit, mais surtout je crois qu'il est très intéressé par l'affaire du barrage, et encore plus par les motivations de celui ou ceux qui tentent de me faire passer pour coupable des détériorations sur le chantier…

Tout en tirant les jets de lait puissants qui giclaient sur les parois de bois de son *sailh*[1], Gwenn ne cessait de tourner et retourner en sa tête des sentiments contradictoires, et elle accueillit comme un soulagement le bruit lointain de la Citroën qui amorçait la dernière côte au sommet de laquelle s'élevaient les murs de Kernadic.

À sa descente du véhicule, contrairement à la jeune femme, Antoine afficha une mine reposée et une bonne humeur indéfectible.

— Bonjour, vous tous ! Mais, dites-moi, il me semble que je suis espéré comme le Messie ! Allons, nous avons tout notre temps… D'ailleurs, avant que de vadrouiller dans la campagne, je prendrais bien un petit coup de *lambig*[2] ! Le père de Gwenn m'en a fait goûter l'autre jour, et je m'en suis régalé les papilles…

Gwenn fut surprise : l'avocat n'avait jamais manifesté le moindre penchant pour les alcools forts. Comme quoi chacun peut avoir son petit jardin secret… Ludovic Le Braz, quant à lui, se félicita de cette demande à peine déguisée. En bonne compagnie, et il estimait de plus en plus le pseudo-tuteur de sa fille, il ne rechignait pas à sortir parfois ces bouteilles que l'on ne débouchait souvent que pour les grandes occasions. Et l'avenir de son domaine le méritait bien ! Malgré l'impatience d'Allan et de ses deux filles, il prit plaisir à prolonger longuement ce

---

1. Seau.

2. Eau-de-vie de cidre.

moment de convivialité et fut presque déçu lorsque Antoine annonça :

— C'est bien beau, tout ça ! Mais il serait peut-être temps de nous occuper de nos affaires, non ?

Naïg intervint d'une voix douce :

— Il faut que je sache... En avez-vous pour longtemps ? Parce que si vous revenez avant midi, j'aimerais vous mijoter un repas à la hauteur des efforts que vous avez faits pour repousser la menace qui plane sur notre petit coin de Bretagne !

— Pourquoi pas ? À ce que j'ai pu en apprécier, tu te montres au moins aussi excellente cuisinière que notre bonne Guillermine, à Paris...

Ludovic fronça néanmoins les sourcils en constatant que l'avocat, Gwenn et Allan s'éloignaient à pied du domaine alors qu'il s'attendait à les voir monter en automobile. Où pouvaient-ils aller, tous les trois ? Et pourquoi sa fille tenait-elle si précautionneusement ces trois boîtes en carton ?

— Par Dieu, on me cache quelque chose, et je n'aime pas ça !

*
* *

Il n'y avait qu'environ deux kilomètres à parcourir, presque impraticables par un véhicule à moteur, mais la principale raison pour ne pas faire le trajet en automobile demeurait de ne pas effacer sous les pneus les traces éventuellement laissées par l'un des chevaux du père Énan. D'ailleurs, à plusieurs reprises, Antoine et ses deux acolytes repérèrent dans les zones encore un peu bourbeuses quelques marques assez fraîches qui ressemblaient assez à celles qu'Allan et Gwenn avaient prélevées au Drennec.

— Nulle certitude pour l'instant ! tempéra Antoine. Tout autour de Kervégen, rien n'est plus normal que de découvrir les traces des animaux de la ferme... La seule preuve sera de confronter ces empreintes aux sabots des deux chevaux du sieur Énan !

— Jamais il ne nous permettra d'aller vérifier dans son écurie ! protesta Allan. Il serait capable de sortir le fusil ! On voit que vous ne le connaissez pas...

— N'oubliez pas que j'ai une expérience certaine du métier d'avocat, répliqua Antoine. Et, même si je ne joue pas aux jeux de hasard, je sais user de l'art du bluff !

Lorsqu'ils arrivèrent devant la ferme de Kervégen, ils y trouvèrent le paysan en train d'atteler un cheval à une charrette à foin. À leur vue, ce dernier se mit d'un coup en colère :

— Encore toi, fille du diable ? hurla-t-il en s'adressant à Gwenn. Sortez tous de chez moi ! Je ne veux plus entendre parler de ce barrage ! C'est clair et net, non ?

— Plutôt « clarinette », non ? plaisanta Antoine Pasquier. Ou alors du pipeau !

— Foutez le camp, je vous dis ! Ou je vous en chasse à coups de fourche...

— Comme vous voulez, monsieur Énan ! soupira l'avocat en tournant le dos pour faire mine de se retirer. Comme vous voulez... Il ne nous reste donc plus qu'à nous rendre à la gendarmerie pour dénoncer vos ignobles manœuvres nocturnes !

Tangi Énan pâlit et sembla se décomposer.

— Que… que voulez-vous dire ?

Antoine lui fit de nouveau face.

— Ah ! Vous consentez donc à entamer une conversation ? C'est justement ce que je souhaitais… Histoire de savoir non seulement les raisons qui vous ont poussé à incendier et saboter les mécaniques ainsi que crever les pneus des engins du chantier, mais aussi celles qui vous ont conduit à accumuler de faux indices pour faire accuser Gwenn Le Braz !

Le maître de Kervégen parut un moment assommé par ces accusations, avant de reprendre une certaine contenance :

— Tout cela n'est que *gaou*[1] ! Et vous n'avez aucune preuve des sornettes que vous me débitez… Alors dégagez d'ici avant que je ne sorte le fusil !

— Si vous y tenez ! Nous raconterons donc comment vous avez saboté ces engins, comment vous avez imprimé de fausses empreintes à l'aide des petits sabots féminins que vous avez si mal cachés à Kernadic, comment vous êtes ensuite rentré chez vous à cheval après avoir crevé les pneus. Le problème pour vous, c'est que les fers de ce cheval sont assez reconnaissables et qu'ils ont laissé leur trace dans la boue… Si vous êtes vraiment innocent, je suppose que vous ne vous opposerez pas à ce que nous comparions les marques que nous avons prélevées à proximité du chantier avec les sabots de vos animaux ? Celui-ci, peut-être ? Ou alors celui qui piétine en votre écurie ?

1. *Mensonge.*

Face à l'assurance d'Antoine, le paysan perdit toute contenance, et ce fut en chancelant qu'il s'appuya sur la margelle de son puits.

— C'est vrai, je le confesse, murmura-t-il d'une voix presque inaudible. Je suis foutu maintenant, autant en finir tout de suite et me livrer aux gendarmes !

L'avocat laissa planer un silence puis, au grand étonnement de Gwenn et d'Allan, il s'assit auprès du coupable.

— J'ai peut-être un compromis à vous proposer... Car, même preuves en main, je n'aimerais pas vous savoir croupir en prison !

Une étincelle incrédule s'alluma dans les yeux de Tangi.

— Je... je ne vous suis pas...

— Bon ! Mettons cartes sur table... D'après ce que j'ai compris, votre situation familiale fait que cette ferme est trop lourde pour vos seuls bras, alors que vous n'avez pas les moyens financiers de louer des domestiques et des valets. C'est bien ça, n'est-ce pas ? Et c'est pourquoi la proposition de rachat de votre domaine liée au barrage, si faible soit-elle, vous intéresse malgré tout car elle représente pour vous une rentrée d'argent inespérée ?

Baissant le front, le pauvre homme admit :

— C'est vrai... Et quand j'ai vu que le projet risquait d'être abandonné à cause de... à cause d'elle, ajouta-t-il en désignant Gwenn du menton, je me suis mis en tête de tout faire pour entraver les espoirs qu'elle suscitait auprès des autres propriétaires concernés par la montée des eaux.

— C'est bien ce que j'avais déduit ! Mais je suppose qu'il ne vous enchante guère de comparaître comme accusé devant un tribunal, avec incarcération, amende et remboursement des nuisances causées à l'entreprise Lemeneur ? Moi non plus ! D'où la proposition que je vais vous faire.

Un maigre sourire dubitatif s'esquissa fugitivement sur les lèvres du vieil homme.

— Que pourriez-vous bien faire pour m'éviter ce que je mérite, puisque vous avez tout découvert ?

— Je suis avocat ! répondit Antoine. Et cette fonction m'amène plus à défendre les accusés qu'à les condamner… Alors je vous mets ce marché en main : *primo*, nous resterons bouche cousue sur les preuves que nous avons accumulées contre vous, et la gendarmerie n'en saura jamais rien. *Secundo*, vous vous ralliez à nous pour nous opposer au barrage. À partir de là, deux solutions : si le projet voit malgré tout le jour et que les expropriations deviennent inévitables, vous recevrez la somme inique promise dont vous vous contentiez, et vous vous en contenterez comme vous sembliez vous en contenter jusqu'à aujourd'hui même. Deuxième solution, si nous arrivons à faire abandonner la construction du barrage, je m'engage à racheter personnellement Kervégen le double de ce que vous ont proposé les conciliateurs de l'administration ! Une bonne affaire, qui vaut le coup que vous y réfléchissiez, non ?

Allan et Gwenn, abasourdis par cette offre inattendue, écarquillèrent autant les yeux que Tangi Énan. Que se passait-il dans la tête d'Antoine Pasquier ?

— Oui ! confirma l'avocat. J'en ai largement les moyens, d'autant plus que j'arrive à un âge où les plaidoiries parisiennes m'ennuient, et où j'aspire d'ici peu à une retraite bien méritée ! Ma femme se languit depuis longtemps de sa Bretagne natale, et nous nous languissons tous deux de celle que nous considérons de cœur comme notre fille adoptive : Gwenn Le Braz. Quelle meilleure opportunité pour nous, si le barrage ne voit jamais le jour, que de nous rapprocher d'elle et de la famille de mon épouse ? Une option qui vous arrangera tout autant qu'elle nous conviendra, et avec laquelle nous serons tous les deux gagnants ! Qu'en pensez-vous, monsieur Énan ?

Tangi ne répondit pas tout de suite. Un peu sonné, éberlué par ce qu'il venait d'entendre, il avait encore du mal à y croire.

— Ben… bafouilla-t-il. Co… comment refuser ? C'est plus que je n'aurais jamais songé et… et j'ai conscience que mes actes… que mes actes font que je suis loin de mériter ces faveurs de votre part…

— Oublions donc ces fautes, bien excusables dans votre situation, voulez-vous ? Et topons tous les deux, si vous en êtes d'accord !

Quel regard de reconnaissance, lorsque les deux mains s'empoignèrent vigoureusement ! À tel point que cet homme que Gwenn avait commencé à vraiment haïr lui parut subitement aussi pitoyable que sympathique. Elle objecta pourtant :

— Mais… et tous ces dégâts pour la société Lemeneur ? Une plainte a tout de même été déposée…

Antoine s'esclaffa :

— Les gendarmes d'ici ne se sont guère trop montrés futés jusqu'à maintenant, et tu es bien placée pour le savoir ! Il serait étonnant qu'il en soit autrement à l'avenir, et ils classeront vite le dossier, à mon avis. Quant à l'entreprise, elle doit bien être couverte par des assurances… De toute façon, généralement, ce genre d'entreprises travaillant pour les administrations d'État fonctionne souvent à coups de pots-de-vin ou de préférences inavouables ! Ce ne sont pas ces incidents qui risquent de mettre les Lemeneur en péril, crois-moi…

Gwenn sourit, avant d'insinuer avec une moue mutine :

— Ce n'est pas très légal de cacher aux autorités ce que nous avons trouvé…

— Pas plus qu'il n'était légal pour le préfet d'ordonner une reprise du chantier anticipée ! Je considère que l'on peut s'estimer quittes…

Encore confus et totalement abasourdi, Tangi Énan se redressa.

— Eh ! Ne partez pas comme ça… J'ai une petite gnôle de pays que je ne sors que pour les grandes occasions, et ceci en est une ! Vous m'en direz des nouvelles…

Antoine Pasquier accepta d'un mouvement de tête. Décidément, il avait renoncé ce jour-là à toute sobriété !

*

* *

Ce ne fut qu'après deux ou trois petits verres d'eau-de-vie qu'Antoine se décida à reprendre le chemin de Kernadic. Si Allan avait tenu à suivre l'exemple de l'avocat, Gwenn avait poliment refusé, d'une part parce qu'elle n'appréciait pas vraiment les alcools forts, d'autre part par crainte de se retrouver un peu « pompette ». Soulagés par la tournure que prenait l'affaire, ils marchaient tous trois en se régalant d'un soleil enfin vainqueur des nuages qui s'enfuyaient vers l'horizon. La jeune femme en profita pour demander :

— C'est donc sérieux ? Vous pensez vraiment à acquérir cette vieille ferme ?

— Bien sûr ! Pourquoi aurais-je menti à ce pauvre homme ? J'ai envie de rompre avec la folie de la vie parisienne, et de me libérer de plus en plus de mon cabinet et des plaidoiries...

— Loanne est au courant ?

— Bien sûr ! Bien qu'elle ne s'attende pas à cette éventualité si rapidement. Elle sait que je viens de m'adjoindre comme associé un jeune avocat qui, je crois, a un bel avenir devant lui. Dans un premier temps, je l'épaulerai, mais j'entends bien ensuite prendre du recul et vivre ici, au pays de ma femme et loin de la capitale ! Cette longère de Kervégen, même si elle nécessite d'assez considérables travaux pour la transformer en résidence digne de ce nom, représente pour moi une opportunité que je ne saurais laisser filer...

— Sauf si, finalement, le barrage devait voir le jour ?

— Ça, c'est un autre combat, et j'espère bien que nous le gagnerons !

Lorsqu'ils furent en vue des toits de Kernadic, Antoine précisa :

— Il est bien entendu entre nous que rien ne doit filtrer de la responsabilité de ce pauvre vieil Énan pour ce qui est des sabotages. Bouche cousue, hein ?

— Bien sûr, monsieur Pasquier ! répondit avec fougue Allan en serrant très fort la main de Gwenn.

Après un silence, l'avocat murmura, comme s'il se parlait à lui-même :

— Pour le moment, inutile de ranimer la mobilisation générale autour du projet, puisqu'il reste en suspens. En revanche, il serait opportun de temps à autre de continuer à faire paraître des articles sur le sujet, histoire que l'éventualité d'un barrage ne tombe pas dans l'oubli des lecteurs… Pour ma part, je vais essayer de profiter des élections et des changements qui vont inévitablement en découler pour faire intervenir des amis politiques. Il en est qui ont ou qui auront sans doute le bras assez long pour invalider le choix du Drennec comme retenue d'eau, et ce au profit de lieux plus propices et sans incidence pour les populations rurales…

— Vous croyez ?

— Bien sûr ! Mais n'y pensez plus, vous allez avoir bien d'autres soucis, avec les moissons toutes proches…

XLVII

Une fois de plus, les jours se précipitèrent vers les derniers jours d'août à une vitesse que Gwenn eut du mal à suivre. Durant toute la fin de ses vacances, elle partagea son temps entre les travaux des champs de Kernadic et les séjours plus reposants à Locronan. Elle se plaisait souvent à se dire qu'elle avait bien de la chance d'avoir en quelque sorte trois familles : les Quivennec à Ty Menez, Antoine et Loanne Pasquier à Paris et Locronan, et bien sûr son père et Naïg à Kernadic. Quant à son frère et ses deux sœurs aînés, c'était un peu comme si elle les avait gommés de sa mémoire… tout comme eux-mêmes oubliaient de donner de leurs nouvelles ! Lorsque le temps le permettait, Antoine et sa femme en profitaient pour l'emmener dans des excursions afin de lui faire découvrir les charmes cachés de sa Bretagne natale. Bien que farouchement opposée aux superstitions locales qui persistaient dans bien des âmes, la jeune institutrice ne ratait pas une occasion de collecter légendes et contes au fil de ses périples. Histoire de les démystifier auprès de ses élèves, mais aussi dans le souci de préserver ces traditions qui faisaient partie du socle culturel de « son » pays. Pas question, au nom du rationalisme scolaire, d'éradiquer tout ce qui faisait la richesse du patrimoine régional ! Que de fables : la Goule aux fées de Dinard, les roches du Diable de la route de Bécherel, les chaînes de la chapelle Saint-Léonard, le mythe de l'Ankou, le mystérieux culte de saint Yves, la légende de Nominoë, roi des Celtes et fondateur de l'unité bretonne, et bien d'autres anecdotes étranges ou merveilleuses ! Elle apprit ainsi que les blocs mégalithiques de l'alignement de Menez-Moennec, qu'elle connaissait déjà car proches de Brasparts, représentaient dans la mémoire collective des noces pétrifiées par un sombre maléfice !

Il ne fallait pas pour autant qu'elle se laissât aller à négliger l'école, et elle décida à mi-août de retourner au Huelgoat pour préparer ses cours à venir. Pas question de céder à la routine en enseignant d'année en année les mêmes choses de même manière ! Elle devait toujours innover et surprendre pour captiver l'attention des élèves… Cette rentrée lui sembla pourtant plus pénible que les autres : elle avait tellement pris l'habitude de se trouver journellement auprès d'Allan qu'elle avait subi cette séparation comme un arrachement. Oh, bien sûr, elle savait que tous deux se retrouveraient pratiquement chaque jeudi et chaque dimanche, mais sa présence lui manquait. Plus le temps passait, plus elle avait envie de sauter le pas avec lui, de ne plus être ridiculement vierge à son âge, de devenir vraiment femme ! Goûter à ce plaisir charnel qui occupait tant de conversations, qu'elles fussent masculines ou féminines… Que lui importaient les traditions et la fausse morale qui voulaient que les filles se présentent « pures » au mariage ! Incroyante qu'elle était, elle n'avait que faire de transgresser ces usages ancestraux qu'elle trouvait ridicules. Allan oserait-il lui aussi se montrer comme elle rebelle aux dogmes établis ? Après tout, cela ne nuirait à personne !

*

* *

Dès son arrivée à l'école du Pouly, Mme Le Chuiton l'avait prise à part :

— La rentrée n'est pas avant une quinzaine ! Vous auriez pu encore passer quelques jours en famille, vous savez ?

— Non, non ! Il faut me remettre dans l'ambiance. Et essayer de trouver de nouveaux axes pédagogiques aptes à capter l'attention des élèves : n'oubliez pas que ma classe couvre la dernière année de fin d'études primaires, mais aussi l'avant-dernière... Je crois qu'il serait mal venu que les filles que j'avais l'an passé en première année se retrouvent à potasser les mêmes choses que leurs aînées qui ont réussi le certificat avant les vacances. Il faut continuer à entretenir leur curiosité avec de nouvelles expériences, de nouvelles façons d'aborder les sujets...

— Je vous reconnais bien là, mademoiselle ! Vous savez qu'en une année seulement vous êtes devenue la fierté de cet établissement, et que grâce à vous l'école du Pouly est à l'origine de bien des jalousies : pour la rentrée qui s'annonce, près d'une trentaine d'élèves de l'enseignement privé sont venues s'inscrire chez nous ! Je pense que vos résultats sont pour une bonne part responsables de cet engouement.

Rougissante, Gwenn avait répondu :

— Ce n'est sans doute pas la seule raison ?

— N'en croyez rien ! Les journaux n'ont pas été avares de la réussite exceptionnelle de votre classe, et ceci a bien marqué l'esprit des lecteurs, surtout ceux qui ont des enfants qui ne font guère de progrès là où ils sont sous la coupe des sœurs ou des curés. La laïcité ne peut en sortir que grandie ! Grâce à vous…

Ces compliments n'avaient pas empêché la jeune femme de se consacrer entièrement aux objectifs qu'elle s'était fixés, et elle s'estima fin prête lorsque la cloche de l'école retentit pour la première fois depuis la fin du dernier exercice scolaire, lors de cet ultime jour où avait eu lieu une prestigieuse remise des prix. Et ce fut avec une énergie décuplée qu'elle accueillit sa nouvelle classe. Dès lors, aguerrie qu'elle était, elle dirigea ses cours de la meilleure des façons, avec à terme l'espérance de résultats aussi prévisibles que prometteurs. « On verra bien en juin prochain ! se disait-elle. Mais il sera difficile de faire aussi bien que l'an dernier… »

Elle était institutrice, c'était vrai, avec la passion de l'enseignement chevillée au corps et à l'âme, mais savait désormais mieux, au fil des semaines, se partager entre son métier et sa vie privée. Dès qu'elle le pouvait, rien n'était plus précieux pour elle que pédaler pour rejoindre sa ferme natale, avec pour seule pensée en tête celle de se retrouver dans les bras d'Allan. Le valet se montrait de plus en plus attentionné et tendre avec elle, et ils échafaudaient tous deux durant de longues heures des projets d'avenir. Des moments sacrés entrecoupés de mots doux et de chaudes caresses, de baisers passionnés et d'émouvantes étreintes... Combien de fois n'avaient-ils pas failli se dévêtir l'un l'autre avec frénésie, s'adonner aux jeux de l'amour interdit ? Nul doute qu'ils franchiraient très vite le pas, bien avant un mariage que Gwenn n'envisageait pourtant pas avant la fin de son année scolaire. Aussi regardait-elle d'un œil plus enjoué les petits gestes timides qu'osaient Naïg et Paol, qui avaient déjà proclamé la date de leurs fiançailles pour le mois de mai. « Fiançailles ? pensait-elle pourtant. C'est peut-être essentiel pour eux, mais pas question d'une telle cérémonie pour Allan et moi, et tant pis ce qu'en penseront les gens ! »

Quant au barrage du Drennec, les choses n'ayant pas bougé depuis des mois, elle finissait par ne presque plus y songer. Tout au moins jusqu'à ce mardi de mars où elle eut la surprise de voir, au lâcher des élèves, une Citroën noire immobilisée à quelques pas du portail de l'école. Une Citroën qu'elle eût reconnue entre mille !

— Antoine ? s'écria-t-elle en se ruant sur la route. Mais que faites-vous ici ? Je ne vous attendais pas avant les prochaines vacances...

Débonnaire, l'avocat l'embrassa chaleureusement avant de répondre :

— Depuis que j'ai un jeune associé en qui j'ai toute confiance, je peux bien m'accorder quelques escapades, non ?

— Je n'y crois nullement ! répliqua Gwenn en riant. Rien de grave, au moins ?

— Non, non, bien au contraire... Tu n'ignores pas que les élections législatives de novembre dernier ont relativement chamboulé le milieu politique ?

— J'ai fait mon devoir de citoyenne, puisque les femmes ont enfin le droit de voter...

— De plus, Vincent Auriol a été élu par le Parlement en janvier président de la République ! Avec la valse des ministères et des députés, il y a eu bien des bouleversements dans les hiérarchies, et cette nouvelle donne nous a été favorable : suite à l'insistance de mes nombreux courriers et à l'intervention de certains amis, le projet de ton barrage du Drennec a été définitivement annulé et classé sans suite !

— Mais c'est merveilleux, Antoine ! Il va nous falloir fêter cela au plus vite à Kernadic !

— C'est bien ce que nous avons pensé, et Loanne est déjà chez ton père pour s'occuper de tout...

— Ah ! Ce que je suis heureuse !

*
* *

Quelle ambiance, ce jour-là ! Jamais Kernadic n'avait eu droit à une telle foule, une telle animation ! Jamais non plus Gwenn n'avait connu semblable liesse autour d'elle, sauf sans doute aux Capucines lorsqu'elle avait décroché haut la main son titre d'institutrice... Ah ! On pouvait dire que les Pasquier savaient organiser ce genre d'événements ! Même le soleil de printemps s'était mis de la partie. L'avocat et son épouse avaient fait venir un *bagad* de Landerneau, avec ses *biniou kozh*[1], ses bombardes, ses percussions, ses hautbois, son violon et ses clarinettes. Quel plaisir que ces danses traditionnelles que finalement elle connaissait si peu ! Une longue alignée de tables avait été dressée dans la cour récurée et recouverte de draps blancs en guise de nappes. Avec un repas pantagruélique à la clé : du lard nantais, des andouilles de Guémené, du jambon de Morlaix, du pâté, du boudin, des fruits de mer. L'entrée seulement ! Laquelle fut suivie d'un ragoût de mouton de pré-salé, de poissons, de volailles fermières, accompagnés d'artichauts, de choux ou de pommes de terre. À l'évidence, dans ces campagnes rurales, on ne souffrait pas comme en ville des dernières restrictions, restrictions dont on annonçait régulièrement la fin mais qui perduraient toujours. Invités à grand renfort de bouche-à-oreille, des dizaines de familles de Saint-Cadou, Sizun ou Commana s'étaient déplacées, et Antoine Pasquier les libérait de leurs ultimes hésitations en criant :

— Avancez tous ! Il y aura de la place pour tout le monde ! Et à manger et à boire plus qu'il n'en faut…

Dépassé par les événements, Ludovic Le Braz regardait passivement ce remue-ménage, secrètement heureux pourtant de revoir ainsi revivre les murs de Kernadic.

— Que tout le monde s'amuse !

Et l'on s'amusa, quitte à vider des tonneaux de bière, de cidre ou de vin ! On chanta aussi, entre dessert et eau-de-vie… Une liesse générale dont la jeune femme se souviendrait sa vie durant. Ne

---

1. *Cornemuse bretonne.*

connaissant rien des pas et des figures qui se réalisaient devant elle, elle n'osait participer aux danses auxquelles se livraient jeunes et moins jeunes du pays. Elle eut alors la surprise d'être interpellée par l'adjoint municipal délégué à Saint-Cadou :

— Mademoiselle, si je peux me permettre, j'aimerais vous poser une question…

— Pas de problème ! Je vous reconnais bien, monsieur Crenn. Vous représentez notre village auprès de la mairie de Sizun, n'est-ce pas ?

— Croyez bien que je ne peux que regretter que Saint-Cadou ne soit pas une commune autonome ! Mais cela a été décidé depuis si longtemps que je ne peux que défendre nos intérêts au sein d'un conseil municipal, lequel oublie souvent que Saint-Cadou fait partie intégrante de son territoire.

— Je vous écoute donc…

— Ben, voilà… Bien que mes enfants aient été élevés dans l'enseignement catholique, je n'ai pu que remarquer, dans la presse, l'extraordinaire taux de réussite au certificat d'études que vous avez obtenu dès votre première année à l'école laïque du Pouly. Je ne saurais trop vous conseiller, si cela vous est possible, de demander une mutation chez nous, à Saint-Cadou même, ce village qui est le vôtre et où l'école publique est désertée au profit de la pédagogie chrétienne de l'école privée.

— Mais… je ne suis que depuis un an à l'école du Pouly, au Huelgoat !

— Ce n'était qu'une suggestion, mademoiselle, qui offrirait pour nos enfants une maîtresse de haut rang et qui aurait l'avantage de vous rapprocher de votre famille et de votre domaine…

La jeune femme sourit.

— J'y réfléchirai, monsieur Crenn, j'y réfléchirai… Mais pour le moment l'année scolaire est loin d'être à son terme !

Elle fut aussitôt soulagée de ne pas être contrainte de poursuivre cette conversation plus avant, et se félicita de la venue d'Allan.

— Mais qu'est-ce que tu fais, Gwenn ? Tout le monde t'attend, en bas !

En bas ? Si tout le monde s'amusait, buvait et dansait, elle ne se sentait nullement attirée par ces distractions pour elle assez futiles. Bien sûr, il fallait fêter la victoire contre le barrage, mais cela justifiait-il une telle débauche ? De tels cris ? De tels déhanchements ?

— Qu'est-ce qui te contrarie, ma douce ? s'inquiéta le jeune valet.

— Rien, mon bel Allan… Sinon que je n'attendais que toi ! Cette fête a beau se dérouler en partie en mon honneur, elle n'a de cesse de m'ennuyer. Je préférerais tellement que nous soyons seuls, tous les deux…

— Vraiment ?

— Vraiment !

— Alors ?

— Alors allons-y ! s'écria Gwenn en l'entraînant par la main.

Gonflée par tous les compliments qui lui avaient été faits, elle ne pensa soudain à rien d'autre que se donner enfin à l'homme qu'elle aimait. Frénétique, elle le guida d'emblée dans la pièce mansardée qui lui servait de chambre.

— Avec l'ambiance qu'il y a en bas et le cidre et le vin qui coulent à flots, il serait étonnant que nous ne soyons pas tranquilles sur ce lit !

Le jeune homme s'étrangla avec un mouvement involontaire de recul.

— Tu ne veux pas dire... dire que...

— Mais si ! Ose me dire que tu n'en as pas envie ! Envie autant que moi... Et depuis si longtemps !

— Oui, mais...

— Mais, mais, mais... Arrête, on croirait une chèvre ! Pour ma part, je me sens incapable d'attendre le ridicule et néanmoins obligatoire passage devant môssieur le maire pour nous estimer mari et femme ! Et je ne veux être qu'à toi, là, tout de suite... à moins que tu ne le souhaites pas ? ajouta-t-elle, narquoise.

— Plus que tout ! s'empressa de répondre Allan. Mais... si, si ton père...

— Quoi, mon père ? Il est trop occupé à ingurgiter des tournées de cidre pour venir nous tenir la chandelle, non ? Et nous sommes majeurs et libres de nos actes, il me semble !

Sans plus attendre, Gwenn l'enlaça et chercha ses lèvres tout en tentant de déboutonner sa chemise de ses doigts nerveux. Tout en basculant en arrière, sur le lit, elle le supplia :

— Viens ! Viens... j'en ai trop envie !

Un ouragan dans la tête et la peur au ventre, le jeune homme céda aussitôt : il y avait si longtemps qu'il rêvait de ces instants sacrés ! Aussi longtemps qu'elle... Et pourtant, en ce moment qui resterait à jamais unique, il n'osait pas le moindre geste, paralysé par une appréhension qu'il ne pouvait chasser.

Il fallut que sa partenaire se redressât de la couche pour le faire basculer sur elle, qu'elle se défît de sa robe et de ses sous-vêtements avant de s'attaquer à la boucle de sa ceinture pour qu'enfin il se livrât à l'appel de ses sens ! Avec un sentiment irréel de folie dans laquelle ne comptait que l'impossible capture de ces quelques secondes sacrées dans la vie de deux êtres voués l'un à l'autre, il se laissa tomber sur le corps offert de Gwenn, qui se tortilla dans ses derniers vêtements afin de s'abandonner, totalement nue, à celui qu'elle savait avoir aimé dès leur toute première rencontre.

Ah ! Quelle richesse que ces timides tâtonnements d'abord maladroits, puis la fébrilité qui s'emparait de doigts avides de découvrir la peau de l'autre, ces lèvres soudées et ces ventres qui se cherchaient.

— Viens, oui, viens… Prends-moi ! Maintenant…

Comment résister à cette supplique, devant ces yeux brillants de fièvre qui semblaient lire son désir au travers de son front ? Sans même faire appel à sa volonté, Allan sentit résonner sous son crâne tous les tocsins de ses émois passés avant de se couler entre les cuisses offertes de la jeune femme. Impatiente de perceptions charnelles dont elle rêvait depuis des mois, avide de se donner entièrement, Gwenn s'arqua de tout son corps sur le pauvre lit pour lancer son bassin en avant, à la rencontre de cette colonne de chair inconnue qui se tendait vers elle. Elle s'attendait à un assaut rude et conquérant, mais ce fut avec une délicatesse et une douceur infinie qu'Allan s'évertua à l'envahir avec précaution. Sensation délicieuse de coulissements chauds et humides ! Ce fut à peine si elle ressentit une légère douleur lorsque son amant força enfin la barrière dérisoire de sa virginité...

— Oui, oui !

Emportée par la tornade sensuelle qui la faisait vibrer de toutes les fibres de son corps, le cœur emballé et le souffle court, la jeune femme s'attacha à ne rien perdre des ondes nouvelles qui la traversaient. Pourtant, alors que son amant se raidissait dans un dernier élan, elle le rejeta en arrière en ahanant :

— Non !

Désarçonné, éperdu et hébété, il la regarda sans vraiment réaliser la cause de ce revirement.

— Non ! Je ne peux me permettre de tomber enceinte avec la responsabilité que m'impose mon métier... Pas tout de suite ! Tu comprends, ce n'est que ma deuxième année au Pouly et je dois encore y faire mes preuves...

Devant l'air décontenancé d'Allan, elle esquissa un pauvre sourire d'excuse. Si elle ne connaissait presque rien des choses de l'amour, elle avait entendu plus d'une fois les confidences que se font souvent les femmes entre elles avec des gloussements de volatiles : il y avait d'autres manières de combler un homme ! Maladroitement, elle se courba et osa ce qu'elle n'aurait jamais cru capable de sa part, en espérant que ses mains et sa bouche sauraient satisfaire le désir exacerbé du jeune homme : elle l'aimait tant qu'elle ne pouvait le décevoir en un tel moment ! Au bout de quelques secondes, elle frémit de joie en l'entendant gémir de ravissement sous ses doigts et sa langue. Allan hoqueta et promit d'une voix saccadée :

— Je ne l'ai encore jamais fait, mais je sais qu'il est aussi d'autres manières de donner du plaisir à une femme… Tu ne perds rien pour attendre !

Cette perspective ne l'incita qu'à s'activer avec plus d'ardeur, si c'était possible, sur sa délicieuse tâche…

XLVIII

LONGTEMPS, ELLE SE SOUVIENDRAIT du bien-être qui l'avait envahie jusque dans les moindres pores de sa peau, de cette braise tiède au plus secret de son ventre, de cet alanguissement de l'âme et du corps… Avec pour seule envie celle de ne plus se priver de cet acte exquis qui ne délivrait son entière plénitude qu'entre deux êtres qui s'aimaient ! Si Allan s'y était d'abord pris de façon assez maladroite dans cet exercice dont il ignorait tout, il avait fini par provoquer en elle cette extase charnelle inconnue à laquelle elle aspirait tant ! De toute façon, elle s'était montrée tout aussi malhabile à conduire le jeune homme au plaisir sublime… Mais peut-être cette inexpérience mutuelle donnait-elle plus de sacré à l'acte qu'ils venaient de partager pour la première fois ? Les jambes encore flageolantes, ils redescendirent dans la cour de Kernadic où la fête battait toujours son plein, peu soucieux que l'on remarquât leurs cernes sous les yeux et la tendre façon dont ils ne se quittaient plus du regard. Antoine Pasquier vint presque aussitôt à leur rencontre :

— Mais où étiez-vous passés, tous les deux ? J'ai une grande nouvelle à vous annoncer : je viens de conclure l'achat de Kervégen avec le sieur Tangi Énan ! Il est aux anges, car je ne lui ai pas tenu rigueur de ses sombres agissements pour dénigrer notre action contre le barrage. S'il se contentait de la somme évoquée par ces grippe-sous de l'administration, il n'en croyait pas ses oreilles lorsque je lui ai proposé plus du double de l'estimation initiale. Il ne rechignera certes pas à se rendre chez le notaire dès demain !

— Mais... n'est-ce pas trop ? bougonna Allan. Surtout avec quelqu'un qui a voulu nuire à Gwenn ?

La jeune femme répondit avant l'avocat :

— Puisque tout finit bien pour nous, on peut se permettre de passer l'éponge, non ?

— C'est bien là une réflexion de maîtresse d'école face à son tableau noir ! ironisa Antoine avant de poursuivre : Si le prix que j'ai avancé peut paraître extravagant ici vu l'état de la demeure, il demeure ridicule comparé à ce que me coûterait une telle propriété dans la région parisienne ! Je n'aurai même pas besoin de vendre les Capucines, même si j'y songe de plus en plus à l'avenir. J'ai de plus en plus envie de vivre de mes rentes et d'arrêter de plaider. Et de plus en plus envie aussi de terminer mes jours dans cette Bretagne profonde dont se languit depuis si longtemps ma chère femme que j'adore...

— Mais c'est merveilleux ! s'exclama Gwenn, en envisageant aussitôt de reconsidérer plus sérieusement l'offre qui lui avait été faite de rejoindre l'école de Saint-Cadou. Oui, merveilleux !

— Il y aura bien une petite année de travaux pour restaurer ce logis aux solides murs, certes, mais qu'il faudra agrémenter et transformer afin d'en faire autre chose qu'une ferme ! J'ai déjà des idées pour que tout cela se traduise par un lieu de vie idyllique ! D'autant plus que j'ai l'assurance de gens hautement placés que le secteur sera bientôt relié au réseau électrique...

Alors que les danses et les chants redoublaient sur le même tempo que les tonneaux se vidaient, Ludovic Le Braz se hissa péniblement sur les tréteaux servant de table.

— Mes amis ! beugla-t-il d'une voix embrumée par tous les verres qu'il avait ingurgités. Mes amis... Je tiens... je tiens à vous annoncer en ce jour de liesse les fiançailles de ma fille Naïg et du fils de notre voisin, Paol Couennec, pour le mois de mai ! Quant à la date, je... je ne m'en souviens plus, mais vous êtes tous invités à la fête que nous organiserons ici en leur honneur...

— Et pourquoi chez toi ? hurla plus fort Loeiz Couennec. Ce sera tout de même mon fils qui aura le rôle de chef de famille, et il me semble normal que ces réjouissances se déroulent chez moi, à Rozoutreff !

— Bon, bon, mon ami... accepta Ludovic. Comme tu voudras, pourvu que cet événement soit célébré de la façon dont il se doit !

— Et pour le mariage à venir ? s'enquit malicieusement Loeiz. Chez toi ou chez moi ?

Sur un clin d'œil complice de Gwenn, ce fut Antoine Pasquier qui répondit :

— Les deux, sans doute ! Car je crois que nul ne doute qu'il serait opportun que Naïg et Paol s'unissent conjointement avec Gwenn et Allan, non ? Deux sœurs se mariant le même jour, ce n'est tout de même pas courant…

Gwenn, les joues roses de confusion, n'osa pas proclamer devant tous que, si elle acceptait de dire « oui » à la mairie, il n'était pas question qu'elle se pliât à la bénédiction du curé à l'église ! De toute façon, ce ne serait pas pour tout de suite…

À vouloir paraître comme le décideur de tout, peut-être l'avocat avait-il chargé sa femme d'aborder discrètement leur fille presque adoptive ? Toujours fut-il que Loanne s'empressa de dire quelques mots à Gwenn dès que cette dernière retrouva un certain calme autour d'elle :

— Ma fille… commença-t-elle maladroitement.

— Oui, m'man ?

Depuis des années, la jeune femme aimait à l'appeler ainsi dans l'intimité, et ces simples syllabes amenaient toujours un surcroît d'émotions au cœur de la Parisienne.

— Ma fille… reprit-elle. Mon époux et moi-même avons la même appréciation des choses en ce qui concerne Kernadic, Rozoutreff et Kervégen…

— Ce qui veut dire ?

— Ce qui veut dire que, Paol étant fils unique, mon mari a imaginé que les deux exploitations des Le Braz et des Couennec pourraient s'unir en une seule, et mettre en commun tant matériels, animaux qu'ouvriers agricoles… Un peu comme s'il ne s'agissait que d'un seul domaine ! Tous les frais seraient partagés, et chacun y réaliserait de considérables économies, ainsi que la possibilité d'embaucher les bras qui manquent pour atteindre la meilleure rentabilité de ces terres…

Gwenn sourit.

— Je trouve l'idée intéressante et considère même qu'elle devrait faire tache d'huile afin que tous les agriculteurs puissent avoir un certain poids sur le marché du commerce, mais ce serait plutôt à mon père et à Loeiz Couennec d'en parler, non ?

— Je le sais, petite... Mais mon Antoine pense que tu es la mieux placée pour enfoncer dans la cervelle de ces deux-là une façon de faire qui n'est pas dans... dans les traditions de chez nous, si tu vois ce que je veux dire...

— Je ferai ce que je peux ! promit Gwenn. Mais je ne sais si je pourrais convaincre ces têtes de menhirs !

— Je te fais confiance pour ça ! rétorqua Loanne dans un sourire...

*

* *

Ce jour mémorable s'estompait peu à peu du fil de la mémoire de Gwenn, qui n'en préservait précieusement que le souvenir intense de sa première expérience sexuelle, d'autant plus sacrée qu'elle avait été partagée avec l'homme qu'elle aimait ! Si elle n'avait d'autre hâte que celle de le rejoindre le plus souvent possible, elle consacrait le reste de sa vie entre les pupitres de sa classe, le préau de l'école et son petit logement de fonction. Une nouvelle année scolaire s'écoula, que la jeune institutrice assuma avec une énergie toujours renouvelée. La directrice ne tarissait pas d'éloges sur elle, jusqu'au jour où Gwenn prit son courage pour lui annoncer :

— Madame Le Chuiton, il faut que je vous dise...

— Oui ?

— Je me plais beaucoup au Pouly, où chaque jour d'enseignement est pour moi un enrichissement sans pareil ! Mais…

— Mais ?

— Mais j'envisage de me marier à la fin de l'été, avant la prochaine rentrée.

— Voilà une bonne nouvelle ! Vous savez que la municipalité tient à la disposition de l'école, au village, un logement de fonction à la disposition des maîtres et maîtresses qui vivent en couple ?

— Ben… c'est-à-dire que… que l'homme que je vais épouser est cultivateur et qu'il travaille au domaine de mon père, à Kernadic…

— Voilà qui ne va pas simplifier votre vie familiale, ma petite !

— Sauf qu'à Sizun on m'incite fortement à rejoindre l'école publique de filles de Saint-Cadou, à deux pas de chez moi… Et je suis fort tentée de demander ma mutation en ce sens, vous comprenez ?

La directrice se rembrunit aussitôt.

— Je le comprends, mais je trouve cela fort dommage, tant pour notre établissement que pour vous. Vous avez prouvé votre talent et votre fougue dans l'art d'apprendre, et votre départ serait une grande perte pour le Pouly. Quant à aller exercer dans un bourg aussi minuscule, ce serait mettre de côté le brillant avenir qui s'offre à vous. Un pur gaspillage, à mon avis !

— Peut-être… Mais aussi une meilleure qualité de vie ! J'avoue que j'hésite encore.

— Je ne saurais vous retenir contre votre gré, mademoiselle ! J'espère seulement que vous prendrez la bonne décision...

La jeune femme ne répondit rien. À quoi bon préciser que sa décision était déjà prise et que sa demande de mutation était sur sa table de chevet, prête à être envoyée à l'inspection académique ? Que sa carrière dût en souffrir ou non, il était hors de question qu'elle fût séparée d'Allan ! Et, depuis que son frère et ses deux sœurs aînées avaient quitté le domaine, il y avait assez de place à Kernadic pour s'y aménager un logis confortable avec une relative indépendance. D'ailleurs, tout se présentait pour le mieux, là-bas : si le projet de barrage avait été abandonné, de nouveaux travaux étaient en route pour relier toutes les fermes dispersées au réseau électrique du bourg de Saint-Cadou : Antoine Pasquier n'avait pas menti ! Bien sûr, certains râleurs rechignaient encore face à cette avancée du progrès, arguant que l'électricité ne pouvait que s'accompagner de risques d'incendie, ce qui faisait sourire Gwenn : les lampes à pétrole étaient bien plus dangereuses, surtout dans les granges !

*
* *

Finalement, l'année ne fut marquée, fin mai, que par le jour des fiançailles de Paol et Naïg. Une journée aussi mémorable que la fête organisée par les Pasquier à la suite de l'annonce officielle de l'abandon des travaux de la retenue d'eau du Drennec. Mémorable, mais aussi plus intime ! L'avocat et sa femme s'étaient déplacés depuis Paris, à la grande joie de la jeune institutrice, qui leur vouait plus que jamais un amour et une reconnaissance éperdus.

— Ce jour de réjouissances se présente pour le mieux ! apprécia Loanne. Beaucoup d'invités, mais sans que ce soit pourtant la foule, voilà qui est très bien.

— C'est vrai ! approuva son mari. Un trop grand rassemblement nuit à une bonne ambiance. Tiens, regarde, Gwenn : ton père semble le plus heureux des hommes ! Il n'a plus rien de l'ours grincheux qu'on a connu autrefois...

— Oui, reconnut la jeune femme. Il ne prend même pas ombrage, pour cette fête de famille, de l'absence d'Henri, de Soizic et de Gaëlle ! Comme s'ils n'avaient jamais existé... Il faut dire qu'ils n'ont jamais plus donné de leurs nouvelles depuis leur départ de Kernadic. Entre nous, ils ne me manquent d'ailleurs aucunement...

Bousculé par Ludovic et Loeiz Couennec qui portaient un plateau à ajuster sur des tréteaux, Antoine remarqua :

— Je crois que nous gênons les préparatifs ! Peut-être serait-il préférable d'aller voir l'avancement de l'ouvrage dans notre nouvelle demeure, Loanne ? Tu viens avec nous, Gwenn ?

— Volontiers ! D'autant plus que ces deux bourrus ne veulent à aucun prix qu'on les aide...

— Ils ont l'air de bien s'apprécier ! Je crois que l'association de leurs deux domaines est en bonne voie...

— Oui ! confirma Allan, qui ne quittait pas la jeune femme d'une semelle. Je les ai même entendus évoquer l'achat d'un tracteur en commun...

*
* *

Le soleil de mai se montrant particulièrement vaillant, ils gagnèrent Kervégen à pied, et la fille de Ludovic ne reconnut pas les lieux : la pauvre demeure de Tangi Énan s'était transformée en élégant logis rural, avec des murs rénovés, de nouvelles portes et fenêtres, un toit aux ardoises neuves. Les dépendances avaient été équipées en espaces de vie, l'étable aménagée en garage, et la grange, à l'étage, sous la charpente refaite, abritait désormais les chambres d'amis.

— Je n'en crois pas mes yeux ! s'exclama Gwenn.

— C'est que je me suis offert les services des meilleurs artisans de la région dans tous les domaines, du maçon au menuisier, du charpentier au plâtrier ! Mais ce n'est pas fini : je tiens à ce que les intérieurs soient de la même eau, à l'image du reste…

— Ça doit coûter une fortune !

— Je suis loin d'être démuni, ma petite chérie. De plus, je me suis enfin décidé à anticiper ma retraite et à vendre les Capucines : c'est une villa qui peut atteindre des prix considérables, en marge de la capitale !

— Mais… Et Guillermine ? Et Lucien ? Et Éolia ?

— Lucien n'a nullement envie de quitter Paris, et il n'aura aucun problème pour s'y trouver un emploi ! Quant à Éolia et notre brave Guillermine, elles sont toutes deux bretonnes et se font une joie de venir vivre à Kervégen ! La longère était peut-être délabrée, mais elle est vaste : je vais faire équiper l'ancienne remise avec chambres sous les combles... Jamais petit personnel n'aura été si bien logé !

Loanne sourit tendrement.

— On doit bien ça à notre vieille Guillermine, qui ne veut aucunement renoncer à nous servir, malgré notre insistance pour qu'elle se repose et laisse Éolia se débrouiller seule...

— Une vraie caboche de Bretonne ! conclut Antoine.

Caractère breton ou non, ces fiançailles se déroulèrent de la meilleure façon qui fût ! Gwenn s'en trouva d'autant plus émue qu'on ne la considérait plus comme une démoniaque créature de Satan, juste apte à inculquer dans les jeunes têtes qui lui étaient confiées un enseignement anticlérical : les journaux avaient assez fait l'éloge de ses réussites au certificat d'études pour que l'on voulût la voir exercer dans la commune ! Une bonne raison pour se remettre en question et se convaincre que l'enseignement laïc n'avait pas que de mauvais côtés... Alors que sa première venue à Sizun et Saint-Cadou ne lui avait apporté que des regards hostiles ou soupçonneux, elle se découvrait soudain adulée par une large part de la population ! Pressée par Allan et Antoine Pasquier, elle n'avait eu d'autre choix que celui d'annoncer à voix haute :

— C'est vrai que j'ai envoyé une demande afin de me faire muter ici ! Chez moi, en quelque sorte... Mais rien ne dit que ce sera accepté par l'académie !

Antoine Pasquier se permit alors de prendre la parole :

— J'ai quelques contacts et amis qui se sont engagés à appuyer cette mutation, et je suis persuadé que la prochaine classe de notre Gwenn se fera à l'école de Saint-Cadou !

Des applaudissements suivirent sa déclaration, et l'avocat lança un coup d'œil complice à sa protégée : tout prenait peu à peu place pour que les intérêts de chacun fussent pris en compte… Jusqu'à présent, elle avait pris soin de ne pas se retrouver prématurément mère d'un marmot qu'elle ne désirait pas tout de suite, mais la jeune femme ne se privait plus de s'adonner avec Allan aux jeux de l'amour. Quelle merveilleuse découverte, sans cesse renouvelée, que de découvrir entre ses bras des horizons infinis de plaisirs si intenses qu'elle ne les pouvait définir ! Depuis qu'elle avait l'espoir d'être nommée au village, à deux pas de Kernadic, Gwenn ne rêvait désormais de rien d'autre que de mettre au jour un bambin issu de l'union charnelle qui la liait à l'homme qu'elle aimait : au fil des mois, cette obsession prenait le pas sur la passion qu'elle vouait à son métier ! Elle, qui n'avait jamais connu de mère, se focalisait sur le fait d'être mère elle-même et de donner la meilleure éducation qui fût au petit être qui sortirait un jour de son ventre, que ce fût un petit garçon ou une petite fille…

XLIX

TOUTES LES ÉPREUVES du certificat d'études avaient été passées, et Gwenn pouvait de nouveau se glorifier d'avoir obtenu au sein de sa classe un taux de réussite exceptionnel ! Elle n'en était pas fière pour autant, tiraillée entre l'idée de rejoindre Saint-Cadou et celle de quitter l'école du Pouly, à laquelle elle s'était tant attachée... De toutes les élèves qu'elle avait conduites à l'examen final, seules deux n'avaient pas réussi à décrocher le fameux diplôme. Une réussite dont rêvaient toutes les enseignantes de France ! Heureuse de cet honneur, la jeune institutrice n'en souhaitait pas moins rejoindre Saint-Cadou, même si cela ne représentait, d'après les propos de la directrice, qu'un enterrement de première classe... Si elle n'avait rien répliqué aux arguments de Mme Le Chuiton, elle n'en avait pas moins pensé : « La notoriété que je suis censée avoir à l'école du Pouly, c'est bien... Mais l'avenir qui m'appelle auprès d'Allan, de mon père, de ma sœur, des Couennec et des Pasquier, c'est encore mieux ! Même si j'obtiens moins de réussite au certificat... Mais jamais je n'abandonnerai ma façon d'enseigner : elle a fait ses preuves et le fera de nouveau ! Aussi bien ici qu'ailleurs... »

Le soir, seule dans son lit, elle préférait se remémorer les instants précieux qu'elle partageait avec Allan chaque fois que cela était possible, que ce fût dans le foin ou sur le confort d'un bon matelas : depuis qu'elle ne s'obstinait plus à éviter toute grossesse prématurée, elle s'évertuait à découvrir, à chacune de leurs coucheries discrètes, des trésors d'érotisme et de plaisirs nouveaux. Petit à petit, le corps d'Allan n'avait plus de secrets pour elle, tout comme il savait user du sien pour lui faire atteindre des extases sensuelles qu'elle n'eût pas cru pouvoir exister ! Oui, elle l'aimait, et se révélait de plus en plus impatiente de vivre auprès de lui, à Kernadic, dans la partie de la longère qu'Antoine Pasquier tenait absolument à remanier à son goût pour le meilleur confort du futur couple.

Ah ! Qu'elles lui parurent longues, ces journées de moissons et de battage ! Il fallait bien attendre l'achèvement des travaux saisonniers avant de songer au jour de son mariage... Le 23 août : la date qu'Allan et elle avaient conjointement déterminée avec Naïg et Paol. Plus d'un mois et demi après la fin des cours, comment ne pas se montrer impatiente à l'approche de ce jour unique dans la vie d'une femme... et d'un homme ? Un samedi qui resterait sacré tout au long de ses jours ! Avec la satisfaction d'être unie à sa sœur Naïg pour dire « oui » devant l'adjoint au maire délégué par la mairie de Sizun à l'écart de Saint-Cadou... Sans compter la fierté que celui qu'on ne considérait plus comme un pauvre *mevel*, et qui filait le parfait amour avec une maîtresse d'école renommée. La fierté encore de montrer à tout le village l'adoration qu'elle portait à ces deux « étrangers » qui venaient d'acquérir Kervégen et que certains appelaient encore parfois dédaigneusement les « Parigots ». « Sans eux, je ne serais rien qu'une pauvre domestique vouée à briquer les parquets et préparer les repas... » Fierté toujours à bien marquer par le biais de ces deux mariages l'alliance entre Kernadic et Rozoutreff... Une forme d'association qui n'était pas de mise dans la région ! Elle fut interrompue dans ses réflexions par l'arrivée de la Citroën d'Antoine. Quel bonheur d'en voir s'extirper à la suite du conducteur d'abord Éolia, puis Guillermine qui pesta aussitôt :

— Ah ! C'est pas dommage ! J'ai horreur de ces machines à moteur... J'en ai les jambes tout engourdies et les reins brisés !

Gwenn n'attendit pas qu'elle eût fini de râler pour lui sauter au cou.

— Ah ! Ma bonne Guillermine ! Si tu savais ce que tu m'as manqué, depuis que je ne suis plus retournée à Paris !

Émue elle aussi, la vieille domestique reprit contenance en bougonnant :

— Mais lâche-moi donc, diablotine, que tu vas m'étouffer !

La jeune femme la saisit par la main :

— Viens vite, ma Guigui ! Que je te présente mon père et ma sœur, ainsi qu'Allan...

— Je déteste qu'on m'appelle Guigui !

— Je sais, je sais, ma Guigui...

— Je n'aurais jamais cru remettre les pieds dans une ferme de chez nous...

— Ce n'est pas là que tu vas vivre, Guillermine. Mais dans la belle longère entièrement rénovée de M. Antoine ! À Kervégen… À quelques centaines de mètres à peine d'ici. Nous aurons l'occasion de nous voir souvent, tu sais ?

— Histoire de venir me casser les pieds, hein ? plaisanta la nouvelle venue.

— Ose seulement dire que ça ne te fera pas plaisir ?

Pour toute réponse, Guillermine la serra étroitement sur sa large poitrine, les larmes lui embuant les yeux.

*

* *

Ce samedi 23 août… Quelle fête… et quel scandale au village ! Pensez : la plus jeune des filles Le Braz qui célébrait son union avec Paol Couennec à l'église, et sa sœur qui s'unissait le même jour, mais se contentait contre tous les usages d'un simple mariage civil ! Encore avait-elle fait la concession de rester au fond de l'édifice religieux pendant la durée de la cérémonie censée bénir le bonheur de Naïg et de Paol… Pas plus qu'Allan elle ne se plia à s'agenouiller ni à esquisser un signe de croix durant tout le rituel, et sa rigidité laïque ne passa pas inaperçue. Ce qui n'empêcha pas plusieurs parents de venir la supplier de rejoindre l'école publique de Saint-Cadou !

— J'en ai fait la demande ! répondit-elle. Mais c'est toujours l'académie qui a le dernier mot… J'attends une réponse.

Tout en respectant l'usage de revêtir une tenue bretonne traditionnelle, elle s'était vêtue de façon sobre, mais élégante, non tant par coquetterie que pour faire plaisir à Loanne Pasquier. Dans la rue principale de Saint-Cadou, le cortège s'étira jusqu'à la mairie, dont la salle se révéla trop étroite pour accueillir la foule. Les Le Braz s'étaient fait un nom, depuis le combat épique de Gwenn contre le barrage et les nombreux articles de journaux qui avaient été consacrés à l'affaire ! De plus, la presse n'avait pas été avare à souligner l'exceptionnelle réussite de la jeune institutrice à seulement quelques kilomètres de là. Une notoriété qui bousculait la lutte ancestrale entre école privée et école laïque : pour bien des parents, les résultats l'emportaient sur les convictions religieuses, et beaucoup se sentaient prêts à renier les principes mêmes de leur engagement. Qui ne souhaitait pas voir ses filles atteindre un niveau d'études capable de les extirper du sort qui était généralement le leur ? Servantes ou souillons de ménage vouées à des tâches subalternes qui n'avaient rien de valorisant…

— Ah ! lui avait même confié un brave paysan que l'on disait pourtant grenouille de bénitier. Ah ! Que n'y a-t-il à l'école publique des garçons un instituteur qui vous vaille ? J'y inscrirais tout de suite mes deux gars, qui ne tirent guère de bénéfices de l'école des curés, laquelle me coûte d'ailleurs assez cher !

— Je suis bien certaine que mes collègues masculins se donnent à fond dans le métier qui est le nôtre et qu'ils font aussi bien sinon mieux que ceux qui s'occupent de vos fils ! Sans pour cela que je dénigre la pédagogie catholique : les enseignants considérant leur mission éducative comme un sacerdoce sont, à mon avis, aussi dignes d'éloges, qu'ils exercent sous le couvert de la République ou de la religion...

— Il n'empêche que l'on n'a pas parlé d'eux pour les derniers examens du certificat ! Mais de vous, si...

Que de fierté à entendre ces compliments, même si ce n'était pas le jour idéal pour ce genre de conversations ! Mieux valait se concentrer sur cette cérémonie symbolique qui officialiserait définitivement la vie commune qu'elle souhaitait aux côtés d'Allan... À dire vrai, une fois attablée pour le repas de fête organisé en l'honneur des deux couples de mariés, elle ne se souvenait que peu de ce passage à la mairie, tant elle avait eu la sensation de flotter sur un nuage ! Avec ces deux seules syllabes qui résonnaient encore à ses oreilles :

— Oui !

— Oui !

Un consentement mutuel qui les engageait pour la vie... Allan et elle. Elle et Allan... Et ces folles agapes pour bien marquer leur union et celle de Paol et de Naïg. Honnêtement, elle considérait ces excès un peu disproportionnés, mais cette débauche semblait tellement plaire à Loeiz, Ludovic et au couple Pasquier, qu'il était de bon ton d'y faire figure honorable. Qu'il était difficile pourtant de juguler l'impatience à se retrouver seuls dans l'intimité de leur chambre ! En fermant les yeux, la jeune femme se remémorait les événements de cette journée que les familles Le Braz et

Couennec avaient souhaité voir se dérouler dans le respect des traditions. Ces villageois, tout d'abord, qui s'étaient massés le matin devant les murs de Kernadic, accompagnés de sonneurs, pour entonner devant elle-même et Naïg une complainte triste qui évoquait tout ce que les deux sœurs allaient perdre comme avantages de la vie de jeune fille. Une façon un peu ironique de célébrer leur future condition de femmes mariées ! Le cortège avait ensuite pris la direction de l'église au son des bombardes, des clarinettes et des binious. Sous l'œil réprobateur de Guillermine, fervente catholique, Gwenn et Allan, discrètement adossés près de l'entrée, avaient assisté sans dire un mot à la cérémonie religieuse qui scellait devant Dieu l'union de Paol et de Naïg, avant de ressortir au plus vite à l'air libre, où les musiciens avaient exécuté un air joyeux et solennel. Déjà, dans la rue, les premiers pas de danse des invités avaient amené une bonne ambiance, avant un long apéritif au café du village. Les deux couples s'étaient ensuite rendus à Rozoutreff dans le cabriolet repeint à neuf au rythme tranquille de Kadarn, suivis par la foule en liesse. Un banquet interminable, avec des intermèdes musicaux entre chaque plat, des danses improvisées entre jeunes et moins jeunes, des chants bretons de circonstance, et bien sûr le vin et le cidre qui avaient coulé à flots jusqu'au souper.

*

* *

Alors que la nuit tombait, par quel miracle arrivèrent-ils tous deux à s'éclipser pour rejoindre

Kernadic ? Ils ne le surent jamais. Mais quel bonheur de se retrouver enfin seuls, après une si éprouvante journée !

— Et encore, nous avons échappé au pire ! s'exclama Allan.

— Tu veux parler de la soupe au lait ?

— Oui ! Quelle tradition stupide…

Bien que cet épisode grotesque se perdît peu à peu, il était autrefois d'usage d'accompagner les mariés au lit et de leur proposer de la soupe au lait dans un même bol, qu'ils devaient essayer d'avaler avec une cuillère percée, exercice impossible censé évoquer les difficultés menaçant chaque nouveau ménage.

Si la sœur de Gwenn se présentait vierge au mariage, la pudeur qui était le lot de leurs grands-parents n'était plus de mise pour les jeunes gens, qui n'avaient pas attendu ce jour pour découvrir les joies de l'amour physique. Ce fut pourtant avec des gestes sacrés, sans se quitter du regard, qu'ils se dévêtirent l'un l'autre avec une lenteur langoureuse. Ce soir n'était pas un soir comme les autres, et ce fut assez gauchement qu'ils se retrouvèrent nus dans les bras l'un de l'autre avant de basculer sur le moelleux du lit. Bien que ce ne fût pas la première fois, une sorte de timidité mutuelle fit qu'ils retardèrent le plus possible la fusion des corps, se contentant de caresses suggestives, du jeu des langues à celui des doigts. Les yeux dans les yeux… Jusqu'à ce que la fièvre du désir les embrasât dans une houle d'abord doucement chaloupée, puis de plus en plus endiablée. La tête ivre, la peau frémissant de picotements inconnus, le souffle court et le feu au ventre, ils s'adonnèrent enfin à une lutte aussi délicieuse qu'endiablée, avant ces derniers ahanements, ces ultimes cris étouffés dans la gorge, cette vague de jouissance partagée, d'autant plus sublime que, depuis des mois, la jeune femme ne se dérobait plus avant l'épanchement final. Épuisés, luisants de sueur, ils se laissèrent retomber sur la tempête des draps froissés, des escarbilles de diamant papillotant sous leurs paupières closes. Gwenn se lova tendrement contre le torse d'Allan dans un abandon exquis.

— C'est la première fois que j'éprouve des sensations si intenses... murmura-t-elle d'une voix à peine audible. Jamais je ne me suis sentie si heureuse !

— Moi aussi !

— J'ai une envie folle de recommencer ! Et recommencer encore !

— Oh ! Doucement... protesta mollement Allan. Il me faut retrouver quelques forces !

— Je m'en occupe ! répliqua en riant Gwenn, avant de plonger sous les draps vers la virilité endormie de cet homme qu'elle entendait bien garder sien pour la vie...

« Son » homme !

Épilogue

ASSIS SUR UN MURET DE PIERRE, Ludovic Le Braz et Loeiz Couennec profitaient des dernières lueurs du soleil couchant de cette belle journée d'un printemps naissant. Poussés par les vents d'ouest, quelques nuages filaient sur le fond d'un ciel qui déclinait toutes les nuances de rouge et d'orangé, et le calme du soir avait quelque chose d'apaisant. Loeiz bourra tranquillement sa pipe en remarquant :

— Avec les deux ouvriers agricoles dont nous avons loué les bras pour épauler Allan et Paol, j'ai parfois l'impression d'être inutile, à le plus souvent les regarder travailler à notre place…

— Bof… Il faut bien les surveiller, parce qu'ils ne savent rien faire de leurs mains, ces jeunes !

— Ils ont seulement d'autres façons de travailler, et nous n'avons pas à nous en plaindre… tempéra Loeiz. Ils arrivent à mener le tracteur bien mieux que toi ou moi !

— Moi ? répliqua Ludovic. Je n'ai jamais su conduire ce genre d'engin et je ne le saurai jamais ! Le seul avantage, c'est que mon Kadarn a bien moins besoin de s'échiner, encore moins besoin de carburant, et il en semble plutôt satisfait. Il n'est plus tout jeune, tu sais ?

— Comme nous… N'empêche que ces mécaniques simplifient bien la tâche ! Nous avons pu tous deux cultiver des surfaces que nous avions laissées à l'abandon.

— C'est vrai… Avec le recul, je me demande pourquoi il n'y a pas plus de domaines à s'unir pour mieux prospérer.

— D'ordinaire, nous sommes peu enclins à faire entièrement confiance à nos voisins, tu le sais bien… Nous, c'est différent ! À cause de ce mariage avec mon fils unique, nous avons tout à y gagner.

— Et c'est en bonne voie… Les premiers résultats sont là pour le confirmer !

— Il faut dire que les conseils de ton avocat de Kervégen sont toujours avisés. Il a le sens des affaires, cet homme-là !

— Bien qu'il soit un notable de Paris, j'ai fini par beaucoup l'apprécier… avoua Ludovic. Parce qu'au début j'étais plutôt méfiant !

— Il faut voir ce qu'il a fait de ta petite Gwenn ! Qui aurait cru, lorsqu'elle était gamine, qu'elle serait un jour maîtresse dans l'école de son village ?

— J'aurais préféré qu'elle le soit à l'école privée où on lui a appris à lire… Chez nos bonnes sœurs !

— Allons ! Depuis l'annonce de sa prise de service à l'école laïque de filles, les inscriptions y ont doublé… Ta Gwenn s'est fait une réputation d'enseignante exceptionnelle ! Ce que les résultats de ses classes au certificat ont largement prouvé…

— Oui, mon ami. Je suis fier d'elle, même si je n'aime pas trop le lui dire…

— Ce en quoi tu as sans doute tort ! Mais elle est assez futée pour entendre ce que te lèvres ne prononcent pas…

*

* *

Tout se déroulait pour le mieux à l'école du village, où Gwenn s'évertuait à faire remonter le niveau de sa classe, dont les filles avaient accumulé les années précédentes bien des lacunes difficiles à combler. Avant sa venue, l'enseignement laïc dans la région faisait figure de parent pauvre, mais la presse bretonne avait tellement encensé cette Bretonne qui avait mené au Huelgoat presque toutes ses élèves à décrocher le si fatal examen de fin d'études primaires que beaucoup de familles avaient abandonné leurs préjugés pour transférer leurs enfants de l'école privée à l'école publique. Ne disait-on pas que la fille Le Braz était appelée à devenir très vite directrice de ce petit établissement perdu au pied des monts d'Arrée ? Comme presque tous les jours, la jeune femme s'attachait, après la sortie des classes, à se rendre à Kervégen pour y retrouver Antoine et Loanne, mais surtout Guillermine à qui elle vouait une tendresse particulière. La brave domestique n'avait aucune envie de céder à l'inactivité, et elle ne se privait pas de chasser Éolia de la cuisine pour prendre elle-même les rênes du fourneau. Ce soir-là, Gwenn se présenta sans hésiter à l'office.

— Je savais bien te trouver là ! Impossible de te faire lâcher tes casseroles, hein ?

— C'est bien gentil à toi de faire le trajet pour me saluer, petite.

— Te voir, mais aussi Antoine et Loanne ! rectifia la jeune femme. Parce qu'il faut que je te dise, et à eux aussi…

— Me dire quoi ?

— Que je crois bien que je suis enceinte ! Mais il ne faudra rien répéter à Allan avant que je n'en sois tout à fait sûre.

— Enceinte ? Enfin, si cela te fait tellement plaisir, tant mieux… Pour ma part, s'il m'est arrivé d'avoir quelques amourettes lorsque j'étais jeunette, je remercie le Ciel de n'avoir jamais eu d'enfant ! J'ai été bien plus heureuse sans m'en encombrer. Mais enfin, chacun sa vie, et félicitations tout de même !

Gwenn ne prit aucunement ombrage du peu d'enthousiasme de la brave femme : elle la connaissait trop pour bien savoir qu'elle préférait bougonner plutôt que d'étaler ses sentiments ! Heureusement, le couple Pasquier se montra plus enclin à partager son bonheur.

— C'est un peu comme si tu nous annonçais que nous allons être grands-parents ! C'est merveilleux, ma belle !

La gorge nouée, Loanne ne put trouver les mots pour approuver Antoine. Des larmes à fleur de cils, elle se contenta d'embrasser sa protégée de la première heure et de l'étreindre avec force. Cette gamine qu'elle et son mari avaient presque adoptée leur avait apporté tellement de joie ! L'épouse de l'avocat se félicita une fois de plus d'avoir su trouver les mots pour convaincre son Antoine d'arrêter ses plaidoiries et de fuir la capitale…

Au sein de sa Bretagne natale, proche de Ty Menez et de sa famille, elle ne pouvait qu'apprécier d'être ainsi entourée des êtres qu'elle aimait. Elle tapota gentiment la joue de la jeune femme.

— Que tu en sois certaine ou pas, tu ne pourras jamais tenir ta langue très longtemps ! À ta place, je prendrais aussitôt mes jambes à mon cou pour annoncer la nouvelle à Allan, qui me semble être le premier concerné, non ?

Sans répondre, Gwenn sortit de la demeure pour courir sur le chemin de Kernadic…

Imprimé en France par CPI
en août 2025
Édition 01
N° d'impression : 2084343
Dépôt légal : septembre 2025
ISBN : 978-2-8129-4089-7
ISSN : 1627-6779